espoir et gloire

LESLIE ARLEN | ŒUVRES

LES BORODINE :
AMOUR ET HONNEUR - 1 | *J'ai Lu* 1226****
GUERRE ET PASSION - 2 | *J'ai Lu* 1314****
RÊVES ET DESTIN - 3 | *J'ai Lu* 1364****
ESPOIR ET GLOIRE - 4 | *J'ai Lu* 1425****
RAGE ET DÉSIR - 5 | *À paraître*

LESLIE ARLEN

les Borodine
espoir et gloire

traduit de l'américain par Gabriel Pospisil

Éditions J'ai Lu

Ce roman a paru sous le titre original :

THE BORODINS - 4 : HOPE AND GLORY

© Leslie Arlen, 1982

Pour la traduction française :
© Éditions J'ai Lu, 1983

1

La cour, peu enneigée, était glacée, et la morsure de l'air matinal faisait frissonner les hommes. Même les policiers du peloton d'exécution, dans leurs uniformes verts, leurs bonnets de fourrure enfoncés sur la tête, grelottaient en piétinant sur place. Mais peut-être frissonnaient-ils aussi à cause de ce qu'ils allaient faire...

Subrepticement, ils surveillaient le porche qui menait à la Lubianka. En tant que membres du NKVD, ils devaient considérer ce sinistre bâtiment, au cœur de Moscou, comme leur seule raison d'être. La place sur laquelle se trouvait l'immeuble, avec sa prison secrète, portait le nom de Félix Djerzhinski, commandant en chef de la Tchéka, la police d'Etat. Leur nouveau chef, Nikolai Yezhov, avait en quatre ans acquis une réputation de tortionnaire. Mais les hommes du peloton d'exécution ne craignaient pas le camarade Yezhov qui, après tout, n'était qu'un exécutant. C'est l'homme qui transmettait les ordres qu'ils craignaient, l'âme damnée de Staline : le commissaire adjoint à la sécurité intérieure, Ivan Nej.

Il sortait précisément du porche, à la tête d'un autre détachement du NKVD. Le commissaire Nej, un petit homme aux épaules voûtées, ne faisait aucun effort pour marcher en cadence avec ses hommes. Il portait des lunettes cerclées d'écaille et une fine moustache faisait ressortir son menton proéminent et son long nez. De profil, il ressemblait à Polichinelle. Son revolver, bien trop grand, battait contre son flanc maigre. Mais personne ici n'était tenté d'en sourire. Il suivit du regard l'escorte qui menait les prisonniers vers les poteaux, à l'autre extrémité de la cour. Une nouvelle fois, un frisson parcourut les hommes. Depuis quatre ans, jour après jour, ils fusillaient des prisonniers accusés par Staline de déviationnisme et de complot contre le régime. Ce n'était, le plus souvent, que des subalternes. L'année précédente cependant, plusieurs généraux furent fusillés dans cette même cour et, parmi eux, le grand Toukhachevski en personne, l'homme qui avait mené l'Armée rouge à la Vistule, dix-huit ans auparavant, en 1920. Cela avait été un événement. Mais les généraux sont appelés à disparaître : cela fait partie de leur métier. Aujourd'hui, le groupe comprenait les camarades Boukharine, Zinoviev et Kamenev. Ce n'étaient pas des subalternes. Pas même des généraux. Ils avaient partagé l'exil de Lénine en Suisse et étaient revenus avec lui en Russie en 1917. Avec l'aide des camarades Staline, Trotsky et des frères Nej, ils avaient renversé le gouvernement provisoire, éliminé les derniers tsaristes et fondé l'Etat soviétique. Ils étaient les pères de la nation et aujourd'hui, ils allaient mourir dans cette cour souillée de sang.

Pour quel crime ? Un homme comme Boukharine pouvait-il vraiment être un déviationniste ? Un agent ennemi provocateur ? Un trotskyste ? Ou bien était-ce simplement que le camarade Staline s'acharnait à éliminer toute opposition et toute critique au sein du Politburo ? Mais pas un des hommes présents n'aurait osé formuler une telle pensée.

Sauf peut-être le camarade Nej qui savait, lui, le fin mot de tout cela. Cependant lui aussi avait hâte d'en finir. Le camarade Boukharine, attaché au poteau, secoua la tête pour refuser qu'on lui bande les yeux et ouvrit la bouche pour parler. Mais le camarade Nej dit calmement :

— Pas de discours, camarade, sinon je vous fais bâillonner. Camarade commandant, faites votre devoir !

Les culasses des fusils claquèrent, les détonations retentirent. Les têtes de ces hommes, hier encore puissants, retombèrent sur leurs poitrines.

Le commissaire Nej sourit.

George Hayman arrêta sa Rolls-Royce dont les pneus crissèrent sur le gravier. Malgré ses soixante et un ans, sa richesse et son pouvoir, il préférait conduire sa voiture lui-même, ce qu'il faisait très sportivement. Il essayait, par exemple, de battre son propre record sur le trajet de Manhattan, jusqu'à sa résidence dans Cold Spring Harbor. Seules les abondantes mèches grises dans ses cheveux châtain foncé donnaient une indication de son âge; il ne portait de lunettes que pour lire. Grand, bâti en force, le ventre dissimulé par un costume bien coupé, il se déplaçait avec vivacité. Les traits de son visage, quelque peu solennels, pouvaient encore prendre une expression juvénile, lorsqu'il souriait, comme à présent. Il tendit les clefs à Rowntree, le chauffeur, et aperçut sa femme en haut des marches.

Sa présence ici le surprenait. Il avait consenti à ce qu'elle lance son propre magazine, sous la couverture financière du groupe de presse Hayman. Depuis, Ilona occupait ses journées avec une énergie méticuleuse. Pour conserver son indépendance, elle avait déménagé son bureau et celui de sa rédaction hors de l'immeuble Hayman dans le quartier beaucoup moins chic de la 42e rue. Et là, travaillant souvent dix heures par jour, elle avait réussi à faire monter le tirage de *You* à deux cent cinquante mille exemplaires. Les lecteurs appartenaient à des classes très diverses de la société. Les articles, abondamment illustrés, rendaient compte aussi bien de spectacles que de la situation politique, de plus en plus alarmante, en Europe.

George ne lui en voulait pas d'avoir pris son indépendance. Ilona avait une personnalité trop vigoureuse pour demeurer femme d'intérieur, à présent que ses enfants étaient élevés. Sa maison n'en souffrait pas, Mrs Stephens étant une excellente gouvernante. Et puis, c'était un vrai plaisir que de voir Ilona s'épanouir dans son nouveau rôle de femme d'affaires.

Elle était de ces femmes qui rayonnent en toutes circonstances et donnent vie à toute réunion. Plus jeune que lui de neuf ans, sa silhouette avait à peine changé. De rares mèches grises dans sa magnifique chevelure d'or pouvaient passer pour une coquetterie. Ses cheveux, toujours longs, étaient ce qui la reliait à la puissance et à la splendeur de son passé, quand elle était Ilona Borodina, sœur du premier prince de la Russie. Et les traits parfaits de son visage la faisaient ressembler à une statue de marbre. George la prit dans ses bras et elle sourit, tandis que Harrison, le maître d'hôtel, détournait pudiquement les yeux.

— Je suis si heureuse que vous soyez rentré de bonne heure, dit-elle. Les filles sont déjà là. Vous ne devinerez jamais ce qui est arrivé aujourd'hui. Une lettre de...

— Pierre. C'est la raison pour laquelle je suis rentré si tôt.

— Pierre? (Ilona paraissait surprise.) J'allais dire Tatie. C'est la raison aussi de mon retour prématuré.

Il la serra contre lui.

— Une réunion familiale autour du courrier. Je me demande s'ils nous apportent tous deux les mêmes nouvelles.

Il laissa son bras autour de sa taille, puis ils traversèrent le vestibule et pénétrèrent dans l'immense salon. Devant les portes-fenêtres, Ilona avait fait aménager une pelouse avec des parterres de fleurs et, à l'arrière-plan, un verger qui dissimulait les écuries et les communs. C'était son petit monde à elle qui lui rappelait Starogan, le fief de sa famille, avant qu'il ne soit réduit en cendres par la révolution de Lénine. Et pourtant, bien avant cette catastrophe, elle avait fui la beauté et la paix de Starogan pour suivre la fortune de son mari américain. Une histoire d'amour orageuse, qui lui avait attiré la disgrâce, un premier mariage désastreux, un premier enfant illégitime et, pour finir, l'exil. Mais elle était certaine de son amour, et ne regrettait rien. C'est ce qu'elle disait et il la croyait.

Quels souvenirs ravivaient en elle les lettres de son frère et de sa sœur, toujours pris dans le tumulte de la Russie stalinienne? se demanda George.

Mais ils avaient leurs filles, et le bonheur de leurs enfants était le fondement de leur propre joie.

— Papa !

Felicity, la cadette, l'embrassa sur la joue et se serra contre lui. Agée de vingt-cinq ans, c'était, de la tête aux pieds, une véritable Borodine, hormis les cheveux, qu'elle portait courts. Elle avait la taille élancée, les yeux brillants et bleus de sa mère et de son père, et une certaine expression pensive sur tout le visage. Mais cet après-midi-là, elle étincelait comme le saphir qu'elle portait au doigt. Longtemps sans fiancé, elle avait cependant bien choisi et obtenu — seule de tous ses frères et sœurs — l'approbation sans réserves d'Ilona. David Cassidy, fils d'un homme riche, était un garçon charmant, lieutenant dans la marine. Avec lui, Filly serait heureuse.

Beth, qui se levait pour les embrasser, montrait un caractère plus mystérieux. Hayman par alliance, ayant épousé George junior, le frère de Filly, elle était brune et petite — aussi éloignée que possible de l'allure des Borodine. Artiste avec cela, son tempérament bohème était à mille lieues de celui des Borodine ou des Hayman. Pourtant elle rendait le jeune George heureux et avait, grâce à cela, conquis l'estime, sinon l'affection d'Ilona. Et puis il y avait Diana. La petite fille, qui jouait dans le jardin, se précipita dans les bras de son grand-père. Les premiers petits-enfants sont toujours un lien précieux : ainsi de Diana Hayman, entre Ilona et sa belle-fille.

— Votre lettre d'abord, dit Ilona en versant le thé.

Puis elle s'assit à côté de son mari et Diana sauta sur ses genoux.

— Oh, rien de bien nouveau, dit George. C'est plutôt la surprise de recevoir une lettre après dix ans de silence. Et vous ne devinerez jamais d'où il l'envoie.

— Ne me dites pas qu'il est de retour en Amérique ?

George secoua la tête.

— Berlin.

— *Berlin* ?

— Il y vit. En fait, il prétend m'écrire au nom du gouvernement allemand.
— Pierre ? Pierre Borodine, mon frère, à Berlin ? Et travaillant pour les Allemands ?

Ilona paraissait incrédule. Quoi qu'il ait jamais pu être dans son opposition farouche au bolchevisme, le prince de Starogan n'avait jamais été un fasciste.

— Je n'irais pas jusqu'à dire qu'il travaille pour les Allemands. Pierre n'a jamais travaillé à autre chose qu'à la réalisation de ses propres idées. Il met ses espoirs dans l'Allemagne nazie pour renverser Staline. Il cite amplement des extraits de *Mein Kampf*, insiste sur la nécessité pour l'Allemagne de s'étendre vers l'est, tout en épiloguant sur l'aversion d'Hitler pour le communisme.

— Il est fou ! déclara Ilona. Il est complètement fou. Son anticommunisme lui a porté au cerveau. Quand je pense à toutes ces années, à tout cet argent follement dépensé, à ces souffrances, et tout cela pour combattre le bolchevisme en Russie...

— Grâce à Dieu, Johnnie n'est plus dans ses griffes maintenant.

— Je ne pensais pas tant à Johnnie. Que dites-vous de la pauvre Judith ?

Elle rougit. Judith Stein était à nouveau son amie et n'avait peut-être jamais cessé de l'être. Et pourtant, Ilona ne pouvait oublier qu'elle avait été la maîtresse de George.

— Son frère a été battu à mort par les nazis et Pierre prétend l'avoir toujours aimée. Comment peut-il faire une chose pareille ?

Les deux jeunes femmes regardaient George et Ilona, intéressées par ces histoires de famille.

— Il préfère sans doute oublier Judith qui est partie avec Boris Petrov. Le fait est que Pierre, selon son habitude, soulève quelques points pertinents.

— Lesquels par exemple ?

— Eh bien, la situation en Russie ces quatre dernières années, depuis l'assassinat de Kirov. Durant cette période, tous les hommes éminents qui se sont opposés à Staline ont été liquidés... et Dieu sait combien de milliers d'autres. Comment Michael Nej a survécu, je n'en ai pas la moindre idée.

— Il survit parce qu'il soutient Staline.

— Il s'est parfois opposé à lui. De toute façon, Pierre soulève deux points qu'il voudrait que je soumette — croyez-le ou non — à l'administration. Il ignore que je ne suis pas en si bons termes avec Roosevelt qu'avec Hoover.

— Quels points ?

— Tout d'abord, l'élimination par Staline de tous les opposants pourrait très bien signifier qu'il envisage de lancer une offensive bolchevique contre l'Europe. Ensuite, les purges ont décimé le haut commandement militaire, l'armée russe doit donc connaître une désorganisation à peu près totale. En conséquence, ce serait peut-être le moment de déclarer une guerre préventive et d'éliminer le bolchevisme une fois pour toutes.

— Mon Dieu ! Il est vraiment fou ! Et il croit vraiment que Roosevelt va prendre cette proposition en considération ?

George secoua la tête.

— Non, il pense que l'Italie et l'Allemagne peuvent s'en charger avec une aide éventuelle de la Hongrie et de la Finlande. Mais il voudrait être sûr de la neutralité des Etats-Unis dans la perspective d'une telle guerre.

Ilona soupira.

— Croyez-vous que ce soit Hitler qui l'ait incité à faire une telle démarche ?

— Je le pense. C'est Pierre qui a écrit la lettre, et en cas de conflit, le gouvernement allemand n'aurait aucun mal à désavouer toute cette histoire.

— Pierre, l'homme de paille de Hitler ! C'est révoltant. Qu'allez-vous faire ?

— Rien. Je ne suis pas de son avis. Je pense que Staline devient simplement paranoïaque. Il en prenait déjà le chemin il y a bien longtemps et la mort de Nadiejda Allilouieva a accéléré les choses.

— Un fou à la tête de l'Allemagne, un autre à la tête

de la Russie — quel drôle de monde! remarqua Felicity.

— Je ne suis pas de votre avis, dit Ilona. Joseph Vissarionovitch n'est pas un fou. Je ne sais ce qu'il est en train de faire, mais il prépare sûrement quelque chose.

— Vous voulez dire que vous approuvez l'élimination de plusieurs centaines de milliers de personnes? demanda Beth.

— Bien sûr que non! Ses méthodes sont épouvantables, mais ce n'est pas un paranoïaque. J'ai reçu une lettre de Tatie ce matin.

— Dites-nous ce que dit Tatie.

— Elle réduit à néant les théories de Pierre. Tatie part en tournée avec sa troupe de ballet.

George parut surpris.

— Où cela?

— En Allemagne. La tournée fait partie d'une importante mission russe, tant diplomatique que culturelle. Elle est dirigée par Michael Nej et Tatie en fait partie en tant que commissaire à la culture. Cela vous semble-t-il la démarche d'un gouvernement paranoïaque?

George se pinçait le nez d'un air pensif.

— Bien entendu, Tatie est folle de joie. Elle pourra revoir Clive Bullen et lui a déjà écrit. Svetlana et Natacha Brussilova l'accompagneront. Natacha est à présent sa danseuse étoile.

Ilona regarda son mari. La seule ombre dans leur bonheur était l'amour sans espoir de John, le fils d'Ilona, pour la belle ballerine russe. Amour partagé, mais qui semblait condamné puisque John était *persona non grata* en Russie, à la suite d'activités antisoviétiques qu'il avait menées pour le compte de son oncle Pierre. Mais si l'on permettait à Natacha de sortir de Russie...

— Je ne pense pas, commença Ilona...

— J'allais de toute façon envoyer John en Hollande cet été, interrompit George, pour un grand tournoi d'échecs qui est presque l'équivalent du championnat du monde. Alekhine, Capablanca et tous les grands y seront.

— Oh, George, ce serait merveilleux pour lui. Si vous ne craignez pas...

— Qu'il perde son temps? (George haussa les épaules.) C'est de toute manière ce qu'il fait. Mais je pense qu'il a le droit d'aller voir son père. Je vais m'en occuper. Et nous?

— Nous?

— Oui... l'Europe en été, Tatie et Michael...

— Oh, ce serait merveilleux. Mais... le journal...

Il savait de quel journal elle voulait parler, mais il poursuivit :

— C'est quelque chose que j'avais l'intention de faire depuis quelque temps... laisser George junior prendre ma place pour un mois ou deux. Juste pour voir comment il se débrouille.

Il sourit à Beth.

— Vous feriez cela! s'écria Beth, n'en croyant pas ses oreilles.

A l'époque de leur mariage, George junior était encore à l'Université. Dès l'obtention de son diplôme, il était entré au journal. Mais ils ignoraient si George envisageait ou non de lui confier la succession.

— C'est juste un essai, remarqua George en souriant.

— Je pensais à *You*, dit Ilona. J'ai une série d'articles en vue avec ce Disney — le dessinateur. Il prépare un long métrage en dessin animé.

— Cela me paraît un peu ambitieux, fit remarquer Felicity.

— A mon avis, c'est complètement idiot, dit George. Helen peut sûrement s'en occuper. Ce serait préférable. Un film sur Blanche-Neige ne peut être qu'un four. De toute façon, mon amour, des vacances vous feront du bien.

— Vous voulez vraiment y aller, n'est-ce pas, George?

— Certainement. Je dois dire que cela m'intéresse. Si Staline envoie une mission diplomatique en Allemagne, cela ne ressemble en rien à la paranoïa. C'est quelque chose de bien plus sérieux encore!

Joseph Vissarionovitch Staline, les mains derrière le dos, regardait, par la fenêtre de son bureau du Kremlin, la Moskova, dont les eaux vont se jeter dans la Volga. C'était la vue qu'il préférait, mais son visage demeurait impénétrable, avec l'énorme moustache qui dissimulait toute sa bouche. Lorsqu'il se tenait ainsi, les personnes présentes devaient attendre ses décisions. Nul ne savait comment il était arrivé à cette position de successeur de Lénine, héritant de toutes ses prérogatives à l'intérieur du parti. D'ailleurs, personne n'eût osé remettre son autorité en question.

Pas même Michael Nej qui, membre le plus élevé du parti présent dans la pièce, occupait la chaise du milieu. Considérablement plus grand que son frère assis à ses côtés ou que Molotov qui occupait la troisième chaise, Michael Nej avait une physionomie ronde qui donnait une impression de douceur et son regard suggérait des préoccupations intellectuelles. Moins instruit que les autres dirigeants du parti, il y remédiait en lisant tout ce qui lui tombait sous la main. On croyait généralement qu'il était resté dans l'ombre à cause de ses origines paysannes, mais la vérité, c'est qu'il manquait d'ambition personnelle. Il aurait dû être l'une des premières victimes des récentes purges. Mais loin de le soupçonner, c'est sur lui que Staline comptait quand une difficulté particulière se présentait.

Enfin, Staline se retourna.

— Vous voyez quelles sont mes intentions, Michael Nikolaievitch ?

— Oui, Joseph Vissarionovitch. Mais je n'approuve pas cette mission pour autant.

— Et je ne vois vraiment pas comment cette mission pourra réussir, renchérit Molotov.

Staline s'avança et prit place derrière son bureau.

— Et vous, Ivan Nikolaievitch ?

— Je suis sûr que vous êtes le meilleur juge, Joseph Vissarionovitch. Mais il y a trop de monde dans cette mission. La délégation culturelle, par exemple, ne me semble pas essentielle.

Staline sourit.

— Pourquoi ne divorcez-vous pas, Ivan Nikolaievitch ?

Ivan rougit.

— Cela n'a rien à voir avec Tatiana Dimitrievna.

— L'honnêteté est le plus précieux bien de l'homme, remarqua Staline. Vous vous rongez de jalousie à l'idée que Tatiana va rencontrer ce Bullen. Vous vous épargneriez beaucoup d'ennuis si vous consentiez à divorcer.

— Tatiana Dimitrievna est ma femme. Je ne divorcerai jamais.

Staline haussa les épaules.

— Alors vous devrez en supporter les conséquences. Comme je l'ai déjà dit, elle a ses défauts. Ce n'est peut-être pas le commissaire culturel idéal pour l'Union soviétique. Elle a trop d'idées personnelles, sa moralité est critiquable et elle refuse de suivre la ligne du parti dans trop de domaines. Mais, à l'étranger, c'est la plus connue de nous tous et la plus aimée. Grâce à la danse, bien sûr. Mais surtout c'est une Borodine, la sœur d'un prince et la belle-sœur d'un millionnaire américain et, néanmoins, elle préfère vivre ici en URSS et y travailler. En cela, elle est irremplaçable. Et les Allemands, Ivan Nikolaievitch, sont passionnés de culture. De plus, ils adorent Tatiana Dimitrievna. Souvenez-vous, sa dernière tournée là-bas a été un triomphe. Elle va ensorceler ces nazis, et rendra la tâche de Michael Nikolaievitch bien plus aisée, n'est-ce pas, Michael ? (Il eut un sourire affable.) Vous ne doutez pas qu'il faille emmener Tatiana Dimitrievna et ses danseuses avec vous ?

— Absolument pas. Mais je doute d'obtenir ce traité avec l'Allemagne nazie qui désire notre destruction — un traité par ailleurs inutile.

Staline soupira.

— J'ai déjà donné mes raisons, Michael Nikolaievitch. L'Europe s'achemine inéluctablement vers la guerre. L'Allemagne est devenue beaucoup plus puissante que ses voisins. C'est, et ce fut de tout temps une nation gourmande. Mais Hitler est encore plus gourmand que ses prédécesseurs. Il veut toute la Tchécoslovaquie. Ne vous faites pas d'illusions, cette affaire des Sudètes n'est qu'un piège. Et nous devons savoir si les autres Etats européens sont décidés à lui déclarer la guerre !

— Bien sûr, intervint Molotov. Ils sont liés par des traités. Par exemple il est certain que l'Angleterre aidera la France.

— Puis-je faire remarquer, dit Michael doucement, que nous sommes également liés à la France ?

— Si elle déclare la guerre à l'Allemagne ! dit Staline en souriant. Dans l'affirmative, le nazisme sera écrasé une bonne fois pour toutes. Mais dans le cas contraire ? C'est là toute la question.

— Est-ce vraiment là le problème essentiel ? demanda Molotov.

— Je pense que oui, reprit Staline. D'après *Mein Kampf* — ce livre écrit par Hitler — la guerre entre l'URSS et l'Allemagne est inévitable. Les Etats européens préfèrent donc attendre avant d'entreprendre quoi que ce soit. Notre intérêt, quant à nous, est de laisser l'initiative aux pays européens. Il faut en outre que l'Allemagne reste dans l'incertitude quant à nos intentions. Ainsi nous rallierons l'Europe à notre cause. Ce que nous faisons, c'est pour le bien de l'URSS, Michael Nikolaievitch. Nous déclarerons la guerre à l'Allemagne au moment choisi par nous. C'est en cela que consiste votre tâche. (Il sourit à Ivan.) Et si Tatiana Dimitrievna peut vous être utile, nous lui en serons tous reconnaissants, n'est-ce pas, Ivan Nikolaievitch ?

Un roulement de tambours résonna dans la gare de Tiergarten à Berlin, annonçant l'arrivée imminente du train. Les ordres retentirent, les hommes en uniforme noir se mirent au garde-à-vous et présentèrent les armes. Le comité de réception, composé essentiellement d'hommes en uniforme et de quelques civils, s'avança au bord du quai.

L'express de Moscou entra en gare. Les portières s'ouvrirent; on déroula le tapis rouge. Michael Nej apparut sur la plate-forme et salua la foule de la main. Son costume gris clair contrastait fortement avec toute cette splendeur militaire du nouveau Reich. Mais bientôt l'attention de la foule se tourna vers la femme qui apparut derrière lui.

Tatiana Nej était le portrait, en plus jeune, de sa sœur. Sans être aussi élégante qu'Ilona, elle gardait, à quarante-cinq ans, un enthousiasme bouillonnant qui donnait vie aux traits sévères des Borodine et l'entourait comme d'un halo de lumière. Dans la foule, certains se souvenaient de sa précédente visite en Allemagne, treize ans auparavant. Elle avait triomphé alors dans toutes les capitales européennes, grâce à l'originalité et à l'érotisme de ses danses.

— Je suis un de vos admirateurs, Frau Nej. Il me semble que c'était hier.

Joachim von Ribbentrop lui saisit la main et la baisa avec toute l'effusion d'un vendeur de champagne qui a réussi à décrocher une importante commande.

— Herr Ribbentrop est ministre des Affaires étrangères du Reich.

Michael Nej fit les présentations en omettant soigneusement la particule.

— Vous étiez merveilleuse, Frau Nej, et vous ne l'êtes pas moins aujourd'hui !

Ribbentrop avait reçu des ordres pour se montrer aimable avec les Russes en toutes circonstances.

— Je vous remercie, dit Tatiana avec grâce. Il me semble vraiment que j'étais ici hier. Mais votre ville a bien changé. Tous ces uniformes... (Elle lui sourit.) Avez-vous l'intention d'entrer en guerre ?

Le sourire de Ribbentrop se figea et Michael se hâta de lui présenter les autres membres de la délégation. Tatie fut prise en charge par Frau von Ribbentrop tandis que, derrière elle, les danseuses se rassemblaient sur le quai.

17

— Ma fille, Svetlana, dit Tatie.

Svetlana Nej fit une brève révérence devant Frau von Ribbentrop qui lui sourit.

D'une taille élancée, elle avait toute la grâce des Borodine.

— Et voici ma danseuse étoile, Natacha Brusilova.

Nouvelle révérence. Natacha Brusilova avait les traits fins, un corps mince, des cheveux auburn et un regard sérieux qui contrastaient vivement avec la beauté blonde des Borodine.

— Je suis enchantée, dit Frau Ribbentrop en suivant du regard le reste de la troupe qui descendait encore du train. Enchantée. Je meurs d'impatience d'assister à votre spectacle.

Michael entraîna sa belle-sœur et sa nièce vers les voitures qui les attendaient.

— Que de soldats ! s'exclama Tatie.

— C'est un Etat militariste, murmura Michael.

— Et ils sont tous si beaux, chuchota Svetlana en pouffant de rire.

— Ils me font peur, dit Natacha en serrant le bras de Tatie. Camarade Nej, croyez-vous...

— Michael va se renseigner.

— A propos de quoi ? demanda celui-ci.

— Si Clive et Johnnie sont déjà ici.

Michael lui sourit d'un air indulgent.

— Johnnie arrive de Hollande demain.

Tatie se tourna vers Natacha qui rougit.

— Souvenez-vous que vous êtes ici pour danser, pas pour tomber enceinte.

— Oh, camarade Nej !

Natacha, gênée, détourna la tête.

— Et Clive ?

— D'après mes informations, Bullen est déjà ici. Il vous attend à votre hôtel.

Soudain, elle redevint la femme jeune et vive d'il y a treize ans. Elle se tourna vers Michael et, du bout des doigts, lui envoya un baiser. Celui-ci lui lança un clin d'œil. Mais bientôt la voiture s'arrêta et les chasseurs de l'hôtel ouvrirent les portières. L'heure de Clive était venue.

Elle avait toujours peur qu'il ait changé. Cela arriverait un jour : il avait dix ans de plus qu'elle, donc cinquante-cinq ans.

Mais pas encore et elle espérait que pour elle, il ne changerait jamais. Il avait quelques cheveux gris et avait pris un peu de ventre. Mais l'essentiel demeurait — les traits bien découpés de son visage, son sourire tranquille, la douceur avec laquelle il la tenait dans ses bras, et cette force latente qu'elle avait découverte chez lui au début de leurs relations et qu'elle appréciait, moins cependant que sa douceur. Car avant lui, elle ignorait ce qu'était la douceur. Les Borodine n'étaient pas des gens doux, malgré les liens solides qui unissaient leur famille. Et les révolutions, par leur nature même, sont violentes. Quant à Ivan, il n'avait cherché qu'à infliger la douleur.

Sans doute, de par le monde, d'autres hommes étaient-ils capables de douceur. George, par exemple, et Michael, une fois au lit. Mais Clive était le premier et aussi le seul qu'elle ait connu. Ainsi Tatiana Nej, célèbre de par le monde pour son talent, sa beauté et son immoralité, n'avait connu que deux hommes sa vie durant.

Cependant, pour lors, elle était comblée.

Il l'embrassa sur le nez.

— Je n'arrive pas à y croire : vous êtes vraiment ici ? (Il lui caressa doucement le front et repoussa ses cheveux sur l'oreiller.) Et nous voici réunis !

Elle lui mit un doigt sur la bouche mais il secoua la tête.

— Il faut que je vous parle, mon amour. Vous ne pouvez pas rester plus longtemps en Russie.

— Ma tâche n'est pas encore terminée, Clive. Je ne suis pas encore finie comme danseuse et comme créatrice de ballets. C'est ma vie. Vous le savez, mon chéri.

— Mais il n'est pas nécessaire que vous restiez en Russie. Staline est un monstre. Pouvez-vous justifier ses agissements de ces dernières années ?

— Certaines personnes s'opposaient à ses plans pour la Russie.

— Etait-ce une raison pour les faire arrêter et fusiller ? Des milliers et des milliers d'entre eux ? Pouvez-vous pardonner cela, Tatie ?

Elle haussa les épaules.

— Je ne connais pas l'exacte vérité à ce sujet.

— Dites plutôt que vous ne voulez pas la connaître. Et maintenant, cette mission en Allemagne...

— Vous êtes également ici.

— Cela ne signifie pas que j'aime les nazis.

— Eh bien, moi non plus, encore que je ne les connaisse pas beaucoup. Et comme dit Svetlana, ce sont de beaux garçons. Tous ces jeunes gens en uniforme. En tout cas, votre gouvernement négocie aussi avec eux. Les journaux sont pleins des négociations à propos de la Tchécoslovaquie.

Il poussa un soupir.

— C'est un monde bien embrouillé. Je ne crois pas que notre gouvernement représente encore l'opinion du peuple anglais.

Elle sourit.

— C'est un aveu de faillite de la démocratie. En Union soviétique, notre tâche consiste à représenter l'opinion de Joseph Vissarionovitch. (Elle rit en le voyant froncer les sourcils.) Cela paraît vous troubler.

— Cela me préoccupe. Tatie, comprenez-vous ceci : vous existez uniquement parce que votre ami Joseph le permet ?

— Mais nous sommes amis depuis des années. Oh, je sais bien qu'il fait des choses terribles, mais son rôle est de gouverner la Russie et le mien de propager la culture russe, pas d'intervenir dans son domaine.

— Mais lui intervient dans le vôtre.

— Parce qu'il est le premier secrétaire du parti.

— C'est un dictateur. Vous ne comprenez pas cela ? Et, à sa façon, il est aussi dangereux que Hitler.

Elle refusa de se mettre en colère.

— Il gouverne la Russie. Les tsars étaient tous des dictateurs. Il y a toujours eu des dictateurs en Russie.

Les tsars faisaient fusiller les gens, les faisaient pendre et les envoyaient en Sibérie tout comme Joseph. Bien sûr, ce serait merveilleux si cela n'était pas nécessaire et tous, nous rêvons d'un monde où cela ne sera plus. Mais actuellement il n'y a pas d'autre solution et Joseph est le seul homme qui puisse le faire et maintenir en même temps l'unité du pays.

— En employant des hommes comme Ivan.

Elle fit la moue.

— Là encore, personne d'autre ne voudrait faire son travail. (Elle se dressa sur le coude, ses seins lourds reposant sur le bras de Clive.) Pourquoi se disputer ? Après six années, nous nous retrouvons au lit et vous me cherchez querelle !

— Pas du tout ! Mais je suis inquiet pour vous.

— Alors, ne le soyez pas. Ecoutez. Svetlana est en passe de prendre ma succession. Elle ne sera jamais une grande danseuse mais elle a l'esprit vif et elle est avec moi depuis toujours. Elle connaît parfaitement l'école ainsi que mes méthodes de travail. Malheureusement, elle n'a que dix-huit ans. Il faut encore attendre un an ou deux. Lorsqu'elle aura vingt et un ans, je pourrai la prendre comme assistante. Et, au plus tard à vingt-cinq ans, je lui confierai l'académie. Alors, si vous le désirez, Clive, je quitterai la Russie pour venir vous rejoindre. Si vous le désirez...

— Si je le désire ? Oh, ma chérie... (Il l'entoura de ses bras et elle s'étendit sur lui.) Mais sept années ! J'aurai soixante et un ans !

— Et moi j'en aurai cinquante et un. (Elle l'embrassa sur la bouche.) Vous ne voudrez plus de moi.

— Ne plus vouloir de vous...

Il sentit le désir monter en lui, répondant à celui de Tatie. Le lit devint un lieu de passion déchaînée, de mouvement, de sensations. C'est comme la danse, pensa Tatie. La plus belle danse du monde.

Leurs corps se détendirent. Elle se laissa glisser à côté de lui et enfouit son visage au creux de l'épaule de Clive.

— Je ne peux pas abandonner mon école, mon chéri.

Pas tant que Svetlana n'est pas prête. C'est *mon* école. Lénine me l'a donnée. Elle a été le but de mon existence. Toutes ces filles, ces musiciens comptent sur moi. Je suis tout pour eux et ils sont tout pour moi. Dites-moi que vous le comprenez, mon chéri.

Il ouvrit les yeux.

— Je comprends, mon amour, que vous êtes la plus splendide créature qui ait jamais existé sur cette terre.

— Je suis une déesse slave. Les critiques le disent et les critiques ont toujours raison, n'est-ce pas ? (Elle se redressa et tendit la main pour prendre sa robe de chambre.) A présent, venez à la répétition. J'ai envie de danser. (Elle fit quelques pas au centre de la pièce, sa robe et ses cheveux volèrent.) J'ai envie de danser.

Les applaudissements s'élevèrent de l'orchestre et gagnèrent comme une traînée de poudre toute la salle de concert, des loges au poulailler. Les gens se levaient pour crier leur enthousiasme.

C'est une soirée dominée par le noir, le rouge et l'or, pensa Michael Nej. Un coucher de soleil glorieux traversé par les couleurs les plus dramatiques du spectre. Et, à présent que les lumières s'étaient rallumées, les jeunes femmes qui faisaient la révérence sur la scène n'étaient qu'une infime partie de la splendeur qui l'entourait. Partout, des uniformes noir et bleu marine, ornés de rouge et d'or. Partout des hommes beaux, tirés à quatre épingles, à l'allure décidée. Il se surprit, pour la première fois de sa vie, à observer plus intensément les hommes que les femmes. C'était une impression bizarre qui suggérait presque une homosexualité latente. Cela était un monde masculin, comme l'Europe n'en avait pas connu depuis les croisades et qui, comme cette société féodale, était fondé sur la force et voué à l'hégémonie de cette force.

Que pouvaient opposer les démocraties à cette force qu'elles espéraient contenir ? De vieux messieurs en habit portant des parapluies roulés ? Des souvenirs de gloires passées ? C'était une perspective propre à le troubler, autant qu'elle troublait Staline. Cependant

Michael estimait que la Russie se trouvait dans le même cas que les démocraties. Un état de suspicion paranoïaque s'était emparé de Staline après la mort de sa femme, Nadiejda Allilouieva. Il s'en était pris à ses collaborateurs les plus anciens et, bientôt, ce fut l'assassinat de Kirov. Une fraction d'hommes avait voulu s'opposer à l'accumulation de tous les pouvoirs dans les mains du secrétaire général du parti. Bien des membres influents du parti s'étaient souvenus de l'avertissement donné par Trotsky en 1924 après la mort de Lénine — prophétisant que sa propre disgrâce n'était que le début et qu'ils abandonnaient toutes les conquêtes de la révolution aux mains d'un seul homme. Il était certain que la sédition, propagée par des hommes comme Pierre Borodine, avait atteint même les rangs de l'armée. Même Michael avait été choqué et déprimé devant la brutalité de la répression ordonnée par Staline. Sa police secrète, dirigée par Lavrenti Beria et Ivan Nej, torturait et incitait ses victimes à confesser leurs crimes avant de les exécuter avec sauvagerie. Mais il n'avait pas assisté aux interrogatoires dans les cellules de la Lubianka et n'avait donc aucun moyen de savoir lesquelles parmi ces confessions avaient été extorquées par la torture. L'idée que tant de ses vieux camarades comme Nikolai Boukharine ou Lev Kamenev avaient été livrés entre les mains des tortionnaires d'Ivan le rendait malade. Mais quelle était l'alternative ? Aussi sanglante que puisse être la route choisie par Staline — ne réagissait-il pas parfois comme un fou furieux ? — il demeurait le seul homme capable de gouverner cet agrégat de peuples, de races, de religions et d'Etats qui formait l'Union soviétique. Il était nécessaire de le soutenir, il n'y avait pas d'autre alternative car Staline était le plus grand pragmatiste de tous les temps et son seul but était la grandeur de la Russie.

Et n'est-ce pas aussi le mien ? pensa Michael. Je suis ici au milieu de cette sinistre assemblée afin de gagner du temps. L'armée rouge doit se réorganiser et nos industries se préparent à la lutte prophétisée dans *Mein Kampf* — lutte que la Russie doit gagner sous peine de disparaître à jamais de la carte du globe et de devenir une colonie allemande.

Mais cela, le savent-ils? Il jeta un coup d'œil sur Ribbentrop dont le visage rayonnait tandis qu'il applaudissait les filles sur la scène. Si oui, que puis-je espérer obtenir?

— Elles sont magnifiques! s'exclama Ribbentrop. Je n'ai jamais rien vu de semblable. Frau Nej et ses danseuses me font penser aux walkyries traversant notre ciel. Cela doit être le rêve de tout homme, que des créatures aussi splendides le conduisent à sa dernière demeure.

— Certainement. Voulez-vous que nous allions dans les coulisses pour que je vous les présente?

Ribbentrop retrouva son sourire diplomatique.

— Plus tard, peut-être. Il y a une réception, vous savez. Le Führer y sera. Il ne faut pas que nous soyons en retard. D'autre part, j'ai un message pour vous.

— Pour moi?

— Oui. Un Américain, un jeune homme, demande après vous. Il s'appelle John Hayman. Il est journaliste. Désirez-vous le recevoir?

— John! s'écria Michael.

Ribbentrop leva les sourcils.

— Vous le connaissez?

Michael sourit.

— C'est mon fils!

Contrairement à tous les autres hommes présents dans la salle, John Hayman ne portait ni uniforme ni cravate noire. Vêtu d'une veste de sport et d'un pantalon de flanelle grise, il était entouré d'huissiers comme s'il avait la peste. Ils regardèrent le commissaire russe avec réprobation en le voyant s'approcher, les bras ouverts.

Il s'arrêta soudain, à un mètre de son fils. C'était encore pour lui une expérience nouvelle. Il se souvenait de sa joie à la nouvelle de la grossesse d'Ilona durant l'été de 1907, à Starogan. Il avait imaginé alors que, dans son désespoir d'être séparée de George et d'avoir été contrainte d'épouser le prince Roditchev qu'elle détestait, elle consentirait à s'enfuir avec lui, l'ancien valet de son frère, dans les bras de qui elle avait trouvé une passion de rechange.

Sa décision, logique et inévitable, de prétendre que l'enfant était de son mari, l'avait désespéré. Après la fuite d'Ilona de Russie, il n'avait revu son fils qu'une fois en quatorze ans, durant la révolution.

Mais à présent, à trente et un ans, c'était un homme aux épaules larges qui tenait de son père un certain regard pensif et de sa mère des traits d'une remarquable beauté.

— Ivan, dit Michael en russe, puis il rougit. Je devrais vous appeler John, du nom que vous a donné votre père adoptif.

— Je reste Ivan pour vous, père, répondit John Hayman en russe.

Un instant plus tard, il était dans ses bras.

Ils avaient tant de choses à se dire, et tant d'autres dont ils ne pourraient jamais parler...

— Comment va votre mère ?

— Très bien. Elle va venir aussi, vous savez, avec George. Ils ne voudraient pas manquer une occasion de revoir tante Tatie.

— C'est merveilleux, dit Michael en le tenant à bout de bras. Et vous ? Vous vous occupez toujours de tournois d'échecs ?

— Oui. Je suis actuellement le tournoi en Hollande. Mais George m'a permis de prendre une semaine de congé pour venir vous voir. Quant à eux, ils arrivent dans deux jours. Ils sont actuellement à Southampton.

Michael lui sourit.

— Et Natacha Brusilova ? (John rougit.) Comment va-t-elle ?

— Parfaitement bien. Elle danse à merveille. Venez avec moi dans les coulisses, vous la verrez, ainsi que votre tante.

John Hayman montra sa tenue.

— Je ne suis vraiment pas habillé pour la circons-

25

tance. Je descends tout juste du train et suis passé à l'hôtel, mais je n'ai pas eu la patience de me changer.

Michael lui donna une tape dans le dos.

— Ce n'est pas Natacha Brusilova qui vous reprochera votre tenue! D'ailleurs, si vous ne la voyez pas maintenant, vous devrez attendre jusqu'à demain. Nous allons tous à une réception à la chancellerie. Pour rencontrer le Führer.

— Oh! J'espérais...

— Il sera toujours temps demain, Ivan Mikhailovitch. Et les jours suivants!

— Et après cela, père? Y a-t-il une chance pour que...

— C'est une chose dont vous devrez parler avec Tatiana Dimitrievna et avec Natacha Feodorovna. (Michael ouvrit une porte et laissa passer son fils.) Mais puisqu'elles sont ici, pourquoi ne le faites-vous pas?

— Johnnie! s'écria Tatiana Nej en ouvrant tout grand les bras. Johnnie Hayman!

Il hésita à la porte de la loge. Bien d'autres hommes avaient hésité devant la loge de Tatiana Nej. Elle était encore en costume de scène et sa robe collait à son corps comme une seconde peau. C'est contre cette poitrine, qui pointait sous le tissu diaphane, que Tatie allait le serrer.

Mais son embarras avait d'autres raisons encore. Lors de la première tournée de Tatie en Europe, il avait essayé, avec son oncle Pierre, de l'enlever. Quelque temps après, il avait été arrêté en Russie pour espionnage et avait dû avoir recours à elle.

Mais Tatiana, dont le cœur était aussi généreux que le corps, avait tout pardonné au fils d'Ilona, qu'elle aimait.

Elle le prit dans ses bras et le serra contre elle. Pardessus son épaule, il vit Clive Bullen.

— John! Vous avez une mine superbe. Comment se passe le tournoi?

— Tout se joue entre Paul Keres et Reuben Fine.

— Pas Botvinnik ? demanda Tatie. Botvinnik est le seul joueur soviétique qui y prenne part.

— Il se débrouille bien mais pas assez pour les inquiéter. Mais nous n'allons pas parler d'échecs !

Tatie s'avança jusqu'à la porte du fond.

— Natacha Feodorovna, s'écria-t-elle. Venez ici.

— Je ne veux pas la déranger, dit Johnnie.

— Balivernes, déclara Tatie. Elle en a fini pour la soirée et elle veut vous voir. Elle garde toutes vos lettres, vous savez.

— Tatiana Dimitrievna ! protesta Natacha qui venait d'entrer.

— Je suis sûre que c'est quelque chose que Johnnie est heureux d'apprendre, dit Tatie.

Johnnie était incapable de prononcer un mot. Natacha Brusilova avait vingt et un ans à leur première rencontre, six ans auparavant, et il en était tombé amoureux. C'était alors une jeune fille timide et meurtrie. Ses parents avaient été fusillés lors du massacre des koulaks ordonné par Staline en 1929 et, sans la protection de Tatiana Nej, elle aurait sans doute connu le même sort. Mais à présent, à vingt-sept ans, elle était la danseuse étoile de la troupe et avait acquis toute l'assurance que donne le succès.

— Je crois que je vais utiliser votre loge ce soir, Natacha, dit Tatie. Venez, Olga Mikhailovna. Et vous aussi, Clive.

Elle entraîna Clive et son habilleuse vers la porte. Soudain, Natacha retrouva la parole.

— Oh, mais vous ne pouvez pas, Tatiana Dimitrievna. Je veux dire...

— Ne soyez pas stupide, répliqua Tatie en refermant la porte.

— Votre tante est très généreuse. Elle suppose que nous avons beaucoup de choses à nous dire.

— N'a-t-elle pas raison ?

Natacha traversa la loge et s'assit dans un fauteuil.

— Je ne sais pas. Natacha ! (Il s'agenouilla à côté d'elle.) Je vous ai écrit toutes les semaines. Toutes les semaines pendant six ans.

— Et j'ai été très heureuse de recevoir vos lettres.
— Vous les avez gardées.
Elle rougit légèrement.
— Oui.
— Alors... (Il se mordit la lèvre.) Il n'y a personne d'autre ?
— Comment cela serait-il possible ?
— Eh bien... six ans. Et vous êtes si belle et si célèbre à présent.
— Une danseuse étoile n'a pas de temps pour les romances, déclara Natacha en l'observant attentivement.
— Dieu merci. Et maintenant, nous sommes tous deux hors de Russie...

Natacha poussa un faible soupir.
— Je suis ici pour danser, Johnnie.
— Bien sûr. Mais c'est une longue tournée d'après ce que l'on m'a dit. Vous aurez des jours de repos.
— Si Tatiana Dimitrievna le permet.
— Bien sûr ! Je le lui demanderai. Elle aimerait vraiment que vous et moi...
— Tatiana Dimitrievna vous aime beaucoup. Elle parle souvent de son neveu favori.
— Alors, cela ne pose pas de problème. Natacha, nous aurons du temps à nous. Il y a tant de choses dont il faut que nous parlions. Tant de projets à faire. Tant de...

Natacha se leva.
— Je m'en réjouis, Johnnie. Mais à présent, il faut que je me dépêche et que j'aille m'habiller. Il y a une réception à la chancellerie à laquelle le Führer assistera en personne.
— Je sais, dit Johnnie en se levant. J'aimerais y aller avec vous.
— Je l'aurais souhaité, moi aussi.
— Natacha ! (Il lui prit la main et la lui baisa.) Puis-je vous voir demain ?
— Je ne sais pas. Je ne connais pas notre emploi du temps. Téléphonez-moi.
— C'est entendu, je vous appellerai. Six ans !...

Elle hésita, puis lui permit de l'attirer dans ses bras. Son baiser fut aussi chaste qu'autrefois et elle s'éloigna tout de suite.

— Il faut que je me dépêche, répéta-t-elle. Appelez-moi à l'hôtel demain, Johnnie.

Il la laissa s'éloigner.

Michael était déçu. Il avait devant lui un petit homme avec des cheveux noirs plaqués sur le crâne et des traits d'une banalité surprenante, à l'exception d'une petite moustache. Un homme que l'on ne remarquerait jamais dans une foule, pensa-t-il. Mais il était chancelier du Reich : un chancelier mal à l'aise dans son habit de soirée, au milieu de cette foule brillante.

— Ribbentrop m'a dit qu'elles dansaient bien, Herr Nej.

— Oui, Excellence. Mais ne viendrez-vous pas assister à l'une de leurs prestations ?

Hitler parut étonné.

— Prestation ? Cela se pourrait, Herr Nej. Mais nous vivons à une époque bien agitée. Le théâtre est un luxe que je peux rarement m'accorder. Il y a du travail à faire, n'est-ce pas ? Du travail avec vous, Herr Nej.

Michael inclina la tête.

— Je suis ici pour travailler, certainement, Excellence.

— Oui. Il faut que vous parliez avec Ribbentrop et ensuite nous aurons une conversation ensemble, sans aucun doute. Oui ! Connaissez-vous le Reichsmarschall ?

Michael salua Göring. Cet homme avait été un as de l'aviation durant la Première Guerre mondiale, mais il était devenu obèse et ses yeux disparaissaient dans son visage bouffi. Göring fronça les sourcils, puis eut un sourire forcé.

— Toutes ces belles filles qui vous entourent constamment, Herr Nej. Vous avez de la chance. Il faudra me les amener dans ma résidence de campagne pour une représentation privée, n'est-ce pas ?

— Demandez cela à Mme Nej elle-même, la voici. Excellence, permettez-moi de vous présenter Tatiana

Nej, notre commissaire à la culture et la plus grande danseuse du monde.

Hitler parut encore plus embarrassé devant cette femme plus grande que lui et qui rayonnait de sa beauté blonde. Tatie portait une robe de soirée blanche avec des gants qui lui montaient jusqu'aux coudes. Son décolleté était très modeste pour elle, mais il était impossible d'ignorer ses charmes.

Elle fit une révérence. Contrairement à Michael, elle ne s'était pas donné la peine de perfectionner son allemand.

— N'est-elle pas un exemple frappant de la beauté aryenne, mon Führer ? chuchota Ribbentrop.

— Si, si, dit Hitler, s'animant un instant. N'êtes-vous pas de cet avis, Hermann ?

Göring restait penché sur la main de Tatie.

— Vous viendrez, n'est-ce pas, madame Nej, et vous amènerez vos belles jeunes danseuses avec vous ?

Pendant un instant, Michael pensa qu'elle allait lui tirer la langue.

— Nous sommes ici pour danser, Herr Reichsmarschall.

— J'adore la danse, dit Göring. Vous ne voulez pas me présenter quelques-unes de vos danseuses ?

Tatie se tourna vers Hitler qui lui sourit avec indulgence.

— Faites, madame Nej. Pour ma part je ne peux rester plus longtemps. Les affaires d'Etat...

— Eh bien, allons-y, Excellence. Il y a ma fille, là-bas.

— Je l'aurais deviné au premier coup d'œil, dit Göring. Une telle beauté ne pouvait être que votre fille. Pouvons-nous commencer par elle ?

Tatie fronçait les sourcils.

— Je ne sais pas avec qui elle parle.

Svetlana bavardait avec un homme d'une grande beauté portant l'uniforme SS et qui avait les cheveux encore plus blonds que Svetlana.

— Il me semble que c'est le jeune Hassel, dit Göring.

Hitler se tourna dans la direction indiquée.

— C'est bien cela. Paul von Hassel, madame Nej, un de nos jeunes gens les plus brillants. Il en apporte encore la preuve en ayant choisi de parler à votre fille, n'est-ce pas ? Ribbentrop, il faut que je m'en aille. Herr Nej, je vous souhaite un bon séjour dans notre Reich. Tâchez de bien utiliser votre temps. (Il sourit froidement.) Et le nôtre aussi. Frau Nej, cette soirée est une des plus mémorables de ma vie.

Les assistants se mirent au garde-à-vous et sur un signe de Ribbentrop, l'orchestre entama l'hymne national. Hitler sortit de la salle en souriant à droite et à gauche, suivi de ses aides de camp.

— Eh bien, dit Göring, les formalités sont finies. Nous pouvons nous amuser. A présent vous pouvez me présenter toutes vos danseuses, en commençant par votre fille, bien entendu. Il faudra que Hassel me cède la place, n'est-ce pas ?

Il éclata d'un rire tonitruant qui fit tourner toutes les têtes.

Tatie se tourna vers Michael qui haussa les épaules.

— Eh bien, commença-t-elle...

Mais Ribbentrop l'interrompit.

— Avant que vous ne partiez, Frau Nej, nous avons une surprise pour vous. Une grande surprise. Un invité qui sera lui aussi surpris de vous voir.

Il se tourna vers une porte latérale de l'immense salle par laquelle deux hommes entraient. L'un était petit, d'une laideur grotesque, et boitait.

— Je vous présente Herr Goebbels, dit Ribbentrop. Notre Gauleiter de Berlin et, qui plus est, notre ministre de la Culture.

Mais Tatie n'était pas intéressée par Goebbels. Elle regardait l'autre homme comme si elle venait d'apercevoir un fantôme. Il était plus grand qu'elle, mais avait les mêmes cheveux blonds que les siens.

— Mais vous connaissez déjà notre deuxième invité, reprit Ribbentrop en riant. Frau Nej, votre frère, le prince Pierre Borodine de Starogan !

31

2

— Madame Nej, dit Goebbels en prenant les deux mains de Tatie et en l'attirant vers lui. Vous êtes très belle. Les photographies ne vous font pas justice.

Pour la première fois de sa vie, Tatie se sentit embarrassée par un homme. Ses yeux ne restaient jamais immobiles et la parcouraient tout entière, allant de son visage à sa gorge et semblant voir les délices qui se cachaient sous sa robe.

Elle lui permit de baiser sa main et dut insister pour se dégager.

— Pierre ?

Elle n'en croyait pas ses yeux.

— Je crois que cela fait quelque temps que vous n'avez pas vu votre frère, dit Ribbentrop avec un sourire malicieux.

Pierre lui baisa la main.

— Berlin est devenu la capitale de l'Europe, n'est-il pas vrai ? Vous paraissez vous porter à merveille, Tatiana Dimitrievna.

— Merci. Vous aussi. Je vous ai écrit à la mort de Rachel mais je n'ai pas reçu de réponse.

— C'était une période éprouvante pour moi.

Pierre regarda Michael qui attendait patiemment.

— Vous vous souvenez de Michael, dit Tatie.

— Certainement. Que fait-il ? C'est votre chien de garde ?

Michael tendit la main à son ancien maître. Il était surpris de ne ressentir aucune crainte. Il n'avait pas revu Pierre Borodine depuis 1907, lorsqu'il avait quitté sa place de valet. Pierre avait été furieux et lui avait prédit qu'il finirait mal — ce qui avait bien failli se réaliser, puisque Michael avait été condamné à mort pour l'assassinat de Stolypine. Mais depuis lors, bien des choses avaient changé. Le prince de Starogan était maintenant un fugitif et son ancien valet était devenu le deuxième personnage de la Russie. Ce seul fait eût suffi à provoquer la haine de Pierre. Mais il y avait plus. Entre temps, Michael avait connu et aimé la maîtresse de Pierre, Judith Stein. Et cela excluait tout pardon. Mais Michael n'éprouvait pas de haine. Il sourit en disant :

— Je doute que Tatiana Dimitrievna s'accommode d'un chien de garde.

— Tatiana Dimitrievna! reprit Pierre pensivement, comme s'il avait du mal à digérer le fait qu'un ancien valet parle ainsi d'une princesse en sa présence. Qu'est devenu l'autre chien de garde, le meurtrier? Mais j'oubliais que vous aviez autant de crimes que lui sur la conscience...

Ribbentrop toussota avec embarras et Goebbels fit un signe pour qu'on leur apporte des boissons.

— Si vous avez l'intention de vous battre, je vais cogner vos têtes l'une contre l'autre, dit Tatie. J'ai dû faire cela la dernière fois, Herr von Ribbentrop. Figurez-vous que mon frère a essayé de m'enlever.

— Un peu de champagne, suggéra Goebbels. Je suis sûr qu'il l'a fait pour votre bien, Frau Nej.

— Tout ce que fait Pierre est pour le bien de quelqu'un. L'ennui, c'est qu'il ne prend jamais la peine de leur demander leur avis auparavant.

— Je vois que vous n'avez pas changé, Tatie, dit Pierre en prenant une coupe de champagne. Enfin, puisque vous êtes ici, il faudra que nous déjeunions ensemble. Je suis sûr que Ruth aimerait rencontrer... Svetlana ? Est-ce bien son nom ?

— Oh, j'aimerais beaucoup voir Ruth. Je ne l'ai jamais vue, vous savez, expliqua Tatie aux Allemands indifférents. Ainsi, elle est en Allemagne avec vous ?

— C'est évident. Nous vivons ici à présent. Ces messieurs ont eu la bonté de me donner une nouvelle patrie.

— Une patrie ? Ici en Allemagne ? Avec les na...

Ce fut au tour de Michael de manifester sa crainte. Il l'interrompit vivement.

— J'imagine que vous devez être très heureux ici, Herr Borodine. Après tout, historiquement, les Allemands et les Russes ont toujours été très proches. (Il sourit.) La moitié de nos tsarines étaient des princesses allemandes.

— C'est exact, dit Pierre froidement. Et je ne doute pas qu'à l'avenir, l'Allemagne et la Russie continuent à entretenir des liens étroits.

— Oui, dit Ribbentrop avec une certaine gêne.

— Oh oui, reprit Tatie. C'est la raison de notre présence ici. Je ne suis ici que pour faciliter les choses. C'est une idée de Joseph Vissarionovitch. Mais Michael est ici pour affaires et aussi afin d'arriver à une entente politique. N'est-ce pas, Michael?

Michael regarda fixement Ribbentrop qui lui renvoya un regard consterné, tandis que Goebbels vidait un nouveau verre de champagne. Puis les trois hommes se tournèrent vers Pierre.

— Un accord? s'étonna celui-ci. Entre Allemands et Soviétiques? Des gens que vous vous êtes juré de détruire?

— Je vous supplie de ne pas oublier que ceci est une réception, prince Pierre, dit Ribbentrop. Vraiment...

— Vous voulez signer un accord avec ça! s'écria Pierre en montrant Michael du doigt.

Des visages se tournèrent vers eux; bientôt les conversations cessèrent. Mais Goebbels réagit promptement. Il fit un signe à l'orchestre qui jouait de la musique douce et celui-ci attaqua une ouverture wagnérienne qui noya tous les autres bruits.

— Je suis absolument désolé, cria Ribbentrop pour se faire entendre malgré le vacarme. Le prince Pierre ne comprend pas...

— Ne comprend pas? hurla Pierre. Je ne comprends que trop bien. Vous m'avez trompé, monsieur, vous m'avez ridiculisé. Je ne le supporterai pas. Je...

— Vous nous excuserez, Herr Nej, dit Goebbels en prenant Pierre par le bras. Frau Nej, c'est un honneur inoubliable d'avoir fait votre connaissance. J'espère que nous nous reverrons dans les plus bref délais.

— Je ne pars pas, déclara Pierre. Je resterai ici. Je suis venu pour...

Il découvrit qu'un homme en uniforme brun avait saisi son autre bras.

— Il est temps que nous partions, dit Goebbels. Nous avons du travail.

— Eh bien, dit Tatie, comme l'on reconduisait son frère vers la porte, il ne change pas. Je pense qu'il ne changera jamais. Tout ce qu'il veut, c'est se battre. Est-ce aussi votre désir, Herr von Ribbentrop ?

— Vous devriez vraiment essayer de vous contrôler, prince Borodine, dit Goebbels en l'entraînant à travers le vestibule.

— Me contrôler ? cria Pierre. Cet homme est un assassin de la pire espèce. De plus, il a séduit ma sœur et a signé l'ordre d'exécution du tsar et de sa famille. Et je le trouve ici, en pourparlers avec vous...

— Vous devez vous rendre compte qu'un diplomate est parfois contraint de traiter avec des gens qu'il n'approuve pas sur un plan personnel.

Ribbentrop les avait rejoints.

— Herr von Ribbentrop, je suis venu en Allemagne pour une seule raison. Je suis engagé dans une lutte à mort avec le bolchevisme et il me semblait que seule l'Allemagne nazie était prête à s'opposer aux bolcheviks par tous les moyens, y compris les armes. Je suis venu ici de bonne foi et j'ai offert mes services à votre gouvernement — services que vous avez été bien content d'utiliser, Herr von Ribbentrop. Je veux parler de mon réseau d'agents en Russie — des hommes et des femmes qui ont consacré leur vie à la chute de Staline et de son régime. Et vous espérez que je vais approuver l'arrivée d'un des membres les plus infâmes de cette équipe, ici, à Berlin ? Traiter Michael Nej en diplomate ! Mon Dieu ! Cet homme est un valet ! Le fils d'un serf ! Son frère et lui-même astiquaient mes bottes ! Et vous le traitez en diplomate ?

— Le Troisième Reich n'a nul besoin de l'approbation de ses hôtes, répliqua Ribbentrop d'un ton glacial.

— Les choses peuvent changer, dit Goebbels pour

adoucir les angles. Mais un ennemi demeure toujours un ennemi.

— J'ai bien peur de ne pas vous comprendre, dit Pierre.

— Herr von Ribbentrop vous expliquera, dit Goebbels. L'Allemagne a l'intention d'entrer en guerre avec la Russie dans un avenir proche. Notre Führer s'est expliqué là-dessus et c'est la volonté du parti nazi et de la nation. L'Allemagne a besoin d'espace vital et elle ne peut en trouver qu'à l'Est.

— Je sais cela, dit Pierre avec impatience. Lorsque la guerre sera gagnée, l'Allemagne possédera l'Ukraine. Je n'ai soulevé aucune objection à cela.

— C'est exact. Mais ne vous y trompez pas. Une guerre avec la Russie n'est pas une petite affaire. Pensez à ceux qui ont essayé de la conquérir : Napoléon, Charles XII. Ils ont tous deux échoué, et pourtant c'étaient d'excellents stratèges.

— Ils ont combattu un pays uni qui se ralliait au nom de Dieu et du tsar. Et ils ont combattu une armée bien entraînée et disciplinée. C'est cela que j'ai fait remarquer durant ces derniers mois. La Russie n'a jamais été aussi désunie depuis les invasions mongoles. Et l'armée n'est qu'un ramassis de va-nu-pieds. Je suis le premier à admettre que les bolcheviks ont découvert d'excellents généraux...

— En effet, l'interrompit Ribbentrop. Ne vous ont-ils pas vaincus en 1920 ?

— Si les alliés nous avaient ravitaillés comme ils devaient le faire, nous aurions écrasé le bolchevisme. Mais cela est une autre affaire. Ces généraux ont tous été liquidés par Staline. L'armée est dans le désarroi le plus complet. Vous ne retrouverez jamais une meilleure occasion qu'à présent, messieurs.

— Un de ces généraux au moins est vivant. Il assiste à notre réception.

— Michael Nej ? Bah ! C'est un paysan et le fils d'un paysan.

— Ne commandait-il pas les troupes qui ont combattu les vôtres ?

— Il avait du ravitaillement, hurla Pierre. Et des chars. Nous n'en avions pas. Il avait...

— Ceci est hors de propos, l'interrompit Goebbels. Vous m'excuserez, prince Pierre. Vous avez probablement raison. La Russie est très vulnérable à l'heure actuelle. Mais nous aussi sommes vulnérables. Nous ne pouvons pas combattre la Russie tant que nos frontières ne sont pas rectifiées, tant qu'il y a risque d'encerclement par les démocraties. L'Angleterre et la France ne se contenteront pas de nous regarder faire si nous déclarons la guerre à la Russie.

— Allons donc, ils ne se battront jamais pour les bolcheviks! Ils les détestent autant que nous. Simplement, ils n'ont pas le courage de le dire ouvertement.

— Les démocraties se battent toujours s'il y a chance de profit, dit Goebbels. Elles sont très excitées en ce moment à cause de l'affaire des Sudètes. Il faut résoudre ce problème avant de songer à attaquer la Russie. Et n'oubliez pas que s'ils décident de se battre pour la Tchécoslovaquie, la Russie est forcée, par traité, de les aider. Maintenant nous savons, grâce à vos agents, prince Pierre, que la Russie n'est pas en mesure de se battre contre quiconque et aimerait beaucoup se soustraire à cette obligation. Vous ne croyez pas qu'il est de notre intérêt, à titre temporaire, de les encourager dans cette voie? De suggérer aux bolcheviks que, malgré ce qui est écrit dans *Mein Kampf*, nous sommes prêts à diviser l'Europe en sphères d'influence afin que chacun y trouve son avantage?

— C'est de l'hypocrisie!

— C'est une nécessité. Vous n'avez rien à craindre. Au bout du compte, nous vaincrons la Russie et vous aurez Michael Nej. Je vous en donne ma parole. Nous vous les livrerons, lui et son frère, et vous pourrez les pendre de vos propres mains.

— Vous me prenez pour un bourreau? Je suis le prince de Starogan et uniquement préoccupé par la justice. Ni plus ni moins.

— Bien sûr, bien sûr. Et elle sera faite. Ne vous ai-je pas donné ma parole? Mais admettez que les assassins doivent être pendus. Laissons-leur assez de corde pour être certains d'atteindre ce but. Ayez confiance en nous, prince Pierre. Nous tiendrons nos engagements.

Pierre hésita, ses regards allaient de l'un à l'autre.

— Vous ne pouvez pas me demander de m'asseoir à la même table que cet individu qui a été mon valet !

— Bien sûr, répéta Goebbels. Ce soir nous avons commis une erreur. C'était de la négligence de ma part. Je crois que vous devriez rentrer chez vous à présent. Demain il vous faudra examiner certains documents. Je vous accompagne jusqu'à votre voiture. Je suis sûr que Herr von Ribbentrop vous excusera.

— Bien entendu, dit Ribbentrop qui comprit l'allusion du ministre de la Propagande.

Pierre fit un signe de tête et descendit les escaliers, accompagné par Goebbels. Ribbentrop alluma un cigare et regarda par la fenêtre jusqu'au retour de Goebbels.

— Comment faites-vous pour le supporter ? La haine qu'il voue aux bolcheviks est maladive. Comment quelqu'un qui se contrôle aussi mal peut-il nous être de quelque utilité ?

— Il connaît son affaire, répliqua Goebbels. Son réseau d'agents en Russie est pour nous d'une valeur inestimable, et vous le savez bien. De plus, ce sont des gens animés par un idéal, tout comme lui. Ils ne demandent pas d'argent. Et ils meurent pour lui avec joie. Nous aurions du mal à trouver quelqu'un d'aussi utile. Je ne parle même pas de la valeur de propagande que représente sa présence parmi nous.

— Bah, je doute qu'il ait la moitié de la valeur que vous lui attribuez. Et que se passera-t-il à l'avenir ? Ne croyez-vous pas qu'il nous posera des problèmes ? Il *consent* à ce que nous gardions l'Ukraine ! Quelle farce ! Ne comprend-il pas que nous voulons toute la Russie d'Europe ? Qu'il prenne la Sibérie et la steppe s'il veut fonder un nouveau royaume avec un autre tsar !

— Il ne se rend pas compte, Joachim, et je vous serais reconnaissant de ne pas l'éclairer à ce sujet. Quand nous aurons gagné la guerre contre la Russie, le prince Borodine ne nous sera plus d'aucune utilité. (Il donna une tape sur l'épaule de Ribbentrop.) Il pourrait bien finir sur le même gibet que les frères Nej. Ne serait-ce pas une bonne plaisanterie ?

— J'aimerais voir cela, acquiesça Ribbentrop. Avec cette catin blonde qu'est sa sœur pendue à ses côtés.

— Ce serait du gâchis. Mme Nej est une véritable beauté. (Il soupira.) Bien que l'on m'ait rapporté que sa sœur qui vit en Amérique est encore plus belle. Enfin, il faut que je voie ce que l'on peut faire avec celle-ci. (Il fit un clin d'œil.) Et, pour l'amour du ciel, Joachim, ne vous laissez pas emporter à cause de Borodine. C'est un outil. Rien de plus.

— Les critiques semblent toutes bonnes.

Clive Bullen, en peignoir, était assis sur la terrasse de la chambre d'hôtel. Il replia le journal.

Tatie versa le café.

— N'ayez pas l'air tellement surpris.

— Je me souviens qu'à votre dernier passage ici, certains chroniqueurs avaient été choqués.

Elle posa sa tasse devant lui et lui prit la tête dans les mains pour l'embrasser.

— Cela se passait en 1925. Nous sommes maintenant en 1938. Les temps ont changé. Les mœurs sont différentes. Les gens sont plus civilisés.

— Le pensez-vous vraiment en ce qui concerne ces gens ?

Elle s'assit à côté de lui.

— Ce sont des révolutionnaires. Comme nous en Russie. Cela prend du temps avant d'arrondir les angles. En tout cas, ils semblent aimer la danse.

— Ou alors ils ont décidé d'être aimables avec la délégation russe et ils ont ordonné à leurs journaux de ne pas faire de mauvaises critiques.

— Vilain monsieur ! (Elle sourit en disant ces paroles.) Je me moque de ce qu'ils pensent. Vous êtes ici avec moi pour un mois entier. Je peux à peine le croire. Je vais profiter de chacun de ces instants.

— Avant que nous ne soyons séparés pour — combien de temps avez-vous dit ? Six ans ?

Elle fit la moue.

— Ce n'est pas si long que ça. Mais après ces six années, nous ne serons plus jamais séparés. Je vous l'ai promis. Et puis il y aura d'autres missions culturelles. Joseph Vissarionovitch est décidé à rester en bons termes avec tout le monde en Europe. Il y aura d'autres missions.

Il se tourna vers elle : il ne pouvait se lasser de la regarder. Mais son insouciance l'effrayait. Elle était persuadée que tout ce qu'elle avait décidé se réaliserait, comme cela s'était toujours produit par le passé.

— Vous aimez Joseph Staline, n'est-ce pas ?

— Eh bien... (Tatie parut réfléchir.) Oui, je l'aime bien. J'aime tous ceux qui m'apprécient. Quant à lui faire confiance, cela me paraît évident, puisque je travaille pour lui.

— Ce n'est pas tout à fait la même chose.

Elle se pencha par-dessus la table et lui posa un doigt sur les lèvres.

— Pas de politique. Je ne fais pas un voyage de trois mille kilomètres pour parler politique avec vous. Voici les filles. Svetlana, ma chérie ! Natacha ! Venez vous asseoir et racontez-moi ce que vous avez fait hier soir. Et embrassez Clive.

Natacha Brusilova rougit en tendant sa joue; quant à Svetlana, si elle était embarrassée de prendre le petit déjeuner avec l'amant de sa mère, elle ne le montra pas.

— C'était une soirée merveilleuse, dit-elle en s'asseyant. Ils étaient tous si gentils. Après la réception nous sommes allés dans une sorte de night-club dans une cave. Tout le monde chantait et dansait et il y avait un spectacle sur scène.

— C'était dégoûtant — un défilé de suggestions malveillantes et de postures obscènes.

— Oh, c'était amusant, protesta Svetlana. Et ils étaient tous si charmants, si prévenants.

— Quelqu'un en particulier ? demanda Tatie.

— Oh... (Ce fût au tour de Svetlana de rougir.) J'ai rencontré un jeune homme vraiment charmant, maman.
— Il s'appelle Paul von Hassel, il est lieutenant dans les Waffen SS et je peux vous dire qu'il est tenu en haute estime par Hitler en personne.
— Voilà une excellente recommandation, dit Clive.
Tatie lui donna un coup de pied sous la table.
— Comment le saviez-vous ? demanda Svetlana.
— Cela fait partie de mon rôle. Vous a-t-il raccompagnée ?
— Oui, maman.
— Et ?
Svetlana la regarda pendant quelques instants, puis partit d'un grand éclat de rire.
— Oh, rien de la sorte. Il m'a baisé la main. Mais il voudrait que j'aille dîner avec lui ce soir.
— Je ne crois pas qu'il soit souhaitable de se lier trop avec ces nazis, suggéra Clive.
— Clive a raison. Mais ce garçon est le protégé de Hitler et nous sommes ici pour nous attirer ses bonnes grâces. Alors acceptez son invitation à dîner après le spectacle. Qu'en pensez-vous, Natacha Feodorovna ?
— Rien, dit Natacha en haussant les épaules.
— Pourquoi ? N'avez-vous pas vous aussi fait la connaissance d'un bel Allemand ?
— De plusieurs, je suppose.
— Mais vous ne pensiez qu'à Johnnie. Vient-il ici pour le déjeuner ?
Natacha acquiesça en rougissant.
— Tatiana Dimitrievna, j'aimerais vous parler seule à seule pendant quelques instants. Serait-ce possible ?
— Certainement, surtout s'il s'agit de Johnnie. Après le petit déjeuner : Clive a pour habitude de fumer un cigare et je ne supporte pas cette odeur. (Elle regarda la porte s'ouvrir.) Eh bien, Olga Mikhailovna ?
L'habilleuse fit la révérence.
— Une jeune femme désire vous voir, camarade Nej.
— Une jeune femme ? Comment s'appelle-t-elle ?
— Ruth Borodina, camarade Nej.

— Ruth ! (Tatie se leva d'un bond.) Ma nièce. Votre cousine, Svetlana. C'est la fille de Pierre et de Rachel Stein. Oh, je suis si contente qu'elle soit venue !

— Espérons qu'elle n'est pas comme son père, murmura Svetlana.

Mais Tatie avait déjà ouvert la porte en grand et fait entrer la jeune fille.

— Ruth Borodina. Laissez-moi vous regarder.

La jeune fille dévisagea avec curiosité les convives assis à la table. Elle était très mince, mais ne manquait ni de poitrine ni de hanches. Ses cheveux noirs et épais comme ceux de sa mère lui tombaient sur les épaules. Elle avait les traits réguliers et d'immenses yeux noirs.

— Savez-vous que vous êtes le portrait de votre tante Judith, la première fois que je l'ai rencontrée. Quel âge avez-vous, Ruth ?

— J'ai dix-sept ans, madame Nej.

Ruth parlait parfaitement le russe, bien qu'elle ait quitté le pays toute jeune.

— Dix-sept ans ! Je crois que Judith avait votre âge lorsque je l'ai connue. Ah, où sont mes dix-sept ans ! Et pourquoi m'appelez-vous madame Nej ? Je suis votre tante Tatie.

Elle la prit dans ses bras, puis la mena jusqu'à la table.

— Je suis venue m'excuser pour l'attitude de mon père hier soir. Je crois qu'il a été très grossier.

— Votre père est un homme grossier, dit Tatie. Mais c'est une chose qui ne vous concerne pas.

— Il s'est mal conduit aussi avec le commissaire Nej. Je voudrais m'excuser pour lui, monsieur.

Tatie éclata de rire.

— Ce n'est pas le commissaire Nej. C'est mon ami, monsieur Bullen.

— Oh ! (Ruth rougit légèrement.) Excusez-moi, monsieur.

Elle hésita, jetant un regard sur la robe de chambre et sur le lit défait que l'on apercevait par la porte ouverte.

— Clive est mon ami, Ruth, répéta Tatie. Et voici votre cousine Svetlana.

Svetlana se leva et fit le tour de la table pour venir l'embrasser.

— Et voici ma danseuse étoile, Natacha Brusilova.
— Oh! (Ruth lui fit presque la révérence.) J'admire beaucoup ce que vous faites. J'aimerais aussi être danseuse.
— Alors vous le serez, dit Tatie en s'asseyant. Maintenant, venez prendre une tasse de café.

Ruth prit place en hésitant.

— Papa ne le permettrait jamais.
— Il n'aime pas le café? demanda Svetlana, hargneuse.
— Je voulais dire... (Ruth rougit.) Il ne me permettrait jamais de danser en public. Il dit que...
— Que vous êtes la future princesse de Starogan. Je vois cela d'ici. Les pères sont parfois de telles plaies! Ce n'était pourtant pas le cas du mien. Pierre ressemble à sa mère. Elle était vraiment impossible. Mais il faut me parler de vous, Ruth. Pourquoi vivez-vous en Allemagne à présent? Où allez-vous à l'école?
— J'ai une gouvernante.
— Oh là là! J'en avais une aussi, autrefois. Une Française. Je ne me souviens même pas de son nom. Alors parlez-moi... oh, vraiment, Olga Mikhailovna, qu'y a-t-il encore?
— Un message, camarade Nej. De la part du Dr Goebbels.
— Le Dr Goebbels? J'ai déjà entendu ce nom.
— Vous l'avez rencontré hier soir, dit Natacha. Un petit homme qui boitait.
— C'est le ministre de la Propagande, dit Ruth avec respect.
— Ce petit homme obséquieux? Je n'ai jamais rencontré quelqu'un de moins attirant. Que veut-il, Olga?
— Il vous invite à déjeuner, camarade Nej.

Tatie regarda Clive qui haussa les épaules.

— Je suppose que c'est le but de votre séjour ici. Après tout, si c'est le ministre de la Propagande...

43

— Vous ne vous ennuierez pas ! (Svetlana éclata de rire.) J'en ai entendu parler hier soir. Il paraît que c'est l'homme le plus lubrique de toute l'Allemagne. Il est capable, paraît-il, en tête-à-tête, d'enlever la culotte de n'importe quelle femme en moins de cinq minutes.

— Svetlana ! protesta Natacha.

— Est-ce vrai ?

— Herr Goebbels est un grand homme, dit Ruth. Papa le dit.

— J'en suis certaine, dit Tatie. Eh bien, Olga, vous pouvez refuser l'invitation.

— Refuser l'invitation du Dr Goebbels ?

Ruth était horrifiée.

— Je suis ici pour danser, pas pour me faire tripoter par des petits nazis au pied bot. D'ailleurs (Tatie sourit à tout le monde) Ilona et George arrivent aujourd'hui. Nous allons tous déjeuner ensemble.

— C'est si extraordinaire de pouvoir se voir ainsi de temps en temps, dit Ilona à Michael. (Elle était assise à sa droite.) Il me semble que notre dernière rencontre date d'hier.

— C'était il y a six ans, lors d'un dîner avec Judith et Boris Petrov.

— J'avais oublié. Je n'ai jamais de leurs nouvelles. Comment vont-ils ?

— Je crois qu'ils sont très heureux. Ils ne se sont pas mariés, vous savez. Judith n'épousera jamais un bolchevik, même quelqu'un comme Boris Petrov qui ne nous approuve plus vraiment. Mais ils vivent heureux à Paris à ce que l'on dit et elle s'occupe des émigrés juifs. C'est ce qu'elle a toujours voulu faire.

— Il y a tant de choses que Judith voulait faire, dit Ilona pensivement.

Elles avaient partagé tant de choses ensemble qu'elles ne pouvaient que s'aimer ou se détester, quoi qu'il advienne.

Michael lui tendit son verre de champagne.

— Il ne faut se souvenir que des événements heureux.

Elle sursauta, rougit et but.

— Comment saviez-vous que je pensais au passé ?

— Cela paraissait probable.

Elle sourit.

— Je pensais peut-être à notre dernier déjeuner ! Catherine et Nona étaient avec nous, mais elles sont absentes aujourd'hui.

— Nona est à l'école et Catherine... eh bien, elle n'est pas vraiment faite pour les réceptions diplomatiques. (Mais c'était un sujet qu'il n'avait pas envie d'aborder.) De toute façon, vous étiez en train de penser à Judith

— Comment le savez-vous ? La semaine prochaine nous allons directement de Berlin à Paris. George a l'intention de visiter toutes les capitales de l'Europe durant ce séjour. Il dit que c'est la dernière fois que nous viendrons. Alors nous irons certainement voir les Petrov. Dois-je l'embrasser de votre part ?

— Oui, certainement. Pourquoi George dit-il que c'est la dernière fois que vous venez en Europe ?

— Il pense que l'Europe ne sera plus la même d'ici à quelques années. Etes-vous de cet avis ?

— Mon travail consiste à essayer de la sauvegarder. Mais parlons de choses plus gaies. John semble se porter comme un charme.

Ilona jeta un coup d'œil vers son fils qui était en grande conversation avec Natacha Brusilova.

— Oui, j'en ai l'impression.

— Mais vous vous faites du souci pour lui ?

— Eh bien... il ne fait pas grand-chose, n'est-ce pas ? Je veux dire que faire des comptes rendus de tournois d'échecs, ce n'est pas vraiment un travail.

— Si cela le rend heureux...

— On peut être heureux sur une plage à lancer des cailloux dans l'eau. Mais il vient un temps où il faut quitter la plage.

— C'est l'épouse d'un des plus riches éditeurs d'Amérique qui parle, dit Michael en souriant. Si on ne gagne pas un million de dollars par jour, on perd son temps.

— Et vous ne croyez pas qu'il devrait faire autre chose ?

— Tout le monde ne peut pas être un modèle de dynamisme. Il faut de tout pour faire un monde. Il faut que quelqu'un fasse les comptes rendus des tournois d'échecs pour les millions de gens qui aiment ce jeu, qui ont envie de jouer comme les grands maîtres et qui n'ont pas les moyens d'assister aux grands tournois. John rend ces gens-là heureux. Il est heureux, lui aussi. Je ne pense pas que cela soit si mal.

— Camarade philosophe Nej, pourtant, je ne crois pas qu'il soit heureux, sauf peut-être quand il joue aux échecs.

Elle regarda Natacha, mais ne put rien dire d'autre sans courir le risque que la jeune fille l'entende.

— Cela aussi s'arrangera, dit Michael qui avait suivi son regard. Dites-moi, saviez-vous que Pierre vit à Berlin ?

Ilona inclina la tête.

— L'avez-vous vu ?

— Je crois que nous déjeunons avec lui demain.

— Il a changé.

— Vous voulez dire qu'il n'a pas changé du tout. Et il ne changera jamais. Simplement, vous ne l'avez pas vu depuis longtemps. Mais c'est tout de même mon frère, Michael. Je ne peux pas l'ignorer. Je me fais aussi du souci pour Ruth, qui passe ainsi d'un pays à l'autre sans recevoir une éducation suivie. (Elle soupira.) Je ne pourrai rien y faire de toute façon. Mon Dieu ! Nous formons une bien triste assemblée. Nous sommes ici, vivants et bien portants, et nous buvons du champagne. Nous devrions porter un toast.

— Bien sûr. (Michael frappa sur la table et se leva.) Nous avons tous survécu à bien des événements pour nous retrouver ici. J'espère que nous nous retrouverons encore souvent. Je bois à la santé des Borodine, des Hayman et des Nej. Buvons.

Ilona sonna à la porte de l'appartement, sortit son mouchoir et essuya une goutte de sueur sur sa lèvre supérieure. Elle savait si peu de choses sur cette fille, sinon que sa vie avait été une succession de tragédies. Née de Pierre Borodine et de Rachel Stein, la sœur de Judith, aux derniers jours de la révolution, lorsque les Armées Blanches avaient été écrasées par l'Armée Rouge de Trotsky et de Michael Nej, Ruth Borodine avait été une exilée dès son premier souffle. A New York, durant les années 20, et malgré la prétention de Pierre, ils n'avaient été que les parents pauvres des Hayman et, après la mort tragique de sa mère, elle avait suivi son père, d'abord en Angleterre, puis enfin en Allemagne. Elle avait eu pendant un moment la compagnie et la protection de sa tante Judith. Mais après la rupture de celle-ci avec Pierre, elle était restée seule pour s'occuper de la maison de son père et elle était certainement encore plus seule ici à Berlin en 1938. Elle pouvait difficilement ignorer son ascendance juive, malgré la protection que représentait le nom des Borodine.

La porte s'ouvrit et Ruth parut devant elle. Elle portait un tablier sur une robe bon marché et ses cheveux étaient noués en chignon. Elle n'était pas maquillée mais le rouge envahit son visage.

— Madame Hayman ? Quelle... joie de vous voir.
— Tante Ilona ! Puis-je entrer ?
— Bien sûr. (Elle retira la chaîne.) Papa veut toujours que je mette la chaîne. Il dit qu'on ne peut faire confiance à personne de nos jours.
— Il a certainement raison.

L'appartement était grand. Ilona se trouvait dans un vestibule sur lequel donnaient cinq portes dont l'une était ouverte sur un grand salon, bien éclairé. Cependant les meubles étaient ordinaires et avaient vu de meilleurs jours.

— Votre père est-il à la maison ?
— Je suis désolée, il est sorti.
— Très bien.

Ilona s'assit et retira ses gants.

— Je... croyais qu'il déjeunait avec vous ?

— Oui, mais un peu plus tard. C'est vous que je suis venue voir. Vous souvenez-vous un peu de moi ?

— Eh bien...

Ruth marqua une hésitation.

— Je vois que non. Il est vrai que vous n'aviez que sept ans à votre départ de New York.

— Je... je suis allée rendre visite à tante Tatie — Mme Nej — hier.

— Elle me l'a dit. Elle était ravie de vous voir, Ruth. Quel âge avez-vous ?

— J'ai dix-sept ans.

— Alors pourquoi n'êtes-vous pas à l'école ?

— Eh bien, parce que papa ne m'y envoie pas. Les écoles sont tellement onéreuses et je sais tout ce que j'ai besoin de savoir.

— Mais vous n'allez pas passer votre vie à tenir la maison de Pierre. Il faut absolument que je lui parle.

— Non, dit Ruth avec une fermeté surprenante. (Ilona haussa les épaules.) Je veux dire... (Ruth rougit.) pas si vous avez l'intention de parler de moi. Je suis parfaitement heureuse.

— Vraiment ? Savez-vous ce qu'est le bonheur ?

— Quelqu'un le sait-il ?

— Il y a sûrement des choses plus intéressantes dans la vie que de se cacher dans cet appartement toute la journée, à faire la cuisine et le ménage. Est-ce que vous sortez parfois ?

— Papa n'approuve pas les sorties.

— Je vois. Alors comment allez-vous faire la connaissance de jeunes gens ?

— A quoi bon ?

— Vous ne voulez pas vous marier ?

— Ici ? En Allemagne ? (Ruth eut un petit frisson.) Ailleurs, peut-être. Papa dit que nous allons repartir bientôt. Peut-être en Russie.

— Oh ! mon Dieu ! Même lui doit savoir qu'il ne s'agit là que d'un rêve. (Ilona se leva et tendit les mains à Ruth.) Ma chérie, je vais lui parler. La façon dont il vous traite est cruelle. Je vais lui demander de vous laisser venir en Amérique. Juste pour une visite. Mais nous ferons en sorte que ce soit une longue visite. Ruth, il y a tant de choses à faire dans la vie, croyez-moi.

— Non. Je vous en prie, tante Ilona, ne faites pas cela.

— Mais...

— Je vous en prie. Ne comprenez-vous pas ? Mon père n'a que moi. Je sais qu'il vit dans les rêves du passé et de Starogan. C'est la seule joie qui lui reste. Mais il doit vivre dans le présent et il a besoin de moi. Je suis la seule à pouvoir le faire sourire — parfois. Il m'appelle sa petite Rachel. Il aimait ma mère, tante Ilona.

Ilona se souvenait des disputes, des humiliations constantes que subissait Rachel. Cependant, elle préféra ne rien dire.

— Je ne peux pas le quitter, expliqua Ruth. Pas en ce moment.

Ilona poussa un soupir, prit les mains de sa nièce et l'attira à elle pour l'embrasser.

— Il ne vous mérite pas.

— Il m'a, dit Ruth. Personne ne peut changer cela.

— Oui. Souvenez-vous simplement, ma chérie, que vous avez aussi des devoirs envers vous-même. Ne l'oubliez pas. Et si vous avez besoin de quelque chose, n'oubliez pas que George et moi sommes là et que nous attendons de vos nouvelles.

— J'aime votre mère, confia Natacha Brusilova à John. Elle m'a plu quand je l'ai vue pour la première fois il y a six ans. J'ai pensé alors que vous aviez de la chance... et elle aussi.

Ils venaient de déjeuner à l'hôtel et les danseuses étaient censées se reposer avant le spectacle. Mais c'était tout aussi agréable de s'étendre au bord de la piscine de l'hôtel, de profiter du soleil et de pouvoir bavarder ensemble. John n'était pas certain que Natacha eût envie d'être seule avec lui, mais il était temps de prendre le taureau par les cornes. Bientôt, elle serait en route vers la Russie.

— Vous ne faites pas de commentaire sur mon père ?
— Il est commissaire.
— Est-ce à dire que c'est un être haïssable ? Ou estimez-vous que cela se passe de commentaire ?
— C'est plutôt la deuxième proposition, répondit Natacha en souriant toujours.
— Natacha...

Il hésita, lui laissant le temps de l'interrompre ou de changer de sujet. Mais elle attendit, ce qui eut pour effet de diminuer sa résolution. Il fut heureux d'être momentanément distrait par un nageur qui plongea dans la piscine. Ce n'était pas simplement de la retrouver après tout ce temps qui le paralysait. Pour la première fois, il la voyait en costume de bain et pouvait admirer ses longues jambes, son corps mince et sa peau blanche, parsemée de taches de rousseur. Il l'aimait auparavant. A présent, il la désirait. Comme si en ce moment tout Berlinois ne désirait pas la danseuse étoile de la troupe des ballets Nej ! pensa-t-il. Sa photographie avait paru dans les journaux du matin.

— Vous savez à quel point je regrette tout ce qui est arrivé autrefois, dit-il.
— Bien sûr. Mais vous n'y avez pris aucune part, sinon comme victime innocente.
— Est-ce le fond de votre pensée ? Vos parents ont été assassinés par mon oncle. Mon Dieu ! Comment pourrai-je jamais l'oublier ? Comment pourriez-vous l'oublier ?
— Vous ne saviez pas que c'était votre oncle.
— Est-ce une excuse ? Et puis, avoir prétendu être un prince...

Elle secoua la tête.

— Vous pensez que vous en étiez un. Croyez-moi, Johnnie, je sais ce que vous avez dû endurer.
— Oui. (Il regarda la piscine où l'un des brillants disciples de Hitler nageait à une vitesse fantastique.) Dites-moi quelque chose !
— Quoi donc ?

— Seriez-vous venue cette nuit-là si vous aviez su que je n'étais pas un prince ? Si vous aviez su que j'étais le fils de Michael Nej ?

Elle le regarda pendant quelques instants.

— Si j'avais su que vous étiez le fils de Michael Nej, je ne serais sans doute pas venue.

— Alors...

— Mais si j'avais su simplement que vous n'étiez pas un prince, je serais peut-être venue.

— Natacha... (Il lui prit la main, puis ses épaules s'affaissèrent.) Mais maintenant, vous le savez.

— Aucun homme n'est responsable des actes de son père, John. Et j'admire le commissaire Nej. Je ne peux pas aimer le commissaire Ivan Nej, mais en Russie, rares sont ceux qui ne le haïssent pas. Et vous ne pouvez certainement pas être tenu pour responsable des actes de votre oncle.

Il regarda la main qu'il tenait dans la sienne. Il n'avait pas le courage de la regarder dans les yeux.

— Natacha, voulez-vous m'épouser ?

Elle libéra sa main.

— Vous épouser ?

— Etes-vous surprise par ma demande ? Je vous l'ai déjà faite, il y a six ans !

— Oui, mais pas tout à fait de la même façon.

— J'étais contraint de quitter la Russie et ils ne voulaient pas vous laisser partir avec moi.

— Vous ne m'avez pas demandé de le faire.

— Je l'aurais fait. Mais mon père m'a assuré que ce ne serait pas possible. On me déportait comme espion et l'affaire fit beaucoup de bruit. Il m'a demandé d'attendre. Je l'ai fait.

— Six ans ? Pour m'épouser ?

Elle paraissait réellement surprise.

— Je vous ai écrit toutes les semaines.

— Je sais.

— Et vous avez gardé mes lettres.

— J'aime recevoir vos lettres. Elles me parlent d'un monde entièrement différent du mien.

— Dans mes lettres je vous ai dit que je vous aime.

— C'est ce que l'on fait souvent dans les lettres.

— Mais vous ne l'avez jamais fait dans vos réponses, dit John tristement. Parce que vous ne m'aimez pas; pas assez pour m'épouser. Parce que je m'appelle en réalité Nej !

— Non. Je vous assure que non.

— Alors ?

Natacha le regarda pendant un long moment sans rien dire.

— Vous ne m'aimez même pas un peu ?

— Je crois que je pourrai vous aimer beaucoup.

— Alors dans ce cas...

— Mais que sais-je de l'amour ? Comment serait-ce possible ? Ecoutez. (Cette fois ce fut elle qui lui prit la main.) Comme vous l'avez dit, mes parents ont été assassinés, lorsque j'avais dix-sept ans. Juste après notre première rencontre, vous vous en souvenez ? Que pouvais-je savoir de l'amour alors ? Je crois que j'ai souhaité mourir aussi et c'est ce qui serait arrivé, s'il n'y avait pas eu Tatiana Dimitrievna. En fait, c'est une certitude : j'aurais été exécutée par la GPU, si Tatiana Dimitrievna n'était pas intervenue.

John soupira.

— Ivan Nej est mon oncle, mais elle est ma tante. Nous ne sommes pas tous mauvais, vous savez.

— Ce n'est pas ce que je voulais dire, Johnnie. Ce que je voulais souligner, c'est que Tatiana Dimitrievna m'a protégée, m'a prise dans l'académie et s'est occupée de moi. Je lui en serai éternellement reconnaissante. Mais je n'étais qu'une fille parmi plusieurs centaines d'autres et elle avait une fille à elle. Elle ne pouvait me réapprendre à aimer, tout au plus m'apprendre à danser et comment tout oublier hormis la danse. La danse est devenue toute ma vie, parce que c'était la seule façon d'oublier mon désespoir.

— C'est alors que je suis venu et que je vous ai rendue de nouveau malheureuse.

— Vous m'avez donné un aperçu d'un bonheur inespéré. Mais pour combien de temps ? A peine une semaine avant votre arrestation. Puis ils m'ont emmenée moi aussi à la Lubianka.

— Je m'en souviens, dit John sombrement.

— Je ne sais pas pourquoi. Ou plutôt, je le sais maintenant. C'était pour vous effrayer. Je ne le savais pas alors. J'avais trop peur. Je croyais qu'ils allaient m'interroger et m'accuser d'espionnage. Mais ils n'ont fait que me conduire dans ce couloir, puis ils m'ont ramenée à l'académie. Je ne savais que dire ou faire. Je suis restée étendue pendant des heures en frissonnant. Et même après votre libération, je frissonnais encore. La seule chose que je voulais faire, c'était de danser.

— Et maintenant vous êtes une des plus grandes danseuses du monde.

Elle secoua la tête.

— Je suis seulement une des plus grandes danseuses de Russie. C'est grâce à des tournées comme celle-ci que le reste du monde pourra me juger. Et il y aura d'autres tournées comme celle que nous faisons maintenant. Tatiana Dimitrievna me l'a promis.

John la regarda pendant quelques instants en fronçant les sourcils.

— Et vous voulez danser !

— C'est ma vie, John. C'est tout ce que je possède.

— Vous ne croyez pas que le mariage et des enfants pourraient aussi vous apporter quelque chose ?

— Johnnie, je vous connais à peine.

— Après trois cents lettres ?

— Est-ce que l'on connaît vraiment un auteur parce qu'on a lu plusieurs de ses livres ?

— Mais... (Il décida de s'en tenir aux faits.) Vous ne pouvez pas être danseuse toute votre vie.

— Je le sais. Il ne me reste plus que quelques années. Quelques années seulement.

— Des années, murmura-t-il.

— Mais Johnnie, j'aimerais que nous restions amis jusqu'à ce moment-là du moins. J'aimerais que vous continuiez à m'écrire. J'aimerais...

Elle hésita et une rougeur envahit ses joues.

53

— Que vous me redemandiez la même chose dans quelques années, finit-il à sa place.

Il crut qu'elle allait secouer la tête. Puis elle soupira et dit :

— Je serais très heureuse si vous éprouviez les mêmes sentiments dans quelques années.

Tatiana Nej sirotait du vin du Rhin et regardait son neveu d'un air attentif.

— Répétez-moi exactement ce qu'elle vous a dit.

— Oh, tante Tatie, protesta John. Elle a dit non. Toute cette conversation peut se résumer par ce seul mot. Elle veut danser.

— C'est évident, dit Tatie. C'est une grande danseuse et tout le monde devrait toujours faire ce pour quoi il est doué. Mais cela ne veut pas dire qu'elle y consacrera toute sa vie.

— Il ne me reste qu'à l'attendre encore trois ou quatre ans, dit John amèrement.

— Clive attend depuis treize ans, fit remarquer Tatie. Et il est prêt à attendre encore six ans. Il m'aime. Est-ce que vous l'aimez ?

— Bien sûr, tante Tatie. Mais soyez juste. Vous et Clive, cela ressemble plus à de longues séparations qu'à une véritable attente.

Tatie tendit son verre pour qu'il le lui remplisse.

— Répétez-moi encore une fois très exactement ce qu'elle vous a dit.

John soupira et obéit.

— Oui. C'est ce que je pensais. Grand niais. Qu'avez-vous donc fait durant ces six dernières années ? Ne me dites pas que vous avez joué aux échecs. S'il existe une meilleure manière de ramollir la cervelle, je ne la connais pas. Ne comprenez-vous pas ce qu'elle essayait de vous dire ? Elle disait : je ne peux pas me marier avec vous avant quelques années, mais nous n'avons pas besoin *d'attendre* si longtemps.

Johnnie renversa du vin sur la table et il leva brusquement la tête.

— Tante Tatie !

— Mon Dieu, donnez-moi de la patience ! Vous n'êtes plus un petit garçon, Johnnie. Vous êtes un homme.

— Oui, bien sûr. Mais pas... eh bien, pas avec des filles comme Natacha.

— Qu'a-t-elle de si différent des autres ? Elle a deux jambes, de la poitrine et je peux vous assurer qu'elle a un vagin.

— Tante Tatie ! Je vous en prie !

— Oh, vous autres Américains, vous m'agacez. Ces choses-là existent. Vous ne les ignorez pas quand vous faites l'amour et pourtant vous avez peur d'en parler. C'est enfantin. Très bien. Je vais être correcte. Natacha est comme toutes les jeunes femmes de vingt-sept ans, sauf qu'elle est plus belle que la plupart. Elle meurt d'envie d'avoir un homme, mais elle s'est gardée pour vous durant six ans. Et maintenant elle s'offre à vous et vous ne faites rien.

— Mais... c'est Natacha Brusilova. La grande Natacha Brusilova.

— Mon Dieu, aidez-moi ! Ne suis-je pas Tatiana Nej ? Cela ne décourage pas Clive. Cela l'exciterait plutôt.

John se mordit la lèvre.

— Alors voici ce que je vous conseille, John Hayman : Invitez-la à dîner et ensuite ramenez-la dans votre chambre d'hôtel et dans votre lit. Mais ne lui faites pas un enfant. Elle a trop de choses à faire.

— Je ne pourrai jamais faire cela. Je veux dire... enfin, c'est impossible, c'est tout. De toute façon, je pars après-demain.

— Il reste ce soir et demain soir.

Johnnie secoua la tête.

— Non, vraiment, tante Tatie. Je ne crois pas...

Il leva la tête avec une expression de soulagement en voyant la porte s'ouvrir devant Svetlana. Elle portait un costume vert pâle couvert de feuilles et en avait une dans les cheveux. Son visage était tout rouge d'excitation.

Elle s'arrêta en voyant son cousin.

— Oh, excusez-moi, je ne voulais pas vous déranger.

— Vous ne nous dérangez pas, dit Tatie. Versez-lui

un verre de vin, Johnnie. Peut-être nous direz-vous dans quoi vous vous êtes roulée.

— Oh! (Svetlana courut jusqu'à la glace et enleva vivement la feuille qu'elle avait dans les cheveux.) Oh, mon Dieu!

— Vous en avez aussi une sur les fesses, dit Tatie. Cela donne au moins l'espoir que vous n'avez pas enlevé votre culotte.

— Maman!

Svetlana se retourna, les joues en feu. Elle jeta un rapide coup d'œil à Johnnie qui lui tendait son verre et rougit encore plus.

— Peut-être devrais-je vous laisser, dit Johnnie. Tante Tatie, j'ai été très heureux de parler avec vous et je vous remercie pour vos conseils.

— Mais vous ne les suivrez pas, remarqua Tatie tristement.

— J'y réfléchirai.

— Pendant six autres années. Venez donc m'embrasser. (Elle lui serra la main, puis attendit que la porte se referme.) Et maintenant, mademoiselle, à vous!

— Va-t-il épouser Natacha, maman?

— J'en doute beaucoup, vu la tournure que prennent les événements. A moins que je n'intervienne. Et avec qui croyez-vous que vous allez vous marier?

— Oh, maman. (Svetlana s'agenouilla à côté de la chaise.) C'est l'homme le plus merveilleux du monde. Après une promenade dans le parc, nous sommes allés au zoo et nous avons pris le thé...

— Et vous sortez danser ce soir.

— Et nous avons parlé et parlé...

— Couchés sur l'herbe!

— Il faisait si bon, si chaud. Il ne s'est rien passé, maman. Vraiment. Paul est un homme si bien.

— Paul est ce Herr von Hassel, je suppose?

— Bien sûr. Mais vous savez, maman, s'il n'avait pas été aussi correct, je ne me serais pas refusée à lui. Je l'aime tant.

— Mais pour l'amour du ciel, s'écria Tatie, vous ne le connaissez que depuis quelques jours!

— Ne me racontez-vous pas toujours comment vous êtes tombée amoureuse de Clive Bullen au premier regard ?

Tatie soupira. Puis, dans une soudaine explosion de colère, elle lança son verre qui se fracassa contre le mur.

— Maman ! protesta Svetlana.

— Mon neveu favori ne fait rien avec la fille que je voudrais qu'il épouse, cependant que ma fille s'amourache d'un nazi. Un nazi !

— Vous ne pouvez pas lui en vouloir, maman. Ce n'est pas vraiment un nazi. Il est nazi parce que tout le monde l'est en Allemagne.

— Vraiment ! Il est dans les SS. On peut difficilement être plus nazi.

— Les Waffen SS, expliqua Svetlana. C'est un régiment de combattants. Une élite. Paul veut seulement être parmi les meilleurs.

Tatie regarda sa fille.

— Et vous l'aimez. Est-ce qu'il vous aime ?

— Oh, oui maman. J'en suis certaine.

— Bien, bien. (Tatie ébouriffa les cheveux de Svetlana.) Mais votre père ne vous donnera jamais son autorisation.

— Alors nous attendrons jusqu'à mes vingt et un ans. C'est dans deux ans seulement.

— Seulement deux ans. (Tatie haussa les épaules.) Vous avez le temps, ma chérie. Vous avez tout votre temps.

Judith Stein avait vieilli d'une façon inconcevable pour Ilona qui n'avait qu'un an de plus qu'elle. Elle avait beaucoup de cheveux gris, le visage marqué par les rides et, si elle était restée mince, c'était plutôt à cause des soucis qu'une marque de bonne santé.

Et pourtant, elle était toujours belle. Elle fut lente à sourire en ouvrant la porte de l'appartement ; elle avait devant elle une amie de longue date qu'elle avait trahie en devenant la maîtresse de George.

Mais cela, c'était le passé.

— Judith! (Ilona la serra dans ses bras.) Vous nous attendiez ?

— Bien sûr. (Judith tendit la joue à George.) Je ne savais pas exactement quand vous arriveriez. (Elle se recula un peu.) Boris! C'est Ilona et George.

Boris Petrov avait tendance à s'agiter. Il était plus jeune et plus petit que Judith et avait pris du poids. Mais, avec son visage énergique et son menton volontaire, il ne manquait pas de séduction. Il était bolchevik, mais grâce à lui, Judith avait trouvé un peu de bonheur sur cette terre.

D'ailleurs il était plus diplomate que bolchevik et les années qu'il avait passées à Washington et à Paris en avaient fait un homme du monde. Il embrassa Ilona sur les deux joues et serra avec effusion la main de George, puis leur versa immédiatement deux verres de cognac.

— Vous savez qu'il y a des problèmes ici, dit-il à George quand ils furent installés. De gros problèmes!

— Je m'en suis aperçu. Mais cette situation doit vous plaire, puisque les communistes contrôlent presque entièrement le pouvoir!

— Cela fait partie du problème, il est vrai.

— Et vous encouragez cela, sans doute.

Boris sourit. Ils étaient amis depuis trop longtemps pour qu'il lui en tienne rigueur.

— Jusqu'à un certain point seulement. Mais lorsqu'il s'agit de s'opposer à Hitler et aux nazis, un pays devrait avoir un gouvernement fort, un gouvernement prêt à prendre toutes les décisions nécessaires, même si elles sont déplaisantes. (Il haussa les épaules.) Dans la mesure de nos moyens, c'est ce que nous n'avons cessé de répéter aux communistes français, mais ce sont des gens difficiles à convaincre. Ils n'aiment pas le changement, n'est-ce pas?

— Ils me rendent malades, dit Judith, quand ils disent qu'ils ne veulent pas se battre pour leur pays. Comment peuvent-ils dire des choses pareilles?

— Nous avons rencontré Ruth la semaine dernière, dit Ilona en espérant changer le cours de la conversation. Elle est devenue une jeune fille magnifique. Elle vous ressemble beaucoup, Judith, lorsque vous étiez jeune fille.

— Vous l'avez vue à Berlin?
— Mais oui.
— Je ne comprends pas comment elle peut y vivre. Son oncle Joseph a été battu à mort par ces crapules.

George vit Boris poser sa main sur celle de Judith lorsqu'elle fit allusion à la mort de son frère.

— Je suppose que c'est parce que Pierre vit là-bas. (Elle haussa les épaules d'un air embarrassé.) Il poursuit toujours ses chimères.

— Je ne sais pas si ce sont toujours des chimères dès l'instant où le gouvernement allemand y est impliqué, dit Boris. George, vous avez été à Londres, Berlin et Rome, et à présent vous êtes à Paris. Dites-moi qui vous avez vu et ce que vous pensez de la situation.

George soupira.

— J'ai vu Halifax et Beaverbrook à Londres et j'ai l'impression que les Anglais ne se rendent pas compte de ce qui se trame, ou qu'ils n'arrivent pas à y croire. Ils espèrent que s'ils attendent, tout finira par s'arranger.

— Vous avez aussi rencontré Churchill, lui rappela Ilona.

— Oui. Lui est conscient de la gravité de la situation. Mais c'est un homme d'Etat quasiment à la retraite. Les gens le prennent pour un prophète de malheur. Ici à Paris, j'ai vu Paul Reynaud. Il compte sur les Anglais pour le tirer d'affaire.

— Cela s'arrangera-t-il, George? demanda Ilona.

— Non. J'ai parlé avec Ribbentrop à Berlin et le Führer lui-même m'a accordé une brève audience. Ils sont très accommodants. Ils veulent une bonne presse en Amérique et ce n'est pas exactement le cas. Mais il ne fait aucun doute qu'ils considèrent l'Europe centrale et orientale comme leur domaine.

— Et ils n'ont pas l'impression de courir au suicide?

— Non, et je serais plutôt enclin à être de leur avis. J'ai parlé avec Ciano lors de mon passage à Rome.

Vous pouvez me croire, Boris, Ciano déteste les nazis. Il ne leur fait pas confiance et il en a peur. N'est-ce pas notre cas à nous tous? Mais vous pouvez me croire, quelles que soient les sympathies personnelles des uns ou des autres, l'Italie a fait son choix. Les Italiens sont persuadés que les nazis vont gouverner l'Europe durant les prochaines décennies et ils ont bien l'intention d'être du côté des Allemands. Et j'ai l'impression que vous autres, au Kremlin, êtes du même avis.

Boris poussa un soupir.

— Oui, la mission Nej. Cela me paraît tout à fait incompréhensible.

— C'est de la folie, déclara Judith. Staline a fini par perdre la raison. Il n'y a pas d'autre explication. Le nazisme est opposé à tout ce que défend le communisme. Il veut sa destruction. Comment Staline peut-il envisager une telle alliance?

— Peut-être a-t-il l'impression qu'il n'y a pas d'autre solution? Après tout ce qui s'est passé en Russie durant ces quatre dernières années, il n'est pas en mesure de s'opposer, seul, aux Allemands.

— C'est vrai, admit Boris. Mais il soutiendra les Français et même les Anglais en cas de conflit. Si par exemple les Allemands n'abandonnent pas leurs prétentions sur la Tchécoslovaquie, nous pourrions nous retrouver avec les mêmes alliances qu'au début de la Grande Guerre. Cela réglerait le problème Hitler.

— Et supposez que les Anglais et les Français choisissent de ne pas se battre pour la Tchécoslovaquie?

Boris le regarda en fronçant les sourcils.

— Ils y sont obligés, George. Ils ont donné des garanties.

— Je ne me fierais pas trop aux garanties données par la présente équipe de Westminster. Pas après ce que j'ai vu et entendu.

— Je ne peux pas y croire, dit Judith. C'est incroyable! Tout le monde croise les bras et eux font tout ce qu'ils veulent. Ils sont malfaisants. Ce n'est pas simplement ce que j'ai vu là-bas : des bandes de jeunes qui battent les gens dont l'allure ne leur convient pas. Ce n'est pas même à cause de la façon dont est mort Joseph. C'est ce que me disent les gens qui viennent ici. Des gens que j'aide, à qui j'essaye de trouver un hébergement à Paris avant qu'ils n'émigrent en Amérique, en Palestine ou ailleurs, là où les nazis ne pourront leur mettre la main dessus. Si vous entendiez les histoires qu'ils racontent, George... Pourquoi ne dites-vous pas aux Américains ce que sont vraiment les nazis ? Parlez-leur des camps de concentration pour commencer.

— J'en ai l'intention. Mais vous ne pouvez pas vraiment haïr les gens parce qu'ils enferment leurs adversaires politiques. (Il se tourna vers Boris.) C'est une vieille habitude.

— Les enfermer ! s'écria Judith. Savez-vous dans quelles conditions ?

— Oui. On m'a fait visiter un de ces camps. D'accord, c'est révoltant de penser que l'on puisse enfermer des gens, simplement parce qu'ils sont d'une autre opinion que le gouvernement ou parce qu'ils font partie d'une minorité ethnique. Je l'admets et je vous concède qu'il est humiliant d'avoir à porter ce ridicule uniforme rayé qui ressemble à un pyjama. Mais je n'ai pas constaté qu'ils étaient mal traités. Du moins n'en ai-je pas la preuve.

— C'est quelque chose qu'on ne vous a pas montré.

— Je ne m'occupe pas de propagande, Judith. Mon devoir est de dire la vérité dans la mesure du possible...

— Je suis étonné qu'ils vous aient permis ne serait-ce que de visiter ces camps, dit Boris.

— J'en ai fait la demande et ils n'ont pas soulevé d'objections. Et je dois dire que les gens que j'y ai vus paraissaient parfaitement contents de leur sort. Ils ont l'autorisation de poursuivre leurs activités dans les limites du camp. Comme je l'ai dit, l'idée que l'on puisse priver qui que ce soit de sa liberté me répugne. J'ai l'intention d'insister sur ce point dans mon article. Mais cela dépend du point de vue auquel on se place. Comme le disait Goebbels, l'Allemagne est en pleine révolution sociale et culturelle. Quand cette révolution sera terminée — et il estime que ce sera bientôt — on fermera les camps et les gens seront libérés.

— Et vous le croyez ? lança Judith avec amertume.

— Je ne vois aucune raison de ne pas le croire.

— Réfléchissez! On vous a montré un camp préparé en vue de votre visite. Ils sont prêts à montrer un camp à n'importe qui, à condition qu'on les prévienne suffisamment à l'avance. Cela leur donne le temps de cacher ceux qui ont été battus à mort ou qu'on a laissé mourir de faim.

— Judith, il n'y a aucune preuve de ce que vous dites. Je suis prêt à vous aider dans toute la mesure du possible. Je condamnerai le gouvernement nazi de la façon la plus sévère. Mais vous ne pouvez pas me demander de raconter des mensonges. Les gens que vous avez vus ont-ils été dans un camp de concentration ?

— Bien sûr que non. Sinon ils ne seraient pas ici !

— Il ne s'agit donc que de rumeurs.

— Mon Dieu! Alors nous allons tous rester les bras croisés, pendant que les nazis envahissent l'Europe. Quel gâchis! Quel terrible gâchis! (Judith se tourna vers Boris.) Que devons-nous faire ? Que pouvons-nous faire ?

— Aller dîner. Puis s'asseoir à une terrasse avec une bouteille de vin. Nous sommes à Paris et c'est l'été. Les nazis sont loin. Il y a le Rhin entre eux et nous.

— Je dirai amen à cela. Et espérons que le Rhin nous séparera toujours.

3

Joseph Vissarionovitch Staline se leva, fit le tour de son bureau et s'avança, les bras grands ouverts.

— Vous avez fait du bon travail. (Il prit Tatiana Nej dans ses bras et l'embrassa sur les deux joues.) Je le savais. Vous avez conquis l'Allemagne. Vous êtes un trésor. N'est-ce pas, Ivan Nikolaievitch ?

Ivan Nej lança un regard vers son frère Michael, assis sur l'autre chaise devant le bureau.

— Oui, Joseph Vissarionovitch. Elle a été parfaite, murmura-t-il.

— Alors levez-vous et embrassez-la. Je déteste voir quelqu'un se conduire de façon stupide. Tatiana Dimitrievna et vous ne supportez plus de vivre ensemble, mais vous êtes encore mari et femme. Embrassez votre femme, Ivan Nikolaievitch !

Staline s'écarta et Ivan se leva. Il regardait Tatie avec haine. Un jour, il la tiendrait dans ses cellules de la Lubianka et il se délecterait de ses hurlements.

Ce jour-là n'était pas encore venu. Il tendit les bras : Tatiana s'avança machinalement et se laissa embrasser sur la joue.

— Et maintenant, Joseph Vissarionovitch, je crois que j'ai mérité une récompense.

— Certainement. J'ai déjà décidé ce qu'elle serait. Connaissez-vous Minsk ?

— Bien sûr. Nous nous sommes déjà produits là-bas.

— Oui, mais je doute que vous connaissiez les alentours de Minsk.

— Il y a un marais au sud.

— Oui. Mais les marais du Pripet se trouvent très au sud. Je parle des environs de Slutsk. C'est un endroit magnifique — chaud en été et pourtant une belle terre de culture. Il y a, non loin de Slutsk, une ferme immense qui appartenait à une famille noble, lorsque de telles choses étaient possibles. Je vous la donne.

— Une ferme ? Que ferais-je d'une ferme ?

— Oh, le kolkhoze s'occupera des travaux de la ferme. Mais il y a des bâtiments en nombre important et l'un d'eux est un vieux manoir encore intact. J'ai pensé que vous y auriez la place nécessaire pour faire travailler vos élèves loin de l'agitation de Moscou. L'académie est maintenant entourée d'immeubles et de routes et le bruit de la circulation est incessant. A Slutsk vous serez au calme. Cela ne vous tente pas ?

— Eh bien... je pense que oui, dit Tatie.
— Très bien. Alors je vais prendre les mesures nécessaires pour le transfert de votre école là-bas.
— Oui, c'est si inattendu. Je ne sais que dire, Joseph Vissarionovitch. Je ne m'attendais pas du tout à une chose comme ça.
— Vous avez contribué à la réussite de la mission de Michael Nikolaievitch, je vous en suis reconnaissant. La Russie vous est reconnaissante.
— Oui, répéta Tatie. J'allais pourtant vous demander quelque chose d'autre.
— Pourquoi ne pas le faire, dit Staline sur un ton jovial. Qui ne risque rien, n'a rien. La ferme est à vous, de toute façon.
— Eh bien, j'ai pensé qu'en raison des circonstances, ce serait gentil de révoquer l'ordre interdisant à John Hayman d'entrer en Russie. Après tout, poursuivit-elle en voyant Staline lever les sourcils, il est de notre intérêt de nous montrer amicaux avec les Américains, et John est le fils de Michael Nikolaievitch. Je peux vous jurer qu'il n'est plus du tout sous l'influence de mon frère. Quand il a travaillé pour lui, il ne savait pas qui il était.
— Et, en outre, il est amoureux de votre danseuse étoile, dit Staline.
— J'ignore si cela aboutira, mais ce serait de la bonne propagande.
— Je crois que vous avez raison. Je pense que cela doit être possible avec le temps. Tout à fait possible.
— Dans ce cas, reprit Tatie, il serait injuste de maintenir l'interdiction à l'encontre des Anglais impliqués dans cette affaire.
— Comment! s'écria Ivan.
— Je crois qu'elle a tout à fait raison, dit Staline.
Ivan devint livide.
— Oui. Vous pouvez compter sur moi, Tatiana Dimitrievna. (Il lui prit les mains et l'attira pour l'embrasser encore une fois.) Je suis content de vous. Félicitez vos filles de ma part.
— Merci, Joseph Vissarionovitch. Oh, merci.

Et, sur ces paroles, Tatiana quitta la pièce.
— Joseph Vissarionovitch...
Staline secoua la tête.
— Non, Ivan Nikolaievitch. Elle a fait du bon travail et vous aussi, Michael Nikolaievitch. (Il retourna s'asseoir derrière son bureau et se tourna vers Michael qui n'avait encore rien dit.) Alors vous pensez que les chances de signer un pacte de non-agression sont bonnes?
— Il y a encore beaucoup à faire, mais les Allemands paraissent intéressés.
— Oui. Nous devrons attendre et voir ce que va devenir la situation en Tchécoslovaquie. Si la guerre est déclarée, nous réexaminerons notre position. Cependant, si les démocraties l'acceptent, il se peut que nous allions plus loin. Qu'en est-il de ce Pierre Borodine? N'influence-t-il pas les Allemands contre nous?
Michael haussa les épaules.
— Sans grand succès, d'après ce que j'ai pu voir. Il semble les embarrasser un peu.
— C'est bien. Je suis content de la tournure que prennent les événements, Michael Nikolaievitch. A présent, dites-moi, vous ne pensez pas que cette mission était une bonne idée?
— Ce sont des gens détestables. Absolument détestables. Ils manquent d'envergure, de dignité. Je me hérisse à l'idée de devoir traiter avec eux.
— Ce sont les gouvernants actuels de l'Allemagne. Nous espérons qu'ils ne le seront pas toujours. Prenez des vacances maintenant, Michael. Emmenez Catherine et votre fille en Crimée. Vous avez fait du bon travail.
Michael se leva, regarda du côté de son frère, puis quitta le bureau. Staline attendit que la porte se referme, puis s'adossa dans son fauteuil.
— Il a fait du bon travail. Je me sens beaucoup plus à l'aise à présent. Néanmoins, certains aspects demeurent ennuyeux.
— Toutes ces récompenses pour Tatiana Dimitrievna, murmura Ivan. C'était tout à fait inutile. Savez-vous qu'elle veut faire épouser un nazi à Svetlana? Cette fille stupide est tombée amoureuse de l'un

de ces monstres blonds. Enfin, je l'ai formellement interdit.

— C'est votre droit en tant que père.

Staline eut l'air quelque peu excédé.

— Mais elle a dix-neuf ans. Elle pourra bientôt passer outre. Tout est la faute de Tatie. Elle a monté les enfants contre moi. Et à présent la voilà propriétaire d'une ferme. C'est absurde, Joseph Vissarionovitch. Et ce n'est pas du socialisme.

— Je suis sûr que vous avez raison, Ivan Nikolaievitch. Mais la ferme a son utilité et cette récompense la rend heureuse.

— Son utilité ?

— Je pense qu'il est temps que Tatiana Dimitrievna soit un peu moins en vue. Slutsk se trouve bien loin de Moscou et de Leningrad. Et je pense que c'est l'endroit idéal pour y faire travailler ses filles.

Les yeux d'Ivan se mirent à briller.

— Vous voulez dire qu'enfin...

— Je veux dire qu'il me semble qu'elle a accompli son temps comme commissaire à la culture. Elle et moi n'avons jamais eu les mêmes opinions quant à ce que devrait être une véritable culture révolutionnaire. Je lui en avais déjà parlé en 1932. A l'époque, étant donné les circonstances, elle était prête à m'écouter. Chostakovitch, par exemple, n'a écrit qu'un fatras déviationniste. Elle a réglé ce problème-là. Il a fait son autocritique publique et, maintenant, il s'en tient strictement à la ligne du parti. Mais à présent, Tatie reprend ses vieilles habitudes. J'ai parcouru les programmes musicaux et les thèmes mêmes de ses danses contiennent des idées anticommunistes.

— Elle est certainement coupable de déviationnisme, dit Ivan avec empressement. Et j'ai toujours eu l'impression qu'elle avait des tendances trotskistes. D'autre part, c'est une Borodine... vous devez savoir qu'elle a rencontré son frère pendant son séjour à Berlin.

— Je veux en parler avec vous, Ivan.

— Dites un mot, Joseph Vissarionovitch, et je l'arrête.

Staline le regarda avec un air de lassitude amusée.

— Vous l'enfermeriez dans une de vos cellules et la réduiriez à l'état de ruine.

— Eh bien...

— Je doute que vous réussissiez avec Tatiana Dimitrievna. Et même, supposons que vous réussissiez. Serait-ce pour la mettre contre un mur et lui envoyer douze balles dans la peau ?

Ivan fronçait les sourcils d'un air incertain.

— S'il est prouvé que c'est une trotskiste ou un agent tsariste...

— Vous commencez à parler comme Yezhov. C'est une autre chose dont j'aimerais m'entretenir avec vous. Je crois que nous avons éliminé suffisamment de trotskystes et d'agents tsaristes. En raison des nuages qui nous menacent à l'horizon, nous devrions plutôt consacrer nos efforts à unir la nation et la préparer aux épreuves qui nous attendent.

— Oui, dit Ivan tristement. Cela prendra du temps. Et dans le cas des criminels connus...

— Cela peut aller beaucoup plus vite que vous ne le pensez. Le pays et même le monde entier n'ont besoin que d'un seul exemple : une indication montrant que le gouvernement soviétique en a fini avec les procès d'Etat et que nous allons accomplir un pas en avant.

Ivan paraissait intrigué et inquiet.

— Je pense, poursuivit Staline doucement, que le camarade Yezhov a, lui aussi, accompli son temps. Il est temps de montrer qu'il a abusé de son autorité et qu'une grande partie des arrestations et des exécutions auxquelles il a procédé ne l'ont été que pour cacher sa propre culpabilité. J'aimerais que vous fassiez cela pour moi, Ivan Nikolaievitch.

Ivan sourit enfin, mais d'un air encore incertain.

— Un grand nombre de ces ordres ont été signés par moi, Joseph Vissarionovitch.

— Alors occupez-vous de ceux qui ne l'ont pas été.

Ivan inclina lentement la tête.

— Yezhov. Je n'ai jamais aimé cet homme.

— Moi non plus, acquiesça Staline. Son nom est devenu synonyme de meurtre et d'assassinat judiciaire dans le monde entier. Il salit le parti. Nous devons être capables de mettre de l'ordre dans notre propre maison.

— Oui, dit Ivan. Oui. (Il se leva.) Cela sera fait immédiatement. Ensuite...

— Ensuite, le camarade Beria peut prendre le commandement du NKVD.

Ivan se rassit lentement.

Staline lui sourit.

— Vous désirez toujours des signes extérieurs de pouvoir, Ivan Nikolaievitch ? Ne vous ai-je pas dit qu'ils n'étaient pas nécessaires ?

— Mais, Joseph Vissarionovitch, si je ne peux jamais devenir le chef du NKVD, que puis-je espérer devenir ?

— Ce que vous êtes. Mon *éminence grise,* ainsi qu'ils vous appellent. Aucun titre n'a autant de pouvoir que celui-là, Ivan. Non, non, vous resterez dans l'ombre de Lavrenti Pavlovitch comme vous êtes resté dans celle de Yezhov et vous vous assurerez qu'il exécute bien mes ordres. S'il venait à faillir dans sa tâche, vous et moi pourrions décider ce qu'il y a lieu de faire. Vous me comprenez ?

— Oui, dit Ivan d'un air misérable.

— Bien. Maintenant, dès que vous aurez réglé le problème Yezhov, j'ai une tâche pour vous. Une tâche qui, je le sais, vous sera agréable.

Ivan leva la tête.

— Ces gens que vous entraînez, sont-ils bons ?

— Oh, oui. (Ivan retrouva un peu de son enthousiasme. Puis il fronça les sourcils.) J'ignorais...

— Que j'étais au courant de leur existence ? Pourquoi ne m'en avez-vous pas parlé ?

— Eh bien...

— Je n'approuve pas les armées secrètes, à moins que ce ne soient les miennes.

— Mais elles vous appartiennent, bien sûr, Joseph Vissarionovitch, protesta Ivan. Comme je vous appartiens. Et c'est vous qui m'en avez donné l'idée. Vous vous souvenez de Ragosina ?

— Oui. Cette fille que vous avez envoyée pour cinq ans dans un camp de travail pour abus d'autorité.

— Selon vos instructions, Joseph Vissarionovitch.

— Ah oui. Il était nécessaire de faire un exemple étant donné la manière dont les Anglais et les Américains réagissaient dans cette stupide affaire de sabotage en 1932. Où est-elle maintenant ? Elle doit avoir purgé sa peine.

— Je n'en ai pas la moindre idée. Mais c'est à cause d'Anna Ragosina que j'ai conçu mon projet. Je l'avais dressée pour en faire mon esclave absolue et pour en faire une arme mortelle. Elle était capable de tuer sans remords et sans hésitation, dès que je lui en avais donné l'ordre. Elle pouvait détruire un homme ou une femme en quelques minutes et cependant faire en sorte qu'ils se présentent au procès et confessent leurs crimes.

— Il me semble que vous regrettez cette fille, Ivan Nikolaievitch.

— Eh bien... (Ivan rougit.) Enfin, lorsqu'on l'a condamnée, j'ai réfléchi et j'ai vu que c'était une erreur de n'avoir qu'une Ragosina. J'ai décidé alors de créer tout un groupe de jeunes gens et de jeunes filles — une douzaine en tout — qui exécuteraient mes ordres sans la moindre hésitation et qui seraient aussi aguerris qu'Anna Ragosina.

— *Vos ordres*, Ivan Nikolaievitch ?

La voix de Staline se fit encore plus douce.

— Comme j'exécute les vôtres, Joseph Vissarionovitch.

Staline le contempla pendant quelques instants, puis hocha la tête.

— Je n'en ai jamais douté. Sont-ils prêts maintenant ?

— Leur entraînement ne fait que commencer. Aucun d'entre eux n'égale Ragosina, je dois dire. Cette fille était étonnante. Mais ils vont s'améliorer, cela je vous le promets.

— Alors je veux que vous retrouviez Anna Ragosina et que vous la repreniez avec vous.
— Retrouver Anna Ragosina?
— J'ai une mission urgente à vous confier, Ivan Nikolaievitch. Une mission qui ne peut être menée à bien que par une équipe entraînée à la perfection comme celle que vous me décrivez. Une mission qui ne doit pas échouer.
— Alors, j'en prendrai le commandement?
Staline secoua la tête.
— Non, non. Si quelque chose tournait mal, il faut que nous puissions dénier toute responsabilité. Et cela serait impossible si vous en aviez le commandement. D'ailleurs, Ivan Nikolaievitch, je n'aimerais pas vous perdre.
— Cette mission paraît très dangereuse.
— Oui. Mais elle est aussi très importante. (Staline se pencha en avant.) Ecoutez-moi. Vous admettez que, quelle que soit notre répugnance, il est nécessaire que nous parvenions à un accord quelconque avec l'Allemagne nazie jusqu'à ce que l'armée rouge soit réorganisée et que nos industries soient capables de soutenir l'effort d'une grande guerre.
— Bien entendu, Joseph Vissarionovitch. Je n'ai jamais exprimé de doute à ce sujet.
— C'est vrai. Grâce aux efforts de votre frère, un tel accord semble possible à présent. Mais il ne se réalisera jamais, tant que les nazis subiront l'influence des tsaristes.
Ivan le regarda fixement pendant quelques instants, puis il dit, lentement :
— Pierre Borodine! Je désire depuis si longtemps vous entendre prononcer ce nom, Joseph Vissarionovitch! Mais nous n'aurons pas besoin de toute une équipe. Un seul tueur décidé...
Staline secoua la tête.
— Je veux que l'on ramène Borodine ici vivant. (Il sourit.) N'aimeriez-vous pas l'avoir vivant?
— Mon Dieu! Si c'était possible! Si...
— Cela se fera. Votre équipe le fera. Anna Ragosina

le fera. Rétablissez-la dans ses fonctions. Donnez-lui tout ce qu'elle voudra. Nommez-la colonel du NKVD et dites-lui que si elle accomplit cette mission, elle s'assurera notre gratitude éternelle.

Ivan se mordit la lèvre.

— Après cinq ans dans un camp de travail?
— Elle n'en sera que plus endurcie.
— Elle aura appris à haïr.
— Vous voulez dire à nous haïr? Elle aura aussi appris à réussir. Et elle ne peut réussir qu'en retrouvant son pouvoir. Faites comme il vous semblera bon, Ivan Nikolaievitch. Vous savez que je n'aime pas rentrer dans les détails. Je veux simplement que Pierre Borodine soit ramené ici, en Russie. Je veux qu'il raconte ce que nous voudrons devant une cour de justice, ici à Moscou, avant l'été prochain. Voilà votre tâche, Ivan Nikolaievitch.

Ivan Nej se tenait dans la tribune qui entourait le gymnase et regardait les personnes qui se trouvaient au-dessous de lui dans la salle. Douze d'entre elles étaient des instructeurs, des hommes trapus, aux maillots trempés de sueur. Les douze autres étaient des élèves. Six jeunes gens et six jeunes filles. Ils étaient tous nus et se tenaient contre le mur, les mains derrière la nuque, tandis que les instructeurs lançaient contre eux des pelotes de cuir de toutes leurs forces. Chaque impact les marquait d'une tache rougeâtre de sang qui s'accumulait sous la peau blanche. Quand une balle les frappait au visage ou à un endroit sensible, l'homme ou la femme se contractait. Pourtant, aucun d'eux ne bougeait et pas un ne fermait les yeux. Il était inconcevable d'échouer car il ne pouvait y avoir d'échec. Aucun de ceux qui étaient présents dans cette salle ne pouvait retourner à une vie normale pour raconter ce qu'il avait dû subir ici, pour dire de quelle façon il avait été entraîné.

C'était son équipe. Cette seule pensée emplissait Ivan d'orgueil. Il les avait choisis individuellement dans des orphelinats, comme Anna Ragosina. Il voulait des gens sans parents, sans aucun lien. Et il voulait qu'ils soient beaux : ainsi tous, garçons et filles, étaient les plus attrayants qu'il avait pu découvrir. Ils avaient accepté de travailler pour lui, avec tous les avantages et les récompenses que cela leur apporterait, mais n'ignoraient pas qu'ils dépendaient entièrement de lui. C'étaient des marionnettes qui n'obéissaient qu'à lui, accomplissant ses désirs, satisfaisant ses vices physiques et mentaux. Ils apprenaient aussi à tuer dans toutes les circonstances comme l'avait fait Anna Ragosina. Ivan connaissait leur vie par cœur, ainsi que le programme d'entraînement qu'ils subissaient. Avec le temps, ils deviendraient les êtres les plus dangereux que l'on puisse trouver.

Avec le temps ! Pour l'instant, aucun d'eux n'égalait Anna Ragosina. A côté d'elle, ils n'étaient que des enfants. Comment serait-elle après cinq ans passés dans un camp de travail ? Elle ne s'était certainement fait aucune illusion sur son sort. C'était la seule fois dans sa vie où elle l'avait supplié. Il l'avait envoyée là-bas malgré tout, Anna Ragosina.

Etait-elle encore en vie ?

La porte s'ouvrit derrière lui et il se retourna. Une de ses secrétaires entra. Elle portait des lunettes et avait une expression harassée. Elle regarda les corps nus alignés contre le mur.

— Oui ?
— Un jeune homme demande à être reçu, camarade commissaire.
— Je ne reçois personne, dit Ivan en fronçant les sourcils.
— C'est votre fils, camarade commissaire.
— Mon fils ? Gregory Ivanovitch est ici ?
— Oui, camarade commissaire.

Ivan sortit avec elle et se hâta dans le couloir. On entendait le martèlement des talons de la secrétaire derrière lui.

— Que fait-il ici ? demanda-t-il par-dessus son épaule.
— Il désire vous voir, camarade commissaire.

Ivan arriva à son bureau, ouvrit la porte et regarda le

jeune homme. Ils ne se voyaient qu'une fois par semaine devant une tasse de thé. Quant à Svetlana, il la rencontrait encore moins souvent puisqu'elle était toujours à l'académie. Il ne s'en occupait pas beaucoup : c'étaient des enfants comme tous les autres enfants. Il en avait eu de Zoé Geller, voilà bien des années de cela, à Starogan. Et il les avait aimés aussi peu qu'il avait aimé leur mère. L'un d'eux était encore en vie et était devenu un joueur d'échecs d'un certain renom. Mais il n'avait rien de commun avec aucun d'entre eux. Tous les enfants ressemblent à leurs mères.

Gregory, par exemple, avait bien les traits de son père et les cheveux noirs comme lui, mais c'était, par la taille, un vrai Borodine et il dominait son père tout en piétinant sur place d'un air gêné, tandis qu'Ivan s'avançait vers lui.

— Gregory Ivanovitch. (Ivan lui serra la main.) Pourquoi êtes-vous venu ici ? (Il se permit un sourire.) D'habitude les gens ne viennent pas à la Lubianka de leur propre gré. Je ne l'encourage pas. (Il lui désigna une chaise.) Asseyez-vous.

Gregory Nej s'assit lentement.

— Maman me dit qu'elle quitte Moscou pour la Biélorussie.

Ivan hocha la tête.

— Le camarade Staline lui a fait présent d'une ferme là-bas. C'est très spacieux. Je comprends. Il trouve que la place de l'académie n'est plus à Moscou, maintenant que la ville a poussé tout autour.

— Elle veut que j'y aille avec elle.

— Cela ne m'étonne pas.

— Je ne suis pas un danseur, père.

— Oui. Il faudra que nous parlions de votre carrière. Tout d'abord, vous devez finir votre école et aller à l'université. Nous verrons alors ce qui est le mieux pour vous.

— J'aimerais travailler pour vous, père.

— Pour moi ?

— Oui.

— Votre mère ne l'accepterait jamais.

— Elle ne peut pas m'en empêcher. J'ai dix-huit ans et je suis volontaire.

Ivan fronça les sourcils.

— Puis-je vous en demander la raison ?

— Eh bien... (Gregory rougit et se mordit la lèvre.) Je ne souhaite pas quitter Moscou. Et je ne veux plus vivre entouré de femmes et de musiciens. Je ne m'intéresse pas du tout à la musique. Je voudrais faire quelque chose pour la Russie et j'ai pensé...

— Qu'en travaillant pour moi vous auriez la vie facile.

— Je ne cherche pas à avoir la vie facile. Mais j'aimerais travailler pour vous.

Ivan réfléchit un moment. Il imagina Gregory debout contre le mur tandis que quelqu'un lançait des pelotes sur lui. C'était une image étrangement fascinante. Il connaissait à peine ce garçon, mais il n'était toujours pas orphelin, sans liens et sans famille. Il était le fils du commissaire à la culture et le neveu du commissaire adjoint au secrétaire général du parti. L'accepter signifiait enfreindre la règle absolue qu'il s'était fixée pour le recrutement de son équipe.

D'un autre côté, si lui aussi on pouvait le transformer en esclave, en instrument docile, quelle arme cela ferait contre Tatie !

Mais il était exclu qu'il aille se réfugier dans les bras de sa mère.

— Travailler pour moi est chose très éprouvante. C'est très, très dur. Et lorsqu'on s'est engagé, on ne peut plus jamais changer d'avis.

— Je le comprends. Je ne souhaite pas que cela soit facile.

— Vous devrez faire des choses très dures pour le bien de l'Etat et cela sans hésitation, sans pitié. Il ne faudra pas chercher à comprendre les motifs de vos actions. Seuls les impératifs de l'Etat doivent être pris en considération et l'obéissance doit être absolue. Comprenez-vous bien cela ?

— Oui.

Ivan le regarda pendant quelques secondes.

— Très bien, dit-il enfin. Je veux que vous rentriez chez vous et que vous y réfléchissiez encore une nuit. N'en parlez pas à votre mère. Mais si vous revenez ici demain, je vous prendrai.
— Merci, père.
Gregory se leva, eut l'air de vouloir tendre la main, puis se ravisa et quitta le bureau.
— C'est très dur de vous servir de votre propre fils, dit la secrétaire.
— Oui. Dites-moi, avez-vous des nouvelles de la Ragosina ?
— Oui, camarade commissaire. On l'a retrouvée.
Ivan sentit son cœur bondir dans sa poitrine.
— Où cela ?
— Elle vit à Tomsk. Mais elle a reçu l'ordre de se présenter ici. Elle sera là dans une semaine.
— Que faisait-elle à Tomsk ?
— Elle travaillait dans une usine, camarade commissaire.
— Mariée ?
— Non, camarade commissaire.
— Et elle sera ici dans une semaine ? Merci, Vera Igorovna. Vous avez fait du bon travail.

Il s'adossa dans son fauteuil. Son cœur battait très fort. Après six ans ! Les six années les plus tristes de sa vie. La tentative qu'il avait faite en 1932 d'arrêter Ilona Hayman et Clive Bullen avait tourné au désastre. Il n'avait pu échapper à un châtiment qu'en sacrifiant Anna Ragosina et, depuis lors, il avait le sentiment d'un échec complet, l'impression de n'avoir rien réussi dans la vie. Il s'était donc consacré avec plus de sauvagerie encore à la liquidation de tous les trotskistes désignés par Staline, mais cela sans le moindre plaisir ni le moindre intérêt.

Et soudain on lui donnait la permission de s'occuper de Pierre Borodine. Son fils demandait à travailler sous ses ordres et Anna Ragosina revenait après six années.

— Oui, vraiment, Vera Igorovna. Vous avez fait du

bon travail. Allez chercher votre manteau. Je vous emmène déjeuner.

La secrétaire le regarda, bouche bée.

Le train ralentit et Anna Ragosina se redressa. Elle avait mal aux fesses et au dos. Depuis Tomsk, elle voyageait dans un compartiment de troisième classe aux banquettes en bois, entourée de fumée et de mauvaises odeurs. Recroquevillée dans son coin, elle avait si peur d'être reconnue qu'elle n'avait pas échangé un seul mot avec ses compagnons de voyage. Les douleurs qu'elle ressentait lui rappelaient sans cesse tout ce qu'elle avait souffert de la part des autres prisonniers lorsqu'ils avaient découvert qui elle était. Envoyer Anna Ragosina dans un camp de travail, c'était la condamner à mort.

C'était peut-être ce qui avait été voulu. Elle savait trop de choses. En l'abandonnant à des gens qui n'ajouteraient foi à aucune de ses paroles, qui refuseraient même de lui parler, Staline et Ivan Nej pouvaient se sentir en sécurité. Mais elle avait survécu. Depuis toujours, elle vivait pour la haine; cinq années de plus n'étaient pas une grande affaire. Elle n'avait pas essayé de se défendre : elle avait trop de bon sens pour cela. A chaque coup qu'elle recevait, elle ne faisait que se pelotonner un peu plus, s'efforçant de se protéger les seins, les reins et le bas-ventre, et puisant sa résistance dans sa haine.

Elle ne se révolta qu'une seule fois, et ce fut quand on lui rasa les cheveux. Ce n'étaient pas les gardes. Elle savait qu'on lui couperait les cheveux selon le règlement et elle s'était préparée à cela. Bien qu'on lui ait coupé les cheveux court, elle savait qu'ils repousseraient. C'était sa plus belle parure, celle dont elle était le plus fière. Ils encadraient son visage de madone et retombaient en souplesse sur ses épaules. Mais les choses n'en étaient pas restées là. Les prisonniers l'avaient saisie et pendant qu'ils la maintenaient, d'autres lui avaient arraché ce que les gardes avaient épargné. Elle avait cru qu'ils ne repousseraient jamais. Son cuir chevelu était si déchiré qu'il semblait impossible qu'un tel miracle puisse s'accomplir.

Pourtant, ils avaient repoussé. Les autres s'étaient fatigués de la tourmenter et avaient fini par l'ignorer. Sans doute croyaient-ils ainsi la punir, mais pour elle ce fut une bénédiction. Durant les quatre dernières années passées au camp, elle n'avait pas échangé plus d'une douzaine de paroles avec quiconque. Mais elle avait pu enfin réfléchir.

Elle avait gardé sa raison en pensant à John Hayman. Elle ne l'avait eu sous sa garde que vingt-quatre heures, mais c'était le seul être humain et certainement le seul homme pour lequel elle avait ressenti quelque intérêt. Son physique y était assurément pour quelque chose : John Hayman était le plus bel homme qu'elle ait jamais vu. Mais de plus, c'était le premier Occidental avec qui elle ait eu un contact étroit. Il était comme un être venant d'un autre monde, avec une vision des choses et un système de valeurs complètement étrangers aux siens. Cela lui avait permis de structurer sa haine, mais avec un sentiment grandissant de futilité.

Elle avait haï depuis le jour où les Rouges avaient tué ses parents. Elle n'avait que dix ans, et on l'avait envoyée avec ses deux frères dans un orphelinat.

Et puis, le miracle avait eu lieu. Ivan Nej était venu à l'orphelinat, à la recherche d'une femme qui puisse devenir son assistante privée. Il ignorait sa haine. Anna n'avait pas hésité un instant à porter l'uniforme du NKVD. Quelle meilleure chance de détruire cet organisme, sinon en en faisant partie ?

Elle découvrit bien vite que c'était là un rêve impossible. Tout ce qu'elle pouvait faire c'était d'inspirer la haine et la terreur à ceux qui tombaient entre ses mains. Son visage pâle encadré de ses cheveux noirs, sa voix calme devinrent les symboles de la terreur pour des milliers d'hommes, de femmes et même d'enfants. En un mot, elle devint indispensable à Ivan Nej. Du moins l'avait-elle cru. Mais pas autant que sa propre peau. Après le désastre qui suivit l'arrestation d'Ilona

Hayman, il lui fallut trouver un bouc émissaire. Et c'est elle qui avait été sacrifiée.

A sa sortie du camp de travail, son seul souci fut de disparaître dans l'obscurité. Elle avait songé une fois reprendre contact avec ses frères. L'un d'eux était devenu inspecteur dans une usine de Kharkov. Marié et père de plusieurs enfants, il aurait pu lui donner un foyer. Mais elle avait renoncé à le revoir car il devait savoir ce qu'elle était devenue. Il lui restait sa beauté. Malgré toutes les cicatrices qu'elle portait sur le corps et qui marquaient son esprit, elle attirait les hommes et elle prit du plaisir à les laisser tomber amoureux d'elle avant de les écraser de son indifférence. Cependant, ce n'était là qu'une joie stérile. Et elle n'avait pas d'autre perspective.

Jusqu'à ce jour. Il voulait qu'elle revienne. Et c'est ce qu'elle faisait. Parce que de tous les hommes, elle savait à présent qu'elle détestait uniquement Ivan Nej.

Elle le vit debout sur le quai, venu pour l'accueillir.

— Anna, dit-il. Anna.

Elle lui permit de prendre sa main.

— Camarade commissaire.

Il la regarda à travers ses lunettes.

— Vous n'avez pas changé, dit-il comme pour se rassurer. Rien ne pourra jamais vous changer, Anna Petrovna.

— Non, camarade commissaire. Rien ne me changera jamais.

Il lui sourit, puis regarda à droite et à gauche. Les gens les observaient. Le commissaire Ivan Nej était facilement reconnaissable et à présent qu'ils se trouvaient ensemble, peut-être la reconnaissaient-ils aussi.

— Venez, dit-il, et il la conduisit vers la voiture. (Cela faisait six ans qu'elle n'était pas montée dans une voiture.) Il y a beaucoup de travail à faire.

Il la regarda comme il en avait l'habitude, la détaillant depuis le cou jusqu'aux genoux.

Ce serait là tout l'accueil qu'elle recevrait. Il ne lui demanderait pas pardon de l'avoir trahie six ans auparavant, persuadé qu'elle était heureuse de revenir travailler pour lui et même de redevenir sa maîtresse. Mais étant donné qu'il avait envoyé tant de gens dans des camps de travail, il serait curieux de savoir ce qui lui était arrivé. Il explorerait chaque centimètre carré de sa peau pour voir les traces qu'elle portait.

Il ne dit plus un mot avant l'arrivée dans son appartement.

— Quel est votre vœu le plus cher à présent ? demanda-t-il.

— Prendre un bain chaud. (Il fronça les sourcils.) Je n'ai pas pris de bain pendant six ans, camarade commissaire. Et je n'en ai pas pris depuis trois jours.

Il finit par sourire.

— Alors prenez votre bain, Anna. Mais ne restez pas longtemps. Il y a beaucoup à faire.

Elle aussi avait beaucoup à faire. Six ans auparavant, le corps et l'esprit rongés par la frustration, elle avait cherché le salut et la vengeance dans les bras de Nikolai Nej, le joueur d'échecs — un homme qui détestait son père autant qu'elle le détestait mais qui, comme tant d'autres enfants de la révolution, n'avait pu rien faire de mieux que de s'adapter au monde soviétique. Où était Nikolai à présent ? Marié sans doute et père de famille. Il faudrait qu'elle se renseigne lorsqu'elle serait à nouveau réintégrée dans ses fonctions d'assistante personnelle du commissaire Nej. Quand elle aurait aussi retrouvé la totalité de ses moyens physiques et toutes ses facultés intellectuelles. Après s'être habituée au fait qu'elle n'était plus toute seule, mais qu'il y avait à présent une douzaine d'hommes et de femmes comme elle qui s'entraînaient à ses côtés.

Elle les surveillait dans le gymnase merveilleusement équipé et réservé à leur seul usage. Ils avaient tous entre dix-huit et vingt-trois ans, selon son estimation. Pas de grande différence d'âge avec elle, donc. Elle-même n'avait que vingt-huit ans. Mais ils étaient jeunes et frais et n'avaient pas encore été marqués par la vie, bien qu'elle ne doutât pas que chacune des filles avait dû se soumettre aux désirs lubriques d'Ivan Nej. Elle, d'un autre côté, même si elle n'avait que vingt-huit ans, était une très vieille femme.

Elle découvrit bien vite qu'il n'y avait pas lieu de s'inquiéter, et cette pensée la remplit de joie. Ses muscles fonctionnaient aussi bien que les leurs et elle était Anna Ragosina, revenue d'exil pour les commander. Elle n'avait pu en croire ses oreilles lorsqu'Ivan Nej le leur avait annoncé. Elle s'était tournée vers lui, bouche ouverte, puis s'était hâtée de la refermer. Elle ne voulait pas qu'ils puissent soupçonner qu'elle ne le savait pas à l'avance.

Ivan s'amusait.

— Vous avez entendu parler d'Anna Ragosina. Eh bien, camarades, laissez-moi vous dire ceci : Si l'un de vous arrive à l'égaler un jour, ce sera une personne remarquable. A partir de cet instant, c'est elle qui vous commande. Sa parole a pour vous force de loi. Obéissez-lui et vous réussirez. Si vous lui désobéissez, elle vous détruira.

Il se tourna vers elle et elle fit un bref signe d'acquiescement. Pourtant son cœur battait à tout rompre. Le pouvoir ! C'était la seule chose qu'elle désirait vraiment !

— Choisissez-en trois, ordonna Ivan quand les recrues furent retournées à leur exercice. Trois qui vous accompagneront dans une mission de grande importance, très délicate.

Elle le fixa. Elle avait été en mission auparavant et s'était retrouvée en Sibérie.

Ivan comprit son regard. Il rit et la serra contre lui.

— C'est pour le bien de l'Etat, mais l'Etat ne doit pas être impliqué.

Elle fit un signe de tête.

— Je comprends, camarade commissaire. Trois parmi ces douze.

— Il y en a encore quelques autres, mais ils ne seront jamais prêts à temps.

— Sont-ils aussi sous mon commandement ?

Ivan Nej hésita. Pour quelle raison ? se demanda-t-elle.

— Oui. Toute l'équipe est sous votre commandement, Anna Petrovna. Usez de votre pouvoir à bon escient.

Encore de la jeunesse et de la beauté ! Entre autres un grand jeune homme au visage bien fait, aux yeux noirs et brillants, et qui se distinguait par son empressement à remplir chacune de ses tâches. Sa ressemblance avec son père était évidente. Elle leva les yeux vers Ivan Nej.

Il rougit.

— Oui. C'est mon fils.

Elle crut un instant qu'il ajouterait quelque chose, mais il se tut, car cela aurait révélé une faiblesse. Elle comprit qu'il aimait ce fils, alors que Nikolai n'avait été qu'une charge pour lui. Ivan Nej, pensa-t-elle, vous vous êtes livré à moi !

Mais elle sourit avec gravité.

— Alors je prendrai soin de votre fils, camarade commissaire. Je vous en fais le serment.

— Vous êtes très jeune, dit-elle.

— J'ai dix-huit ans, répondit-il vivement et il rougit.

Mais c'était plus parce qu'il craignait de ne pas être à la hauteur. Il était vraiment très jeune et complètement étranger à ce monde nouveau qui l'entourait. Et incapable de se tenir tout nu dans une pièce en présence d'une femme nue comme lui, sans que cela se voie. Cette femme s'appelait Anna Ragosina, et son corps entier vibrait de désir.

— Dix-huit ans, c'est jeune.

— Je suis aussi bon qu'aucun autre, affirma-t-il en essayant de la fixer dans les yeux, ce qui était difficile car elle ne se gênait pas pour le regarder des pieds à la tête.

Elle haussa les épaules.

— Physiquement, Gregory Ivanovitch. Mais la force physique n'est rien. C'est l'esprit qui compte. Un

81

infirme peut tuer, s'il en a la volonté, là où un géant échouera, s'il n'en a pas.

— Je sais cela, dit-il. C'est pourquoi je suis ici.

Elle hocha la tête.

— Je veux que vous me battiez, Gregory Ivanovitch.

Il la regarda en fronçant les sourcils.

— Je veux que vous me battiez jusqu'à me faire perdre connaissance, poursuivit-elle. Tout de suite. Parce que si vous ne le faites pas, c'est moi qui le ferai. Vous comprenez ?

Il hésitait toujours, se demandant si ce n'était pas une sorte de plaisanterie.

— Je vais compter jusqu'à trois, dit-elle. Ensuite ce sera vous ou moi.

Il parcourut la pièce du regard dans l'espoir de trouver un soutien. Mais il n'y avait personne. Anna avait renvoyé tous les autres. C'était lui le plus jeune et le dernier arrivé, il avait donc besoin d'une leçon supplémentaire. D'ailleurs, cela pouvait se justifier, même vis-à-vis de son père. Il ne venait pas d'un orphelinat, mais de l'académie Tatiana Nej, le temple du luxe. Il avait besoin d'un entraînement très intensif.

— Trois, dit-elle, et elle projeta sa main ouverte, doigts tendus, vers ses parties génitales.

Il poussa une exclamation de surprise, tenta de l'esquiver et les ongles d'Anna écorchèrent la peau à l'intérieur de sa cuisse. La douleur provoqua sa réaction; il projeta sa main droite pour attraper le bras d'Anna et l'éloigner. Celle-ci se tourna à moitié, projetant sa hanche contre le ventre de Gregory. Elle leva les mains, lui saisit les cheveux, puis se baissa brusquement en avant. Gregory Nej fut catapulté en l'air, décrivit un tour complet et atterrit lourdement sur son épaule, les bras et les jambes écartelés. Puis il roula sur lui-même et heurta le sol de la tête.

Il resta là un moment, clignant des yeux, puis se redressa. Le pied d'Anna le cueillit à la nuque, le projetant encore une fois en avant. Il retomba, le visage contre le sol et, l'instant d'après, Anna était à cheval sur son dos, les doigts refermés sur son cou.

— Maintenant, je vais vous tuer, lui murmura-t-elle à l'oreille.

C'était une chose très simple à faire en vérité. Il lui suffisait de le saisir sous le menton, d'enfoncer son genou sur sa nuque et de tirer vers le haut. Et sans doute pensait-il qu'elle allait le faire. Son corps se tordit et ses orteils battaient le sol avec désespoir.

Anna rit et se releva. Elle alla dans le coin de la salle, ouvrit un robinet d'eau, remplit un seau, revint vers lui et le lui versa sur la tête. Pendant quelques instants il ne réagit pas, puis il roula sur le dos et resta ainsi, clignant des yeux et essayant de retrouver son souffle. Anna remplit le seau à nouveau et le vida encore une fois sur lui. Cette fois il s'ébroua, s'assit et se frotta les yeux.

Anna alla jusqu'à la table et revint avec un gobelet de vodka. Elle s'agenouilla à côté de lui.

— Buvez !

Il cligna des yeux.

— Vous n'avez jamais bu de vodka ?

Il secoua la tête.

— Cela ne vous fera pas de mal, dit-elle en souriant. Vous vous sentirez mieux. Je vais vous montrer. (Elle but et sentit la chaleur se répandre dans son corps.) Buvez !

Gregory but et hoqueta.

— Encore, dit Anna.

Il vida le verre et la regarda.

— A présent vous commencez à comprendre ce que je dis. Il vous reste cependant beaucoup à apprendre. Je vous l'apprendrai.

Elle tendit la main et essuya l'eau qu'il avait encore dans les yeux. Elle vit qu'il regardait la sueur qui lui coulait des épaules sur les seins. Elle laissa glisser sa main sur la poitrine de Gregory, puis plus bas. Elle le prit dans sa main et sentit sa réaction. Il continuait à la regarder, les yeux grands ouverts.

— Vous n'êtes jamais allé avec une fille ?

Il secoua lentement la tête.

Anna Ragosina rit doucement.

— Cela aussi fait partie de votre éducation, Gregory Ivanovitch. (Elle le relâcha, se leva et regarda autour d'elle.) Il y a un matelas là-bas.

— Vous êtes la femme de mon père, dit-il.

Elle se pencha vers lui en le regardant.

— Cela vous gêne ?

Quelle qu'ait pu être sa réponse, cela n'avait pas beaucoup de sens. Il ne parvenait pas à se détacher d'elle. Ses doigts formaient des motifs sur les cuisses d'Anna et il aurait voulu la toucher entre les jambes, caresser ses seins, son visage. En cet instant, il aimait avec la ferveur d'un jeune homme initié par une femme plus âgée aux délices de l'amour.

— Je voudrais que vous soyez mienne.

— Je le suis, du moins dans les limites du possible. J'appartiens aussi à votre père. Vous devez comprendre cela. Votre père est un des hommes les plus puissants de ce pays. Sans lui, je ne serais pas ici avec vous.

Il l'embrassa entre les seins, les maintenant contre son visage.

Il poussa un soupir.

— Aimez-vous mon père ?

— Je le hais.

Il se recula brusquement pour mieux la regarder. Le cœur d'Anna cessa de battre un instant. S'était-elle trompée sur son compte ?

— Mais vous travaillez pour lui, vous couchez avec lui ?

— Je n'ai pas le choix. Il m'a déjà envoyée une fois en Sibérie et il peut recommencer d'un trait de plume.

Il hocha la tête pensivement.

— Ma mère aussi le déteste.

— Et vous ?

Il haussa légèrement les épaules.

— Je ne le connais pas bien. Il est difficile de haïr son propre père.

— Il faut vous décider. Mais vous vous ferez une opinion, quand vous le connaîtrez mieux ! (Elle sourit.) Vous apprendrez à bien mieux le connaître en travaillant ici. (Elle se redressa et se mit à genoux à côté de lui.) Maintenant il faut nous habiller et retourner au travail. Il y a beaucoup à faire.

— Votre mission?

Le groupe était au courant bien entendu, même s'ils ignoraient où et comment cette mission aurait lieu.

— Cela, entre autres choses.

— Permettez-moi d'en faire partie, Anna, dit-il en lui prenant la main.

Elle fronça les sourcils.

— Vous? (Pendant un instant, elle fut tentée. Mais son instinct professionnel et son bon sens vinrent à son secours.) Vous êtes trop jeune et vous manquez encore d'entraînement.

— Anna...

Elle secoua la tête.

— Il y aura d'autres missions.

— Je vous aime, Anna.

Anna Ragosina rit.

— Parce que nous avons fait l'amour une fois? Bientôt peut-être vous me haïrez, comme vous haïrez votre père.

— Non, dit-il, je ne vous haïrai jamais, Anna.

Elle se pencha vers lui et l'embrassa sur la bouche.

— Vous devriez essayer de trouver une fille de votre âge, Gregory Ivanovitch. (Elle se leva et lui permit de la regarder une dernière fois.) A présent je dois m'en aller.

— Pour rejoindre mon père.

Anna lui sourit avec satisfaction.

— Je n'ai pas d'autre choix. Pour l'instant.

Anna n'aimait pas Berlin. Elle n'y était venue qu'une fois, en 1932, pour y enlever la sœur de Pierre Borodine, Ilona Hayman. Etrange, comme toute sa vie était consacrée à combattre une seule famille.

Mais ce dernier épisode avait tourné à la catastrophe pour Anna. L'enlèvement n'avait posé aucun problème, car Ilona Hayman ne s'était pas rendu compte de ce qui se passait. Elle était pressée de se rendre à Moscou pour retrouver son fils et voici qu'une jeune femme aimable lui offrait une place dans un avion qui allait raccourcir son voyage de plusieurs jours. Elle ignorait bien sûr qu'elle allait tout droit dans les cellules d'Ivan Nej !

Cette fois-ci cela ne serait pas aussi facile. Pierre Borodine ne se laisserait pas prendre à de telles fables. Et puis, comme le lui avait répété si souvent Ivan Nej, le gouvernement soviétique ne devait pas être impliqué dans cette affaire. Ils avaient affrété un avion par l'intermédiaire d'un de leurs agents en Suède et étaient arrivés à Berlin via Malmö en se faisant passer pour un groupe de jeunes aristocrates suédois qui venaient passer un week-end dans le nouveau Reich. Il importait peu que seul Jonsson, le pilote, parle le suédois : ils parlaient tous couramment l'allemand.

A présent, ils étaient assis à table dans leur hôtel. Anna vérifiait le contenu de son sac à main pendant que les autres l'observaient avec inquiétude. Ils étaient débutants, elle seule avait de l'expérience. Elle leur avait dit ce qu'ils devaient faire et ce qui se passerait. Néanmoins ils attendaient ses ordres ou un mot pour les assurer que tout irait bien.

Et que pensait-elle de tout cela ? Eh bien, rien du tout ! Elle n'avait jamais vu le prince de Starogan en personne et ne comprenait pas l'animosité que lui manifestait Ivan Nej, à lui et à toute sa famille. Elle se doutait que Pierre serait un bel homme, comme Tatie et Ilona étaient de belles femmes, mais il avait cinquante-six ans et elle n'avait aucune inclination pour les hommes âgés. Ivan s'était chargé de cela — Ivan et le camp de travail où les femmes devenaient vieilles à trente ans et où elle avait appris à haïr la vieillesse, à craindre cette dégradation qui attendait son corps et son esprit. Les personnes âgées avaient des complexes et craignaient l'avenir, car elles étaient proches de l'anéantissement.

N'avait-elle pas elle aussi peur de l'avenir et des ombres qui se presseraient autour de son lit de mort, avides de lui mettre la main dessus ? Pas encore, car elle était jeune. Ces ombres l'attendaient dans un avenir encore lointain. Elle ne craignait même pas l'avenir immédiat. D'après ce qu'elle savait, la Gestapo était tout aussi ignoble que le NKVD. Elle avait du mal à le croire. En tout cas, ils ne lui faisaient pas peur. Aucun camp de concentration allemand ne pouvait égaler en horreur un camp de travail sibérien. Et d'ailleurs, si elle se faisait arrêter ici, elle ne doutait pas qu'Ivan la ferait libérer rapidement. Ivan l'estimait et, comme son fils, il vénérait son corps.

Elle n'avait donc aucune raison d'avoir peur. Elle avait déjà tout subi et était toujours Anna Ragosina.

Elle referma son sac d'un coup sec et se leva. Les trois jeunes hommes se levèrent aussi, mal à l'aise dans leurs costumes élégants. Ils essayaient de se comporter avec la même assurance qu'elle.

Jonsson lui présenta son manteau, mais elle le jeta simplement sur ses épaules. La nuit était fraîche, mais l'été approchait. L'été 1939. Elle allait avoir vingt-neuf ans.

Lorsqu'elle s'engagea dans la rue, les autres se dispersèrent. Ils savaient tous où ils allaient. Chacun avait une tâche à accomplir et il était essentiel qu'ils arrivent séparément. Anna suivit le trottoir, regardant les vitrines. Les passants étaient exubérants, étonnés de leurs succès, incapables de contenir leur humeur turbulente — quoiqu'un peu effrayés par l'avenir que leur réservait leur remarquable chef. Où s'arrêterait son ambition insatiable ? L'annexion de l'Autriche et de la Tchécoslovaquie n'avait provoqué qu'une protestation verbale de la part des démocraties ! Qu'allait-il entreprendre à présent ? Mais ils avaient confiance, certains qu'il réussirait et que l'Allemagne y gagnerait en puissance et en éclat.

Il fallait détruire ce peuple qui devenait trop puissant. Anna était au courant de ce plan. Le travail de ce soir en faisait partie.

Elle monta les marches qui conduisaient à l'immeuble, prit l'ascenseur et descendit au quatrième étage. Elle s'arrêta et fuma une cigarette jusqu'à ce qu'elle entende des pas dans l'escalier. Puis elle sonna. Une

87

jeune fille frêle apparut dans l'entrebâillement de la porte retenue par une chaîne.

— Fräulein Borodine ? demanda-t-elle en allemand.

Du coin de l'œil elle voyait Gutchkine prendre sa place au bout du couloir. Jonsson ne devait pas être loin. Plechkov devait déjà attendre dans la voiture.

— Oui, répondit Ruth Borodine.

— Je suis Fräulein Schmitt, de la *Frankfurter Zeitung*. J'ai téléphoné pour avoir une entrevue avec votre père.

Ruth fronça les sourcils.

— Une entrevue ? Mon père ne m'en a pas parlé.
— Voulez-vous lui dire que je suis ici ?
— Mais c'est impossible. Il n'est pas là.

Anna fronça les sourcils. Une sonnerie d'alarme résonna dans son cerveau.

— Il est absent ? Je l'ignorais. Il était ici hier.

Ruth sourit.

— Il l'ignorait lui-même. Mais il est parti ce matin rendre visite au Führer à Berchtesgaden.

Quel manque total de chance ! Décidément, elle commençait à détester Berlin. Cette ville lui était néfaste. Mais elle continua de sourire.

— C'était si important qu'il a oublié de m'en informer. Quand pensez-vous qu'il sera de retour ?

— Pas avant plusieurs jours.

Anna se mordit la lèvre. Un coup de fil à Francfort suffirait à établir que le journal n'avait envoyé personne pour recueillir une interview du prince de Starogan. Elle avait échoué. C'était la première fois de sa carrière qu'elle ne réussissait pas à accomplir une mission que lui avait confiée Ivan Nej. C'était aussi sa première mission depuis son retour de Sibérie. Elle avait l'impression qu'on venait de lui donner un coup de pied au ventre.

— Je suis désolée, dit Ruth.

Anna Ragosina la regarda. C'était la fille unique du prince. La dernière des Borodine de Starogan, même si elle ne ressemblait pas du tout aux beautés blondes de la famille.

— Moi aussi, dit Anna. Pourrais-je donner un coup de téléphone ? J'ai renvoyé ma voiture, vous comprenez, je pensais rester ici un moment. Elle ne reviendra pas me chercher avant une heure, si je n'appelle pas.

— Oh, mais bien sûr. J'aurais dû vous faire entrer. Je vous en prie, Fräulein Schmitt. (Elle recula d'un pas et Anna entra. Ruth Borodine referma soigneusement la porte derrière elle et remit la chaîne.) On n'est jamais assez prudent, même ici, à Berlin.

— Oui, dit Anna d'un air compatissant. Nous vivons dans un drôle de monde.

— Le téléphone se trouve juste ici.

Ruth la précéda dans un couloir entre deux chambres. Elle s'arrêta devant une petite table et lui montra l'appareil. Elle tournait le dos à Anna. Celle-ci sortit un petit sac de sable de son sac et en assena un coup sur la nuque de la jeune fille.

4

Joseph Staline se tenait à la fenêtre de son bureau et regardait la Moskova. Ses épaules étaient voûtées — un mauvais signe. Ivan Nej nettoya ses lunettes avec son mouchoir et les replaça sur son nez. Il ne pouvait qu'attendre.

— Parlez-moi de Yezhov, dit Staline.

— Il a été arrêté pour abus d'autorité et fusillé hier matin.

— A-t-il protesté ?

— Il a demandé à être reçu par vous, Joseph Vissarionovitch. Mais j'ai refusé.

— Très bien. Vous rendrez la nouvelle de son exécution publique.

— Bien, camarade.

— Ce sera bon pour notre réputation. (Staline se décida à lui faire face.) Mais dans cette autre affaire, vous avez échoué, Ivan Nikolaievitch.

89

Ivan se passa la langue sur les lèvres.

— Cette femme, Anna Ragosina, n'est plus ce qu'elle était, Joseph Vissarionovitch. Je crois que cela a été une erreur de la faire revenir. Cinq ans dans un camp de travail...

— Oui, dit Staline en s'asseyant.

Ivan attendit et se remit à espérer. Ce n'était pas lui qui avait eu l'idée de la faire revenir.

— Qu'avez-vous fait d'elle ?

— Rien encore. J'attendais votre opinion. Mais elle sera punie. Oui, elle sera punie, ça, je vous le promets.

— Je ne parlais pas de Ragosina. Je pense que vous feriez une erreur en étant trop sévère avec elle. Elle a peut-être besoin d'être mieux encadrée. Mais d'après ce que vous m'avez dit, elle s'est parfaitement acquittée de sa mission, sauf qu'elle a ramené une autre personne que celle qui était prévue. Non, non, ne soyez pas trop sévère avec elle. Je parlais de la fille de Borodine.

— Eh bien, Joseph Vissarionovitch, puisqu'elle est ici...

— Les Allemands sont toujours en pourparlers avec nous. Beria m'apprend qu'ils pensent maintenant à la Pologne. Avec la Tchécoslovaquie, cela amènera la Wehrmacht aux frontières de la Russie. Et, comme je l'avais prévu l'année dernière, les démocraties ne bougent pas. Ces garanties que l'Angleterre a données à la Pologne et à la Roumanie restent sans effet. Ils ne se battront pas, Ivan Nikolaievitch. Il est donc plus que jamais nécessaire que nous arrivions à un accord avec Hitler. J'ai donné des instructions pour que Michael Nikolaievitch et Molotov accélèrent leurs entretiens avec Ribbentrop. Et rien, vous m'entendez, absolument rien ne doit compromettre ces pourparlers.

— Nous pourrions faire une nouvelle tentative, dit Ivan.

Staline poussa un soupir.

— Vous ne comprenez pas ce que je veux vous dire, Ivan Nikolaievitch. Recommencer ? Depuis l'enlèvement de sa fille, Pierre Borodine ne quitte plus son appartement sans être accompagné de gardes armés.

Ces gardes dorment sur place dans l'appartement. D'un autre côté, quoi qu'il puisse dire en privé, personne ne nous a encore accusés d'être mêlés à la disparition de sa fille. Cela implique que Hitler et Ribbentrop préfèrent poursuivre les pourparlers avec nous que de nous accuser de cet enlèvement. Je veux que les choses en restent là. Vous ne toucherez pas à Pierre Borodine.

— Oui, Joseph Vissarionovitch.

Ce fut au tour d'Ivan de pousser un soupir.

— D'un autre côté, poursuivit Staline, cette fille pourrait identifier ceux qui l'ont enlevée ou entrer en contact avec un autre prisonnier, ce qui pourrait être utilisé contre nous un jour. Nous ne pouvons absolument pas courir ce risque! Vous me suivez?

Ivan se remit à nettoyer ses lunettes.

— Elle peut être utile un jour.

— J'en doute, Ivan Nikolaievitch. Je ne vois pas en quoi. Mais puisqu'elle a mystérieusement disparu, il faut qu'elle reste introuvable. Cela est très important, Ivan Nikolaievitch.

Ivan attendit, mais voyant que son maître avait fini, il se leva et salua.

— Elle restera introuvable, Joseph Vissarionovitch.

Il sortit pour rejoindre sa voiture, l'esprit en ébullition.

La voiture s'arrêta dans la cour de la Lubianka et il se rendit directement à la salle d'observation. Il regarda dans la cellule au-dessous de lui par un guichet habilement dissimulé dans le mur. La fille se tenait assise dans un coin de la cellule, contre le mur, la tête penchée, comme aux aguets. Elle avait été déshabillée et fouillée, mais on ne lui avait fait aucun mal. Avec ses yeux bandés et ses poignets attachés derrière le dos, elle ne voyait rien, pouvait à peine bouger, et restait assise, l'oreille tendue.

Elle constituait certainement un danger.

La porte s'ouvrit derrière lui. Il tourna la tête et vit entrer Anna Ragosina.

— Que voulez-vous qu'on en fasse? demanda-t-elle.

Elle pense toujours qu'elle a réussi, se dit Ivan amèrement. Elle ne comprend pas dans quelle situation elle m'a mis.

— A-t-elle une idée de ce qui lui est arrivé ?

Anna secoua la tête.

— Je lui ai fait une piqûre et elle a eu les yeux bandés jusqu'à son arrivée ici. Il n'y a aucun danger.

— Mais elle aura entendu parler russe depuis qu'elle est ici.

Anna secoua encore une fois la tête, presque avec impatience.

— Je n'ai permis à personne de s'approcher d'elle. Je l'ai nourrie moi-même et ne lui ai parlé qu'en allemand.

Ivan se leva.

— Vous avez failli à votre tâche, Anna Petrovna.

Elle leva la tête et fronça les sourcils.

— Vous deviez me ramener Pierre Borodine, pas sa fille.

— J'ai fait de mon mieux, camarade commissaire, expliqua Anna calmement. Le prince Pierre n'était pas là. Son absence était inattendue. J'avais soigneusement préparé le coup de main. Son départ n'est dû qu'au hasard et à la mauvaise chance.

— Croyez-vous que je m'intéresse à la chance ? La chance est une excuse pour les échecs. Vous avez échoué.

Sa main la cingla sur la joue. Elle avait vu le coup venir et avait commencé à lever les mains instinctivement pour se protéger. Mais elle changea d'avis et laissa le coup l'atteindre. Son regard était meurtrier, car elle savait et il devait savoir aussi que, si elle le voulait, elle pouvait le tuer, grâce à l'entraînement qu'elle avait reçu. Si elle osait le faire ! Mais elle n'oserait jamais. Il était le commissaire Nej et elle était sa créature.

Elle se passa la langue sur les lèvres.

— Cette fille n'est pas entièrement inutile, camarade commissaire, dit-elle calmement. Sa mère n'était-elle pas juive ? (Ivan la regarda attentivement.) Je ne crois pas que les nazis le sachent, continua Anna. Le prince Pierre Borodine s'est bien gardé de le leur dire.

— Comment cela peut-il lui nuire ? Il n'est pas juif, lui.

— Il aime sa fille. Si on la renvoyait en Allemagne en la dénonçant comme juive... si nous le menacions de le faire...

Ivan retourna à sa chaise et regarda encore une fois par la lucarne. La fille avait baissé la tête. Elle dormait peut-être.

— Je peux organiser cela, camarade commissaire.

— Vous la mettrez dans la cellule quarante-sept, dit Ivan.

Anna fronça les sourcils.

— La cellule quarante-sept ? Mais c'est là...

— Que nous avons mis le camarade Glinka pour le faire mourir de faim. Je ne veux pas que cette fille meure de faim, Anna Petrovna. Je veux qu'elle soit bien nourrie, bien traitée, et qu'elle ne voie personne d'autre que vous. Vous m'avez bien compris ? A partir de cet instant, elle est sous votre responsabilité, votre seule responsabilité. Vous n'aurez rien d'autre à faire.

— Je suis votre assistante. Je commande le peloton spécial.

— Plus maintenant. Vous avez échoué. Vous n'êtes pas prête, semble-t-il, à assumer de telles responsabilités. Vous prendrez soin de cette fille. Puisqu'elle a déjà vu votre visage, cela ne peut pas avoir de conséquences. Mais vous ne lui donnerez que des livres allemands à lire et ne lui parlerez qu'en allemand. Vous ne lui ferez subir aucun sévice, Anna Petrovna. Je viendrai m'en assurer personnellement.

— Vous m'insultez. Je ne suis pas une garde-chiourme.

— Je vous punis pour votre échec. Si vous ne voulez pas de punition plus sévère, comme par exemple de vous retrouver dans une cellule à côté de la sienne, obéissez-moi !

Anna ouvrit la bouche, puis se ravisa.

— Et ma suggestion ?

— Il est possible qu'elle nous soit utile un jour. Jusque-là, vous en êtes responsable. Ne l'oubliez pas.

Une nouvelle fois, il eut l'impression qu'elle voulait parler et il se demanda ce qu'elle avait à dire. Mais elle fit demi-tour et quitta la pièce.

Anna posa le paquet sur la table. La cellule venait d'être transformée et il y avait un lit, une table et des chaises, une table de toilette avec une bassine, un broc, ainsi qu'un seau hygiénique. C'était presque confortable pour une cellule. Mais il n'y avait pas de fenêtres et le chauffage n'arrivait pas à dissiper complètement l'humidité qui régnait ici à plusieurs mètres sous terre. Cependant il était impossible d'entendre les cris des autres prisonniers.

La jeune fille l'observait de ses grands yeux noirs, le drap remonté jusqu'au menton. Elle s'était préparée à subir des sévices physiques.

— Voici des vêtements, dit Anna. Il n'y a pas de raison que vous restiez tout le temps au lit. Il serait bon que vous vous habilliez de temps en temps et que vous vous promeniez dans la cellule. Que vous preniez de l'exercice. Vous voulez que je vous montre ?

La fille la regardait fixement.

Anna enleva sa veste, son pantalon et s'assit pour enlever ses bottes. Puis elle se releva et courut sur place pendant plusieurs minutes. Elle commença à transpirer et sa respiration s'accéléra. Puis elle se mit en appui sur les mains et fit cinquante tractions. Ensuite elle se coucha sur le dos et pédala sur une bicyclette imaginaire avec une énergie féroce. Lorsqu'elle se releva, elle haletait. Elle ouvrit le paquet, en sortit une serviette et se sécha délicatement tout en observant la jeune fille.

— Si vous faites cela deux fois par jour, vous resterez en bonne santé. Il vaut mieux ne pas tomber malade ici. J'ai aussi apporté des livres pour que vous puissiez lire : Goethe, Schiller, et des éditions allemandes de Shakespeare et de Tolstoï. Il n'y a pas de raison pour que vous vous ennuyiez.

— Qui êtes-vous ? demanda Ruth Borodina.
Anna haussa les épaules.
— Je suis votre gardienne et, si vous vous comportez bien, je serai votre amie.
— Suis-je encore en Allemagne ?
— Où vous croyez-vous donc ?
— Je ne sais pas, dit Ruth pensivement. Je me souviens que vous étiez derrière moi, puis tout devient vague. Je me souviens néanmoins avoir voyagé.
Anna lui sourit.
— Il est certain que vous n'êtes plus à Berlin.
— Mais vous n'êtes pas allemande. Je sais que vous ne l'êtes pas. Et vous n'êtes pas une nazie.
Anna leva les sourcils.
— Vous avez beaucoup de certitudes.
— Les nazis ont brûlé tous les livres de Goethe et de Schiller il y a six ans.
Anna se mordit la lèvre. Il fallait savoir tant de choses pour accomplir sa tâche correctement. Elle se remit pourtant à sourire.
— Alors, comme vous le dites, je ne suis pas une nazie.
Elle traversa la pièce et vint s'asseoir sur le lit, à côté de Ruth.
— Alors, qui êtes-vous ? supplia celle-ci. Pourquoi m'avez-vous amenée ici ? Est-ce que vous détestez mon père ? Pourquoi m'avez-vous frappée ? Etes-vous communiste ?
— Je suis votre geôlière.
Elle tendit la main et écarta une mèche de cheveux sur le front de Ruth.
Elle s'aperçut soudain qu'elle n'avait rien perdu de son pouvoir. Il s'était concentré sur une seule personne, c'est tout. Mais cela n'en était pas moins exaltant. Ivan avait dit qu'il ne devait être fait aucun mal à Ruth Borodina. Mais un bleu ici ou là ne comptait pas vraiment si elle en avait envie et si cela devenait nécessaire. Après tout, c'était une Borodine. Elle devait être la cousine de John Hayman. Cette fille pourrait peut-être même apaiser ce souvenir.

Ruth recula la tête.

— Vous n'allez voir personne d'autre que moi pendant très longtemps : peut-être pour le reste de votre vie. Si vous ne devenez pas mon amie, vous n'en aurez pas d'autres. Et si vous devenez mon ennemie, vous vous préparez une vie insupportable.

Elle lui prit la main, mais Ruth refusa de se laisser aller.

— Vous m'avez assommée, droguée, enlevée et enfermée dans cette prison. Cela ne fait-il pas de vous mon ennemie ?

— J'obéis à des ordres. Je fais exactement ce qu'on me dit de faire, car je veux survivre. Si vous aussi voulez survivre, vous ferez exactement ce que je vous dis de faire. Maintenant lâchez ce drap et venez ici. Je veux vous toucher.

Ruth Borodina se recula contre le mur et serra le drap contre elle.

— Si vous me touchez, murmura-t-elle...

Anna se leva.

— Que ferez-vous, princesse Borodina ? Vous crierez ? Personne ne vous entendra. Et personne n'y ferait attention si l'on pouvait vous entendre. Vous me résisterez ? Je pourrais vous tuer en trois coups de ma main. Que ferez-vous ?

— Vous êtes russe, murmura Ruth. J'aurais dû me douter que vous étiez russe.

Anna fronça les sourcils.

— C'est ridicule.

— Vous avez dit mon nom à la manière russe. Je sais que vous êtes russe. (Elle regarda autour d'elle.) Suis-je à Moscou ?

— Je n'imaginerais pas des choses pareilles si j'étais à votre place. Cela pourrait beaucoup vous nuire. (Elle regarda sa montre et s'habilla rapidement.) Je dois partir maintenant. Je vous conseille de vous laver et de manger quelque chose. Il y a de la vodka dans ce paquet. Buvez-en et ensuite lisez un bon livre. Je reviendrai le moment venu. Mais pensez à ce que je vous ai dit.

Elle referma la porte de la cellule derrière elle et s'y appuya quelques instants. Quelle erreur stupide. Elle avait déjà commis deux erreurs ce matin. Si Ivan venait à le découvrir ?

Comment le découvrirait-il ? La fille ne devait pas voir son visage même si lui prenait du plaisir à la regarder par la lucarne. La fille lui appartenait. A elle seule. Elle eut un sentiment d'exaltation. Pendant cinq ans, elle avait appartenu à d'autres femmes, avait dû se soumettre à leurs caprices. Elle avait été violée, battue et même aimée, selon leur humeur du moment. Cette fille lui appartenait de la même façon. Elle était entièrement à elle.

Ce n'était toutefois pas entièrement satisfaisant et ne pouvait se comparer à ce qu'elle avait connu. Ruth Borodina ne pourrait être qu'un dérivatif. Elle monta rapidement les escaliers et suivit le couloir. Il ne lui était plus permis d'assister aux séances d'entraînement, mais elle savait à quelle heure elles se terminaient. Et voici qu'ils sortaient, riant et parlant ensemble, conscients d'être une élite, une armée dans une armée, heureux peut-être d'être débarrassés de leur chef. Tous sauf un, certainement. Elle se tint immobile tandis qu'ils passaient devant elle. Les uns détournaient les yeux, d'autres murmuraient un bonjour.

Gregory Nej arriva en dernier. Il avait dû traîner délibérément afin de pouvoir lui dire un mot, fixer un rendez-vous.

— Bonjour, Gregory Ivanovitch, dit-elle doucement lorsqu'il arriva à sa hauteur.

Il la regarda un instant, puis détourna les yeux.

— Bonjour, camarade Ragosina, dit-il en se hâtant de rejoindre ses camarades.

Anna le suivit du regard, cependant que ses ongles s'incrustaient dans sa chair. Elle n'allait pas pleurer. Pas pour un Nej. Lentement, elle desserra les poings, puis redescendit les escaliers vers les profondeurs de la Lubianka, vers la cellule numéro quarante-sept.

— Le président vous attend, monsieur Hayman! annonça l'huissier en précédant George sur le parquet verni.

George avait décidé de ne pas se montrer inquisiteur. Il pouvait attendre. C'était la première fois qu'il revenait à la Maison-Blanche depuis sept ans, c'est-à-dire depuis le départ de l'administration Hoover. Il ne connaissait pas très bien Roosevelt malgré quelques rencontres quand le président était gouverneur de New York. Il le respectait et avait souvent pensé un peu mélancoliquement qu'il votait républicain, en premier lieu parce que son père l'avait toujours fait, et ensuite parce qu'en tant que propriétaire de la plus importante chaîne de journaux d'Amérique, il se devait d'être un homme d'affaires conservateur. Il ne croyait pas non plus au système des subventions, mais il était prêt à admettre qu'une grande partie du New Deal de Roosevelt reflétait beaucoup de bon sens.

La porte s'ouvrit et il se trouva dans le salon ovale. Il connaissait les trois autres hommes présents dans la pièce, fit un signe de tête au secrétaire d'Etat Cordell Hull et au sous-secrétaire d'Etat Sumner Welles. Enfin il tendit la main par-dessus le bureau pour serrer la main du président. A sa vue il ressentit un choc. George était de cinq ans l'aîné du président, mais Roosevelt paraissait beaucoup plus que ses cinquante-cinq ans. Les séquelles de sa maladie l'empêchaient de se lever pour accueillir ses visiteurs et son visage tiré reflétait l'inquiétude.

Cependant sa voix était toujours vigoureuse.

— Bonjour, Hayman. C'est gentil d'être venu. Asseyez-vous. J'aimerais que vous lisiez ceci.

George prit le papier qui était marqué *Ultra Secret* et fronça les sourcils.

— Ce n'est pas un document à publier, George, dit Hull.

— Pas encore, dit Roosevelt, mais bientôt tout le monde sera au courant de son contenu.

George replaça le document sur le bureau.

— Pas de commentaire ? s'enquit Roosevelt.
— Je ne suis pas surpris, dit George.
Roosevelt hocha la tête.
— A votre retour d'Europe l'année dernière, nous avons eu une petite conversation. Vous m'avez dit alors que les nazis négociaient avec les Russes et j'étais persuadé que vous aviez tort. Bon. Maintenant ils sont sur le point de signer un pacte de non-agression, si ce rapport est exact. Qu'en pensez-vous ?
— Je pense que c'est vrai.
— Alors dites-moi, qu'est-ce que cela signifie ?
— Cela veut dire que d'ici un mois, l'Allemagne envahira la Pologne.
— Les Russes ne le permettront jamais, dit Hull.
— L'Allemagne serait à la frontière russe, fit remarquer Welles.
Roosevelt ne quittait pas George des yeux.
— Vous m'avez demandé mon opinion. Hitler n'a-t-il pas clairement expliqué qu'il aurait Dantzig et le couloir ? Cela signifie l'invasion de la Pologne ou, à supposer que les Polonais ne se battent pas, l'occupation de leur pays, tout comme en Tchécoslovaquie et en Autriche. Staline a dû consentir à cela lorsqu'il a négocié ce pacte.
— Les Polonais se défendront-ils ? demanda Roosevelt.
— Je pense que oui. Depuis qu'ils forment une nation, les Polonais ont toujours lutté, entre eux ou contre leurs agresseurs. Ils ne se préoccupent pas trop des chances de réussite.
— La France et l'Angleterre se sont engagées à leur venir en aide, dit Hull.
— Alors nous aurons une nouvelle guerre mondiale, dit Roosevelt. Est-ce aussi votre opinion, Hayman ?
— C'est ce que je pense depuis que Hitler a pris le pouvoir.
— Et les Russes ?
— Ils se tiendront à l'écart, au moins pour un temps.
— Et que devons-nous faire à votre avis ?
George poussa un soupir.

— Le seul espoir pour éviter une autre guerre mondiale serait de déclarer que si la France et l'Angleterre entrent en guerre pour se défendre contre l'Allemagne nazie, les Etats-Unis leur viendront en aide et s'engageront à leurs côtés.

— Ce n'est guère la philosophie du parti républicain, remarqua Hull.

— C'est la mienne et depuis longtemps.

— Ce serait un chèque en blanc. Une absurdité, dit Welles.

— C'est impossible de toute façon, dit Roosevelt doucement. Je n'en ai pas le droit constitutionnellement et vous savez que je ne convaincrai jamais le Congrès.

— Vous ne convaincriez pas non plus le pays, dit Hull.

— Alors, il n'y a qu'à attendre le feu d'artifice jusqu'au moment où nous serons touchés nous-mêmes, dit George. Nous le serons, vous savez, exactement comme la dernière fois.

— N'y a-t-il pas de fortes chances pour que les Français et les Anglais se dérobent, comme ils l'ont fait avec la Tchécoslovaquie ? demanda Welles.

— J'imagine que oui. L'Allemagne envahira alors la Pologne et se demandera où aller ensuite. En Roumanie, sans doute. Voulez-vous vraiment rester les bras croisés, monsieur le Président, et voir la croix gammée flotter sur toute l'Europe ?

— Non. Mais il faut que nous soyons sûrs des intentions de Hitler. J'envoie Sumner là-bas en mission au début de l'année prochaine. Il se rendra à Berlin, à Rome, à Londres et à Paris. A son retour, nous aurons une idée plus claire de la situation en Europe.

— Avant son retour, nous serons déjà en pleine guerre, déclara George.

— Il faut espérer que non. (Roosevelt tendit la main à George.) Merci d'être venu, Hayman. Vous ne voyez pas d'inconvénient à faire un topo à Sumner sur les gens qu'il est susceptible de rencontrer ?

— Ce sera avec plaisir. Appelez-moi.

L'avion l'attendait pour le ramener à New York,

mais il n'avait pas envie de retourner au bureau et il préféra rentrer à Cold Spring Harbor. Il se sentait envahi d'une grande tristesse et en même temps d'un certain soulagement. Pendant si longtemps, les choses étaient restées confuses, incertaines. A présent, tout devenait simple. Hitler avait obtenu ce qu'il voulait : la garantie qu'il n'aurait pas à se battre sur deux fronts — ce cauchemar qui avait hanté l'état-major allemand pendant soixante-dix ans et qui avait certainement contribué à la défaite allemande en 1918. On devait danser à Berlin ce soir.

Et que faisait-on à Moscou ? Le pacte était un triomphe pour Michael Nej, même s'il permettait à Molotov de s'en attribuer tout le mérite. Michael ne croyait sans doute pas à la mission qu'il avait accomplie. Mais il en avait reçu l'ordre de Staline et, comme toujours, il s'en était acquitté loyalement et bien. Ainsi, les Russes gagnaient du temps, eux qui désiraient beaucoup plus. Ce rêve de Trotski, d'une division de l'Europe de l'Est en sphères d'influences réparties entre les Allemands et les Russes pour une extension de la doctrine et de l'influence soviétiques. Lénine, quant à lui, avait vite compris que ce n'était pas possible.

Dans ce cas, l'avenir paraissait morne.

— George ! (Ilona l'accueillit dans le vestibule et l'embrassa.) Mrs Killett m'a dit que vous étiez à la Maison-Blanche.

Il lui fit un clin d'œil.

— Ils ont à nouveau besoin de moi.

— Avez-vous des nouvelles de Ruth ?

— J'ai bien peur que non. Mais Michael a réussi. Les Russes et les Allemands sont sur le point de signer un pacte de non-agression.

— Je n'arrive pas à y croire. C'est vraiment incroyable.

— C'est malheureusement vrai. Et cela signifie que la guerre est imminente. Je l'ai expliqué à Roosevelt et à Hull, mais ils espèrent encore qu'un miracle va se produire. Ce que pense votre frère, j'ai du mal à l'imaginer.

101

— Pierre... (Elle prit la main de George, tandis qu'ils se dirigeaient vers le salon.) Je pense parfois que je devrais aller le voir. Cela fait cinq mois déjà qu'il n'a plus de nouvelles de Ruth. Il doit être désespéré. George, n'avez-vous reçu aucune nouvelle de Michael ?

— Vous savez bien que si, ma chérie. Il n'y comprend rien — pas plus que nous. Bien sûr, on serait tenté de croire qu'il s'agit là d'un des mauvais tours d'Ivan. Mais Michael est au courant de pas mal de choses à Moscou et rien ne permet de croire que les Russes sont impliqués dans cette disparition. D'ailleurs, cela n'aurait aucun sens. Pierre est toujours dans les bonnes grâces des nazis, encore que ceux-ci ne soient guère enclins à suivre ses avis. Or, cela, les Russes le savent. Auraient-ils pris le risque de compromettre les négociations en organisant un enlèvement ?

— Mais si ce ne sont pas eux, qui est-ce ? L'enlever dans son propre appartement... George, j'ai peur qu'elle n'ait été victime d'un maniaque sexuel et qu'elle ne soit enterrée quelque part dans un fossé.

— J'en doute. A mon avis, il n'y a que deux possibilités. L'une aurait un dénouement heureux, l'autre serait catastrophique.

Les doigts d'Ilona se serrèrent sur son bras.

— Lesquelles ?

— Eh bien, c'est arrivé pendant une absence de Pierre. Il y a donc au moins une chance pour que Ruth se soit enfuie avec quelqu'un — quelqu'un qu'elle connaissait mais que son père n'aurait pas accepté. Elle doit connaître Pierre aussi bien que vous. Vous avez bien essayé de vous soustraire à son autorité, autrefois !

Elle soupira.

— C'était il y a bien longtemps. Je n'imagine pas Ruth faisant la même chose. Elle est très consciente de ses devoirs et elle aime son père. Elle connaissait aussi ses opinions. Quelle est l'autre possibilité ?

— Que quelqu'un en Allemagne se soit souvenu ou ait découvert que sa mère était juive.

— Oh, mon Dieu !

— Parce que, voyez-vous, même si les nazis ne veulent pas s'aliéner le prince de Starogan qui, après tout, représente pour eux une grande valeur de propagande, ils ne tiennent peut-être pas à le voir parader dans des fonctions officielles avec une demi-juive à ses côtés.

— Oh, George...

— C'est la seule possibilité, mon amour. Il n'y en a pas d'autres. Et plus j'y pense, plus elle me paraît invraisemblable. Leur police a remué ciel et terre pour essayer de la retrouver.

— C'est ce qu'ils prétendront toujours, vous ne croyez pas ?

— Ils ne s'en tiendraient pas à cela. Les connaissant comme je les connais, ils auraient accusé quelqu'un de ce crime et auraient même procédé à une arrestation si nécessaire. Il y a une autre possibilité, vous savez — c'est que Pierre ait eu vent d'un tel plan et l'ait expédiée quelque part.

— Où cela ?

— Pourquoi pas à Paris ? Chez Judith. Elle y serait en sécurité. Judith paraît morte d'inquiétude, mais ce n'est peut-être qu'une couverture.

— Mon Dieu, j'aimerais bien savoir ce qu'il en est. Chaque fois que l'on pense que tout va bien, un événement se produit qui remet tout en cause. George, Johnnie est ici.

Elle ouvrit la porte du salon.

George entra et embrassa Felicity sur la joue.

— Bonjour. Avez-vous des nouvelles du jeune Cassidy ?

Elle haussa les épaules.

— Il est dans le Pacifique. Il m'a appelé de Pearl Harbor la semaine dernière. Il a l'air de s'amuser.

— Il s'amuse trop pour vouloir se marier ?

— Oh, papa. Vous savez qu'il ne veut pas se marier avant d'être lieutenant. Nous voulons pouvoir nous débrouiller tout seuls. Il sera nommé dans trois mois.

— Je le croirai quand je le verrai. (George se tourna

vers son beau-fils.) N'êtes-vous pas censé être à Chicago ?

John se leva.

— Pris sur le fait. Mais le tournoi ne commence pas avant demain matin. Je pars ce soir. Je voulais voir maman d'abord — et vous aussi, bien sûr, George.

— Tatie veut qu'il aille leur rendre visite à Moscou, dit Ilona.

— Comment ? N'êtes-vous plus banni ?

— J'ai été gracié, dit Johnnie d'une voix excitée. Je peux aller en Russie pour le tournoi d'échecs qui va s'y dérouler au début de l'année prochaine.

— A mon avis, il ne devrait pas y aller, dit Ilona. Il ne serait pas en sécurité. C'est encore un tour d'Ivan pour remettre la main sur lui.

— Enfin, maman, vous savez bien que c'est faux. La grâce est signée de la main de Staline lui-même. Cela ne peut pas être un piège. Et puis...

— Vous voulez revoir Natacha Brusilova. Vous l'avez demandée en mariage et vous avez essuyé un refus !

John rougit.

— Pas tout à fait. J'aimerais beaucoup revoir Natacha. George, puis-je m'occuper de ce championnat ?

— Est-ce que vous vous rendez compte que l'Europe sera sans doute en guerre l'année prochaine ?

— Pas la Russie. Tante Tatie est d'accord avec vous pour dire qu'il y aura la guerre, mais selon elle la Russie est décidée à rester en dehors du conflit. Tout comme nous. Et d'ailleurs, ajouta-t-il avec un sourire, s'il se passe des choses là-bas, je pourrai faire plus que de simples comptes rendus sur un tournoi d'échecs. Vous auriez un reporter en Russie. Cela ne peut être qu'utile !

George regarda Ilona qui haussa les épaules d'un air résigné.

— Oui, dit-il. Cela paraît un projet excitant. (Il donna une tape sur l'épaule de son beau-fils.) Vous savez, si je n'avais pas peur que cela nuise à votre style, je viendrais volontiers avec vous...

104

Ilona Hayman était assise à son bureau et vérifiait le sommaire de son magazine. Sa rédactrice, Helen Meynon, se tenait anxieusement à ses côtés. Ce poste était le meilleur de sa carrière, mais elle aurait souhaité que la propriétaire lui laisse plus d'indépendance. Aujourd'hui, elle flairait la catastrophe.

Son instinct ne la trompait pas.

— Ce n'est pas ce qu'il faut.

— Mais, madame Hayman, Artie Shaw est très populaire en ce moment, quels que soient ses... (Elle se souvint que sa patronne avait elle aussi connu quelques démêlés conjugaux autrefois.)

— Je me moque des problèmes que M. Shaw peut avoir avec les femmes. Je trouve simplement idiot, dans les circonstances actuelles, d'en faire l'article de tête du journal !

Helen Meynon fronça les sourcils.

— Quelles circonstances, madame Hayman ? Il est trop tôt pour parler des futurs candidats à la présidence. D'ailleurs, vous avez dit vous-même, que vous ne vouliez pas donner au journal une tournure trop résolument politique. Les arts, la mode et même les sports devaient avoir, chacun à leur tour, la première place.

— Je parle de la guerre, dit Ilona sur un ton glacial.

— Quelle... oh, cette guerre-là ?

— *La* guerre !

— A vrai dire, madame Hayman, je ne crois pas que les gens ici s'intéressent beaucoup à ce qui se passe en Europe. Ils ne se sentent pas impliqués. Et d'ailleurs, il ne se passe rien. J'en parlais avec John Brien l'autre jour, eh bien, il prétendait que tout serait fini dans quelques semaines.

— C'est son impression ?

— C'est celle de la plupart des correspondants étrangers. Madame Hayman, la Pologne est virtuellement vaincue et Hitler a pris garde de ne pas engager le combat en France plus qu'il n'était nécessaire. Chamberlain a fait ce qu'il devait faire. Il est presque certain qu'il va se retirer de toute cette histoire. Que peuvent faire la France et l'Angleterre à présent ?

— Je ne suis pas de votre avis. Pour moi ce n'est que le commencement. Je veux que l'article de tête porte sur l'Angleterre en guerre et sur la manière dont les Anglais ressentent la situation. L'opinion de la ménagère, celle des enfants. Je veux montrer aux Américains ce que les gens de là-bas pensent. Oh, je sais qu'il est trop tard pour changer l'édition de ce mois. Faites paraître cet article absurde sur Artie Shaw si besoin est. Mais le mois prochain, je veux un article sur Londres. Débrouillez-vous pour qu'un de nos correspondants ou un de ceux de *l'American People* s'en occupe. Si nécessaire, envoyez quelqu'un. Mais je veux que ce soit prêt pour le mois prochain.

— Madame Hayman, si Chamberlain signe la paix, nous nous couvrirons de ridicule.

Ilona s'adossa à son fauteuil et sourit pour la première fois de la matinée.

— Voulez-vous faire un pari à ce sujet, Helen ?

Les applaudissements éclatèrent, formidables. Puis les lumières revinrent dans la salle et les danseuses purent enfin voir les spectateurs. Natacha Brusilova cligna des yeux pour réprimer ses larmes, comme après chaque spectacle. Lentement, elle parvint à identifier l'énorme moustache de Staline, le décolleté scintillant de Tatiana Nej qui se levait pour les rejoindre dans les coulisses, les traits plus calmes de Catherine Nej, le sourire de Michael et enfin la moustache d'Ivan Nej, le policier. Elle détourna rapidement le regard et sourit au reste de l'assistance, fit encore une révérence, puis reçut un bouquet. Le rideau se baissa pour la dernière fois et elle se hâta de rejoindre le reste de la troupe déjà rassemblée autour de Tatie.

— C'était splendide, dit Tatie. Je suis très contente de vous. Et de vous plus que toutes, Natacha. Vous avez été merveilleuse. (Elle embrassa sa protégée sur les deux joues.) Un jour vous serez aussi bonne que moi — peut-être. A présent venez, j'ai quelque chose pour vous. (Elle conduisit Natacha dans sa loge et lui tendit une enveloppe.) Une lettre de Johnnie.

Natacha s'assit et ouvrit l'enveloppe. Son cerveau se vida, comme chaque fois qu'elle recevait une lettre de lui ou quand elle entendait prononcer son nom.

Elle leva la tête.

— Il vient au printemps prochain.

— Je sais, dit Tatie. Il me l'a écrit également. Les lettres sont arrivées hier.

— Hier ? Mais...

Tatie lui sourit.

— Je n'allais pas vous donner la vôtre avant le dernier spectacle : cela vous aurait distraite. Mais à présent, vous pouvez y réfléchir. C'est vous qu'il vient voir, vous savez.

— Moi ?

— Bien sûr. Il va vous demander de l'épouser, comme d'habitude. Allez-vous répondre oui cette fois-ci ?

Natacha lut soigneusement le reste de la lettre. Il n'y avait que des lieux communs. Mais elle était très excitée à l'idée de le revoir bientôt.

— J'estime, pour ma part, que vous devriez prendre une décision à ce sujet, reprit Tatie.

Natacha leva la tête et Tatie vint s'asseoir à ses côtés.

— Vous allez avoir trente ans l'année prochaine. Si vous avez l'intention de vous marier un jour et d'avoir des enfants, il ne faut pas tarder plus longtemps.

— Mais... ma carrière ?

— Vous avez déjà fait une belle carrière. A présent, vous devez décider s'il vaut mieux vous marier ou bien poursuivre. Si telle est votre intention, Johnnie Hayman est vraiment l'homme qu'il vous faut. Cela implique que vous quittiez la Russie.

Natacha la regarda. Quitter la Russie ! Tatie croit-elle vraiment qu'elle tienne à rester ici, s'il existe un meilleur endroit où aller ? Dans ce pays où son père et sa mère avaient été assassinés par le pouvoir ? Elle détestait Ivan Nej, la police secrète et tout le gouvernement soviétique avec une intensité qu'elle pouvait à peine exprimer.

Mais ce n'étaient pas là des sujets qu'elle aurait osé exprimer devant Tatie et Svetlana, ses deux seules vraies amies. Tatie détestait probablement son mari autant que tout le monde, mais c'était pour des raisons strictement personnelles. Et pourtant, sa propre mère et toute sa famille avaient été assassinées de la même manière que les Brusilov et par le même homme : Ivan Nej ! Mais Tatie était unique et n'obéissait qu'à ses propres lois. Quant à Svetlana, on pouvait difficilement s'attendre à ce qu'elle déteste son propre père, on l'avait toujours gardée à l'écart de tous ses agissements.

D'un autre côté, Natacha n'avait jamais sérieusement songé à s'enfuir de Russie. Elle était russe. Ailleurs, elle ne serait qu'une réfugiée, avec toutes les misères que cela représente. Elle n'avait pas eu le temps de choisir entre la condition d'émigrée sans le sou et l'existence dans une société d'assassins. Très tôt elle fut prise dans le tourbillon de la danse avec l'espoir de devenir une danseuse étoile célèbre. Etait-elle une lâche ? Pour une danseuse célèbre, la vie en Russie était très agréable. Elle avait en outre la satisfaction d'avoir atteint le sommet d'une société qui avait détruit ses parents. Et quelles promesses Johnnie Hayman pouvait-il lui faire ? Bien sûr, elle détestait le bolchevisme, mais elle ne pouvait s'empêcher de croire à ce que l'on racontait sur l'Amérique capitaliste, sur les milliers de gens qui, selon la *Pravda,* y mouraient de faim, et sur la manière éhontée dont les riches y exploitaient les pauvres.

Et d'ailleurs, cette décision ne lui avait jamais paru urgente. Pourquoi le serait-elle maintenant ? Cela lui faisait très plaisir d'être aimée de quelqu'un de si éloigné et de tellement gentil.

— Vous ne pouvez pas lui demander de vous attendre éternellement, dit Tatiana doucement.

Il avait déjà attendu dix ans. Mais à cette époque, ils n'étaient que des enfants. Tout du moins elle. Maintenant...

— Il est riche, très riche. Et rappelez-vous qu'Ilona est sa mère bien plus que Michael n'est son père.

— Dois-je épouser un homme parce qu'il est riche, Tatiana Dimitrievna ?

— J'essaie de vaincre vos craintes, mon enfant. Son beau-père est lui aussi très puissant. Vous ne vous retrouverez pas dans un taudis ! Et ils sont plus heureux en Amérique que nous ne pourrons jamais l'être ici.

Natacha la regarda fixement. Ce qu'elle venait de dire frisait la trahison.

Tatie sourit.

— C'est vrai, vous savez. Nous sommes ici gouvernés par un beau-père sévère, Joseph Vissarionovitch et son équipe. En Amérique, les gens sont des adultes et, en tant qu'adultes, ils sont responsables de leurs actions. Ils font des erreurs. Parfois, ils élisent les mauvais candidats ou votent de mauvaises lois. Mais ce sont *leurs* erreurs. Ils ont le droit de les réparer et de voter de nouvelles lois. Cela fait partie de leur système politique. Ici, nous ne faisons que subir les erreurs de Joseph. Alors, ne craignez pas l'Amérique.

— Pourquoi n'y êtes-vous pas allée vous-même ?

— Je quitterai la Russie quand je serai prête, dit Tatie.

— Mais vous reviendrez ici ?

— Peut-être.

— Mais pourquoi ?

— Je suis Tatiana Nej.

Il n'y avait rien à ajouter à cela. Johnnie revenait en Russie. Il venait pour la voir et la demander une nouvelle fois en mariage. Tatie suggérait qu'il fallait dire oui cette fois-ci : était-ce parce que Natacha Brusilova ne deviendrait jamais aussi célèbre que Tatiana Nej ? Avait-elle atteint le sommet de sa carrière et devait-elle se retirer en pleine gloire ?

Ensuite il lui faudrait quitter la Russie car, sans sa célébrité, on pouvait se souvenir qu'elle était la fille d'un koulak !

— Mais bien sûr, dit Tatiana doucement, tout cela dépend des sentiments que vous éprouvez pour Johnnie.

Ils jouaient au croquet. Tante Tatie était devenue très bucolique dans son nouvel environnement. Elle portait un vaste chapeau de paille, une robe légère en mousseline et encourageait les filles à en faire autant. On eût dit qu'elle cherchait à recréer une atmosphère à la Tchekhov, ici, en Biélorussie. Elle semblait très heureuse, mais d'une manière passive. C'est vrai qu'elle approchait de la cinquantaine. Et puis son ami Staline avait remanié le Politburo et ne l'avait pas renommée commissaire à la culture...

— C'est plutôt un soulagement, avait-elle dit. Je détestais ces réunions guindées.

Mais surtout l'absence de Clive Bullen la faisait souffrir. Elle ne pourrait sans doute le revoir avant longtemps, car, comme tout le monde en Angleterre, et malgré son âge, il avait été mobilisé pour la guerre contre l'Allemagne. Cela était sans doute un sujet d'inquiétude. Elle n'avait cependant pas perdu son enthousiasme, même pour jouer au croquet. Elle donnait des ordres à Svetlana, menaçait de briser son maillet en deux chaque fois qu'elle ratait un point. A la fin, elle envoya un coup de pied dans le but lorsque Natacha Brusilova eut marqué le point gagnant pour elle et pour John.

— Il faut que nous prenions notre revanche, décidat-elle. Demain, nous rejouerons. Cet après-midi, je vous ferai visiter la ferme.

Johnnie regarda Natacha et leva les sourcils. Tatiana persistait à considérer la ferme comme lui appartenant; mais celle-ci faisait partie d'un vaste kolkhoze qui ne dépendait pas du tout d'elle.

— Mais vous préféreriez aller vous promener avec Natacha, dit Tatie avec une pointe de regret. Enfin, ma chérie... (Elle ébouriffa les cheveux de Svetlana.) Paul sera bientôt ici.

— Vous n'aimez pas le capitaine von Hassel ? demanda Natacha.

Le déjeuner était fini et toute la maisonnée dormait, à l'exception d'elle et de Johnnie. Ils se tenaient assis côte à côte sur la véranda.

— Je le connais à peine, répondit Johnnie. Je ne l'ai rencontré qu'une fois, il y a deux ans. Mais n'est-ce pas bizarre qu'il puisse obtenir un congé et venir ici en Russie, quand toute l'Europe est en guerre ?

— Bah ! tout le monde sait que la guerre est finie. Quelle importance à présent si les Anglais font la paix ou non ? L'Allemagne possède toute l'Europe occidentale. C'est ce qu'elle voulait. Avez-vous remarqué qu'il y avait une guerre ?

— J'ai voyagé sur un bateau suédois de New York à Stockholm, puis Leningrad, ainsi je n'ai rien pu voir. Mais j'ignorais que vous vous intéressiez à la politique.

— Tout le monde doit s'intéresser à la politique. La politique d'ailleurs vient même perturber notre programme de danse. Nous devions faire une autre tournée cet été, mais elle a été annulée. Tatiana Dimitrievna espère que ce sera possible l'année prochaine.

— *Nous* ne sommes pas en guerre, dit John avec douceur.

— J'en suis heureuse. Je suis si heureuse que vous ayez pu venir, dit-elle en souriant.

C'était la première fois qu'elle manifestait sa joie depuis l'arrivée de Johnnie, la veille au soir. La timidité de John y était sans doute pour quelque chose. Et puis, après une séparation de deux ans, ils étaient un peu effrayés, l'un comme l'autre.

Natacha était plus belle et plus désirable que jamais, mais encore plus inabordable. Il n'avait aucun moyen de savoir si la suggestion de tante Tatie à Berlin était fondée sur autre chose que sa propre libido surdéveloppée. Mais il était venu ici, bien décidé à en avoir le cœur net. Il n'aurait jamais une meilleure occasion. Elle était détendue ici, à proximité de Slutsk et, entre deux représentations, elle ne travaillait qu'une demi-journée avec les autres filles. Le reste du temps, elle était libre. Lui-même ne trouverait pas endroit plus propice. Les environs de Slutsk lui rappelaient Starogan, mais la chaleur y était moins torride. Les mêmes champs immenses entouraient le village, les mêmes odeurs de ferme flottaient dans l'air, la même rivière paresseuse traçait ses méandres à moins d'un kilomètre de là et n'était plus, en été, qu'une vaste étendue de boue envahie par les moustiques. Au-delà de la rivière, une immense forêt ne demandait qu'à être explorée, mais tante Tatie la jugeait impénétrable à cause de ses marécages et de ses sous-bois.

La maison était magnifique, bien que très différente de celle de Starogan. De grandes cheminées de pierre suggéraient que les hivers ici étaient plus rigoureux que dans le bassin du Don. Il y avait cependant les mêmes immenses vestibules silencieux, les mêmes porches et vérandas comme celle sur laquelle ils se trouvaient maintenant — sans oublier une nombreuse domesticité, tous « camarades » bien entendu, mais qui étaient très heureux de servir la célèbre Tatiana Nej et ses danseuses.

Il y avait également un verger comme celui de Starogan. Les arbres croulaient sous les pommes. C'était un endroit paisible.

— Voulez-vous faire une promenade ? demanda-t-il.

Elle s'étira paresseusement.

— Je préfère rester ici.

— Oh !

Il se mordilla la lèvre.

Natacha rit.

— Nous ne serons pas dérangés, si c'est cela qui vous ennuie. Tatiana Dimitrievna a donné des ordres pour que personne ne vienne sur cette terrasse.

— Oh, fit-il, toujours incertain.

Natacha soupira, mais ne se départit pas de son sourire.

— Tatiana Dimitrievna a passé une grande partie de

son temps à me faire de la morale durant ces dernières semaines. Elle m'a fait remarquer que l'année prochaine, j'aurai trente ans.

Johnnie lui prit la main.

— Natacha...

— Et que je suis toujours vierge, dit-elle pensivement en le regardant et en riant de sa confusion. C'est moi qui devrais rougir. M'aimez-vous toujours, Johnnie ?

— Si je vous aime ? Oh, mon amour...

Il l'attira à lui et l'embrassa sur les lèvres, les yeux et les cheveux et frôla la courbe de ses seins avec sa main. Il la sentit frissonner d'émotion.

— Je vous aime.

— Je le pensais, puisque vous avez continué à m'écrire pendant tout ce temps. Savez-vous que j'ai cinq cents lettres de vous, attachées par un ruban bleu ?

Peut-être se moquait-elle un peu de lui, mais jamais encore il n'avait reçu une invitation plus directe.

— Natacha...

Il l'attira une nouvelle fois contre lui. Il pouvait voir la rangée de boutons de sa robe qui suivait sa colonne vertébrale. Etait-il lâche ? Il n'y avait aucune crainte à avoir pourtant. Elle n'allait pas le repousser.

— Alors je crois, murmura-t-elle à son oreille, que si vous le voulez toujours, j'aimerais me marier avec vous.

Il recula vivement la tête pour mieux la regarder.

— Mais vous avez changé d'avis ! dit-elle avec une tristesse feinte.

— Oh, Natacha...

Toute idée de rapports physiques s'était envolée. Il y avait en elle quelque chose de si merveilleusement pur, de si extraordinairement féminin, qu'il ne désirait rien d'autre que de la tenir dans ses bras. Elle était sans doute merveilleuse sur le plan sexuel, mais cela ne devait pas être quelque chose de fugitif. Il fallait que ce soit permanent. *Connaître* Natacha Brusilova et s'éloigner d'elle un seul instant était chose impensable. D'ailleurs, s'ils devaient se marier...

— Alors je dis oui. (Elle l'embrassa sur le nez.) L'été prochain.

— L'été prochain ? s'écria-t-il.

— Eh bien, je suppose que vous ne voulez pas venir vivre en Russie !

— Cela me serait impossible même si je le voulais.

— Bien sûr. Alors vous voyez. Il faut que je fasse une demande pour émigrer aux Etats-Unis.

— Et c'est difficile ?

— Cela prend des années dans la plupart des cas, mais nous obtiendrons la permission. Tatiana Dimitrievna me l'a assuré. Ensuite, il y a cette dernière tournée que j'aimerais faire, sitôt que les choses se seront suffisamment stabilisées en Europe. Une dernière tournée, Johnnie. Vous ne me refuserez sûrement pas cela ?

— Non, bien sûr. Seulement l'été prochain me paraît si éloigné. (Il soupira.) Je ne peux pas rester ici avec vous, vous savez. Si j'obtenais l'autorisation de votre gouvernement, que ferais-je ici ?

— Je ne le voudrais pas, d'ailleurs. J'ai du travail. Je dois m'entraîner et danser. Nous avons un calendrier très chargé. Mais ce n'est que dans douze mois, mon chéri. Douze mois !

Elle ne l'avait jamais appelé mon chéri auparavant. Jamais elle ne s'était laissée aller à exprimer sa tendresse. Toutes les années d'incertitude et de tristesse disparurent comme par enchantement. Ce n'est qu'avec cette femme qu'il avait trouvé le vrai bonheur. Contrairement à lui, elle avait réussi dans la vie. Elle était destinée au succès malgré son enfance tragique. Comment un simple journaliste comme lui pouvait-il prétendre à tant de beauté et de talent ?

Mais à présent...

Elle avait surveillé l'expression changeante de ses yeux presque avec anxiété. Elle sourit et l'embrassa encore.

— Seulement un an, Johnnie, murmura-t-elle en se serrant contre lui. Seulement un an.

Avait-elle été déçue? Si oui, elle ne l'avait pas montré. D'ailleurs, il n'arrivait pas à croire à son bonheur. Elle était à lui, elle s'était promise à lui. Toute cette chair, à la fois tendre et musclée, allait lui appartenir, ainsi que ce sourire moqueur et cet esprit volontaire. C'étaient des choses infiniment précieuses qu'il ne fallait pas simplement saisir au passage.

Elle lui faisait aussi le sacrifice de sa carrière. C'était là sa plus grande responsabilité. Bien sûr, une danseuse étoile, à moins de s'appeler Tatiana Nej, avait quasiment fini sa carrière à l'âge de trente ans. Il était heureux de la soustraire aux feux de la rampe, mais il voulait s'assurer qu'elle ne regretterait pas cette vie brillante. Ainsi, il était pressé de la quitter pour arranger tout cela.

— Etes-vous sûr de vous, Johnnie? demanda Ilona en fronçant les sourcils. Tout à fait sûr?

— J'ai l'impression de l'avoir aimée toute ma vie. Cela fait douze ans. (Il haussa les épaules.) Je crois que j'en étais arrivé à ne plus y croire. Oh, oui, maman, je suis sûr de moi.

— Et rien à dire du côté de la famille, Ilona, dit George en souriant. Les Brusilov étaient autrefois de gros fermiers dans la plus belle région du pays.

— Mais tout cela est si soudain, gémit Ilona.

— Soudain! s'exclamèrent John et George en même temps.

— Et ce n'est que dans un an, ajouta George. Vous avez encore le temps de changer d'avis, Johnnie.

— Elle aussi. George, je...

Johnnie se mordit la lèvre.

— Vous épousez une danseuse au renom international.

— Est-ce à dire que vous m'approuvez?

— N'oubliez pas qu'il y a trente ans, je m'étais décidé à épouser une princesse. Mais vous allez devoir renoncer à vous promener de par le monde; il va falloir vous ranger. Que diriez-vous de la direction de la rubrique « sports ».

— Comment ?

Johnnie le regarda en écarquillant les yeux.

— Eh bien, le vieux Hapgood doit prendre sa retraite l'année prochaine. J'ai toujours pensé à vous pour ce poste, mais je ne croyais pas que vous consentiriez à le prendre. A présent, je pense que oui.

— Directeur sportif de *l'American People !* murmura Johnnie.

— Oh, George, ce serait merveilleux, dit Ilona. (Elle lui donna un baiser.) Vous êtes adorable.

— Mais... vous croyez que j'en serai capable ?

— Bien sûr que oui. Vous commencez dès maintenant comme directeur adjoint. Ainsi, vous aurez le temps de vous adapter. N'ayez crainte, vous aurez un congé l'été prochain.

— L'été prochain, répéta Ilona. Je ne veux plus de mariage secret comme celui de George junior.

— Ah ! fit Johnnie. Tante Tatie a des idées bien arrêtées à ce sujet.

Ilona fronça les sourcils.

— Vous n'allez pas vous marier en Russie, John ? Ce ne serait qu'un mariage civil là-bas.

— On peut se marier à l'église en Russie si on le désire, expliqua Johnnie. Simplement, ce n'est pas légal. Tante Tatie sait qu'en raison des circonstances elle ne pourra pas venir, elle et ses danseuses, en Amérique. Alors elle veut célébrer le mariage là-bas. Après tout, Natacha est virtuellement sa fille.

— Eh bien, vous allez vous marier deux fois ! dit George.

— Exactement. Je rejoindrai Natacha à Moscou l'été prochain et nous irons à Slutsk. Toutes les filles y seront et nous nous marierons là-bas. Ensuite Natacha et moi reviendrons à la maison...

— Comment avez-vous l'intention de vous rendre làbas ? demanda Ilona.

— J'ai pensé emprunter une autre route. Le bateau

jusqu'à Lisbonne et le train pour traverser l'Europe. Cela devrait être très intéressant.

— Je déteste ces voyages transatlantiques, dit Ilona.

— Voyons ma chérie, personne n'aurait l'idée de couler un bateau américain, dit George. Je suis de l'avis de Johnnie. Un aperçu de première main sur l'Europe nazie devrait être intéressant.

— C'est un long voyage, reprit Ilona. Vous et Natacha serez ensemble, sans être mariés selon les règles.

Son mari et son fils la regardèrent bouche bée.

— Oh, dit-elle en rougissant. Les choses étaient différentes avant la guerre.

— Quelle guerre? demanda Johnnie. En tout cas, maman, nous serons mariés selon les règles en ce qui nous concerne. Mais si vous le désirez, nous pourrons nous marier civilement en septembre. Pensez-y. Un mariage en septembre à New York.

— Ce serait merveilleux! s'exclama Ilona qui commençait à s'enthousiasmer en considérant les possibilités qui s'offraient à elle. Felicity serait demoiselle d'honneur et même la petite Diana pourrait faire partie du cortège... ce serait si bien si vous preniez David Cassidy comme témoin, Johnnie.

— Pourquoi pas?

— Oh, c'est merveilleux. Il faut commencer à faire la liste des invités dès maintenant. Ce sera le mariage de l'année. Oh, George...

Il mit son bras autour de ses épaules et lui tendit son mouchoir pour qu'elle sèche ses larmes. John était son premier enfant et, par surcroît, un enfant de l'amour. Il représentait tout pour elle, George le comprenait bien. Il lui rappelait les jours glorieux de l'ancienne Russie et toutes les aventures que Ilona Borodine avait vécues trente ans auparavant.

— Je sais qui ferait bien de faire l'effort de venir pour le mariage : Michael Nej! Il n'est jamais encore venu en Amérique.

117

Ilona était à son bureau, les lunettes perchées sur le bout de son nez, à examiner les épreuves devant elle. Helen Meynon fumait cigarette sur cigarette. L'année précédente, elle était prête à donner sa démission et elle ne l'avait pas fait. Sa patronne semblait avoir un don pour prédire l'avenir et cela ne rendait pas le travail plus facile avec elle.

— Est-ce que ceci est vrai ? demanda enfin Ilona.
— C'est un homme en qui on peut avoir confiance.
— Il est allé dans ces endroits et y a vu toutes ces choses ? Cela me paraît difficile à croire.

Helen Meynon attendit.

Ilona se leva et se dirigea vers une carte qui ornait un des murs. Elle regarda l'Europe.

— La France, l'Autriche, la Belgique, la Hollande, la Norvège, la Pologne, la Hongrie. Tout cela appartient maintenant virtuellement à l'Allemagne. Comment puis-je croire que dans tous ces pays, les gens sont torturés et assassinés, que des villages entiers sont pris en otage et fusillés, sans que personne ne fasse rien pour s'y opposer ?

— Personne ne peut rien faire, fit remarquer Helen.
— Mais voyons, Helen ! Nous avons déjà vu des gouvernements utiliser la force et la brutalité, mais les peuples se révoltaient. Presque tout un continent. Cela n'a pas de sens.

— Ce sera bientôt le continent tout entier, dit Helen. Selon certaines rumeurs, Hitler serait sur le point de conclure un pacte avec les Yougoslaves afin de pouvoir envoyer une armée pour venir en aide à Mussolini aux prises avec les Grecs et les Anglais. La Bulgarie est avec lui, ainsi que la Roumanie.

— Avec lui ? Dites plutôt, pour ne pas être massacrés ! Nous attendrons pour publier ceci, Helen.
— Mais...
— Mon mari m'a expliqué un jour que son travail consistait à donner des informations, pas à les inventer. Cela s'applique à nous aussi. D'ailleurs, à en juger d'après le courrier que nous recevons, nos lecteurs sou-

haitent des nouvelles gaies. Il est temps de publier quelque chose de léger. Nous allons faire un reportage sur les mariages célèbres. Vous savez que John épouse une ballerine russe de grande renommée, Natacha Brusilova ?

— Je l'avais entendu dire.

— Alors vous voyez. Si nous faisons une série de reportages à ce sujet, nous pourrons terminer avec le mariage de John. Ce sera splendide. Nous ramènerons un peu de bon sens chez les gens. Il n'y a rien de tel qu'un bon mariage et celui de Johnnie sera le plus beau. En outre, il y aura deux mariages : un en Russie et un à New York ! Vous n'imaginez pas tout ce que cela représente comme organisation. Vous rendez-vous compte ? La Russie communiste permettant à l'une de ses meilleures danseuses de se marier avec un Américain ! C'est cela, grâce à ma sœur, bien sûr, mais tout de même, c'est un exploit.

Helen Meynon eut l'impression que Mme Hayman était nerveuse. C'était la première fois qu'elle remarquait chez elle une telle faiblesse. Elle éteignit sa onzième cigarette et ramassa les papiers.

— Et ceci ? Il est possible que cela soit vrai, vous savez !

— Si c'est vrai, alors bien entendu nous le publierons. Un peu plus tard dans l'année. George et moi allons au mariage en Russie. Nous traverserons l'Europe occupée. A notre retour, je pourrai vous dire si cette histoire est vraie ou non. Pour le moment, nous ne pouvons que prier qu'elle ne le soit pas.

Le train cahotait à travers la plaine polonaise, écrasée sous la chaleur d'été. Mais toute l'Europe est écrasée, pensa John, et pas seulement par la chaleur !

Pendant ces dernières années, il s'était tenu à l'écart de la politique. Après ses expériences malheureuses de jeunesse, il avait décidé de se consacrer aux échecs. En général, les joueurs d'échecs ne s'intéressent pas à la politique. C'était un jeu trop international. Ainsi toutes ces dernières années, il avait été impossible d'ignorer le militarisme de l'Allemagne et de l'Italie : eh bien, les joueurs de ces pays s'étaient maintenus résolument à l'écart afin de préserver leur petit monde. A la fin de chaque tournoi international, on se préoccupait plus du prochain tournoi que des événements présents et à venir.

Pourtant, à ce jour, ils étaient tous dépassés par les événements. L'Europe de 1941 était gouvernée par une main de fer. Même l'Espagne, qui jusque-là se tenait à l'écart du conflit, était devenue un Etat policier et essayait de se remettre des ravages de la guerre civile. La France était bien pitoyable, pour quelqu'un qui se souvenait d'y avoir joué aux échecs en 1938. Il y avait passé une nuit, mais sans quitter son hôtel. Et pourtant sa mère lui avait recommandé d'aller voir Judith Stein. Judith n'était pas menacée en tant que maîtresse d'un diplomate russe. Elle ne craignait pas les nazis malgré ses origines juives, mais n'en souffrait pas moins de voir ce qui se passait autour d'elle.

Après Paris, ce fut l'hystérie allemande. Les Allemands semblaient étonnés de ce qui leur arrivait : leur Führer avait vraiment conquis l'Europe et il n'avait plus en face de lui qu'une poignée d'insulaires intransigeants. En dehors des batailles navales, on ne combattait plus que dans les espaces désertiques d'Afrique du Nord et dans les Balkans. Après l'Allemagne, venait l'Europe de l'Est et... la réalité. La Pologne était matériellement et moralement écrasée. La Yougoslavie, la Grèce et la Roumanie, occupées par les Allemands, devaient être dans le même état. Comment ne pas ressentir un sentiment de soulagement et même de satisfaction à l'idée d'appartenir à la nation la plus puissante du monde qui, grâce à sa force, pouvait se tenir à l'écart des misères des autres pays ?

Sombres pensées pour un homme qui se rendait à son mariage. Dans quelques heures le train arriverait à Brest-Litovsk, devenue la nouvelle frontière avec la Russie depuis 1939 et il serait à trois cents kilomètres de l'académie de Tatie. Il se replongea dans l'analyse des parties de l'année précédente et il découvrit soudain avec surprise que Paul Keres, le jeune génie estonien qui, disait-on, serait le prochain champion du monde, était maintenant citoyen russe, puisque les bolcheviks avaient annexé les républiques baltes.

La porte du compartiment s'ouvrit. John leva la tête et, à la vue de l'uniforme noir, les battements de son cœur s'accélérèrent. Ce n'était pas seulement au souvenir de la servilité que tout le monde manifestait devant ces superbes jeunes guerriers; c'était l'uniforme lui-même, symbole de la violence et qui le faisait paraître insignifiant en comparaison dans sa vieille veste de sport.

Mais le jeune officier souriait et John s'avisa brusquement qu'il n'avait rien à craindre de cet homme. Il se leva.

— Paul! Paul von Hassel! (Il lui serra la main.) Vous allez à Slutsk?

— En visite éclair, dit Paul. Regardez. (Il s'assit à côté de John et ouvrit une petite boîte bleue, découvrant un diamant qui scintillait de tous ses feux.) Croyez-vous qu'elle l'aimera?

— J'en suis certain. Sait-elle que vous venez?

— Ah! (Paul von Hassel s'adossa confortablement et enleva sa casquette sur laquelle la tête de mort semblait leur faire un clin d'œil.) Elle sait que je viendrai un jour. Je me suis dit, pourquoi pas maintenant? S'il doit y avoir un mariage, alors pourquoi pas deux?

— Et le vieux Ivan.

— Le Terrible? (Paul sourit.) Oh, oui. Mais Svetlana va avoir vingt et un ans dans trois mois. Ne l'oubliez pas. Et Mme Nej est de notre côté. Nous allons être apparentés, John. Qu'en pensez-vous?

Il n'y avait pas encore songé. Mais Paul était un des hommes les plus charmants qu'il ait jamais connus, même si c'était un nazi. L'été dernier, pendant son séjour à Slutsk, ils avaient chassé ensemble, avaient joué aux échecs, s'étaient promenés en compagnie des femmes qu'ils aimaient. Paul, bien sûr, débordait de cette assurance qui manquait entièrement à John et leurs méthodes de séduction devaient être bien différentes. Cependant le bonheur de Svetlana ne faisait aucun doute.

Et pourtant aujourd'hui, l'Allemand paraissait moins confiant que d'habitude. Peut-être était-il saisi par l'hystérie de sa nation. Il semblait excessivement, plutôt que normalement joyeux. Il sourit à John.

— Dites-moi ce qui est prévu.

— Le mariage aura lieu le 15 juillet. Ma mère et mon beau-père arrivent le 10. Ce sera le mariage russe. Nous en aurons un autre aux Etats-Unis en septembre.

— Pourquoi vous embarrassez-vous avec le mariage russe? Pourquoi ne partez-vous pas directement en Amérique avec Natacha?

— Je ne crois pas que tante Tatie apprécierait beaucoup. Elle veut qu'elle et ses filles puissent avoir leur part dans cet événement.

— Alors pourquoi attendre jusqu'à la mi-juillet? Nous ne sommes qu'au début du mois de juin. Cela fait encore six semaines! Pourquoi ne vous mariez-vous pas tout de suite? Vous pourriez être de retour aux Etats-Unis à la fin de ce mois.

— Impossible, dit John. D'abord, mon père et ma mère ne peuvent pas venir avant un mois; ensuite Natacha ne finit pas sa saison avant la fin de la semaine prochaine. Je vais la rejoindre à Moscou et de là nous descendrons à Slutsk.

— Ah, oui. Je vois. Les circonstances règlent nos vies, n'est-ce pas! (Il réfléchit.) Vous êtes américain et Natacha Brusilova deviendra américaine sitôt que vous serez mariés.

— Oui, dit John qui se demandait où Paul voulait en venir.

— C'est parfait. Lorsque Svetlana m'aura épousé, elle deviendra citoyenne allemande. (Il sourit d'un air presque coupable.) Dommage que l'on ne puisse découvrir une telle nationalité pour Mme Nej. Cependant, vous savez, John, nous autres Allemands ne détruirons jamais le vrai talent, surtout dans les arts. Vous pouvez compter sur cela!

Svetlana Nej regardait l'écrin qu'elle venait d'ouvrir.
— Elle est magnifique! Absolument magnifique! Je n'ai jamais rien vu d'aussi beau!
— Alors, pourquoi ne l'essayez-vous pas? demanda Paul.

Elle leva la tête et le regarda. Il la demandait en mariage. Dès le premier jour elle avait su qu'il en serait ainsi et elle s'en était réjouie. Elle avait eu l'intention de lui répondre oui, mais sans penser aux conséquences de ce simple petit mot.

Il faisait partie d'un rêve qu'elle espérait conserver toute sa vie. La Russie était si terne. Sans doute la vie de la fille de Tatiana Nej était-elle moins terne que celle des autres, mais elle ne faisait qu'accentuer la grisaille qui l'entourait. Et puis, sa mère était une romantique et lorsque Svetlana l'entendait parler de Starogan ou de la vie à la cour du tsar, cela ressemblait à un conte de fées — à cette seule différence que le conte avait réellement existé!

Elle avait appris à se résigner : elle était née à un mauvais moment de l'histoire. L'espoir de devenir une danseuse célèbre comme sa mère s'était peu à peu évanoui. Il lui faudrait se contenter de rêves.

Et puis il y avait eu cette tournée à Berlin. Berlin était un autre monde, un univers d'uniformes brillants et de beaux jeunes gens, comme une réincarnation du Saint-Pétersbourg de ses rêves. Si le Führer faisait un tsar plutôt insignifiant, on ne pouvait nier la splendeur qui l'entourait et qui se cristallisait dans cet homme qui avait l'intention de l'épouser.

Mais elle le connaissait à peine. Elle savait seulement qu'il serait doux, bon et amusant. En outre, il était nazi, qualité peu recommandable, mais il ne pourrait jamais être impliqué dans une mauvaise action ou même quelque chose de déplaisant.

Elle eut le pressentiment de s'engager dans une existence aussi dramatique que l'avait été celle de sa mère.

Lentement, elle sortit la bague de l'écrin, la passa à son doigt et leva la tête pour recevoir un baiser.

— C'est un garçon curieux. Ne vous méprenez pas sur mes paroles. Je l'aime beaucoup, mais il s'efforce de me rassurer sur ma nationalité américaine! déclara Johnnie.

— Oui, il est bizarre cette fois-ci, répliqua Tatie. Savez-vous qu'il a demandé à Svetlana de s'enfuir avec lui?

— C'est impossible!

Natacha, comme Tatie, Johnnie et Svetlana, était assise à la grande table de la salle à manger du manoir et ouvrait les nombreuses lettres en réponse aux invitations pour le mariage. Elle les classait en deux piles : d'un côté les acceptations, de l'autre les refus. Mais il y avait peu de refus. Le pays tout entier allait venir à Slutsk pour les noces.

— Maman! protesta Svetlana en rougissant jusqu'à la racine de ses cheveux dorés. Vous aviez promis...

— Oh, la famille ne compte pas.

— Mais vous n'avez pas accepté? s'inquiéta John.

— Eh bien... j'en ai parlé à maman et elle a dit non.

— S'enfuir! protesta Tatie. Je ne veux pas qu'une de mes filles fasse une chose pareille. A-t-on jamais vu chose plus stupide? Svetlana aura un mariage encore plus somptueux que le vôtre, Natacha Feodorovna.

— Mais pourquoi voulait-il qu'ils s'enfuient? demanda Natacha.

— Parce que je n'aurai pas vingt et un ans avant le mois de septembre et mon père ne me donnera pas la permission d'épouser Paul.

— Mais nous sommes déjà fin juin. Cela ne fait plus que trois mois à attendre.

— Il y a l'Afrique du Nord. Il pourrait y être envoyé.

— Mais non. On n'envoie que les blindés en Afrique et Paul est dans l'infanterie. Je n'arrive pas à comprendre son impatience.

— En tout cas, vous ne vous êtes pas fâchés, remarqua John. Vous portez toujours son anneau.

— Bien sûr. Nous nous marierons dès que possible. Il ne s'est pas fâché. Il était simplement très triste.

Ensuite il est devenu très bizarre. Il a prétendu que l'air ici à Slutsk ne me convenait pas. Il aurait voulu qu'en attendant votre mariage j'aille plus au nord, à Moscou. Je lui ai répondu que je n'irais à Moscou qu'après l'été; or, c'est justement l'été qui l'inquiète.

— Il a même suggéré d'avancer le mariage et de le célébrer ce mois-ci, dit Tatie. Comme si une pareille chose était possible!

— C'est curieux, dit John. Il m'a dit la même chose dans le train. Il m'a même suggéré de m'enfuir avec Natacha.

— C'est une véritable obsession, dit Tatie.

— Vous ne m'avez jamais demandé de le faire, remarqua Natacha.

— J'étais certain que tante Tatie n'approuverait pas.

— J'aurais été furieuse. Absolument furieuse. Est-ce que c'est la dernière réponse?

— Oui.

John se cala dans sa chaise et bâilla, puis il but une gorgée de cognac. Comme tout était tranquille ici : pas un bruit, pas même un souffle de vent n'agitait l'air du soir.

— Il n'y a pas de réponse de Gregory, dit Tatie.

— Il ne se donnera pas la peine de répondre, maman. Il est peut-être trop occupé. Que fait-il, maman? Pourquoi ne vient-il pas ici?

— Vous ne le savez pas? Il travaille pour son père.

— Pour le NKVD? (Natacha paraissait incrédule.)

— Il n'en fait pas encore partie. Il est trop jeune. Ivan m'a écrit qu'il lui avait donné un emploi de bureau. Mais ce n'est pas une raison pour ne pas répondre à une invitation de mariage. Je lui téléphonerai demain. (Elle regarda Johnnie.) Un garçon doit prendre son indépendance, vous savez cela!

— Oui, acquiesça Johnnie.

— Et d'ailleurs, reprit Tatie comme se parlant à elle-même, il est bon qu'il soit avec son père de temps en temps. (Une nouvelle fois, elle posa son regard sur Johnnie.) Le vôtre sera ici dans environ deux semaines, un jour avant l'arrivée d'Ilona et de George. Ce sera épatant. Vous devriez lui consacrer plus de temps, vous savez.

— Oui. Je me réjouis de le voir. (John se leva.) Vous venez faire une promenade, Natacha ?

— C'est une très bonne idée. (Elle le rejoignit près de la porte.) Bonsoir, Tatiana Dimitrievna ! Bonsoir, Svetlana Ivanovna !

Tatie poussa un soupir.

— Oh vous deux ! Encore à vous promener au clair de lune !

— M. Bullen ne vient-il pas pour le mariage ? demanda Svetlana d'un air innocent.

— Comment le pourrait-il ? Même s'il pouvait obtenir un congé, ce qui n'est pas le cas, ce serait impossible avec cette guerre stupide qui continue. Pourquoi les Anglais ne font-ils pas la paix, Johnnie ?

— Je l'ignore, tante Tatie. Je ne suis pas Churchill.

— Cet homme est un militariste. Il l'a toujours été, depuis la Première Guerre mondiale. Et vous savez, il n'aime pas les Russes. Michael me l'a dit.

— Eh bien, dit John en clignant de l'œil, maintenant que les Allemands ont atteint la Crète, il ne leur reste pas d'autre solution que d'envahir l'Angleterre puisqu'ils n'ont plus d'endroit où aller !

— Jamais ! s'écria Svetlana en bondissant sur ses pieds. S'ils faisaient cela, Paul serait certainement obligé d'y participer.

— Ce n'était qu'une plaisanterie. Je parie que les Anglais sont en train de négocier la paix en ce moment même. Attendez et vous verrez. (Il ferma la porte et prit la main de Natacha en descendant les escaliers.) J'ai l'impression qu'elle regrette de ne pas être partie avec Paul.

— Tatiana Dimitrievna ne le lui aurait jamais pardonné. (L'herbe sous leurs pieds était douce et dans le ciel la lune montait par-dessus les étables.) Et je ne crois pas qu'elle ait vraiment envie de quitter cet endroit. Moi non plus d'ailleurs. Je trouve que ce lieu est merveilleux, encore plus beau que la ferme de mon père, peut-être parce qu'il y a plus de verdure.

— Oui, cela me rappelle Starogan. (Il serra doucement la main de Natacha.) Mais vous ne regrettez vraiment pas de partir ?

Elle sourit.

— Bien sûr, je suis nerveuse. Je vais dans un grand pays étranger dont je ne connais rien...

— Vous adorerez l'Amérique et l'Amérique vous le rendra.

— Vous parlez comme si je partais en tournée. (Ils arrivèrent à un banc du jardin et elle s'assit.) Je n'irai plus jamais en tournée.

Il s'assit par terre et s'appuya contre ses jambes.

— Est-ce que cela vous tracasse ?

Elle lui passa la main dans les cheveux.

— Pas autant que je l'aurais cru. J'ai été soulagée après ma dernière représentation la semaine dernière. Mais c'était en partie parce que je savais que vous attendiez dans les coulisses.

Il se tourna vers elle.

— Est-ce vrai, Natacha ?

Elle l'embrassa sur le nez.

— Nous allons nous marier, idiot.

— Oui. Je n'arrive pas encore à y croire. Je n'arrive pas à croire que je suis ici avec vous et que dans trois semaines nous serons mariés.

— Et qu'ensuite nous aurons beaucoup d'enfants.

— Oh, Natacha. Je ne pensais pas à cela.

Elle poussa un petit soupir.

— Etes-vous heureux ?

— Oui. Follement.

— Dans ce cas, les enfants viendront tout seuls. A présent, je crois que nous devrions aller nous coucher. Il est très tard. J'ai entendu les cloches du village sonner minuit.

— Natacha... (Il lui saisit la main tandis qu'ils se relevaient tous deux.) Etes-vous... voudriez-vous que nous...

Elle lui sourit encore.

— Si je veux perdre ma virginité ? (Elle secoua la tête.) Pas maintenant. Je suis heureuse que nous ayons attendu. Mais il faudra que vous soyez doux avec moi. Une vierge de trente ans sera... comment dites-vous en Amérique ?

— Refoulée ? Vous n'êtes pas refoulée. Vous êtes la protégée de Tatie et celle-ci n'a aucune inhibition.

— Toute femme rêve sans doute d'être comme votre tante Tatie, mais combien y parviennent ? Mais avec vous, je ne serai pas refoulée. Ne me dites pas maintenant que vous le regrettez ! Ne pouvez-vous pas attendre encore trois semaines ?

— Je peux attendre l'éternité. Parfois j'ai l'impression d'attendre depuis toujours. Natacha, je vous aime tant. Je n'arrive simplement pas à croire que quelqu'un comme vous... qui êtes si merveilleuse à tous points de vue, puisse aimer un homme comme moi !

— Pourquoi ne vous aimerais-je pas ?

— Je n'ai aucun talent, pas de conversation, et aucun charme.

— Vous avez du talent. N'êtes-vous pas le directeur sportif de *l'American People* ?

— Népotisme !

— Je ne crois pas que ce soit le genre de M. Hayman. De toute façon, je vous aimerais, même si vous étiez le bossu de Notre-Dame.

— Pourquoi ?

— Pour votre douceur, votre bonté. Et parce que je suis certaine que vous ne ferez jamais de mal à personne.

— Natacha...

— Au lit ! dit-elle avec fermeté.

Mais pas pour dormir. Enfin son rêve allait se réaliser. Elle l'aimait. Enfin, il pouvait y croire.

Il s'approcha de la fenêtre et regarda la cour baignée par le clair de lune. Il entendait le faible bruissement du vent qui se lève peu avant l'aube; puis il distingua le ronronnement de moteurs d'avions qui s'amplifiait lentement...

Des avions ? A 4 heures du matin ? Un grand nombre d'avions. Il regarda le ciel mais ne vit rien. Puis il entendit une série d'explosions qui se rapprochaient avec les avions.

John Hayman se tint absolument immobile, incapable d'accepter l'évidence : une importante flotte aérienne survolait la Russie et la bombardait !

Une femme hurla.

5

Le hurlement réveilla Tatie. Elle dormait d'un sommeil profond et n'avait pas entendu le ronronnement lointain des avions ni les explosions qui se rapprochaient. Mais à l'idée qu'une de ses danseuses puisse être en danger, elle s'éveilla et sauta du lit. Au passage, elle saisit sa robe de chambre et courut vers la porte, puis sur la galerie qui surplombait le vestibule.

Toutes les portes des autres chambres s'ouvrirent et le vestibule s'emplit rapidement de jeunes filles et de jeunes femmes excitées, toutes en chemise de nuit et robe de chambre. Parmi elles se trouvait John Hayman, le seul homme autorisé à dormir dans le manoir.

— Calmez-vous, cria Tatiana en tapant dans ses mains. Johnnie, que se passe-t-il ? Qui a poussé ce hurlement ?

— C'est moi, Tatiana Dimitrievna, avoua une des plus jeunes filles en haletant. J'ai entendu les bombes. Les voilà qui recommencent. Oh, j'ai si peur !

— Du calme, répéta Tatie. Natacha Feodorovna, êtes-vous là ?

— Me voici, Tatiana Dimitrievna.

Natacha paraissait aussi calme que de coutume.

— Emmenez ces filles en bas et donnez-leur une tasse de chocolat. Vous aussi, Svetlana. Johnnie, que se passe-t-il ?

John rejoignit sa tante.

— J'ai bien peur que vous... que nous ne soyons attaqués, tante Tatie, dit-il à voix basse.

— Attaqués ? Comment pourrions-nous être attaqués ? Par qui ?

— Cela ne peut être que les Allemands.

— Les Allemands ? C'est ridicule. Nous avons signé un pacte avec eux. Oh, il faut que je téléphone.

Elle courut jusqu'à son bureau, souleva le récepteur et agita le levier. Elle regardait l'appareil d'un air furieux et impuissant.

— Tante Tatie, dit John en se penchant par-dessus le bureau, à mon avis, nous devrions partir au plus vite.

— Partir ? Quitter Slutsk ? Mais pourquoi donc ?

— Nous ne sommes pas à plus de cent cinquante kilomètres de la frontière.

— Vous pensez que la Russie va être envahie ? Ne soyez pas absurde. (Elle tapa de nouveau sur l'appareil.) Ils dorment tous. Dans un moment pareil. Ils vont entendre parler de moi.

— Dites au moins aux filles de s'habiller, supplia John. Et faites vos valises. Comme cela, si besoin est, nous pourrons aller à Slutsk et prendre le train.

— Pour aller où ?

— N'importe où ! cria John. Autrement les filles seront prises dans la bataille et tuées.

— Mes filles ? Tuées ? C'est absurde. (Elle se leva, regarda encore le téléphone d'un air indigné, puis pencha la tête.) Ecoutez !

Soudain le ronronnement des avions fut recouvert par celui de camions et par tout un remue-ménage. Un instant plus tard, Svetlana fit irruption dans le bureau, le visage bouleversé.

— Les soldats sont dans la cour, maman. Ils vont entrer dans la maison.

— Des soldats ? Chez moi ?

Elle bondit jusqu'à la porte, l'ouvrit toute grande et s'avança jusqu'au sommet de l'escalier. Elle vit des hommes en uniforme vert piétiner son parquet, installer des mitrailleuses et des caisses de munitions, et repousser les meubles contre les murs.

— Eh, vous là-bas ! cria-t-elle. Que faites-vous ?

Les soldats s'arrêtèrent un instant pour regarder

cette femme qu'ils n'avaient vue que sur des affiches ou sur scène. Un capitaine entra dans la pièce, jeta un coup d'œil vers la cuisine où toutes les filles étaient regroupées puis, à la vue de Tatie, il salua.

— Camarade Nej, je suis désolé. J'ai reçu l'ordre d'occuper cette maison et d'en faire un point fortifié.

— Un point fortifié ? Que se passe-t-il ?

— Ce sont les Allemands, camarade Nej. Ils ont rompu le pacte et ils nous envahissent. Ils bombardent nos aérodromes et nos camps militaires. Ils ont traversé la frontière et avancent très rapidement. Il faut nous dépêcher. Ramassez tous les matelas, ordonnat-il. Placez-les devant les fenêtres, ainsi que les lits.

Tatie plongea ses mains dans ses cheveux magnifiques comme pour se les arracher, puis elle descendit l'escalier.

— Et qu'adviendra-t-il de mes filles ? demanda-t-elle d'une voix altérée.

Le capitaine se tourna vers elle d'un air harassé.

— Je ne sais pas, camarade Nej. Je n'ai reçu aucun ordre à leur sujet.

— Mais elles ne peuvent pas rester ici, dit John. Si vous nous prêtiez vos camions, nous pourrions aller jusqu'à Slutsk pour prendre le train !

Le capitaine le regarda fixement.

— Oui, dit Tatie. C'est ce qui serait le mieux.

— Il n'y a pas de train, dit le capitaine.

— Alors prêtez-nous vos camions, nous chercherons une gare.

Le capitaine secoua la tête.

— Je vais détruire mes camions, camarade Nej !

Tatie regarda par la porte d'entrée et vit un premier brasier s'allumer, bientôt suivi de l'explosion du premier camion. Les autres camions prirent feu à leur tour. Plusieurs filles se mirent à hurler.

— Vous détruisez vos camions ! cria Tatie. Au nom de Lénine, pourquoi ?

— Ce sont les ordres, camarade Nej.

— On vous a donné l'ordre de vous retrancher dans

131

la maison et de détruire vos moyens de transport ? demanda John.

— Tout est écrit ici.

Le capitaine tapota la poche de sa vareuse.

— Laissez-moi voir ça, aboya Tatie.

Elle saisit le papier avant qu'il n'ait eu le temps de faire un geste.

— Camarade Nej ! protesta-t-il.

Tatie parcourut le document des yeux.

— Il est dit que, au cas où toute retraite deviendrait impossible, vous détruisiez vos moyens de transport. Toute retraite n'est pas impossible, camarade.

— Mais j'ai reçu l'ordre de tenir ce point jusqu'au dernier homme, expliqua le capitaine. Ainsi, toute retraite devient impossible. Je dois détruire mes moyens de transport.

Tatie regarda John et rendit le papier sans dire un mot.

— Alors, que doit faire la camarade Nej avec ses danseuses, camarade ? demanda John. Elles ne peuvent pas partir d'ici à pied.

— Je vous conseille d'aller vous habiller, camarade Nej, vous et vos jeunes femmes. (Il lança un regard vers les danseuses en chemise de nuit qui détournaient l'attention de ses hommes.) Attendez la fin de la bataille. Cela ne prendra pas longtemps. Nous repousserons ces Allemands sans difficulté. On m'a promis des renforts. Des chars et de l'artillerie sont en route pour nous venir en aide. Ce sera fini pour le petit déjeuner. Et s'il y a des combats ici, vous pourrez toujours vous réfugier dans la cave.

— Oh, il fait si humide ici.

Tatie descendit les marches et inspecta la cave mal éclairée.

Pendant douze heures, ils avaient attendu, écouté et observé le ciel. Plusieurs vagues successives d'avions allemands le traversèrent sans être inquiétés par les Russes. Puis les explosions se rapprochèrent. Les Allemands n'avaient pas été repoussés avant le petit déjeuner : le capitaine dut réviser son jugement et reporter le délai jusqu'au dîner. Mais l'après-midi s'avançait et le bruit du bombardement d'artillerie se rapprochait de plus en plus. A la fin, le capitaine conseilla aux femmes de descendre à la cave.

— Et il y a des rats, maman, dit Svetlana, en retroussant sa robe. Nina Alexandrovna en a vu un l'autre jour. N'est-ce pas Nina ?

— Un gros.

— Et que faisiez-vous ici ? demanda Natacha.

— Eh bien...

— Oh, taisez-vous ! dit Tatie en s'installant au milieu de la cave. (Elle regarda autour d'elle les casiers à bouteilles vides). Nous risquons d'être ici pour quelque temps. Avez-vous apporté le pain et la viande, Olga Mikhailovna ? Bien. Alors vous pouvez commencer à faire les sandwiches pour le dîner. Mettez la vodka dans le coin avec l'eau. Nous avons des cartes et Natacha Feodorovna a apporté des livres... Oh, j'aimerais que les hommes cessent de piétiner comme cela au-dessus de nos têtes ! (Elle soupira.) Qu'étais-je en train de dire ? Mon Dieu, que se passe-t-il ?

Les lumières s'éteignirent.

— Ils ont coupé l'électricité, dit John laconiquement.

— Ils ont dû la couper à Slutsk, suggéra Svetlana.

— Nous ne pouvons pas rester ainsi dans le noir, cria Tatie. Mon Dieu, je ne vois même pas ma main. Qui est-ce qui pleurniche comme cela ?

— Lena Vassilievna, dit une voix en reniflant dans l'obscurité.

— Eh bien, arrêtez. Où sont les lampes ?

— J'en ai une, dit John.

Il l'alluma et éclaira les visages apeurés autour de lui.

— Une seule ?

— J'en ai une aussi, dit Olga Mikhailovna.

— Bien ! Johnnie, j'aurais dû penser à la lumière. Il y a des bougies dans la réserve. Allez-y et ramenez aussi des allumettes.

— J'y vais, tante Tatie.

— Je viens avec vous, dit Natacha.
— Faites vite !

John attendit Natacha au pied des escaliers et ils montèrent ensemble. Ils ouvrirent la porte de la cuisine avec précaution. Celle-ci était bâtie un peu à l'écart du bâtiment principal afin de diminuer les risques d'incendie, mais elle était rattachée au vestibule par un couloir. Là aussi les lumières étaient éteintes, mais cela n'avait pas d'importance car il faisait encore jour. Dans la cuisine, plusieurs soldats attendaient près des fenêtres, leurs fusils appuyés à côté d'eux. Ils avaient attendu ainsi tout le jour. Toutes les vitres étaient brisées. Ils s'étaient habitués à être entourés de jolies filles, mais ils tournèrent malgré tout la tête pour regarder Natacha Brusilova.

— Quelle pagaille ! s'exclama Natacha en marchant sur du verre brisé. Cela va coûter une fortune pour tout remettre en état.

Elle continuait à parler de petits riens comme elle l'avait fait tout au long de la journée. L'amère déception qu'elle devait ressentir, qu'une telle catastrophe se soit produite juste avant son mariage, n'était pas visible. Elle avait dominé ses sentiments en s'affairant pour aider Tatie et rassurer les autres filles.

Ou peut-être, pensa John, est-elle encore abasourdie, comme nous tous, par ces événements incroyables !

— Ne comptez pas trop là-dessus ! Tatie devra sans doute s'installer dans une autre maison.

Il ouvrit la porte du vestibule où des soldats attendaient jusqu'en haut de l'escalier. Ils passèrent devant le salon. Quelques jours auparavant, ils étaient attablés là avec Paul von Hassel et maintenant Paul était là-bas, dehors... il se frappa le front avec la main.

— Von Hassel savait que ceci allait arriver !
— Comment ?

Ils grimpèrent les escaliers et John ouvrit la porte de la réserve. Les trois soldats qui s'y trouvaient les regardèrent.

— Nous sommes venus chercher des bougies, expliqua John en montrant le placard du fond.

Ils haussèrent les épaules.

— Il était au courant, poursuivit John en ouvrant la porte du placard. Souvenez-vous de ses paroles. Il voulait que nous avancions la date du mariage ou du moins que nous allions à Moscou. Et il a essayé d'emmener Svetlana avec lui.

— Donnez-m'en un peu, dit Natacha en tendant les mains. S'il était au courant, je ne lui adresserai plus jamais la parole. Je ne parlerai plus jamais à aucun Allemand.

John lui tendit un paquet de bougies qu'elle tint serré contre elle.

— N'oubliez pas les allumettes.

Il fouilla encore dans le placard.

— Quelle catastrophe! s'écria-t-il soudain, incapable de réprimer plus longtemps les pensées qui se bousculaient dans sa tête. Maman et George sont en route pour la Russie...

Il s'arrêta pour regarder par-dessus son épaule.

— Peut-être ne pourrons-nous pas avoir un grand mariage ici en Russie, mais nous nous marierons quand même, n'est-ce pas?

— C'est certain. En fait... (Il émergea du placard avec une boîte d'allumettes.) je ne serai pas mécontent d'éviter tout le tralala. Nous passerons juste devant le maire et...

Tout sembla exploser tout à coup. Un vacarme insoutenable; puis une détonation ébranla la maison tout entière qui parut vaciller sur ses fondations. Le plâtre se détacha du plafond et John s'aperçut qu'il était couché à côté de Natacha et qu'il lui protégeait la tête avec son bras.

Les hommes aux fenêtres se mirent à tirer, ajoutant au vacarme, et au rez-de-chaussée les fusils et les mitrailleuses crépitèrent. La pièce s'emplit de l'odeur âcre de la fumée et de la poudre.

— Mon Dieu! s'écria Natacha. Qu'est-ce que c'était?

— Les chars, répondit un soldat tout en continuant à tirer sur un ennemi invisible.

— Descendons, dit Johnnie. Ne vous levez pas. (Il

saisit Natacha par les poignets pour l'empêcher de se mettre debout.) Mettez les bougies dans vos poches.

De toute façon, elles étaient déjà cassées. Il en mit quelques-unes dans ses poches avec les allumettes et lui tapota la cuisse. Curieusement, il ne ressentait aucune crainte. Mais il n'avait pas été effrayé non plus lors de son arrestation par la police secrète en 1932. A cette époque, comme aujourd'hui, il n'avait eu peur que pour Natacha.

Le vacarme général fut soudain recouvert par le bruit d'une explosion encore plus forte. John fut soulevé par un souffle d'air chaud et projeté en avant. Il percuta Natacha qui tomba elle aussi et roula jusqu'aux escaliers qui s'écroulèrent sous elle. Elle poussa un cri désespéré et John n'eut que le temps de la saisir par la cheville pour l'empêcher d'aller s'écraser trois mètres plus bas. Par un effort surhumain, il réussit à se remettre à genoux et à la hisser suffisamment pour qu'elle puisse s'accrocher avec les mains à ce qui restait de la rampe. Quelques instants plus tard elle était dans ses bras.

— Qu'est-ce qui a bien pu...

Ils regardèrent la pièce qu'ils venaient de quitter. Tout le mur extérieur avait disparu, soufflé par l'explosion, ainsi que plusieurs soldats qui étaient sans doute tombés dans la cour. Un seul soldat était étendu sur le dos, son regard vide fixait le plafond. Son visage était couvert de sang ainsi que sa poitrine.

— Oh, mon Dieu !

Natacha retrouva les réflexes de son enfance et se signa.

Johnnie regarda au-dehors les chars qui avançaient à travers les champs de blé, si assurés de l'impuissance de leurs ennemis que les tourelles étaient ouvertes et qu'il pouvait voir les têtes casquées des chefs de char. Derrière eux venait l'infanterie dans un fourmillement d'uniformes gris. Ils marchaient en ordre dispersé et, de temps à autre, un soldat levait son fusil et tirait. Johnnie vit les flammes sortir des canons sans en être effrayé, mais l'instant d'après il y eut un miaulement et un impact : un peu de plâtre tomba du plafond.

— Venez! cria-t-il, bien que Natacha se trouvât à ses côtés.

Il la saisit par le bras, oubliant les bougies qui leur tombaient des poches et roulaient sur le sol. Il glissa jusqu'aux escaliers et constata qu'ils s'étaient complètement écroulés.

— Nous sommes pris au piège! s'écria Natacha, et il sentit l'odeur de bois brûlé.

— Attendez. (Il se laissa glisser par-dessus bord, se suspendit par les mains et se laissa tomber.) Venez. Je vous soutiendrai.

Elle hésita, mais un autre miaulement suivi d'un choc projeta du plâtre sur elle. Alors elle se jeta sur le ventre et laissa glisser ses jambes dans le vide. Il l'attrapa par les mollets.

— Lâchez-vous!

Elle glissa et se retrouva dans ses bras; puis elle se tourna et l'embrassa sur la bouche.

— Nous allons mourir, je le sais.

— Certainement pas!

Il la prit par la main et l'entraîna jusqu'à l'escalier suivant qui était encore intact.

— Nous allons chercher tante Tatie et les filles et sortir d'ici.

Pliés en deux, ils descendirent les escaliers en courant, atteignirent le vestibule où ils virent les soldats morts et les dégâts de l'explosion. Ils eurent soudain le sentiment d'être les seuls survivants. Ils coururent jusqu'à la porte de la cuisine, mais furent arrêtés par le sifflement d'une balle au-dessus de leurs têtes. Ils s'immobilisèrent instinctivement, tombèrent à genoux et contemplèrent les hommes en uniforme gris qui franchissaient la porte.

— Madame Nej! (Le colonel von Spicheren était un homme grand et sec avec un visage anguleux. Il portait un monocle et parlait parfaitement le russe.) C'est un grand honneur pour moi. Je vous ai vue danser à Berlin en 1938. Je souhaiterais seulement que nous nous soyons rencontrés dans d'autres circonstances.

Tatie le fusilla du regard, puis se tourna vers la maison ravagée à présent par l'incendie. Malgré la distance, la chaleur brûlait leurs bras et leurs jambes. Les filles se serraient les unes contre les autres, horrifiées. Elles qui croyaient que sous la protection de Tatiana Nej, elles étaient à l'abri des misères du monde !

— Vous avez détruit ma maison, protesta Tatie. Elle m'a été donnée par le camarade Staline en personne.

— Je suis désolé, madame Nej. Ce sont les aléas de la guerre. Mais je puis vous assurer qu'une des maisons de la ferme sera mise à votre disposition pour vous et vos jeunes femmes.

Il les regarda en souriant, visiblement satisfait. C'était le premier soir de l'invasion et il avait dépassé de loin son objectif.

— Et que deviendrons-nous ? Où trouverons-nous de la nourriture ? Où sont tous nos serviteurs ? Et les travailleurs du kolkhoze ?

— Cela, je l'ignore. Je crois qu'ils se sont enfuis, soit dans les bois, soit vers Slutsk. Nous les rattraperons et nous vous les ramènerons, je vous le promets. Mais pour ce soir, je serais ravi si vous et vos jeunes femmes vouliez m'honorer de votre compagnie pour le dîner. Quand le front avancera, ce qui sera le cas demain, nos forces administratives viendront occuper le secteur et s'occuperont de vous.

— D'ici demain matin, répliqua Svetlana sur un ton féroce, nos soldats vous auront tous tués.

Le colonel s'inclina.

— Dans ce cas, Fräulein, vous n'avez rien à craindre. Je dois cependant vous signaler que le capitaine von Hassel m'a demandé de m'occuper spécialement de vous, Fräulein Nej.

— Ne pourrait-on nous renvoyer dans les lignes russes ? demanda Natacha. Nous ne sommes pas des soldats.

— C'est une question qu'il faudra poser à notre administration. Pour être franc avec vous, Fräulein

Brusilova, il n'y a pas de front russe. Votre armée est en pleine déroute, excepté quelques poches de résistance isolées qui ne feront pas long feu. Vous serez mieux ici, je vous le garantis. Le jeune homme, bien sûr, devra rejoindre un bataillon de travail.

— Je suis citoyen américain, protesta John.

Le colonel leva les sourcils.

— Vous avez un passeport?

— Bien sûr!

Johnnie sortit son portefeuille de la poche de son veston.

— Dans ce cas, monsieur Hayman, votre place n'est pas ici. Je me ferai un plaisir de vous fournir un moyen de transport pour vous permettre de rejoindre une voie ferrée intacte. De là vous irez sur Berlin et ensuite les Etats-Unis.

Natacha retint sa respiration.

— Il faut que vous partiez, Johnnie, dit Tatie. Ilona va être morte d'inquiétude.

John se mordit les lèvres. Après tant d'années d'attente, être à nouveau séparé de Natacha, juste au moment où ils allaient se marier...

Il secoua la tête.

— Je préférerais rester ici avec ma tante et ma fiancée, colonel, si vous n'y voyez pas d'inconvénient.

Le colonel von Spicheren haussa les épaules.

— Cela ne me dérange pas du tout. Mais je dois vous avertir que, si vous restez, vous serez traité exactement comme tous les autres.

— Serons-nous maltraitées, colonel? demanda Tatie.

— Certainement pas, madame Nej. Mais naturellement il y aura certaines restrictions, conséquence des difficultés de ravitaillement. Ceci est une grande guerre qui peut se prolonger jusqu'à la fin de cette année.

— La fin de cette année? répéta Svetlana. Elle s'achèvera bien avant, et par votre défaite!

Le colonel eut l'air un peu las.

— Sans aucun doute, Fräulein Nej. Mais comme je le disais, il peut y avoir des privations d'ici là. Cependant, monsieur Hayman, si votre décision est prise...

— Oui.

— Très bien. Alors vous pouvez partager le logement de la troupe. Je vous réitère mon invitation à dîner, madame Nej.

— Oh, nous acceptons, dit Tatie. Mais je dois vous prévenir qu'il nous faudra venir telles que nous sommes. (Une nouvelle fois elle contempla le bâtiment qui brûlait.) Tous nos vêtements se trouvent là-bas, sans compter mon piano et les projets de mon prochain spectacle. Tout est parti en fumée.

— J'en suis absolument navré, croyez-moi. Je vais vous envoyer des hommes pour vous aider à vous installer dans vos nouveaux quartiers.

— Nous aimerions avoir de l'étoffe.

— Bien sûr. Il y aura des provisions à Slutsk.

— Il faudra que vous y alliez vous-mêmes, remarqua Tatie. Nous n'avons aucun moyen de transport.

Le colonel soupira, puis s'inclina.

— Ce sera fait à la première heure demain matin. Avez-vous de l'argent ?

— Comment en aurais-je ? Tout a brûlé. Dites-leur de me faire crédit. Ils savent qui je suis. Ils seront payés. Oh, je suis furieuse ! (Elle frappa du pied par terre, puis regarda sa chaussure qui était couverte de boue.) Oh, allez tous au diable ! cria-t-elle, et elle se dirigea vers les bâtiments de la ferme. Venez, il y a du travail.

John et Natacha venaient en queue de file.

— Je suis si heureuse que vous ayez décidé de rester, Johnnie, dit Natacha. Si heureuse.

— Je suppose, dit Tatie, que, pour un soldat, il n'est pas si méchant.

Il était 4 heures du matin. Ils se tenaient dans la cour et regardaient les Allemands se préparer au départ. Le corps du logis principal avait brûlé toute la nuit et n'était plus qu'un tas de cendres. La matinée était calme, hormis le grondement continu des centaines de moteurs des véhicules qui chauffaient avant le départ et le fourmillement des milliers d'hommes qui chargeaient leur équipement et leurs armes sur leur dos. Le bruit semblait se propager à l'infini, certainement au delà de Slutsk et, vers l'ouest, jusqu'à la frontière polonaise — preuve de l'immense concentration de troupes allemandes dans ce secteur.

Il n'y avait aucun signe de fusillade venant de l'est, signe du succès de la Wehrmacht. Les Russes étaient en pleine retraite.

Les filles ne s'étaient pas couchées, elles étaient encore bien trop excitées. Le dîner offert par le colonel von Spicheren ne s'était pas terminé avant minuit et durant celui-ci un message était arrivé donnant l'ordre à l'infanterie et aux chars de poursuivre leur avance dès l'aube. Natacha trouvait cela tout à fait exaltant. Elle était désolée des morts et de l'incendie du manoir mais, en raison de ses sentiments vis-à-vis de l'Etat bolchevique, elle ne pouvait que se réjouir si tout cela concourait à la chute de Staline et de ses amis, tel Ivan Nej. Les soldats allemands étaient très corrects et s'excusaient de ce qu'ils étaient obligés de faire. Elle espérait qu'ils ne seraient pas tués, qu'ils gagneraient vite leur guerre et que la Russie redeviendrait un endroit où il ferait bon vivre.

En outre, tous ces événements l'avaient aidée à clarifier ses sentiments vis-à-vis de John. Elle avait consenti à l'épouser, en avait même pris l'initiative, mais elle n'était pas vraiment certaine de son amour ni de celui de Johnnie. Celui-ci par exemple n'avait jamais essayé de lui faire l'amour, alors que la plupart des autres hommes qu'on lui avait présentés essayaient immédiatement de lui faire des propositions ou du moins de lui passer le bras autour de la taille. Mais tous ces doutes s'évanouirent quand il décida de rester avec elle pendant toute la durée de la guerre. A cela, elle pouvait mesurer son amour. Et son calme durant la bataille lui révéla un aspect de son caractère dont elle aurait pu jusque-là douter et qui était très rassurant.

Si elle ne l'aimait pas maintenant, elle ne doutait pas cependant de le faire dans très peu de temps.

En ce moment, son bras *était* autour de sa taille et elle pouvait poser la tête sur son épaule. Et pourtant, il n'essayait jamais de toucher ses seins ou ses jambes. C'était l'homme le plus correct qu'elle ait jamais rencontré, et il le resterait après leur mariage, elle n'en doutait pas, et c'était là une pensée réconfortante.

Les véhicules militaires se mirent en route, éclaboussant la cour de boue. Le colonel von Spicheren s'avança vers elles avec un officier à ses côtés.

— Madame Nej. Je dois prendre congé. L'unité administrative est arrivée et je vous remets entre les mains du colonel von Harringen. Adieu, madame. J'espère vous revoir sur scène dans un avenir proche.

Il salua en portant la main à sa casquette plutôt que de faire le salut hitlérien, adressa quelques mots en allemand à son remplaçant que Natacha ne comprit pas et s'en fut vers son véhicule de commandement. Le bruit devint assourdissant quand tous les chars se mirent en route. Pendant plusieurs minutes il fut impossible de s'entendre, puis le bruit s'estompa et une nouvelle colonne de camions pénétra dans la cour. De nouveaux soldats débarquèrent, mais ceux-ci étaient différents : au lieu de l'uniforme vert olive, ils portaient l'uniforme noir du colonel von Harringen. Sur sa casquette, scintillait l'emblème à tête de mort.

Le colonel regardait fixement Tatie.

— Le colonel vous a-t-il appelée madame Nej ? demanda-t-il, le visage figé.

Il avait une figure ronde et sa tête sortait de son uniforme comme un melon rose.

— Je suis Tatiana Nej, oui.

— La danseuse ?

— Je danse, oui, dit Tatie avec raideur. Ces jeunes femmes font partie de ma troupe. Le colonel nous a placées sous votre protection.

Harringen la fixait toujours.

— Vous êtes mariée à un certain Ivan Nej ? (Tatie fit la moue et hocha la tête.) Un commissaire ?

— Oui, colonel. Il est commissaire.

Harringen se tourna vers son adjoint.

— Cette femme doit être fusillée. Exécution immédiate.

Pendant quelques instants, Natacha eut l'impression que son cerveau se vidait, comme d'ailleurs la plupart des filles et Tatie elle-même. Elles regardaient fixement le colonel tandis que le bruit de l'armée en marche s'estompait au loin, remplacé par celui des SS qui garaient leurs véhicules et déchargeaient leur matériel. Le soleil, immense, rond et rouge, éclairait les visages d'une lumière fantasmagorique.

L'adjoint aboya un ordre et deux de ses hommes s'avancèrent pour saisir Tatie par les bras.

— Attendez un instant! cria Johnnie qui s'était ressaisi.

Le colonel von Harringen le regarda froidement.

— Vous devez être l'Américain, John Hayman.

— Oui. Et Mme Nej est ma tante.

— Vous devez être évacué. Ceci est une zone militaire et les civils des pays neutres ne sont pas autorisés à y séjourner.

— Si vous touchez à un seul cheveu de ma tante...

— Comme l'Américain est de toute évidence un sympathisant communiste, dit Harringen à son adjoint, vous le placerez sous bonne garde jusqu'à son évacuation sur Berlin. Veillez à cela.

Ils étaient entièrement entourés de soldats en uniforme noir à présent et deux d'entre eux saisirent Johnnie par les bras tandis qu'il hésitait sur ce qu'il devait faire.

— Vous êtes fou, déclara Tatie. Fou à lier. Je suis Tatiana Nej. Comment osez-vous employer vos méthodes nazies dans mon académie? Je vous conseille d'en référer à vos supérieurs avant d'agir.

Elle n'est pas le moins du monde effrayée, se dit Natacha. Etant Tatiana Dimitrievna, elle ne pouvait imaginer que quelque chose d'aussi horrible et fantastique puisse lui arriver. Et elle semblait avoir gagné, tout du moins la première manche. Après l'avoir fixée pendant quelques secondes sans lui faire baisser le regard, Harringen fit claquer ses doigts.

— Enfermez cette femme à part et appelez-moi le quartier général.

L'adjoint salua et deux soldats se saisirent de Tatie.

— Lâchez ma mère! cria Svetlana en frappant le colonel sur le bras.

Il se tourna violemment et, pendant un terrible instant, Natacha crut qu'il allait l'abattre; mais il se contrôla.

— Vous êtes sans doute Fräulein Nej?

— Et vous allez sans doute me fusiller moi aussi! Ivan Nej est mon père.

Harringen hocha la tête.

— Oui. Mais il semble que vous bénéficiez d'un sursis. D'un autre côté, il vaut mieux vous enfermer vous aussi. Veillez-y, Dieter.

L'adjoint salua et deux autres SS s'avancèrent. John fit une vaine tentative pour se libérer. Il reçut un coup dans les côtes et fut entraîné vers la maison, suivi de Svetlana. Natacha se rendit compte soudain qu'elle était au premier plan, debout devant les autres filles. Le vent matinal faisait voler sa jupe autour de ses chevilles. Elle regarda par-dessus son épaule et vit les filles, serrées les unes contre les autres, comme pour présenter un front uni devant la catastrophe.

— Vous êtes Natacha Brusilova, dit Harringen.

Natacha leva la tête pour lui faire face. A son étonnement, elle vit qu'il souriait.

— Je vous ai vue danser à Berlin, Fräulein. Vous étiez magnifique.

Natacha ouvrit la bouche, la referma, puis se ressaisit. Si c'était un de ses admirateurs...

— Vous ne pouvez pas vraiment avoir l'intention de nuire à Mme Nej. Elle est bien plus célèbre que moi.

— Elle est la femme d'un commissaire. J'ai ordre de liquider toute personne inféodée au régime soviétique. Je suis désolé, mais c'est ainsi.

— Et pas Svetlana? demanda-t-elle en retrouvant tout son courage.

Ce devait être un homme raisonnable, simplement lié par les ordres qu'il avait reçus.

— Fräulein Nej est fiancée avec un officier allemand qui a obtenu une dispense spéciale pour elle.
— Et moi ? J'ai aussi des liens avec le régime.
— Balivernes ! Vous êtes une danseuse. Une grande et célèbre danseuse. Personne ne songe à vous fusiller, Fräulein Brusilova. Mais vous êtes également russe, et donc une ennemie du Reich. Vous avez avec vous trente très jolies filles. Je les place sous votre responsabilité. Vous serez responsable de leur comportement, de leur obéissance.

Natacha le regarda haineusement.
— Pour quoi faire ?
Le colonel eut un sourire sarcastique.
— Pour faire ce que les femmes savent faire le mieux, Fräulein. J'ai reçu l'ordre d'organiser un bordel militaire pour ce district. Vous et vos filles en ferez partie. Choisissez une demi-douzaine d'entre elles, vous y compris, bien sûr, qui seront réservées aux officiers, et faites en sorte qu'aucun simple soldat ne les touche jamais. On vous désignera vos quartiers sous peu. Dieter que voici y pourvoira.

Natacha mit un certain temps à prendre conscience de l'horreur de la situation.
— Un... (Elle fut incapable de prononcer le mot.) Etes-vous fou ? Croyez-vous que ce sont des filles ordinaires ? Ce sont les meilleures de toute la Russie. Et toutes de grandes danseuses qui seront un jour célèbres. Et vous voudriez...

Le colonel la gifla à toute volée et l'envoya trébucher dans les bras de son lieutenant. Le sang coulait sur son menton. Elle resta un moment comme paralysée de stupeur, pouvant à peine respirer. Personne ne l'avait jamais frappée comme cela auparavant. Pas même les hommes de Ivan Nej, pas même Anna Ragosina, lorsqu'elle avait été arrêtée et soupçonnée de complicité d'espionnage en 1932.

— Vous me parlerez poliment en toutes circonstances, Fräulein, déclara le colonel. (Puis sa voix s'adoucit.) Vous apprendrez vite. A présent, dites-moi, y a-t-il des juives dans votre école ?

Dieter l'avait lâchée et elle était tombée à genoux. Lentement, elle se remit debout. Elle ouvrit la bouche, mais elle était pleine de sang qu'elle dut recracher avant de pouvoir respirer convenablement.

Le colonel se tourna vers les filles.

— Voyons, y a-t-il des juives parmi vous ? Avez-vous entendu ce que je viens de dire à Fräulein Brusilova ? Vous allez être des putains militaires. Vous allez aimer cela, hein ?

Les filles le regardèrent en se serrant encore plus les unes contre les autres. Quelqu'un — sans doute Lena Vassilievna, pensa Natacha — se mit à pleurer.

— Mais les juives russes ne peuvent pas servir aux soldats allemands. Alors, les filles, sortez des rangs.

Il y eut un bref moment d'hésitation, puis Hannah Jabsky s'avança.

— Vous êtes juive ?

Elle acquiesça.

— Mais vous n'êtes pas la seule. Il y en a d'autres. Désignez-les-moi. Vous ne souhaitez pas vraiment devenir putain, n'est-ce pas ? Pas une bonne petite juive.

Hannah se mordit la lèvre, puis se retourna et désigna deux autres filles. Elles sortirent lentement du groupe en se tenant la main. Comme toutes les autres filles de la troupe, elles étaient minces, athlétiques et belles. Le colonel leur sourit et Natacha sentit son cœur se serrer. Si elles n'étaient pas assez bonnes pour devenir des putains, qu'allaient-elles devenir ?

— Il n'y en a pas d'autres ?

Hannah secoua la tête. Les deux autres filles se tenaient toujours par la main.

— Très bien, dit Harringen en allemand. Mettez-les avec les autres juifs et les commissaires que nous avons arrêtés, et fusillez-les immédiatement.

Le lieutenant salua et les filles le regardèrent sans comprendre, tandis qu'il faisait signe à ses hommes.

Natacha crut que sa tête allait éclater. Elle poussa un grand cri et se jeta sur le colonel, en essayant de le griffer, mais elle ne réussit qu'à érafler son col. Il lui saisit les mains, tandis que Dieter l'attrapait par la taille et la serrait, à lui couper le souffle.

Elle retomba à genoux et tout se mit à tourner devant ses yeux, cependant que l'on emmenait les trois filles à travers la cour. Soudain, Hannah sembla s'éveiller.

— Aidez-nous, Natacha Feodorovna, cria-t-elle faiblement. Aidez-nous !

Les autres filles tremblaient et se serraient encore plus l'une contre l'autre.

— Aidez-nous ! cria encore Hannah, puis elle disparut sur la route où les autres juifs et les commissaires attendaient.

Natacha fut surprise par l'empressement des SS. Elle entendit des ordres lancés en allemand et deux soldats la remirent sur pied. Chacun la tenait par un bras et, comme John, ils l'entraînèrent vers un bâtiment de la ferme. Elle essaya de tourner la tête mais ne put qu'apercevoir les filles. Qu'allait-il lui arriver ? Elle serait sans aucun doute punie pour avoir attaqué le colonel. Peut-être allait-on la fusiller, elle aussi. Peut-être...

Elle fut jetée contre le capot d'un camion et perdit l'équilibre. Des soldats se saisirent de ses poignets et de ses chevilles et l'écartelèrent sur le véhicule. Son visage heurta le métal brûlant et elle releva la tête. Elle vit le colonel entre deux soldats.

— Je vous ai expliqué que vous étiez responsable de ces filles, dit-il en russe. Elles régleront leur conduite sur la vôtre. Votre résistance risque d'encourager la leur. Nous sommes donc contraints de faire un exemple. Vous me comprenez, Fräulein ?

Elle le regarda et entendit pleurer Lena Vassilievna. Des mains lui arrachèrent ses vêtements et elle sentit le soleil sur son os et ses jambes. Elle fut paralysée d'horreur. Elle était nue devant ses filles et les soldats de l'armée allemande. Elle, Natacha Brusilova, qui avait valsé dans les bras de Joachim von Ribbentrop en personne ; elle, qui était considérée comme l'une des plus merveilleuses danseuses d'Europe et peut-être du

147

monde !... Elle essaya de donner un coup de pied, mais elle était maintenue fermement. Elle fixa le colonel qui souriait à présent et soudain une douleur cuisante déchira ses fesses, son ventre et ses cuisses.

Sa bouche s'ouvrit et, au même instant, elle se jura de ne pas hurler. Quoi qu'il arrive, il ne fallait pas crier. Mais le deuxième coup l'atteignit par surprise.

Natacha sentit qu'on lui lavait le visage. Des mains douces la tenaient serrée contre une poitrine douce. Elle ouvrit les yeux : Olga Mikhailovna lui essuyait la figure. Elle ouvrit la bouche et fut surprise de l'irritation de sa gorge. Elle avait hurlé. Elle avait hurlé jusqu'à s'évanouir.

Elle se passa la langue sur les lèvres et quelqu'un lui tendit un verre d'eau. Elles étaient toutes là, toutes les filles, dans ce qui paraissait être une cuisine. Toutes, excepté Hannah, les deux autres filles juives, Svetlana, John et... Tatie. Elle eut un haut-le-cœur et tenta de se retourner. Ce mouvement réveilla sa douleur.

Elle avait toujours été là, mais latente. Brusquement elle s'éveilla et envahit son corps tout entier. Elle gémit, voulut crier au contact de doigts sur ses plaies ; puis elle comprit que les filles essayaient de calmer sa douleur en les enduisant de beurre.

— Elle ne peut pas parler, dit Olga. Mon Dieu, elle ne peut pas parler.

Natacha respira profondément, s'efforçant de maîtriser sa douleur.

— Je peux parler, murmura-t-elle. Où... où sommes-nous ?

— Ils nous ont mises dans cette cuisine qui n'a pas brûlé avec le reste de la maison. Ils ont dit que nous devrions leur faire la cuisine jusqu'à ce que...

Elle poussa un soupir.

— Je n'ai jamais été avec un homme, gémit Lena Vassilievna. Jamais. Je vais devenir folle. Natacha Feodorovna, que vais-je devenir ?

— Vous deviendrez probablement folle, convint Natacha. (Elle se mit à genoux par un effort de volonté prodigieux, afin de les voir toutes.) Il ne faut pas que nous ayons peur, dit-elle rageusement tout en essayant de contrôler les contorsions de son visage. Que va-t-il nous arriver? Nous ne serons pas fusillées. On nous obligera à nous coucher sur le dos. C'est tout. Il faut...

Elle vit l'expression sur le visage d'Olga Mikhailovna et tourna la tête. Deux Allemands se tenaient assis sur des chaises près de la porte, leurs fusils appuyés sur les genoux. Ils souriaient en la regardant et paraissaient comprendre le russe.

— Il faut apprendre à vous tenir correctement, Fräulein, dit l'un d'eux. Autrement vous serez encore fouettée. Après cela, les officiers ne voudront plus de vous et vous serez obligée de venir avec nous. Nous aimerions cela, Natacha Brusilova, mais pas vous.

Natacha se mordit la lèvre. Elle savait que si on la fouettait encore une fois, elle deviendrait folle. Elle avait envie de hurler rien que d'y penser.

Elle vit avec horreur que ses mains et ses lèvres tremblaient. Tout son corps était comme pris de convulsions.

Les gardes le remarquèrent, eux aussi. Ils souriaient toujours, mais ce n'était pas de mépris. Elle se rendit compte tout à coup qu'elle était toute nue.

Olga Mikhailovna s'en aperçut elle aussi et elle enleva sa jupe pour en envelopper son amie. Natacha secoua la tête car la culotte d'Olga cachait vraiment peu de chose, mais Olga sourit avec douceur.

— Je suis vieille et grosse. Ils ne prendront aucun plaisir à me regarder. Mais, Natacha Feodorovna, que pouvons-nous faire?

Natacha s'enveloppa dans la jupe et se sentit redevenir humaine, bien que ses jambes fussent toujours nues. Puis elle essaya de se mettre debout, mais une douleur lancinante traversa tout son corps. Elle serra les dents et y réussit néanmoins, tout en se détournant des deux SS qui ricanaient. Si elle avait pu dominer sa peur, son horreur et son dégoût, si elle avait pu faire le vide dans son esprit, elle aurait réalisé un pas important. Mais pour cela, il aurait fallu qu'elle soit seule, loin de ces filles aussi terrorisées qu'elle-même. Toutes attendaient que la grande Natacha Brusilova, qui les avait menées dans tant de ballets avec une suprême confiance, les sauve de cette catastrophe, leur dise ce qu'il fallait faire — en un mot qu'elle prenne le commandement.

La porte de la cuisine s'ouvrit, laissant entrer une demi-douzaine d'hommes en tenue de travail qui jetèrent des sacs sur le sol. Ils étaient accompagnés par un sergent qui se campa au milieu de la pièce, les mains sur les hanches.

— Au travail! cria-t-il en russe. Il y a des pommes de terre dans ces sacs. Faites-les cuire. (Il fit un geste du bras et une autre équipe entra, portant des poulets.) Plumez ces bêtes et cuisez-les. Dépêchez-vous.

Les filles se regardèrent. Aucune d'elles n'avait jamais fait de cuisine. Et la vue des poulets morts provoqua une nouvelle crise de larmes chez Lena.

— Un bon repas! avertit le sergent. Sinon j'en fouette deux parmi vous de mes propres mains.

Il quitta la pièce en claquant la porte.

Natacha s'aperçut soudain qu'elle avait faim et qu'il fallait qu'elle fasse quelque chose, n'importe quoi, pour s'empêcher de penser.

— Allons, venez, dit-elle. Mettons-nous au travail.

Elles entendirent des rafales d'armes à feu et se regardèrent, puis se tournèrent vers leurs gardes qui se contentèrent de rire. Elles se turent, certaines que Hannah Jabsky et ses amies — leurs amies — ainsi que d'autres hommes et femmes avaient été assassinés.

Et Tatiana Dimitrievna? Etait-elle elle aussi tombée dans la fosse, son magnifique corps criblé de balles? Elles ne pouvaient pas croire une chose pareille. Tatiana Dimitrievna était là depuis toujours. Elle ne pouvait pas mourir.

Elles firent la cuisine uniquement pour les officiers: les hommes faisaient la leur sur des poêles à l'extérieur de la ferme. Les filles durent aussi servir le repas. Natacha s'accusa de lâcheté, mais ne put se résoudre à affronter le colonel ou Dieter qui l'avait fouettée. Et elle savait qu'ils ne se contenteraient pas de se faire servir.

— Ils n'arrêtaient pas de nous toucher, dit Nina Alexandrovna. Oh, c'était terrible. Ils passaient leurs mains sous nos jupes et le colonel von Harringen a dit que vous deviez me mettre dans le groupe des six. Que voulait-il dire par là, Natacha Feodorovna?

Nina était excitée. Elle était jolie, une petite blonde avec de gros seins qui ne serait jamais une danseuse étoile, non parce qu'elle ne savait pas danser, mais parce qu'il était inconcevable qu'une fille avec un corps si voluptueux puisse tenir le devant de la scène, à moins de s'appeler Tatiana Nej.

Natacha la serra dans ses bras. La douleur commençait à s'estomper et elle était capable de penser à nouveau.

— Il vous faisait un compliment, Nina.

Elles passèrent leur après-midi à laver la vaisselle, puis elles préparèrent le dîner. Elles entendirent des coups de feu et supposèrent que d'autres personnes avaient été fusillées. Mais cela ne semblait plus avoir d'importance. Puis, vers le soir, elles entendirent un hurlement de désespoir et reconnurent la voix.

— C'est Svetlana, dit Olga. Que peuvent-ils bien lui faire?

Il n'y eut pas d'autres cris.

— Rien, dit Natacha. Ils ont dû lui apprendre la mort de Tatiana Dimitrievna.

A présent, plusieurs filles suivaient l'exemple de Lena et pleuraient. Elles étaient épuisées, avaient peur et personne ne leur venait en aide. Tatiana Dimitrievna était morte et Natacha ne prenait pas le commandement.

Mais que puis-je faire? pensa Natacha. Que puis-je faire, sinon me soumettre comme elles et souffrir! On ne me laissera même pas dire adieu à Johnnie et d'ailleurs, voudra-t-il jamais revoir une putain militaire, à supposer que je survive?

Elle tenait un couteau de cuisine à la main et aurait voulu s'en servir, l'enfoncer profondément dans son

151

propre ventre et se moquer d'eux avant de mourir parce qu'elle leur échappait. Mais elle ne pouvait pas abandonner les autres. D'ailleurs, elle était trop fatiguée et trop dolente. Elle n'arrivait pas à penser correctement. Il serait temps d'envisager le suicide lorsqu'elle serait en état de penser.

Elles préparèrent le dîner, le servirent, puis lavèrent la vaisselle. Personne ne leur avait dit où elles devaient dormir. C'était donc sur le sol de la cuisine. Il n'y avait pas de couvertures mais on était en juin, les nuits étaient chaudes et, surtout, les gardes avaient quitté la pièce. On avait jugé qu'elles étaient assez soumises pour être laissées sans gardes.

— Il va falloir que nous nous installions le mieux possible, déclara Natacha en leur souriant. Nous avons au moins la chance de dormir seules pour la dernière fois.

Les officiers et les SS s'étaient moqués d'elles et leur avaient dit que dès le lendemain, une maison serait prête à les accueillir à Slutsk et qu'elles pourraient commencer leur nouveau métier.

Lentement, les filles s'installèrent. Natacha décida de dormir près de la porte, mais elle s'aperçut bientôt qu'elle ne pouvait se coucher ni sur le dos ni sur le ventre. Elle se demandait si elle arriverait à dormir, quand la porte s'ouvrit. Elle se redressa et fut aveuglée par une lampe électrique.

— Fräulein Brusilova, dit le lieutenant Dieter. Levez-vous.

Elle se leva et regarda d'un air anxieux vers les filles. Aucune d'elles ne dormait sans doute encore.

— Sortez, dit Dieter.

Natacha le suivit dans le passage. Le toit s'était effondré et les étoiles brillaient au-dessus de sa tête. Elle suivit le lieutenant dans la cour. Les feux de camp brûlaient encore mais les soldats avaient disparu. Ils avaient dressé leurs tentes dans les champs de blé saccagés.

— Entrez là, dit Dieter montrant la maison qui avait servi de mess pour les officiers.

— Pourquoi ?

Il rit et elle vit ses dents briller dans l'obscurité.

— Je veux vous parler.

Elle hésita, puis s'avança dans la pièce sombre.

— Ne faites pas de bruit à présent. Le colonel dort là-haut.

Ils devaient être dans un bureau, car la pièce était vide hormis une table que l'on avait poussée contre le mur. Un sac de couchage était étendu par terre.

— Le sol est dur, mais je serai couché sur vous.

Elle se retourna vivement et fut aveuglée par la lampe.

— Si vous me résistez, je vous fouetterai de nouveau. Je vous arracherai la peau de vos jolies petites fesses, Natacha. Cela me fera plaisir comme j'ai pris plaisir à le faire ce matin. D'ailleurs, pourquoi me résisteriez-vous ? A partir de demain, vous ferez cela cinquante fois par jour. Je ne fais que vous mettre en train.

La lumière éclairait le visage de Natacha et cachait celui de Dieter. Elle fut saisie d'une panique aveugle. Elle voulait s'échapper, n'importe où. Et elle allait le supplier, elle le savait. Elle se détestait pour cela.

— Je suis vierge, dit-elle.
— Quel âge avez-vous ?
— Trente ans.
— Vous avez trente ans, vous êtes une danseuse célèbre, vous êtes fiancée et vous êtes encore vierge ?

Elle acquiesça, reprenant le contrôle de sa respiration.

Il ferma la porte et eut un rire bref.

— Alors, j'ai de la chance. Mais vous n'avez pas à vous inquiéter. Vous êtes une danseuse et votre hymen n'est sans doute plus intact. Je suis au courant de ces choses-là.

Elle le fixait dans l'obscurité, ses yeux s'accoutumant peu à peu à la pénombre. Pendant un instant, elle crut qu'elle pourrait s'échapper.

— D'ailleurs, il ne faut pas crier. Cela pourrait déranger votre fiancé.

Natacha retint son souffle et regarda dans toutes les directions.

Dieter sourit et commença à déboutonner sa veste.

— Il n'est pas ici, mais juste à côté, dans la réserve à charbon. Alors ne faites pas de bruit pour ne pas lui faire de peine. Je vous propose un marché. Donnez-moi du plaisir et je vous permettrai de lui dire au revoir demain matin avant son départ. Vous pourrez même faire vos adieux à Frau Nej.

— Mme Nej est encore vivante ?

— Pour le moment. Mais on l'emmène en Allemagne demain. Ordre du Dr Goebbels en personne. Il semble qu'elle l'ait insulté à Berlin en 1938. Le Dr Goebbels n'oublie jamais. Il veut assister à son exécution. Il va la faire pendre, je crois.

Il enleva sa veste et la plia soigneusement sur la table avec son ceinturon par-dessus. L'étui de son pistolet brillait dans la lumière de la lampe de poche et, à côté de lui, un poignard finement décoré pendait à un étui du ceinturon. Il se retourna et l'éclaira avec la lampe.

— Enlevez cette jupe absurde. Je veux vous voir encore.

Grâce à ce mot « encore », elle reprit ses esprits. Auparavant, il n'y avait eu que de la douleur et de la peur. D'apprendre que Tatie était encore en vie et que Johnnie se trouvait de l'autre côté d'une fine cloison, cela n'avait fait qu'ajouter à sa confusion. Mais ce mot lui rappela toute l'horreur de la matinée. Cet homme lui avait arraché ses vêtements, avait exposé son corps nu devant les filles et les soldats allemands et puis l'avait fouettée, le sourire aux lèvres. Tout à coup elle prit conscience du sentiment qui était demeuré latent toute la journée. Son corps la faisait souffrir, mais elle s'y était habituée à présent. Son esprit, par contre, était clair. Elle pouvait haïr. Elle avait cru haïr Ivan Nej, Anna Ragosina et toute la police secrète. Elle s'aperçut brusquement qu'elle ignorait tout de la haine. Lorsqu'on hait, on doit être prêt à tuer, à détruire ; autrement ce n'est que de l'aversion.

Mais il faut réussir à tuer et choisir le moment propice. Lentement, elle défit la robe d'Olga et la laissa glisser de ses épaules. Elle aurait dû perdre sa virginité depuis longtemps. Elle aurait dû en faire don à John Hayman en 1932, quand, sur le banc d'un parc à Moscou, ils ne songeaient qu'à se tenir par la main. Sans doute étaient-ils restés innocents tout au long de ces années et maintenant, ils ne connaîtraient plus jamais d'intimité. Il retournerait en Amérique tandis qu'elle resterait en Russie et deviendrait une putain.

Mais elle ne se soumettrait pas. Cet homme ne pouvait sauver sa vie qu'en la raccompagnant à la cuisine, mais il n'y parviendrait pas! Le faisceau de lumière la parcourut tout entière et s'attarda sur ses petits seins, sur ses cuisses et sur son ventre ferme.

— Je vous trouve tout à fait exquise. Moi aussi, je vous ai vue danser à Berlin il y a trois ans. Je ne me doutais pas que je vous posséderais un jour.

Vous ne me posséderez jamais, pensa-t-elle, mais elle ne dit rien. Si cela devait arriver, autant que cela se fasse vite. Elle ne pouvait rien faire avant qu'il ne soit rassasié et détendu. Elle s'agenouilla sur le sac de couchage, puis s'assit. Le faisceau de lumière la suivit.

— Ecartez les jambes.

Elle obéit et attendit. Il acheva de se déshabiller et elle songea avec un choc qu'elle n'avait jamais vu un homme nu. Dieter, avec un sens narcissique de sa beauté, éclaira son propre corps avant d'éteindre la lampe, plongeant la pièce dans l'obscurité.

Puis elle ne put qu'attendre et sentir. Ses mains se posèrent sur ses seins et sa bouche chercha la sienne. Elle fut surprise lorsqu'il voulut qu'elle ouvre la bouche pour prendre sa langue. Puis, il posa sa main sur le pubis de Natacha et la fouilla de ses doigts. Elle tenta de fermer les cuisses, mais il lui donna une petite tape sur la hanche et elle les écarta de nouveau. Il ne fallait pas le contrarier, il risquait de ne pas se détendre suffisamment après.

Les préliminaires étaient terminés. Il la couvrit de son corps et, l'instant d'après, elle ressentit une dou-

155

leur aiguë. Mais tout se passa avec une facilité étonnante. Il la pénétra plusieurs fois, respirant bruyamment et bientôt se laissa glisser sur le côté et s'étendit sur le dos auprès d'elle.

— C'était bon, Natacha Feodorovna. Comme je l'espérais. Je reviendrai vous voir.

Elle se dressa sur le coude, sincèrement surprise. Elle n'avait rien fait !

Il avait fermé les yeux et respirait profondément et d'une manière régulière. Peut-être était-il endormi ? Doucement, elle se mit à genoux.

— Ne partez pas. Restez étendue à côté de moi.

— Je vais m'essuyer, dit-elle. Je reviens dans un instant. Elle tendit la main vers la table, trouva le poignard dans son étui. Elle le sortit avec d'infinies précautions. Il lui semblait que cela faisait un grincement terrible, mais l'homme qui était étendu contre son genou ne bougea pas.

Elle se retourna, passa une jambe par-dessus son corps et le regarda. Il ouvrit les yeux et elle vit qu'il souriait.

— C'est cela, dit-il. Etendez-vous sur moi, Natacha Feodorovna.

Elle lui plongea le poignard dans la gorge.

Natacha poussa le verrou du réduit à charbon et éclaira l'intérieur avec la lampe. John se redressa en clignant des yeux. Il avait du charbon sur le visage, sur les mains et sur ses vêtements.

— Qui est là ? demanda-t-il.

Elle tourna la lampe vers elle, puis se souvint qu'elle était nue. Cela ne semblait plus avoir d'importance.

— Natacha ? (Il s'avança vers elle, puis s'arrêta.) Que vous ont-ils fait ?

— Je suis venue vous dire adieu.

— Adieu ? Mais... (Il tendit la main pour prendre la sienne et elle ne la retira pas. Elle éteignit la lampe.) Je ne comprends pas, Natacha. Je vous ai entendue hurler, j'ai entendu le fouet. Je ne pouvais pas voir. Oh, ma chérie...

— Adieu, dit-elle, et elle se recula pour fermer la porte.

Il la bloqua avec son épaule.

— Dites-moi ce que vous êtes en train de faire.

Elle haussa les épaules.

— Je viens de tuer un officier allemand. Ils vont certainement me fusiller ou me pendre, comme ils ont l'intention de pendre Tatiana Dimitrievna. Je vais essayer de tuer autant d'Allemands que je pourrai jusque-là.

Il l'attira à lui et il remarqua le poignard.

— Mon Dieu, dit-il, en sentant le sang sur sa main.

— Je vais vous enfermer de nouveau, ainsi vous ne serez pas mêlé à tout cela.

— Pas mêlé ? (Il prit le poignard avec précaution. Elle ne tenait pas vraiment à le garder.) Ne vaudrait-il pas mieux essayer de s'enfuir ?

— Où ? Où pourrais-je m'enfuir ?

— La forêt n'est pas loin d'ici. Nous pourrions y arriver et nous y cacher jusqu'à la contre-attaque des Russes.

— Nous ?

Elle leva le visage vers lui.

— Avez-vous cru que je partirais en vous abandonnant ici ?

Un soulagement immense s'empara d'elle. Puis elle se souvint.

— On vient de me violer. C'est pour cela que je l'ai tué.

Il la serra dans ses bras.

— Johnnie, je viens d'être violée.

— Et vous l'avez tué. Je n'en attendais pas moins de vous, Natacha Feodorovna.

Elle rejeta sa tête en arrière pour le regarder dans la pénombre. Elle aurait voulu crier de joie. Puis, elle eut envie de pleurer.

— Comment pouvons-nous nous enfuir sans les filles ?

— Nous les prendrons avec nous.

Il manifestait une assurance extraordinaire.

— Sans Tatiana Dimitrievna ?
— Nous l'emmènerons elle aussi. Elle plus que tout autre, puisqu'elle est condamnée à mort. (Ses épaules s'affaissèrent.) Nous ne savons même pas où elle est.
— Svetlana le sait. Ils l'ont autorisée à la voir aujourd'hui après la confirmation de la sentence. Mais où est Svetlana ?
— Juste à côté.
Natacha secoua la tête.
— Cela ne peut pas être aussi simple !
— Si, Natacha. Si vous avez assez de volonté.
Il était magnifique, tel qu'elle avait toujours rêvé qu'il serait. Elle recula dans la cour éclairée par la lune, se tourna vers la prochaine porte et entendit soudain des pas derrière elle. Elle se retourna et vit la sentinelle s'avancer lentement, le fusil pointé devant lui.
— Halte ! cria-t-il en allemand. Qui va là ?
Elle répondit lentement.
— Natacha Brusilova.
— La danseuse ?
La sentinelle s'approcha, regardant le corps nu de Natacha, incapable de croire à sa chance.
— Oui, dit Natacha, oui.
Il était à portée de main. John bondit, enfonça le poignard dans le corps du soldat, tout en lui mettant la main sur la bouche pour étouffer son cri.
Natacha attrapa le fusil avant qu'il ne tombe à terre. Elle sut soudain que tout irait bien. Ils pourraient s'enfuir. Et elle se marierait. Avec un homme en qui elle pourrait avoir une confiance totale.

6

Judith Stein se réveilla. Elle avait rêvé qu'elle se promenait sur le boulevard avant la guerre. Les conversations étaient étouffées par le tintamarre de la circulation. Cela ne pouvait se passer qu'avant la guerre. Depuis deux ans, Paris était devenue une ville silencieuse.

C'était juste après l'aube, mais il n'était que 4 h 30 du matin et la chambre était toujours chaude bien que les fenêtres soient restées ouvertes toute la nuit. Les draps étaient en désordre et Boris dormait, la tête sur l'épaule de Judith comme il aimait à le faire.

C'était une journée comme les autres qui le verrait partir pour l'ambassade, pendant qu'elle irait faire les courses — une occupation nécessaire, vu le manque de ravitaillement. Elle se joindrait aux files patientes, mais moroses, pour avoir du pain, ou bien prendrait un café sur une terrasse en observant la foule. Elle vivait dans une atmosphère étrange, car tout le monde savait qu'elle était juive mais, grâce à son amant russe qui était diplomate, elle était intouchable. Elle n'avait pas connu pareille sécurité depuis ces années passées auprès de George Hayman.

Un jour, Paris retrouverait sa gaieté, quand la marée noire nazie refluerait, et elle entendrait à nouveau le brouhaha des conversations et de la circulation.

Elle fronça les sourcils. Elle avait été réveillée par un bruit de moteurs. Et par celui de voix humaines. Ce n'était pas une conversation, mais une série d'ordres.

Elle secoua Boris.

— Boris, réveillez-vous! Il se passe quelque chose.
— Hmm?

Il ouvrit les yeux.

— Ecoutez! (Elle s'assit et le drap glissa jusqu'à sa taille.) Il y a des mouvements de troupes.
— Je vais voir.

Il sauta du lit, prit sa robe de chambre et se retourna en entendant sonner. Il sortit de la chambre et se dirigea vers l'entrée de l'appartement. Judith aussi était sortie du lit et avait instinctivement saisi ses vêtements posés sur le dossier d'une chaise. Son cœur s'était serré. Elle savait ce qui allait se passer ensuite car cela était déjà arrivé et, pour Judith Stein, cela se passerait ainsi jusqu'au jour de sa mort...

Un groupe d'hommes entra dans la pièce et chacun prit position le long du mur en face de l'immense bureau derrière lequel s'ouvraient de grandes fenêtres. Clive Bullen fut le dernier à entrer.

Il portait un uniforme, comme les autres. Il connaissait la plupart d'entre eux, au moins de vue et il ne pouvait donc y avoir aucun doute quant à la raison de leur présence ici. De toute façon, ils se seraient portés volontaires pour ce qu'on allait leur demander. La guerre était soudain devenue quelque chose de très personnel pour chacun d'eux.

L'homme derrière le bureau se leva et vint se planter au centre de la pièce. Il était le seul à porter des vêtements civils. Sa tête massive semblait reposer par son propre poids sur ses larges épaules. De son cigare éteint, qu'il tenait à la main, il ponctuait son discours.

— Vous savez que, hier, les nazis ont envahi la Russie. Je sais que c'est un pays que vous connaissez tous bien. Vous n'ignorez donc pas que ce pays est sous un des régimes les plus brutaux que le monde ait connus, un régime qui veut détruire toute individualité et toute liberté pour donner tous les pouvoirs à l'Etat. Ce régime a déjà assassiné des millions de ses propres citoyens. Depuis le début de mes fonctions officielles, en 1917, je me suis opposé à cette dictature.

» Cependant, messieurs, reprit-il, aussi mauvais que puisse être le régime soviétique, il vaut encore mieux que le nazisme. Voilà vingt et un mois que nous résistons à Hitler et à ses hordes. Durant ce temps, tous nos alliés, la France, la Pologne, la Belgique, la Hollande, la Norvège et le Danemark, la Yougoslavie et la Grèce sont tombés sous la botte nazie. Hitler ne réussira pas à vaincre l'Angleterre, mais s'attaquer à lui sans aide serait une tâche longue et difficile. A présent nous avons un allié. Les bolcheviks ne sont pas gens auxquels nous ferions confiance dans des circonstances normales; mais ils se défendront, ils sont forts et courageux. Nous combattrons donc à leurs côtés jusqu'à l'écrasement des nazis. Il faut pour cela que nous sachions ce qui se passe chez eux, que nous connaissions leurs besoins en armes et en matériel, que nous sachions s'ils sont résolus à mener cette lutte jusqu'à sa conclusion victorieuse. Cela est votre tâche. Grâce à votre connaissance de la langue du pays et des gens, par les liens que vous avez établis avec leurs dirigeants, vous serez le maillon entre le gouvernement de Sa Gracieuse Majesté et celui de Joseph Staline. Je sais que c'est une tâche ingrate et dangereuse; vous serez sans doute accueillis avec suspicion. Mais vous supporterez tout cela parce que votre pays vous le demande. Je vous remercie, messieurs. Commandant Bullen !

Les autres quittèrent la pièce. Clive resta au garde-à-vous jusqu'à leur départ.

— Vous avez des liens personnels en Russie, m'a-t-on dit, commandant Bullen ? demanda Churchill.

— Oui, monsieur.

— Avez-vous de ses nouvelles ?

— Non, monsieur. Je sais seulement qu'elle se trouve sur l'itinéraire suivi par les troupes d'invasion.

— Pauvre femme, dit Churchill. Pauvre femme. Vous allez partir en priorité. Votre bateau quitte Bristol dans trois jours. J'espère que vous trouverez Mme Nej. Mais souvenez-vous que vous avez d'autres tâches. Que Dieu vous protège, commandant Bullen.

Il n'y avait pas un bruit dans le bureau. Cela n'était pas inhabituel pour ceux qui s'y trouvaient. Mais aujourd'hui, c'était différent. Jusqu'alors ces hommes se retrouvaient ici pour essayer de prévoir l'avenir et le façonner à leur avantage. Aujourd'hui, c'est l'avenir qui les avait pris de vitesse, eux et leur pays. Le silence était chargé de colère.

Le téléphone sonna. Staline décrocha, écouta plusieurs minutes, puis reposa le récepteur.

— Grodno est tombé. Lvov aussi. Les Allemands ont traversé l'ancienne frontière et se dirigent sur Minsk.

— Minsk ? fit Michael Nej. Mais...

— Tatie se trouve là-bas, dit Ivan Nej, avec l'académie. Avez-vous de ses nouvelles, Joseph Vissarionovitch?

— Comment aurait-on des nouvelles des individus? Personne ne sait ce qui se passe, excepté que les Allemands avancent partout.

— Les individus ne comptent pas dans des moments comme celui-ci, déclara Molotov. Et surtout des individus comme Tatiana Dimitrievna. Ce qui arrive est autant sa faute que la vôtre, Michael Nikolaievitch.

Michael leva les sourcils.

— Vous nous avez assuré que les Allemands voulaient la paix, insista Molotov. Vous avez prétendu que leur seul désir était d'éviter une guerre sur deux fronts : vous vous trompiez, camarade commissaire!

— J'ai aussi affirmé avant vous tous qu'un pacte avec l'Allemagne ne pouvait être qu'une tactique provisoire. L'Allemagne est notre ennemie naturelle, puisqu'elle nous a choisis comme son adversaire. Nous savions depuis toujours qu'il faudrait la détruire, ce que les Allemands savaient de leur côté. Ce sont eux qui ont frappé les premiers.

— Sans prévenir, dit Beria, en nettoyant les verres de ses lunettes. Sans le moindre ultimatum. C'est de la barbarie.

— L'Allemagne nazie est un pays barbare.

— Votre service de renseignements est en défaut, Lavrenti Pavlovitch, dit Ivan à Beria. Si c'est moi qui en avais la charge...

— Vous vous disputez comme des enfants, interrompit Staline. (Le silence s'établit à nouveau.) L'important c'est que Grodno et Lvov soient tombés le même jour. Cela fait un front de plusieurs centaines de kilomètres. J'ai appris d'autre part que les Allemands avancent de la Baltique jusqu'à la frontière roumaine. C'est l'attaque la plus fantastique de toute l'histoire. Nous sommes submergés par une marée allemande et vous vous disputez pour savoir qui est fautif, qui est mort et qui ne l'est pas. Nous songerons à compter nos morts et à chercher les responsables de la débâcle quand nous aurons repoussé les Allemands. La situation de la

Russie est critique. Notre aviation a été détruite. Nos chefs militaires paraissent souffrir de paralysie. Notre pays est au bord du gouffre, camarades. Nous luttons pour notre vie. Je ne veux plus entendre de discussions. Je veux des actes.

— Autorisez-moi à me rendre sur le front de Biélorussie, Joseph Vissarionovitch, demanda Michael.

— Pour rechercher Tatiana Dimitrievna?

— Et son académie. Mon fils se trouve là-bas également.

— Bien sûr! L'Américain! Eh bien, il devra survivre comme il le pourra, Michael Nikolaievitch. Je ne peux risquer mes hommes et vous laisser partir à la recherche de quelqu'un qui est peut-être déjà mort. Il faut arrêter les Allemands, camarades. Je sais que, historiquement, notre meilleure défense a toujours été le pays lui-même. Sur le plan militaire, il vient toujours un moment où l'agresseur étend trop ses lignes de communication. C'est alors qu'il faut frapper. J'accepte ces deux propositions et j'ai une foi absolue dans l'avenir. J'ai reçu également l'assurance de l'aide de la Grande-Bretagne.

— L'Angleterre? dit Molotov d'un air de mépris. Churchill? Il nous déteste. Il nous a toujours détestés.

— Pas autant que les nazis, répliqua Staline.

— Quelle aide les Anglais peuvent-ils nous fournir? demanda Ivan.

— Une aide substantielle sur le plan matériel et également s'ils attaquent les Allemands en Europe. Mais ce n'est pas tout. Les Américains aussi m'ont promis leur aide. L'avenir est lumineux, mais la route sera longue et il ne sert à rien de savoir cela si nous sombrons en cours de route. Nous devons tracer une ligne au delà de laquelle nous ne permettrons plus aux Allemands d'avancer, même si pour cela nous devons mourir nous-mêmes le fusil à la main.

— Ils ne dépasseront jamais les monts Oural, affirma Beria.

Les quatre hommes présents se tournèrent vers lui.

— Ils n'arriveront pas jusqu'à Moscou, dit Staline, et

n'atteindront pas la Crimée. Quant à Leningrad, ils n'y rentreront jamais. C'est ma volonté et cela doit être la vôtre. Mais pour cela, il va falloir sacrifier une grande partie de notre pays et presque toute notre industrie lourde. Lavrenti Pavlovitch, je vous charge du démantèlement de toutes nos usines et de leur transplantation au-delà de l'Oural où vous les ferez reconstruire. Il faut que cela soit fait très rapidement afin d'empêcher les Allemands de s'en emparer ou de les détruire. Nous ne pouvons en aucun cas nous permettre d'avoir une baisse dans notre production. Si l'avance allemande n'est pas arrêtée prochainement — et je n'en vois pas les signes — alors je veux que cela soit accompli en deux semaines !

Ce fut au tour de Beria d'ouvrir de grands yeux.

— Deux semaines ? Deux semaines pour transplanter plusieurs centaines d'usines et les rebâtir ?

— Il faut qu'au bout de ce délai elles soient prêtes à produire de nouveau, lui rappela Staline.

— C'est tout à fait impossible.

— Je ne veux plus entendre prononcer ce mot, Lavrenti Pavlovitch. Je veux que cela soit fait. Vous avez carte blanche pour la réquisition d'hommes — à condition qu'ils ne soient pas d'âge à servir sous les drapeaux — de femmes et même d'enfants si besoin est. Mais je veux que cela soit fait.

Beria se tira l'oreille mais se tut.

— A votre tour, Viatcheslav Mikhailovitch, dit Staline à Molotov. Votre tâche consiste à vous assurer que les Japonais n'envahissent pas la Sibérie d'où ils pourraient aider leurs amis allemands. Nous ne pouvons certainement pas nous permettre de mener la guerre sur deux fronts, même si Hitler s'en croit capable. Offrez ce qui est nécessaire, mais garantissez-moi la paix à l'Est.

Molotov hocha la tête.

— Vous avez désigné trois points sur la carte au-delà desquels nous ne permettrons pas aux Allemands d'avancer, dit Michael Nej. N'est-ce pas un rêve, Joseph Vissarionovitch ? Si nous ne pouvons arrêter les Allemands en ce moment, alors que nos armées sont encore intactes, comment le pourrons-nous plus tard?

— Pour trois raisons, répondit Staline. D'abord Leningrad, Moscou et la Crimée sont tous trois à la limite des communications allemandes. Lorsqu'ils auront atteint ces points, ils seront mûrs pour essuyer une contre-attaque. Ensuite parce que nos armées ne sont pas prêtes pour la guerre en ce moment. Il faut que nous opérions une retraite afin de regrouper nos forces. Nous devons entraîner de nouveaux corps d'armées et faire venir des hommes de l'est dès que Viatcheslav Mikhailovitch nous donnera le feu vert. Enfin, il faut que ce soit notre volonté. Et notre volonté doit primer celle des chefs militaires. Je prendrai le commandement ici, à Moscou.

— Vous? s'écrièrent-ils tous ensemble.

Staline n'avait jamais jusqu'alors commandé d'opérations militaires.

Il sourit.

— Je garderai Timochenko comme chef de mon armée. Kroutchev ira dans le sud avec Boudienny. Cela fera un mélange d'expérience et de talent, n'est-ce pas?

— Et Leningrad? demanda Beria. Leningrad est le point le plus vulnérable. Si les Finlandais en venaient à se ranger du côté allemand...

— Les Finlandais *sont* avec les Allemands, annonça Staline. C'est ce que je viens aussi d'apprendre.

— Alors Leningrad est perdu.

— Non. Nous pouvons résister aux Finlandais et préparer la défense contre les Allemands. Michael Nikolaievitch, je vous envoie à Leningrad.

Michael releva la tête.

— Vous avez déjà combattu, et résisté, sans ravitaillement, avec une armée réduite, à un ennemi bien supérieur en nombre. Je veux que vous recommenciez. Je vous donnerai Vorochilov pour vous seconder.

Michael eut l'air de vouloir dire quelque chose, puis il se ravisa et fit simplement un signe de tête.

— Dès que nous aurons des nouvelles de votre fils ou de Tatiana Dimitrievna, poursuivit Staline, je vous en ferai part, je vous le promets. Je vous remercie, camarades. Vous avez tous une mission à accomplir. Je veux que vous vous y atteliez immédiatement.

— Vous ne m'avez rien assigné, Joseph Vissarionovitch, remarqua Ivan.

— Restez. J'ai à vous parler.

Les trois autres jetèrent un coup d'œil à Ivan en sortant de la pièce. Comme tout le monde en Russie, ils redoutaient l'intimité qui existait entre lui et le premier secrétaire du parti.

— J'avais prévu cela, dit Ivan. J'ai dit dès le début que c'était pure folie d'essayer de s'entendre avec Hitler.

— Oui, dit Staline. Et il semble que vous ayez eu raison.

— Si j'avais été commissaire du NKVD, j'aurais su ce qui allait arriver. Je vous aurais donné les dates, l'heure, les points précis de l'attaque. Cette catastrophe ne serait pas arrivée.

— Sans doute. Mais cela ne sert à rien de regarder en arrière. En temps de guerre, c'est la première erreur à éviter. Les Allemands ont décidé de nous faire la guerre : eh bien, nous allons en faire autant ! Cette équipe que vous avez entraînée, elle attend depuis trop longtemps. A mon avis, Trotsky n'était qu'un exercice. Et cela a été un succès.

— Nous avons perdu notre agent d'exécution.

— Il fallait s'y attendre. Par la nature même de leurs missions, ces hommes sont sacrifiés d'avance. A présent, je veux que vous les mettiez au travail.

Ivan secoua la tête.

— Ils ne parviendront jamais en Allemagne et encore moins auprès d'hommes aussi bien gardés que Hitler ou Göring.

— Je ne pense plus à des assassinats. Nous ne gagnerons pas cette guerre en tuant quelques hommes. Nous la gagnerons en détruisant les armées allemandes par tous les moyens que nous avons à notre disposition. En ce moment, d'après les renseignements qui sont en ma possession, nos soldats se dispersent chaque fois que les Allemands attaquent. Rares sont ceux qui se font tuer, beaucoup se rendent et un grand nombre est porté disparu. Que pensez-vous qu'il leur est arrivé ?

— Eh bien... dit Ivan avec précaution.

— Ils ont déserté. D'autres rapports prétendent que dans des endroits comme la Biélorussie et l'Ukraine, la population accueille les Allemands à bras ouverts.

— Vous pensez à Tatiana Dimitrievna ?

— Cela ne me surprendrait pas. Elle est bien trop cosmopolite. Mais je pense au peuple. Les Ukrainiens ont toujours manqué de patriotisme et les Russes blancs ne valent pas mieux. C'est la raison pour laquelle les Allemands avancent si facilement, Ivan Nikolaievitch. Nos soldats désertent et les civils fraternisent. Cela doit prendre fin. Vos hommes sont entraînés pour se battre, pour tuer, et ils sont loyaux. Vous les enverrez derrière les lignes allemandes par groupes de deux ou trois. Ils devront prendre le commandement de tous les soldats qui se cachent là-bas et de tous les civils dont ils auront besoin. Et ils devront faire du sabotage, des attentats, tous les moyens sont bons.

— Les Allemands se vengeront sûrement sur la population civile.

Staline sourit.

— Alors les civils seront contraints de se battre.

— Ce sera très dangereux. Les Allemands les tueront.

— Ils mourront comme des soldats, ce qu'ils auraient dû faire dès le début.

— Mais mes hommes...

— Vous pouvez en entraîner d'autres, Ivan Nikolaievitch. En fait, j'aimerais que vous commenciez tout de suite. Ne commettez pas l'erreur de trop vous attacher à eux. Il faut les utiliser et leur pays a besoin d'eux. Ne manquez pas à votre tâche, Ivan Nikolaievitch. Mettez-les au travail.

— Il y a un télégramme, dit Catherine Nej.

Elle se tenait près de la table et regardait son mari.

Sa fille Nona, aux traits forts comme ses ancêtres tartares qu'encadraient de magnifiques cheveux bouclés, se tenait de l'autre côté. Comme tout le monde en Russie, elles étaient hébétées par les événements des deux derniers jours et n'ignoraient pas que Michael revenait tout droit du Kremlin.

Michael prit machinalement l'enveloppe. Il pensait à ce qui l'attendait, à ce qu'il avait à faire. Il pensait aussi à ce qui avait bien pu arriver à Johnnie.

— Nous partons pour Leningrad, dit-il. Aujourd'hui même. Préparez vos affaires. Vous aussi, Nona. Vous irez à l'école à Leningrad.

— Leningrad?

Il hocha la tête et ouvrit l'enveloppe.

— Je dois y prendre le commandement de la défense. Les Finlandais se sont ralliés aux Allemands.

— Les Finlandais! s'écria Catherine.

— Oui. Et Joseph Vissarionovitch doute que nous puissions arrêter l'avance allemande avant que ceux-ci n'aient pénétré plus avant en Russie. Il veut que Leningrad résiste. C'est la tâche qu'il m'a assignée.

— Mais... nous n'aurons pas à combattre. Les Allemands n'atteindront jamais Leningrad. C'est à des centaines de kilomètres de la frontière.

Michael lui serra la main.

— Ce n'est pas à des centaines de kilomètres de la frontière lettonne, Catherine Pavlovna. Et les Lettons sont fascistes comme les Allemands. De plus la frontière finlandaise n'est pas si éloignée. Il se peut que nous soyons obligés de nous battre. Mais nous avons déjà combattu dans le passé.

— Nous étions jeunes alors, dit Catherine.

Elle regarda Nona qui était rouge d'excitation.

— Eh bien, nous nous battrons maintenant que nous sommes vieux, répliqua Michael. Ce n'est pas si différent, et nous aurons plus d'expérience et commettrons moins d'erreurs. Ce télégramme vient d'Angleterre. Ce doit être Clive Bullen qui demande des nouvelles de Tatie. Que vais-je pouvoir lui dire?

Il parcourut du regard la feuille de papier.

PROFONDÉMENT TOUCHÉ PAR LES NOUVELLES ET PRÉOCCUPÉ PAR LES PRÉTENTIONS ALLEMANDES STOP MINSK EST-IL TOMBÉ STOP PRIÈRE CONFIRMER SÉCURITÉ DE TATIANA, NATACHA ET JOHN STOP PRÉSUMEZ QUE BORIS ET JUDITH SONT RENTRÉS EN RUSSIE STOP PRIÈRE M'INFORMER DE TOUTE DÉMARCHE UTILE STOP GEORGE.

— George! Bien sûr! Ilona et lui étaient en route pour le mariage.

— Où sont-ils?

— A Londres. (Il fit claquer ses doigts.) Judith. Mon Dieu! Je l'avais oubliée.

— Boris est membre de l'ambassade de Paris, dit Catherine. Même les Allemands ne se permettraient pas une chose pareille. Ils seront renvoyés en Russie.

— Vous croyez? (Michael tapotait la table du bout des doigts.) George pourra les aider. Il est neutre. Oui...

Il prit un carnet de notes et se mit à composer un message.

MINSK EN PLEINE ZONE DE COMBATS STOP PAS DE NOUVELLES DE L'ACADÉMIE STOP PAS D'INFORMATIONS AU SUJET DES PETROV MAIS VOUS INFORMERAI DÈS QUE POSSIBLE STOP.

— George Hayman les retrouvera, affirma Catherine. Si quelqu'un peut les retrouver et les aider, c'est lui.

— Oui, dit Michael. Si quelqu'un peut le faire, c'est George. (Il se leva.) Maintenant, il faut que nous fassions nos valises. Nous devons prendre le train de ce soir pour Leningrad.

— Et vous?

— Je vais au bureau pour essayer de savoir ce qui est arrivé aux Petrov et pour envoyer ce câble.

— Mon Dieu.

Ilona se tenait près de la fenêtre de la chambre de l'hôtel. Elle regardait les arbres qui se balançaient doucement dans le parc. La journée était chaude et sèche. Selon les météorologues, c'était le mois de juin le plus beau depuis bien des années.

Et aussi le mois de juin le plus terrible.

George parcourait les télégrammes qui se trouvaient sur la table. Il avait la tête vide. Cette époque aurait dû être une période de réjouissances. Une réunion de famille en Russie. Et à présent... Il fallait qu'il se concentre. Malgré la teneur tragique du télégramme de Michael, il fallait d'abord s'occuper de l'autre. Il lut :

LE PRÉSIDENT A DÉCIDÉ D'OFFRIR AU KREMLIN TOUTE L'AIDE POSSIBLE Y COMPRIS UNE AUGMENTATION DES PRÊTS STOP IL EST IMPÉRATIF D'ÉTABLIR LA LISTE DES BESOINS LE PLUS TÔT POSSIBLE STOP ÉTANT DONNÉ VOTRE CONNAISSANCE DES DIRIGEANTS RUSSES ET VOTRE PRÉSENCE EN EUROPE VOUS PRIE D'ENTAMER LES NÉGOCIATIONS PRÉLIMINAIRES AVANT L'ARRIVÉE DE LA MISSION MILITAIRE STOP PRIÈRE CABLER VOTRE ACCEPTATION ET COMMENCER IMMÉDIATEMENT STOP WELLES.

Il ne pouvait être question de refuser. Mais la façon la plus rapide pour arriver en Russie était, pour un ressortissant des pays neutres, de traverser l'Europe, et pour cela...

— Paul... s'écria-t-il.

Ilona tourna la tête.

— Le jeune Paul von Hassel. N'est-il pas quasiment fiancé avec Svetlana ? Il doit savoir ce qu'ils sont devenus. Il a dû d'ailleurs se charger de toute cette affaire.

— Vous le croyez, George ? Vous le croyez vraiment ?

Elle revint s'asseoir à ses côtés.

— Bien sûr. Mais il vaudrait sans doute mieux que j'aille voir moi-même. John n'est pas en danger, bien sûr. Mais Tatie et ses filles sont considérées comme ennemies des Allemands. Je ne voudrais pas qu'elles soient envoyées dans un camp ou quelque chose de cet ordre. Plus vite je me rendrai à Berlin, mieux cela vaudra.

— Je vais faire les valises tout de suite.

— Ma chérie...

— Je viens avec vous, dit Ilona. Croyez-vous vraiment que je vais rester ici à Londres ?

— Non. Mais il faut penser à Felicity et à George junior. Et à vous ! L'Europe est un endroit plutôt misérable en ce moment. Après cette invasion de la Russie par les Allemands, qui peut prévoir d'où partira la prochaine catastrophe ? En tout cas, il faudra que je continue jusqu'à Moscou. Il se peut que je sois obligé de passer par des zones d'activité militaire...

— Et si vous devez être tué, vous préférez l'être tout seul.

— Ma chérie, ce ne sera pas très agréable, c'est tout. Croyez-moi, je n'ai aucune intention de me faire tuer.

— Mais vous avez l'intention de jouer au correspondant de guerre. Vous avez cela dans le sang. A votre âge, George, vraiment !

— Je suis parfaitement en forme. Et ceci est un véritable scoop. Ilona...

Le téléphone sonna et il décrocha le récepteur.

— J'ai un appel pour vous, monsieur Hayman, annonça le standardiste de l'hôtel. Un certain colonel Bullen. Le prenez-vous ?

— Bien sûr. Clive ? Où êtes-vous ?

— Je suis à Bristol. J'ai essayé de vous joindre toute la journée. Avez-vous appris la nouvelle ?

— Bien entendu.

— Je veux dire en ce qui concerne Tatie ?

— Je sais qu'elle est portée disparue.

— Elle est prisonnière des Allemands. Ils l'ont annoncé à la radio il y a un instant : pendant la bataille de Minsk, la célèbre danseuse Tatiana Nej et toute sa troupe de ballets sont tombées aux mains des Allemands.

— Dieu merci, dit George.

— Comment ?

— Nous savons au moins qu'elle est vivante. John est avec elle, vous savez.

— Mon Dieu, oui. Le mariage ! J'avais oublié. George...

— Je pars pour l'Allemagne sur-le-champ, dit George. Je ne sais pas ce que je vais pouvoir faire, mais si c'est humainement possible, je m'arrangerai pour la voir. Je vous en donne ma parole. Je m'assurerai qu'ils sont bien traités.

— Oui, dit Clive. Si seulement il y avait une possibilité de les faire libérer. Pourquoi garder une troupe de ballets ? Croyez-vous qu'il y ait une chance pour qu'on puisse les échanger ?

— Je verrai ce que l'on peut faire. Mais j'ai l'impression que cette guerre n'est pas comme celles que nous avons connues. Il n'y a pas simplement deux armées qui se battent et qui se conduisent correctement avec les civils.

— Je sais. Mais tout de même, Tatie est aussi populaire en Allemagne qu'en Russie.

— Vous avez raison sur ce point. Ne vous inquiétez pas, Clive, je vous avertirai dès que je saurai quelque chose. Où puis-je entrer en contact avec vous ?

— Je serai en Russie.

— En Russie ?

— Maintenant que nous sommes alliés, nous allons leur fournir toute l'aide possible. Je fais partie de la mission envoyée là-bas. Nous partons demain. Ainsi je serai sur place, si vous parvenez à la faire libérer.

— Oui, dit George pensivement. Comment diable vous rendrez-vous en Russie avec l'Europe qui est tout entière sous le contrôle de l'Axe ?

— Par le pôle Nord, je crois. Ne vous en faites pas. J'y arriverai. Retrouvez seulement Tatie.

— J'essaierai. (Il tourna la tête en entendant frapper à la porte.) J'ai une visite, je vous laisse. Bon voyage. (Il raccrocha.)

Ilona avait déjà ouvert la porte et revenait avec un télégramme.

— C'est de Michael.

— Peut-être ont-ils franchi les lignes. (Il arracha presque le télégramme des mains d'Ilona et l'ouvrit.)

PETROV EXTRADÉ DE FRANCE AVEC TOUTE L'AMBASSADE STOP JUDITH ARRÊTÉE PAR GESTAPO STOP A BESOIN D'AIDE STOP MICHAEL.

John Hayman regarda l'homme qu'il venait de tuer. Dans sa main, il tenait toujours le poignard, mais celui-ci ne brillait plus. Sa main était poisseuse et sentait une odeur qu'il ne connaissait pas.

Il n'avait encore jamais tué d'homme. Il se sentit mal.

— Johnnie! Johnnie! Est-ce que ça va?

Natacha aurait pu être une étrangère. Mais elle tenait le fusil qui avait appartenu à la sentinelle.

— Il faut nous dépêcher, dit-elle. Svetlana est à côté.

Il essaya de parler, mais il avait la bouche sèche. Il fit un signe de tête affirmatif.

Natacha se dirigea vers la porte et examina la fermeture. Il y avait un cadenas.

— Passez-moi le poignard.

— Il est... (Il se passa la main sur la bouche et faillit vomir.) il est plein de sang.

— Du sang allemand, dit-elle.

Elle le lui prit des mains et se mit à crocheter la serrure. Ils entendirent du bruit à l'intérieur.

— Qui est là? murmura Svetlana.

— Moi, dit Natacha. Et Johnnie. Chut!

— Mais...

— Chut, répéta Natacha. (Le cadenas céda et la porte s'ouvrit.) Venez.

— Mais... où allez-vous?

— Nous partons d'ici.

Natacha lui prit la main et l'attira dehors.

— Mais...

Svetlana vit le cadavre de l'Allemand et regarda Natacha qui était toute nue.

— C'était nécessaire, dit Natacha durement. Johnnie l'a tué. Maintenant, nous devons fuir.

— Mais il n'y a nulle part où aller. D'ailleurs...

— D'ailleurs, vous n'êtes pas en danger, dit Natacha. Mais nous, nous le sommes. On va envoyer votre mère en Allemagne demain pour la pendre. Ne comprenez-vous donc pas que Hannah et Rivka ont déjà été fusillées? Et ils veulent transformer en putains le reste de la troupe. Vous ne comprenez pas cela?... (Elle respirait difficilement.) On m'a déjà violée.

Svetlana continuait à la regarder fixement.

— Alors nous partons et il faut que vous veniez avec nous. Dites-nous où se trouve votre mère.

173

— Elle... (Elle fit un signe vers la maison qu'ils venaient de quitter.) Elle est là-dedans.
— Avec les officiers allemands ?
Svetlana acquiesça.
— Alors, il va falloir les tuer tous.
— Eh, attendez un moment! dit John.
— Ce sont nos ennemis, dit Natacha. Les vôtres autant que les miens. Vous en avez déjà tué un.
John regarda Svetlana.
— Est-ce vrai? demanda-t-elle. Vous en avez vraiment tué un?
— Je n'avais pas le choix, expliqua John.
— Et au lieu de rester là, nous devrions être en train d'en tuer d'autres. (Soudain, elle devint une étrangère.) Où se trouve votre mère exactement?
— A l'étage. Dans la chambre du fond. C'est là que je l'ai vue.
— Elle doit toujours y être. Maintenant, écoutez-moi, Svetlana. Allez à la cuisine et réveillez les filles. Dites-leur de se tenir tranquilles, mais d'être prêtes dès que nous les appellerons. Vous pouvez faire cela?
Svetlana hésita, puis hocha la tête.
— Alors attendez dans la cuisine que nous venions vous chercher. Et maintenant, Johnnie, il faut que vous et moi sauvions Tatiana Dimitrievna.
— Dans une maison pleine d'officiers allemands?
Comme cela avait paru simple quelques instants plus tôt. Comme une aventure de gosses. Mais c'était avant qu'il n'ait du sang sur les mains.
Natacha s'agenouilla à côté de la sentinelle morte.
— L'un d'eux est déjà mort.
— Vous... vous l'avez tué?
— Il m'avait violée, dit-elle en tirant sur l'équipement de la sentinelle. Il m'a pris la seule chose vraiment intime que je possédais et que je vous destinais, Johnnie. Je n'ai eu aucun remords de le tuer et vous n'en aviez pas en tuant cette sentinelle.
— J'en suis malade, dit Johnnie.
— C'est compréhensible. Mais en temps de guerre, c'est un sentiment qu'il faut dominer.

Elle se releva, tenant à la main quatre grenades et le ceinturon avec les cartouches.

— Comment saviez-vous où elles se trouvaient ?

— J'ai vu des photographies de soldats allemands. Savez-vous vous servir de grenades ?

— Vous tirez une goupille, comptez jusqu'à quatre et vous la lancez. Cela paraît simple, n'est-ce pas ?

— Si vous en avez le courage, dit-elle en lui tendant le poignard.

Il secoua la tête.

— Je ne me servirai plus de cela. Je ne peux pas. Donnez-moi le fusil. Je faisais partie de l'équipe de tir à l'Université.

Elle serra le fusil contre elle, comme si elle avait peur de le lâcher.

— Je sais où trouver un pistolet, dit-elle. Venez.

Elle se dirigea vers la maison, ouvrit une porte et entra, suivie de John. Elle referma la porte derrière elle.

— Ne devrions-nous pas la laisser ouverte ?

Elle secoua la tête.

— Il pourrait y avoir une deuxième sentinelle, dit-elle en ouvrant la porte du bureau.

Johnnie l'attendit à la porte.

Natacha pénétra dans la pièce, heurta une chaise et la renversa. Il retint son souffle mais rien ne se produisit. Puis il découvrit qu'il se trouvait en présence d'un homme mort, étendu tout nu sur le plancher, baignant dans une mare de sang : c'était l'homme qui avait violé Natacha et qu'elle avait tué.

Natacha lui mit le Luger dans la main.

— N'ayez pas peur de vous en servir. Il y a plusieurs cartouches dedans.

— C'est de la folie, dit Johnnie. Ils sont trop nombreux.

— En dehors de vous, ils n'ont que des femmes comme prisonnières, dit Natacha. Nous bénéficierons de l'effet de surprise. (Elle lui prit les mains et l'attira contre elle.) Johnnie, il faut réussir ou mourir. Il n'y a pas d'autre possibilité. Impossible de se rendre : vous

175

avez tué un Allemand et moi aussi. S'ils nous prennent, ils nous tortureront à mort, ce qu'ils feront avec Tatiana Dimitrievna si nous ne la délivrons pas. Ils tueront aussi les filles, ne serait-ce qu'avec la maladie, Johnnie. Vous n'avez pas le droit de reculer.

Il poussa un soupir et acquiesça.

— Vous devez trouver que je ne vaux pas grand-chose.

— Je trouve que vous êtes magnifique. Il faut seulement se résoudre à agir, à faire quelque chose de terrible, quelque chose que vous n'avez encore jamais envisagé de faire, mais c'est une chose nécessaire, Johnnie.

— Oui. Je suis prêt, Natacha, je vous le promets.

Ils ressortirent dans le vestibule et entendirent des pas au-dehors.

— Mon Dieu! murmura Johnnie. Une autre sentinelle.

— Je me doutais qu'il y en aurait plus d'une.

— Il va trouver l'homme mort et donner l'alarme.

— Il faut que nous nous occupions de lui d'abord. (Elle hésita, puis donna le fusil à Johnnie ainsi que le ceinturon et les grenades.) Je vais le faire. Donnez-moi le poignard.

— Natacha...

— Allez chercher Tatiana, dit-elle d'un air féroce. Et venez me retrouver ici. Donnez-moi le pistolet aussi. Maintenant, partez.

Il hésita et la vit ouvrir doucement la porte. Les pas s'arrêtèrent et l'Allemand demanda :

— Qui va là ?

— Une femme solitaire, dit Natacha, et elle sortit dans la cour.

Johnnie monta les escaliers en courant, entendit des ronflements qui venaient des premières chambres et aperçut une porte au fond du couloir. Il essaya de l'ouvrir.

— Qui est-ce ? murmura Tatie.

— John. Attendez un instant.

Il allait devoir faire sauter la serrure avec la crosse du fusil, mais cela ferait du bruit.

Un hurlement s'éleva de la cour. Pendant un instant, il fut paralysé, croyant qu'il s'agissait de Natacha, puis il comprit que c'était l'Allemand. Mais tout le monde avait dû entendre le cri. Il n'y avait plus de temps à perdre.

— Reculez-vous! cria-t-il. (Il tira dans la serrure, la porte s'ouvrit et Tatie sortit en courant.)

— Johnnie, cria-t-elle. Oh, Johnnie!

Elle se jeta dans ses bras. Derrière eux, la porte d'une chambre s'ouvrit.

— Que se passe-t-il? demanda une voix en allemand.

Johnnie fit feu par-dessus l'épaule de Tatie. L'homme poussa un grognement de surprise et s'écroula dans la chambre. Johnnie entendit quelqu'un crier vers la droite.

— Descendez, dit-il à Tatie.

Il voyait Natacha qui se tenait dans l'encadrement de la porte d'entrée. Elle lui fit un signe, puis partit en courant vers la cuisine où se trouvaient les filles. Tatie était au milieu des escaliers quand une deuxième porte s'ouvrit. Johnnie tira en tenant le fusil à la hanche et entendit d'autres cris. Mais la porte resta ouverte. Il prit une des grenades, arracha la goupille avec ses dents et compta jusqu'à quatre. Ce furent les plus longues secondes qu'il ait jamais vécues. Un autre homme apparut dans l'encadrement de la porte. Il était en sous-vêtements, mais tenait un Luger à la main. John lança avec force la grenade sur lui, comme un joueur de baseball. L'homme se baissa, mais la grenade heurta son épaule et le projeta à l'intérieur de la pièce. Quelqu'un hurla « grenade! », puis il y eut une violente explosion. John, aveuglé, vacilla et tomba dans les escaliers. Tatie l'attendait en bas et le remit sur pied.

— C'était magnifique, dit-elle. Attention.

Elle avait élevé la voix. Un autre homme était sorti d'une chambre en haut et les regardait, un pistolet au poing. Il y eut un éclair et quelque chose frappa le mur derrière Johnnie. Mais il réagit aussitôt et tira. L'homme s'écroula et dévala l'escalier. Le Luger atterrit à côté de Tatie qui le ramassa.

— J'ai toujours rêvé d'en avoir un, dit-elle.

— Venez, supplia Johnnie.

Il ouvrit la porte et courut au-dehors. Immédiatement, un coup de feu claqua, venant de l'étage. Il se rejeta contre le mur. Tatie se trouvait déjà à côté de lui. Ils virent les filles sortir de la cuisine.

— Abritez-vous ! hurla-t-il.

Natacha hésita et regarda dans la cour. Plusieurs détonations retentirent et une des filles poussa un cri avant de s'écrouler.

— Mon Dieu ! dit Tatie.

Les autres s'étaient de nouveau précipitées dans la cuisine. Elles ne pourraient pas traverser la cour, tant que celle-ci serait sous le feu des hommes embusqués à l'étage et bientôt l'alarme serait donnée.

— Restez là jusqu'à ce que vous entendiez l'explosion, puis faites-les sortir, dit John à Tatie.

— Où pouvons-nous aller ? Nous sommes entourés d'Allemands.

— De l'autre côté de la rivière.

— Dans les marais ?

— Ils ne nous trouveront pas là-bas. Après la rivière, il y a la forêt. C'est ce qu'il y a de mieux. Conduisez-les jusque-là.

Au-dessus de sa tête, les Allemands tiraient encore et il entendit des sifflets au loin.

— Et vous ? demanda Tatie.

— Je serai derrière vous. A présent, dépêchez-vous.

Il retourna à l'intérieur, enjamba le corps d'un officier mort et sentit l'odeur âcre de la poudre et de l'incendie qui ravageait la chambre où la grenade avait explosé. Il plaça un nouveau chargeur dans le fusil, monta les escaliers en courant, se trouva nez à nez avec un Allemand qui s'apprêtait à descendre et le tua à bout portant. Derrière lui, d'autres surgirent, mais les Luger ne pouvaient rien contre le fusil automatique. Il s'élança vers eux en tirant. La sueur coulait sur sa poitrine. Arrivé à la porte, il tira encore une fois et l'homme à la fenêtre s'écroula en poussant un hurlement. Johnnie courut jusqu'à la fenêtre, se pencha dehors et cria :

— Allez-y maintenant!

Il y eut le ronflement d'un moteur et un camion entra dans la cour. Des hommes en sautèrent. Ils n'étaient pas habillés, mais ils étaient armés. Johnnie avait déjà dégoupillé une deuxième grenade qu'il lança sur le camion. Une immense flamme s'éleva et le camion prit feu. Il vit Natacha et les filles s'enfuir vers l'arrière de la cour, suivies de Tatie. John quitta la fenêtre et courut vers l'arrière de la maison. Il se trouva face à face avec un homme non armé, sans doute l'ordonnance des officiers, qui regardait avec ahurissement le carnage autour de lui.

— Ne tirez pas, cria-t-il, je n'ai pas d'arme.

Il était allemand et il se trouvait sur son chemin. John lui logea une balle dans la tête.

Son cœur battait à tout rompre. Il sortit en courant par la porte de derrière, contourna la porcherie et se trouva en terrain découvert. Derrière lui, il entendait les coups de sifflets, les moteurs des camions, les cris des hommes et même quelques coups de feu. Les Allemands croyaient à une contre-attaque des Russes et ils étaient plus soucieux d'organiser leur défense que de savoir ce qu'étaient devenues les filles de l'académie. A son grand soulagement, la lune se cacha derrière un nuage et la nuit devint soudain très noire.

Ses yeux s'accoutumèrent bientôt à l'obscurité et il aperçut les filles devant lui qui couraient à travers un champ, évitant les vaches qui les regardaient d'un air ahuri. Il se força à avancer, refusant de penser à ce qu'il venait de faire cette nuit. Il était directeur de la rubrique « sports » d'un journal, pas militaire. Dans son adolescence, il s'était intéressé aux armes et avait été fier de son habileté comme tireur. A l'université, il avait même songé à faire carrière dans l'armée. Il croyait alors être le fils d'un prince. Mais quand il apprit qu'il était celui d'un commissaire russe, il renonça à cette idée et se consacra uniquement aux échecs.

Et aujourd'hui, il venait de tuer plusieurs hommes, dont deux au moins de sang-froid.

Les filles devant lui s'arrêtèrent en atteignant les marais.

— Oh! s'écria Nina Alexandrovna. C'est mouillé et détrempé.

— Je m'enfonce, gémit une voix.

— Chut! commanda Natacha. Taisez-vous. Johnnie? Johnnie? Etes-vous là?

Il courut jusqu'à elle et sentit qu'il s'enfonçait dans la boue.

— Ecoutez, dit Tatie.

La fusillade derrière eux se calmait.

— Oui, dit Johnnie. Ils vont bientôt comprendre qu'ils n'ont pas été attaqués et, d'ici peu, ils se mettront à notre recherche.

— L'aube va se lever dans deux heures, dit Natacha.

— Et nous serons ici, coincés dans la boue. Ils vont tous nous tuer, dit Lena Vassilievna. J'en suis sûre.

— Oui, dit Natacha. Ils vont tous nous tuer. Alors, si vous ne voulez pas mourir, suivez-moi. Nous allons traverser la rivière.

— La rivière? Je ne sais pas nager.

— Moi non plus, dit une autre fille.

— Celles qui savent vous aideront. Vous n'avez pas le choix. Vous ne comprenez pas? C'est la rivière ou une balle allemande. Venez.

— Natacha Feodorovna a tout à fait raison, dit Tatie, prenant les choses en main. Nous n'avons pas le choix. Suivez-nous. Je sais nager. Les filles qui ne savent pas doivent rester près de moi.

— Je sais nager aussi, dit Natacha.

— Et moi! Et moi...

— Vous voyez, reprit Tatie. Il n'y a pas lieu de s'inquiéter. Johnnie?

— Je vais fermer la marche.

— Restez à proximité.

La confiance que Tatie manifestait en elle-même était

magnifique. Johnnie s'avança derrière les filles qui poussaient de petits cris étouffés lorsque leurs pieds nus, s'enfonçant dans la vase, rencontraient une pierre ou une racine. Bientôt ils furent tous dans l'eau jusqu'à la taille et purent nager. Johnnie mit son fusil en bandoulière et se mit à nager près de deux filles qui s'agrippaient l'une à l'autre en haletant et en suffoquant.

Il entendait les coups de sifflets derrière eux. La fusillade avait complètement cessé.

Puis il entendit les aboiements des chiens.

Le clapotis devant lui s'accentua. Les filles aussi avaient entendu.

— Ne vous arrêtez pas. Ils perdront notre trace lorsque nous aurons traversé.

Quelqu'un cria : « Au secours ! » Johnnie laissa les deux filles qu'il suivait et se dirigea vers l'endroit d'où venait l'appel. Une main s'agitait dans l'obscurité et il arriva à la hauteur de la fille. Il ne pouvait voir son visage couvert par ses cheveux, mais il la saisit sous les aisselles et lui mit la tête hors de l'eau. Elle battait des mains et des pieds, les jambes tendues : il comprit qu'elle avait une crampe.

— Détendez-vous ! Je vais vous sortir de là.

Il la mit sur le dos et, la tenant toujours sous les bras, se mit à nager. Mais elle se raidit encore, poussa un nouveau cri et s'enfonça avec un soubresaut. Il fit un effort désespéré pour la ramener à la surface. Elle battait des bras avec une telle force que Johnnie coula à son tour. Lorsqu'il refit surface, elle était à plusieurs mètres de lui. Il s'élança vers elle et, bientôt, toucha le fond avec ses pieds. L'instant d'après, il fut entouré par les autres filles qui les hissèrent, lui et la fille, sur le rivage.

— Johnnie ! (Natacha lui prit le bras tandis qu'il s'agenouillait et vomissait pour essayer de chasser l'eau de ses poumons.) Johnnie ? Ça va ?

— Ça va, dit-il en haletant. Et elle ?

Quatre filles la hissaient sur la berge. Elles l'étendirent sur l'herbe. Il se traîna vers elles.

— Elle ne respire plus.
— Ecartez-vous, dit Tatie.

Elle s'agenouilla et, enjambant la fille, elle lui fit faire des mouvements respiratoires avec les bras en lui appuyant sur le ventre. Elle poussa un soupir.

— Mes pauvres filles! Mes pauvres filles!
— Il vaut mieux mourir noyée que de vivre esclave des Allemands, dit Natacha. Nous ne pouvons plus rien pour elle, Tatiana Dimitrievna. Il faut penser à vivre. Il faut avancer. Ecoutez!

Derrière eux, des coups de sifflets et les aboiements des chiens se rapprochaient. Bientôt ils distinguèrent le bruit d'un moteur. Un projecteur s'alluma et éclaira la berge à plusieurs centaines de mètres en amont, car le courant les avait déportés. Mais la lumière progressait rapidement dans leur direction.

— Dépêchons-nous, dit Johnnie en se levant et en entraînant Tatie.
— Où pouvons-nous aller? demanda Nina Alexandrovna.

Johnnie regarda Natacha.

— La forêt, dit-elle. Ils ne nous trouveront pas dans la forêt.

Ils atteignirent l'orée de la forêt au moment où les premières lueurs de l'aube éclairaient l'horizon. Les filles étaient au bord de l'épuisement. Leurs jambes avaient résisté, grâce à la danse, mais leurs vêtements étaient en charpie, déchirés par les buissons. Elles avaient faim et soif mais, pour l'instant, elles étaient en sécurité. John, qui fermait la marche et qui aidait celles qui tombaient, vit soudain le projecteur piquer à un angle impossible. Le camion avait dû trop s'approcher de la berge et s'enfoncer dans la vase. Puis les aboiements s'éloignèrent. Ils traverseraient sans aucun doute la rivière plus tard pour reprendre la piste, mais cela présenterait des difficultés pour des hommes qui n'étaient pas prêts à traverser à la nage. Et le pont le plus proche se trouvait à des kilomètres de là.

Que faire maintenant? Johnnie était étendu sous les

arbres. Devant eux s'étendaient une forêt et des marais dans lesquels une armée, même importante, pouvait se perdre. Il était peu probable que les Allemands s'y aventurent à leur poursuite. Mais comment y vivre ? Ces filles n'étaient pas des pionniers, pas même des paysannes. Et elles n'avaient jamais fait partie des komsomols. Tatie avait toujours considéré qu'elles étaient au-dessus de ce genre de choses et elles n'avaient même pas appris les rudiments du camping. Leur monde était celui de la scène et des applaudissements... un monde de luxe où leurs moindres besoins matériels étaient satisfaits. Lui non plus n'avait pas eu la vie dure. Il ignorait s'il serait capable de faire le nécessaire pour survivre.

Mais, quelques heures auparavant, il ignorait qu'il pouvait tuer. Natacha aussi.

Il se leva.

— Il faut que nous nous remettions en route.

Elles le regardèrent toutes sans mot dire. Même Tatie se contenta de cligner des yeux. Il ne l'avait jamais vue ainsi. Ses magnifiques cheveux étaient en désordre, son visage était couvert de boue.

Natacha fut la première à se lever. Elle était dans le même état que Tatie et en outre elle était nue. Johnnie prit tout à coup conscience que durant toute cette nuit extraordinaire, il ne s'était pas aperçu de sa nudité. Il enleva sa veste trempée et la lui posa sur les épaules. Elle n'y prit pas garde.

— Johnnie a raison, dit-elle. Les chiens seront bientôt sur notre piste une fois de plus.

— Et s'ils nous attrapent, dit Nina Alexandrovna, ils nous mettront en pièces.

— Ils ne nous trouveront pas si nous nous enfonçons plus avant dans la forêt, assura John.

— Mais nous mourrons de faim, gémit Lena Vassilievna. J'ai tellement faim. J'ai mal au ventre. Oh, j'ai si faim.

— Je croyais que c'étaient vos pieds qui vous faisaient souffrir, lança Natacha sans aménité.

— J'ai aussi mal aux pieds, mais pas autant qu'au ventre.

— C'est parce que vous n'avancez plus. Si vous vous relevez, vous aurez de nouveau mal aux pieds et vous n'aurez pas le temps de penser à votre faim. Allons! Nous...

Elle s'arrêta de respirer en entendant un déclic métallique qui résonna dans l'air du matin. Elles tournèrent toutes la tête.

John fit de même, en prenant garde de ne pas avancer les mains en direction de son fusil. Il vit un soldat russe qui les menaçait de son arme, puis trois autres hommes dont un sergent embusqué sur un petit monticule les dominant.

— Qui êtes-vous? demanda le sergent.

— Nous venons de l'académie, dit Natacha. Nous nous sommes enfuis. Et vous?

— Nous faisons partie de la neuvième armée. Du moins ce qui en reste!

— Alors, nous allons nous joindre à vous, dit Natacha. Nous rejoindrons nos lignes avec vous.

— Nos lignes? (Le sergent fit la grimace.) Il n'y a pas de lignes, camarade. L'armée russe n'existe plus. Les Allemands ont contourné cette forêt car elle n'a pas d'importance pour eux et se dirigent vers Moscou. Il n'y a rien que nous puissions faire maintenant. Et nous n'avons pas de nourriture à partager avec des réfugiés civils. Il faut vous débrouiller toutes seules.

— Si vous nous abandonnez, nous mourrons de faim, dit Natacha.

— Ce sont des choses qui arrivent en temps de guerre, conclut le sergent, et il se détourna.

Natacha se tourna vers John qui observait le sergent d'un air indécis. Tuer des Allemands était une chose. S'attaquer à des soldats russes pour des miettes de pain en était une autre!

— Attendez! dit Tatie en se relevant. (Les hommes la regardèrent en fronçant les sourcils, étonnés de l'autorité de sa voix.) Je suis Tatiana Nej. A partir de maintenant, vous obéirez à mes ordres, camarade sergent.

— Camarade Nej ? (Le sergent se tourna vers elle. Il connaissait certainement sa photographie.)

— Oui. Mon mari est le commissaire adjoint à la sûreté Ivan Nej et mon beau-frère est le commissaire Michael Nej, vice-président du parti communiste. Vous obéirez à mes ordres, sergent.

Le sergent hésita.

— Nous n'avons pas de vivres, marmonna-t-il. Nous ne pouvons espérer survivre que si nous restons seuls.

— Sornettes ! Il vous sera bien plus facile de survivre en compagnie de jolies filles. Nous vous accompagnons, camarades. Ensemble, nous formerons notre propre armée, ici, dans la forêt !

7

— Nous ne pouvons pas rester ici, fit remarquer le sergent. C'est trop près de la rivière et les Allemands vont certainement vous poursuivre.

— Regardez mes filles, dit Tatie. (Elles gisaient ici et là sur le sol boueux, trop épuisées pour s'inquiéter de leur tenue, bien qu'à présent il fasse parfaitement jour.) Elles ont besoin de manger et de boire.

— Il n'y a rien ici, camarade commissaire. A l'intérieur de la forêt... (Il haussa les épaules.) Nous avons un peu de nourriture et il y a un ruisseau avec de l'eau claire.

— Eh bien, allons-y ! A quelle distance est-ce ?

Il haussa encore une fois les épaules en regardant les filles.

— A sept kilomètres.

— Sept kilomètres ?

Lena Vassilievna fondit en larmes.

— C'est une grande forêt, fit remarquer le sergent sans grande nécessité.

— Il faut nous enfoncer dans cette forêt, si nous voulons être en sécurité, déclara Natacha en se levant.

Le sergent et ses hommes n'arrivaient pas à détacher leur regard de ses jambes. Elle feignit de ne pas le remarquer.

— Allons, dit-elle. Venez.

Ils avancèrent, guidés par le sergent et suivis de Tatie et des filles qui trébuchaient derrière. Les trois soldats les aidaient avec empressement, laissant leurs mains s'égarer autour de leurs tailles, frôlant leurs cuisses et leurs seins. John, qui fermait la marche avec Natacha, se dit que le destin de ces filles était inévitable, en présence des Allemands ou de leurs compatriotes.

— J'ai peur que nous ayons un problème, dit John.

Il voulait à tout prix rétablir le dialogue avec Natacha, retrouver un peu de leur intimité. Mais cela serait sans doute difficile.

— J'y pensais. Tout dépend du temps qu'il nous faudra rester dans cette forêt. Combien de temps les armées russes mettront-elles pour parvenir jusqu'à nous ? Qu'en pensez-vous ?

— Je ne crois pas que l'armée russe se ressaisisse avant une semaine ou deux.

— Alors, il faudra régulariser notre situation. Nous ne pouvons pas tolérer une telle promiscuité. Chaque homme devra choisir une fille et coucher avec elle seule.

Elle disait cela sur un ton tout à fait prosaïque. Mais il se rendait compte que toute sa réaction, depuis le début de ces événements, était la même. Elle avait eu aussi peur que lui dans la maison lorsque les obus avaient éclaté. Elle avait été tout aussi ahurie que les autres à l'arrivée des SS. Mais entre le moment où elle avait été fouettée et celui où elle avait été violée, elle avait changé. Bien des femmes se seraient effondrées devant tant de douleur et d'humiliation. Mais Natacha Brusilova avait réagi par la colère et en montrant du caractère. Cette Natacha-là n'était plus la fille dont il était tombé amoureux. Mais peut-être était-elle encore plus précieuse s'il avait assez de caractère pour la conquérir. Il aurait voulu lui dire ce qu'il ressentait mais ne pouvait penser à rien qui ne paraisse banal. Alors il dit la seule chose qui lui venait à l'esprit.

— Il n'y a que quatre hommes pour vingt-cinq filles !
— Oui, convint-elle, le visage soudain dur. (Il devina qu'elle pensait aux deux filles qu'ils avaient laissées sur la berge, à celle qui s'était écroulée dans la cour et aux trois juives.) D'autres hommes se seront enfuis dans la forêt.

Elle avait raison. Après plusieurs heures de marche, ils atteignirent une clairière et furent entourés par une cinquantaine de soldats qui regardèrent les filles avec des yeux avides.

— Il faut que je parle à Tatiana Dimitrievna.

Natacha se hâta vers Tatie. John en profita pour s'asseoir. Les filles hâtèrent le pas en voyant le ruisseau à travers les arbres. Il posa le fusil sur ses genoux et observa les hommes qui s'étaient assemblés autour de lui. Leurs vêtements étaient couverts de boue comme les siens et beaucoup n'avaient pas d'arme. Ils ne posèrent aucune question. Cela lui aurait donné le droit de les questionner à son tour.

Peu à peu, ils s'éloignèrent pour aller observer les filles qui trempaient leurs pieds endoloris dans le ruisseau, se désaltéraient et, oubliant toute pudeur, lavaient leurs jambes et leurs cheveux dans l'eau limpide.

Bientôt, chacune d'elle appartiendrait à un homme, pensa John. Natacha avait parlé à Tatie et celle-ci fit signe au sergent et aux soldats les plus âgés de venir la rejoindre. Ils l'écoutèrent avec beaucoup d'intérêt. D'ici peu, un marché aux esclaves aurait lieu en pleine forêt — à cette différence près que les filles, après toutes ces aventures, n'auraient aucune répugnance à s'accoupler avec un homme — pas même Lena Vassilievna.

Et Johnnie Hayman ? Il s'étendit sur le dos, et son regard voyait le ciel à travers le feuillage; un ciel sans nuages, mais qui était loin d'être vide. Un petit avion de reconnaissance patrouillait dans le ciel, à la recherche des jeunes femmes impudentes qui avaient osé défier la puissance du Reich. Le pilote allait les localiser sans peine et les troupes allemandes seraient là dans quelques heures : impossible de se convaincre que l'on serait encore en vie demain, à cette heure-ci. Tout cela ressemblait à un cauchemar qui se prolonge après le réveil. Il était américain, citoyen d'un pays qui avait refusé de participer à la barbarie qui désolait l'Europe tout entière. Il n'était venu que pour chercher sa fiancée. Et en si peu de temps, il avait tué plusieurs hommes, et sa fiancée...

Natacha venait vers lui portant un bidon d'eau et la moitié d'un pain, ses longues jambes musclées dépassant de sa veste qui menaçait à chaque instant de s'entrouvrir et de révéler sa nudité. Elle pouvait peut-être encore devenir sa compagne, s'il l'osait. Mais elle n'était plus sa promise.

Elle s'agenouilla à côté de lui et lui tendit le pain.

— Tatiana Dimitrievna les a convaincus de partager leurs rations. Mais demain, ils seront obligés d'aller chercher de la nourriture. Nous aussi, d'ailleurs. Mais c'est si agréable de pouvoir penser à demain.

Il rompit le pain en deux et lui donna sa part. Il mâcha la sienne lentement : en voyant le pain, il avait senti à quel point il avait faim.

— Ou bien préférez-vous ne pas penser à demain, Ivan Mikhailovitch ? demanda-t-elle doucement.

— Je veux penser à aujourd'hui. Demain n'arrivera peut-être jamais.

Elle le regarda tout en finissant son pain, puis elle se leva.

— Oui, dit-elle, et elle s'éloigna dans la forêt.

Il la suivit du regard, incertain quant à ses intentions, ne voulant en aucun cas empiéter sur son intimité. Mais elle s'arrêta et regarda par-dessus son épaule. L'instant d'après, il se leva et la suivit, regardant à son tour par-dessus son épaule si quelqu'un les observait. Puis il comprit que cela n'avait aucune importance, que seuls comptaient Natacha et lui, ainsi que tous les moments qu'ils pourraient encore partager ensemble.

Elle s'agenouilla derrière des buissons, enleva sa veste et la posa sur le sol derrière elle.

Il s'agenouilla à ses côtés et elle ouvrit les yeux.

— Prenez-moi, Johnnie, comme lui m'a possédée. Caressez-moi partout où il m'a touchée. Faites-moi tout ce qu'il m'a fait, vous ferez cela tellement mieux que lui. (Elle remarqua son hésitation et le prit par les épaules pour l'attirer contre elle.) Ce sera mieux, parce que je vous aiderai. Parce que nous sommes vivants. Nous avons tellement plus de chance que les morts et que tous ceux qui vont mourir. Nous sommes vivants !

Ivan Nej parcourait lentement les couloirs de la Lubianka. Il ne parlait à personne, ne saluait personne. Ceux de ses policiers qui le rencontraient le saluaient et poursuivaient leur chemin. Comme tous les autres dirigeants du parti, il était effondré par l'invasion nazie, par cette facilité avec laquelle les armées allemandes avaient démantelé le front russe, enfin par l'immensité de la catastrophe qui s'était abattue sur le pays.

Et ce n'était rien au regard de ses malheurs personnels. Tatie morte ou, au mieux, prisonnière des Allemands. Svetlana de même. Et maintenant, il avait reçu l'ordre d'envoyer Gregory lui aussi à une mort certaine. En effet, de toutes les Républiques qui composent l'Union soviétique, l'Ukraine et la Biélorussie sont les moins patriotes, les plus susceptibles d'accueillir les Allemands comme amis et libérateurs. Pas question d'apporter de l'aide aux soldats coupés de l'armée : bien au contraire, ils seraient traités comme des bandits et les Ukrainiens aideraient les Allemands à en venir à bout.

Tous ces jeunes gens, magnifiquement entraînés, qu'il considérait comme des autres lui-même, susceptibles sous peu de contrôler toute la Russie à son avantage ou pour celui qu'il aurait désigné comme le successeur de Staline — Joseph Vissarionovitch avait plus de soixante ans et donnait des signes de vieillissement —

tous ces jeunes gens allaient être sacrifiés l'un après l'autre et, parmi eux, son propre fils...

Il n'arrivait même pas à penser à leur destin. Il ne songeait qu'à Tatie. Comment savoir avec certitude ce qui lui était arrivé? Avec elle, tout était possible. D'après Staline, elle était bien capable de collaborer avec les Allemands; jamais elle n'avait été une communiste convaincue. Peut-être dansait-elle pour eux maintenant, ou couchait-elle avec leurs généraux...

Il serra les poings. Malgré toutes les humiliations qu'elle lui avait fait subir, elle était la seule femme qu'il avait vraiment désirée tout au long de sa vie.

Et Svetlana était sans doute avec sa mère, ainsi que les autres filles. Avec John Hayman aussi. Mais lui, étant de nationalité américaine, ne risquait rien. Il faisait partie de ces hommes pour qui la vie, d'un bout à l'autre, n'est qu'une succession d'événements heureux.

Quand il parvint à la chambre d'observation, son humeur était passée du désespoir à la colère. Presque chaque jour, il descendait pour voir sa prisonnière. Bien entendu, tout le monde savait à la Lubianka qu'il y avait un prisonnier dans la cellule quarante-sept. Mais Beria lui-même n'aurait jamais osé poser de questions à son subordonné en raison de la confiance que lui manifestait Staline. Si Ivan Nikolaievitch jugeait bon de garder quelqu'un dans un isolement complet jusqu'à la fin de ses jours, il agissait sans nul doute sur les ordres de Staline.

Ils auraient sans doute tous été surpris s'ils avaient connu la vérité. La jeune fille était assise à sa table et lisait tout en prenant des notes sur une feuille de papier. Ses cheveux noirs étaient tirés en arrière et se terminaient par une tresse retenue par un ruban rose. Sa robe était propre et bien repassée, son visage et son corps respiraient la santé. Après deux ans de captivité, elle avait pris du poids et ressemblait moins à sa mère, malgré l'exercice quotidien qu'Anna Ragosina lui faisait faire. Seul son teint, d'une blancheur absolue, indiquait que, depuis deux ans, elle n'avait pas vu la lumière du jour.

Elle était agréable à regarder et, depuis qu'elle se trouvait là, Ivan l'avait surprise dans toutes les situations quotidiennes. Elle était pour lui un fantasme vivant. Que se passait-il dans son esprit depuis vingt-quatre mois ? Il l'ignorait. Au début, elle avait pleuré et passait la plupart de son temps à regarder le plafond avec désespoir. Mais à présent, elle semblait résignée à son sort et même, d'une certaine façon, satisfaite. Elle parlait sans doute avec sa geôlière, se plaignait ou suppliait, mais il préférait ne rien demander à Anna Ragosina. Ainsi, demeurait-elle un être plein de mystère.

Mais à présent, cela n'avait plus d'importance. Ruth Borodina redevenait un sujet de haine, tout autant que son père, Pierre Borodine, un dangereux ennemi de la Russie.

La porte derrière lui s'ouvrit doucement. Il ne tourna pas la tête.

— Les nouvelles sont graves, camarade commissaire, annonça Anna. Je suis navrée de la capture de Tatiana Dimitrievna.

Il posa son regard sur elle, qui savait quel supplice il endurait. N'était-ce pas là une raison de la haïr ? Devait-il la reprendre auprès de lui ? Ces deux années, passées auprès de la prisonnière, avaient sans doute été aussi pénibles pour elle que pour Ruth Borodina.

Mais à présent, il allait y mettre fin.

— Du moins jouons-nous cartes sur table à présent, Anna Petrovna. Nous combattons les Allemands et tous ceux qui leur viennent en aide. Je veux que cette fille soit exécutée.

— Ruth Borodina ? Mais...

— Faites-en ce que vous voudrez. Je vous observerai d'ici. Mais il faut que cela soit fait aujourd'hui. Vous prendrez des photographies de son corps lorsque vous aurez fini et vous les enverrez à son père.

Anna Ragosina respirait avec difficulté. Elle murmura :

— Je ne croyais pas que vous vouliez l'exécuter.

— Alors, vous vous trompiez. Je souhaite que cela

soit fait aussi vite que possible. Préparez tout l'équipement qui vous sera nécessaire et ensuite venez m'en informer. Je reviendrai pour vous regarder.

Il se leva.

Anna Ragosina se mit au garde-à-vous.

— Non, camarade commissaire. (Ivan se retourna.) Je n'exécuterai pas cette fille, camarade commissaire.

Ivan fronça les sourcils.

— Vous avez l'intention de désobéir ?

— Je...

Anna se passa la langue sur les lèvres.

— Vous vous êtes attachée à cette fille. J'ai entendu dire que ce genre de chose pouvait arriver. Eh bien, dites-moi, ne devrais-je pas vous faire exécuter en même temps qu'elle ?

Le visage d'Anna était livide, mais elle avait retrouvé son calme.

— On ne peut s'occuper de quelqu'un pendant deux ans sans que des liens se créent, camarade commissaire. Mais je pense qu'il y a mieux à faire que de la supprimer. Vous voulez frapper Pierre Borodine. Alors faites ce que j'ai suggéré il y a deux ans. Renvoyez-la en tant que juive. Et de plus, faites savoir qu'elle a passé deux années en Russie. Cela détruira votre ennemi bien mieux que ne le ferait aucune balle.

Ivan l'observa un instant. Elle avait raison, mais il la détestait d'autant plus.

— Cela la détruira aussi, dit-il. Ils la mettront dans un camp de concentration. Deux ans d'isolement complet ici à Moscou, et ensuite l'internement : n'est-ce pas pire que la mort ?

— C'est ce que vous voulez, camarade commissaire ?

— Oui. Nous ferons ce que vous suggérez, Anna Petrovna. Nous allons la renvoyer. Ensuite, je vous récompenserai pour votre loyauté durant ces deux années. Je vais vous réintégrer dans l'équipe. (Il lui donna une petite tape sur l'épaule.) Nous allons avoir besoin de gens pleins de talent pour mettre en échec les Allemands.

Anna Ragosina ouvrit la porte de la cellule quarante-sept. Ruth Borodina leva la tête et sourit. Sa joie était réelle. Eh bien, pensa Anna, la mienne aussi. Tout comme mon chagrin de devoir lui dire adieu.

Deux ans auparavant, elle n'aurait jamais cru pouvoir s'attacher de la sorte. Et pourtant, elle avait eu du plaisir à la posséder. Mais la nature même de cette possession avait conduit à l'attachement plutôt qu'à la satisfaction. N'ayant pas été autorisée à lui faire subir des sévices physiques, Anna s'était rabattue sur une domination intellectuelle et sexuelle, sans soupçonner où cela la mènerait.

Elle n'avait jamais eu d'amie intime à l'orphelinat. Ses camarades la trouvaient trop réservée et avaient vite appris à se méfier de ses brusques accès de colère. Quant à elle, elle trouvait leurs amusements puérils. Ses expériences dans le camp de travail en Sibérie l'avaient dégoûtée des femmes et le seul plaisir qu'elle avait pu tirer de Ruth avait été de l'effaroucher.

Ruth avait résisté mais sans succès contre une femme plus âgée qu'elle, plus expérimentée et qui, en outre, était d'une force bien supérieure à la sienne. Mais Anna s'était aperçue qu'elle était prise à son propre piège et elle avait assez d'expérience pour être capable d'analyser ses propres émotions. Elle comprit bientôt qu'elle était tout autant victime que cette fille pourtant à sa merci. Anna Ragosina n'avait pas une seule amie au monde. Elle avait perdu contact depuis longtemps avec ses frères et ne pouvait plus se satisfaire par la domination de ses amants depuis qu'elle était confinée à la garde de Ruth.

Puis la haine devint insuffisante. Encore si Ruth avait été une fille détestable! Mais elle avait du charme, de la beauté et jouissait d'une nature pragmatique comme sa tante Tatiana. Après le contrecoup de son emprisonnement, quand elle s'avisa qu'elle allait être prisonnière pendant peut-être très longtemps, elle prit son parti de la situation et Anna Ragosina étant la seule personne qu'elle était autorisée à voir, elle s'efforça de lui être agréable. Anna ignorait si Ruth aimait les rapports physiques qu'elle avait avec elle. Du moins feignait-elle d'y prendre plaisir. Elle aimait certainement sa compagnie et leurs conversations. A présent, elle tendit la bouche pour se faire embrasser.

— J'ai, dit-elle en montrant ses notes, accumulé suffisamment d'arguments pour prouver que la politique de Lénine a très peu de choses en commun avec les théories de Marx. Je crois que je vais me servir de ces notes pour écrire un livre. Cela fera passer le temps.

Anna s'assit sur le lit. Pourquoi avait-elle refusé d'obéir à l'ordre d'Ivan Nej ? Parce que cet assassinat était trop horrible. Comment mettre un terme à cette personnalité vibrante, la seule qui l'ait appelée du nom *d'amie !* Mais la réalité n'était-elle pas encore plus cruelle ? Que lui feraient les Allemands ? Ils la laisseraient mourir de faim et, si elle leur résistait, ils la feraient certainement fouetter. Mais il était possible de survivre à cela. Anna l'avait fait. Et dans le cas de Ruth, Pierre Borodine avait une telle influence que peut-être personne n'oserait s'en prendre à elle. C'est du moins ce qu'Anna espérait.

— Je suis venue vous dire adieu.

Ruth Borodina leva soudain la tête, le regard attentif. Malgré tout son courage et sa maîtrise, elle se savait à la merci de ses geôliers.

Anna lui sourit.

— Vous allez être remise en liberté.

Ruth ne put qu'attendre.

— On va vous ramener en Allemagne et vous reverrez votre père.

Ruth fronça les sourcils, montrant ainsi qu'elle ne comprenait pas. Anna haussa les épaules.

— Les événements évoluent. Votre présence ici ne paraît plus nécessaire.

Ruth referma son livre.

— Libre ! (Toute une série d'expressions se succédèrent sur son visage : le bonheur, l'incrédulité, l'incertitude.) Vous vous moquez de moi. C'est cruel.

Anna secoua la tête.

— Vous partez aujourd'hui même. (Elle hésita.) Vous allez me manquer.

Ruth la regarda et vint s'asseoir sur le lit à côté d'elle. Elle lui mit un bras autour des épaules.

— Vous aussi, Anna Petrovna, vous allez me manquer. Sans vous, je serais devenue folle.

Elle l'embrassa sur les lèvres. C'était la première fois qu'elle en prenait l'initiative. Anna avait attendu cela depuis deux ans.

Mais cela ne signifiait rien. Cette fille ne s'intéressait plus à elle. Elle n'avait jamais été son amie. La seule chose qui comptait pour elle, c'était de survivre et en cela, elle se montrait une vraie Borodine.

Eh bien, pensa Anna avec un soudain regain de haine, qu'elle essaie de survivre à la Gestapo!

Elle la repoussa, se leva et referma la porte de la cellule derrière elle.

George Hayman regarda autour de lui dans la gare de Tiergarten. A part Dick Conway, qui était venu accueillir son patron, il ne voyait que des uniformes. A son dernier passage, Berlin était déjà envahi par les uniformes. A présent, on ne voyait plus que cela.

Mais l'atmosphère était différente. En 1938, l'Allemagne était une nation effervescente, pleine de confiance en soi. A présent, l'effervescence avait disparu. Les hommes arboraient un air de défi. La R.A.F. pilonnait régulièrement l'Allemagne et particulièrement Berlin. Les preuves en étaient visibles tout autour de lui. Mais Hitler était toujours vainqueur. Les journaux annonçaient un million de soldats russes tués ou prisonniers. Selon eux, des armées entières avaient été anéanties par leurs chars et leur artillerie! Difficile à faire admettre, même aux Allemands! L'immense Russie restait à conquérir. Si les armées allemandes y parvenaient, toute l'Europe était à eux, de la Manche à l'Oural. Mais s'ils échouaient, quelle boîte de Pandore allait s'ouvrir, non seulement pour eux-mêmes, mais pour tout le continent?

Hormis ces traces de bombardements et les titres

des journaux, rien n'indiquait que Berlin était devenu le centre de la plus grande guerre de tous les temps. Il faisait presque nuit quand il sortit de la gare, mais personne ne semblait respecter le couvre-feu. Les restaurants le long de l'Unter den Linden étaient aussi pleins que d'habitude. Peut-être y avait-il un peu moins d'automobiles.

— L'essence n'est pas facile à trouver, expliqua Conway. C'est le cas de tous les produits importés, comme le café, par exemple. Mais il n'y a pas de pénurie de vivres, pas de rationnement comme en Angleterre. Pas de mobilisation non plus. Les femmes continuent à faire le ménage. Croyez-vous que l'Angleterre réussira, monsieur Hayman ?

— Ce qui est sûr, c'est qu'elle ne se laissera pas abattre par l'Allemagne. Avez-vous pu joindre le prince et le capitaine von Hassel ?

— Oui. Ils ont tous deux promis de venir vous voir à votre hôtel ce soir.

Lorsqu'ils arrivèrent, Pierre Borodine était déjà là, faisant les cent pas dans le vestibule.

— Vous êtes en retard ! s'écria-t-il.

— Il faut vous en prendre aux chemins de fer, ou aux bombes anglaises.

George lui serra la main et laissa Conway s'occuper de l'enregistrement.

— Vous m'avez dit que c'était important. Est-ce que Ilona est malade ?

— Ilona va très bien.

Il entraîna son beau-frère vers le bar de l'hôtel Albert. Il avait pensé qu'il y aurait un moment d'embarras, car il n'avait pas revu Pierre depuis la disparition de Ruth. Mais Pierre ne semblait pas du tout affecté.

— Whisky ?

Le barman versait déjà du scotch.

— Nous ne manquons de rien en Allemagne nazie, fit remarquer Pierre.

— Vous m'en voyez ravi ! Pierre, je voudrais que vous fassiez quelque chose pour Judith.

Pierre fronça les sourcils.
— Judith? En quoi cela me concerne-t-il?
— Je pense au contraire que cela vous concerne. Vous l'avez aimée autrefois.
— C'était il y a bien longtemps.
— Et vous avez épousé sa sœur.
— Cela aussi c'est le passé. Judith a fait son choix en partant avec ce Petrov. Elle a toujours été une révolutionnaire de cœur. Eh bien, qu'elle construise des barricades à Moscou, nous verrons si cela empêchera nos chars de passer!
— Judith n'est pas à Moscou. Je crois qu'elle est en Allemagne.
— Judith Stein en Allemagne? C'est impossible.
— J'aimerais bien que cela le soit. Elle a été arrêtée à Paris, comme juive. J'ai vu son appartement : dans un état indescriptible. J'ai été à la Gestapo aussi. Ils se sont contentés de hausser les épaules. Ils ont parlé du camp de concentration de Ravensbrück.
— Judith? Mon Dieu!
— Exactement. Vous qui avez beaucoup d'influence à Berlin, renseignez-vous sur l'endroit où elle se trouve et essayez de la sortir de ce mauvais pas.

Pierre le regarda fixement.
— Moi? Pourquoi diable ferais-je une chose pareille? Si c'est une ennemie du Reich...
— Mais pour l'amour de Dieu, cria George (et aussitôt des visages se tournèrent vers eux), comment peut-elle être une ennemie du Reich? Parce qu'elle est juive?
— Baissez la voix, supplia Pierre. Il y a des choses que même des visiteurs américains ne doivent pas discuter en public. Au cas où vous ne seriez pas au courant, lorsque Judith vivait ici il y a une dizaine d'années, elle était engagée dans des activités communistes avec son frère. Ils ont essayé de se faire élire au gouvernement, si vous vous souvenez.
— Est-ce donc un crime? Vous avez parlé d'élection.
— C'est considéré comme un crime, maintenant. Et par surcroît, elle est la maîtresse d'un diplomate sovié-

tique — je ne suis pas surpris qu'elle ait été arrêtée. Je ne peux — ni ne veux d'ailleurs — rien faire en sa faveur.
— Vous...

Pendant un instant, George resta sans voix. Il leva les yeux et vit Conway se diriger vers eux en compagnie de Paul von Hassel. Ce dernier paraissait tout aussi élégant qu'autrefois. Il portait un uniforme impeccable mais son visage était extraordinairement sérieux.

— Monsieur Hayman. (Il lui serra la main.) Vous essayez d'obtenir des informations sur Mme Nej et Svetlana ?

— Ainsi que sur John, et sur Natacha Brusilova. Sur toute l'école en fait.

— Oui. (Paul accepta un whisky et s'assit.) Les nouvelles sont très mauvaises.

— Je vous écoute.

— L'académie a été prise avec les autres positions russes dès la première vague d'assaut de nos troupes. Mais naturellement, étant donné qu'il s'agissait de femmes, elles ont été très bien traitées. John, du fait de sa nationalité américaine, a été invité à partir, mais il a refusé.

— Il ne voulait pas abandonner sa tante et Natacha.

— Peut-être. Mais le fait est que la nuit après leur capture, les filles se sont enfuies.

— Les filles ? demanda Conway d'un air surpris.

Paul rougit.

— Elles étaient menées par John Hayman. J'ai bien peur que ce soit vraiment sérieux, monsieur Hayman. Votre beau-fils a agi comme l'aurait fait un commando ennemi. Il aurait tué ou gravement blessé au moins douze officiers et hommes de la Wehrmacht.

— Mon Dieu ! s'exclama George. C'est absolument... (Il se reprit et rectifia ce qu'il était sur le point de dire.)... terrible.

— Oui, dit Paul. J'ai bien peur qu'il se soit fourré dans de sales draps. L'Obergruppenführer Heydrich qui commande les secteurs occupés est absolument furieux. Le colonel von Harringen a été relevé de son commandement. Cependant, il y a un peu d'espoir. J'ai obtenu l'autorisation de visiter le secteur pour essayer de prendre contact avec eux et, si possible, obtenir leur reddition. L'Obergruppenführer Heydrich m'a promis sa mansuétude. Je pars après-demain.

— Savez-vous où ils se trouvent exactement ?

— Ils se sont réfugiés dans les marais. Ceux qui entourent le Pripet. C'est une zone immense, virtuellement impénétrable pour une troupe de quelque importance. On suppose qu'ils se sont joints à des fuyards de l'armée russe mise en déroute à Slutsk. Le nouveau commandant, le colonel von Bledow, a reçu l'ordre de les laisser tranquilles pour le moment. En réalité, nos armées avancent avec une telle rapidité que nous n'avons pas encore eu le temps de nous préoccuper de ces groupes isolés qui se trouvent derrière le front. Si donc nous pouvons arriver à Minsk à temps pour obtenir leur reddition, il est peut-être encore possible de sauver la situation.

— Minsk ? demanda Pierre Borodine. J'y vais aussi la semaine prochaine.

— Vous y allez pour Tatie ? s'enquit George.

— Certainement pas. J'ignorais qu'elle se trouvait là-bas. Je vais recruter une armée russe blanche pour aider la Wehrmacht à détruire les derniers vestiges du communisme.

— Vous ne parlez pas sérieusement ?

Pierre toisa George de toute sa hauteur.

— Je n'ai jamais été plus sérieux de ma vie.

— Cela fera de vous un traître.

— Ne faites pas l'enfant. Que suis-je d'autre aux yeux des communistes depuis 1918 ?

— Je suppose que vous avez raison. Mais... (Il jeta un coup d'œil vers Paul et décida qu'il ne pouvait poursuivre cette conversation en sa présence.) Que va devenir John ? demanda-t-il à Paul.

— Il sera certainement déporté, mais si je peux démontrer qu'il a fait tout cela pour défendre les femmes, eh bien... les Allemands sont très compréhensifs devant de telles attitudes chevaleresques. Comme je vous l'ai dit, la plus grande mansuétude m'a été promise de la part de l'Obergruppenführer.

— J'espère que vous ne vous trompez pas.

— Qu'avez-vous l'intention de faire ? J'ai téléphoné à l'Obergruppenführer dès que j'ai appris votre arrivée à Berlin, mais je n'ai pu obtenir l'autorisation de visite : le secteur est sous loi martiale.

— Je vous laisse vous en occuper, Paul, pour le moment. Mais je viendrai s'il est question de faire passer John en jugement. A présent, je vais essayer de rencontrer Herr Goebbels (il jeta un coup d'œil vers Pierre) au sujet d'une amie qui a des ennuis. Puis je me rendrai en Turquie et de là en Russie.

— En Russie ?

— A temps pour assister à sa reddition ? suggéra Pierre.

George haussa les épaules.

— C'est possible. J'étais déjà aux côtés de l'armée russe lors d'une précédente défaite, vous vous souvenez ? (Il sourit à son beau-frère.) Mais nous avons tous survécu. J'imagine que la plupart d'entre nous survivrons encore cette fois-ci. Si nous prenions un dernier verre ?

Le train s'arrêta si brutalement que Judith Stein se réveilla. Elle avait fait de tels rêves qu'elle eut du mal à reprendre contact avec le présent.

Et pourtant elle avait dormi à même le plancher de ce wagon à bestiaux, son dos en était tout endolori. Depuis huit jours que durait le voyage dans ce wagon bondé ils n'avaient pu se laver et certains ne pouvaient se contrôler pour attendre les brèves haltes durant lesquelles on les autorisait à sortir.

Du moins étaient-elles entre femmes maintenant. Les derniers hommes avaient été retirés du wagon l'avant-veille. Ou était-ce le jour précédent ? La faim lui faisait perdre toute notion du temps. Sans doute serait-elle morte de faim sans l'intervention de Michelle qui dormait encore à ses côtés. Ainsi sa vie dépendait d'une femme qu'elle ne connaissait pas le samedi précédent !

La situation ressemblait à un cauchemar interminable. Et le plus terrible, c'est qu'elle l'avait déjà vécu auparavant. Cette fois, les choses semblaient mieux se passer. Lors de son arrestation par la police du tsar, elle avait été brutalisée. Les agents de la Gestapo s'étaient contentés de lui indiquer le chemin et, lorsque Boris avait poussé un cri de rage et d'angoisse en la voyant partir, ils avaient conservé leur calme et ne l'avaient pas frappé.

Elle était montée dans une voiture qui l'avait conduite directement à la gare où l'attendait ce train pour l'inconnu. Quoi de plus humiliant que d'être traitée de façon aussi anonyme, comme un animal, mais n'était-ce pas préférable aux horreurs qu'elle avait subies lors de son arrestation par l'Okhrana.

Elle n'était pas devenue folle alors. Pourquoi le deviendrait-elle maintenant ? Elle se disait qu'elle survivrait à cette catastrophe, comme elle avait survécu à la précédente. Mais peut-être avait-on moins de ressort à cinquante-trois ans qu'à vingt-trois. Et puis, elle avait le sentiment qu'ayant vécu cette expérience une fois, le destin n'avait pas le droit de la lui infliger une seconde fois. Durant ces huit années vécues avec Boris Petrov, elle s'était sentie, pour la première fois de sa vie, en sécurité. Elle avait refusé de l'épouser, incapable de se convaincre qu'elle l'aimait, et ne s'était jamais préoccupée de la précarité de sa situation. Boris, plus jeune qu'elle, et diplomate russe, croyait encore aux vertus du socialisme alors qu'elle détestait le régime soviétique qui avait fait assassiner son père et sa mère. Mais jamais elle n'avait connu un homme plus doux ni plus tendre.

Leur union était paisible — jusqu'à ce dernier samedi. Le confort et la sécurité lui avaient ôté l'énergie nécessaire pour faire face à une situation comme celle-ci. Elle était restée hébétée et, lorsque le train s'était arrêté pour la première fois et qu'on leur avait jeté quelques miches de pain et donné quelques gamelles d'eau, elle avait été incapable de se joindre à la lutte pour obtenir sa part. Michelle avait réussi à se procurer ce qu'il fallait et avait insisté pour qu'elles partagent. Depuis, elle avait pris Judith en charge, qui ignorait tout de son existence. Mais elles avaient décidé tacitement de ne se poser aucune question avant de connaître leur sort. Michelle était une femme d'environ trente ans, rondelette, d'un bon caractère et pas encore mariée (du moins ne portait-elle aucune alliance). Elle faisait partie de ces femmes précieuses qui sont toujours prêtes à tirer le meilleur parti des situations, même les plus mauvaises.

Tout à coup on ouvrit les portes du wagon et on leur donna l'ordre de sortir. Elles allaient affronter leur nouveau destin. Devant elles, une barrière prolongée de chaque côté par des barbelés et, au delà, des baraquements entourés d'un terrain nu. Au-dessus de la barrière, un panneau avec ce seul nom : Ravensbrück.

Judith retint son souffle. Elle avait entendu parler de Ravensbrück par les femmes qu'elle avait aidées à quitter l'Allemagne avant le début de la guerre.

La fille était petite, brune et vive. Dans son uniforme sévère — chemise blanche, cravate et jupe noires, chaussures à talons bas — elle avait l'air d'une collégienne, mais Pierre Borodine pensa qu'elle devait être bien plus âgée que cela. Elle le regarda d'un air soupçonneux, comme elle le faisait avec tout le monde.

— L'Obergruppenführer Heydrich est prêt à vous recevoir, Excellence.

Pierre acquiesça et se leva, laissant sa canne et son chapeau sur son siège, conscient d'être observé par toutes les secrétaires du bureau voisin. Toutes le connaissaient, bien entendu, mais savaient-elles aussi qu'il était venu pour supplier ?

De toute sa vie, il n'avait jamais fait une chose pareille, hormis en 1911, quand il avait supplié le tsar d'épargner la vie de Judith Stein; et le tsar lui avait accordé sa grâce.

Au nom de quoi était-il ici ? Etait-ce possible que même la première fois il ait commis une erreur ? A présent, elle avait à nouveau besoin d'aide. Mais pourquoi se préoccuperait-il de son sort ? Le sionisme ne le concernait en rien. Les juifs étaient considérés comme une plaie dans la Russie tsariste comme ici en Allemagne. Il n'était pas étonnant qu'une nation de guerriers comme les Allemands les considèrent comme des éléments subversifs, voire comme des traîtres.

Il avait essayé d'expliquer son point de vue à George, mais sans succès. C'était à cause de George qu'il se trouvait ici. Voilà une chose qu'il ne pouvait admettre qu'en lui-même. Il était impossible de refuser quelque chose à George, non parce qu'il avait un pouvoir quelconque sur lui, mais simplement parce qu'en refusant il succomberait à un sentiment d'infériorité que George faisait naître chez ceux qui l'entouraient. Comment Ilona avait-elle pu le supporter pendant trente ans, cela demeurait pour lui un mystère !

— Pierre Borodine !

Richard Heydrich était le chef d'un Etat dans l'Etat qu'il avait créé pour son maître, Heinrich Himmler lequel, à son tour, le mettait à la disposition du sien, Adolf Hitler. Heydrich était grand, blond et bel homme. Son uniforme noir semblait sortir tout droit de chez le tailleur. Ses mains étaient soigneusement manucurées et il était rasé de près. Ses manières étaient parfaites.

— C'est un grand plaisir pour moi, Excellence. Mais si vous n'étiez pas venu me voir, c'est moi qui serais allé vous rendre visite.

— Vraiment ? (Pierre s'assit et accepta une cigarette turque.) Vous possédez certainement un dossier sur elle.

— Un dossier ? (Heydrich haussa les épaules.) Je vais en ouvrir un, c'est certain. Mais je dois avouer que je n'en avais pas vu la nécessité jusqu'ici. La police doit en avoir un quelque part, mais ils ont dû le classer depuis longtemps.

— Oui, dit Pierre. Cela fait bien dix ans qu'elle a quitté l'Allemagne. Herr Obergruppenführer, je sais que cette démarche est abusive, mais après tout, c'est ma belle-sœur.

Heydrich fronçait les sourcils.

— Excusez-moi, Excellence, mais de qui parlez-vous ?

Ce fut au tour de Pierre de se rembrunir.

— Mais de Judith Stein, bien sûr !

Heydrich se pencha vers Pierre.

— Judith Stein ?

— Oui. Elle a été prise dans une rafle la semaine dernière à Paris.

Heydrich hocha la tête.

— Oui, c'est exact. Elle est en route pour le camp de Ravensbrück. Judith Stein. Mon Dieu ! Oui, j'ai un dossier sur elle et je l'ai toujours eu.

— Oui, dit Pierre. Je suis au courant de ses activités et de ce qu'elle a écrit, mais je me demandais si...

— Vous êtes donc venu me demander de libérer Judith Stein ? demanda Heydrich pensivement.

— Mais oui. Je suis prêt à me porter garant pour elle.

— Et il n'y avait pas d'autre raison à votre démarche ?

— Dites-moi à quoi vous faites allusion, demanda Pierre, irrité.

Heydrich lui sourit.

— Prince Borodine. J'ai une nouvelle extraordinaire à vous apprendre. Votre fille a été retrouvée.

Pierre se redressa.

— Vous avez retrouvé son corps ?

— Elle est vivante, Excellence. Elle nous a été rendue. (Il fit une pause théâtrale.) Par les Russes !

Pierre resta sans voix.

— Vous ignoriez que votre fille était en Russie ces deux dernières années ?

— Ruth ? En Russie ? Vous devez vous tromper de personne.

Heydrich secoua la tête.

— Elle est sans aucun doute possible Ruth Borodina. Bien entendu, vous voudrez la voir. Mais c'est bien votre fille.

Pierre regarda de tous côtés comme s'il s'attendait à la voir surgir.

— Où est-elle ?
— Elle est aussi à Ravensbrück.
— Vous avez envoyé ma fille dans le camp de concentration de Ravensbrück ? demanda Pierre d'une voix blanche.
— Qu'aurais-je pu faire d'autre ? De son propre aveu, elle a passé ces deux années entre les mains du NKVD. Qu'est-ce que cela peut vouloir dire ? Elle a de la chance que je ne l'aie pas remise à mes hommes du sous-sol.
— Vous êtes absurde. Ma fille déteste les bolcheviks encore plus que moi. Ils l'ont enlevée, bien entendu. Je l'ai toujours dit.

Heydrich acquiesça.

— Je suis entièrement de votre avis. Je vous présente mes excuses pour ne pas vous avoir cru il y a deux ans. Elle est parfaitement innocente de toute connivence avec les Russes. Savez-vous pourquoi j'en suis si certain ? Eh bien, quand je l'ai interrogée, elle ignorait que nous étions en guerre. Le croiriez-vous ? Pendant deux ans, Excellence, elle est restée dans un isolement complet, et ne voyait qu'un seul geôlier. Vraiment, les Russes agissent de façon bizarre !

Pierre se leva.

— Il faut que j'aille la rejoindre. Pourriez-vous me signer un ordre de libération, Herr Obergruppenführer ? Je puis vous donner ma parole de prince qu'elle n'est coupable d'aucun crime contre l'Allemagne. Mon Dieu, la pauvre enfant ! Deux ans aux mains de ces monstres ! Il faut que je me hâte. (Il fit claquer ses doigts.) Cet ordre, Herr Obergruppenführer.

Heydrich ne bougea pas et continua à sourire.

— J'ai bien peur que Mlle Borodine ne doive rester à Ravensbrück, Excellence.

Pierre fronça les sourcils.

— Les Russes nous ont révélé que votre fille était à moitié juive. Cela excède le degré toléré légalement.
— Est-ce que vous prétendez que ma fille est une juive ? s'écria Pierre.
— Sa mère était juive, Excellence. C'est un fait indéniable. Et vous êtes un homme important, prince Boro-

205

dine. Vous allez bientôt partir pour le front de l'Est pour recruter cette armée antibolchevique que vous nous avez promise. Vous devez être irréprochable. En tant que prince de Starogan, vous l'êtes, bien entendu. Mais vous m'accorderez que si nous faisons des exceptions, nous ne pourrons débarrasser l'Europe de cette vermine qui empoisonne l'air de ce continent depuis deux mille ans. Il y aura toujours quelqu'un pour dire : « Vous ne pouvez pas nous envoyer dans un camp. Voyez la fille du prince de Starogan. Elle est juive et pourtant libre comme l'air. » Non, non. Il faut qu'elle reste à Ravensbrück. Ne vous agitez pas. J'ai donné des ordres pour qu'elle soit bien traitée. Et Ravensbrück est bien préférable à d'autres camps, je vous assure. Tant que vous vous conduirez bien tous les deux, il ne lui arrivera rien.

— Vous me menacez, dit Pierre, durant cette phase si importante de la guerre, alors que votre gouvernement a, plus que jamais, besoin d'aide ! Herr Obergruppenführer, vous commettez une erreur grave. Supposez que je refuse de vous aider ?

Heydrich haussa les épaules.

— A votre guise ! (Soudain, il perdit son flegme et se pencha en avant, le visage crispé, et ses yeux lançaient des éclairs.) Mais je vous suggère d'abord de m'écouter, *Excellence*. A partir de cet instant, vous ne nous êtes pratiquement plus d'aucune utilité et votre réseau d'espionnage n'a plus de raison d'être. On vous envoie pour recruter une armée en Ukraine qui combattrait dans nos rangs. Mais il faut que je vous dise qu'un grand nombre de mes collègues et de mes supérieurs doutent que vous réussissiez, ou même que cette force ait une valeur quelconque. Ainsi donc, vous n'avez plus aucune importance à présent. C'est à vous de nous montrer ce dont vous êtes capable. Et il faudra que ce soit quelque chose de vraiment bien si vous voulez éviter d'aller vous-même en camp de concentration et plus encore, si vous voulez être en position de me dire ce que je peux ou ne peux pas faire. (Il se détendit et sourit à nouveau devant l'air consterné de Pierre.) Je vous ai promis que vous pourriez lui rendre visite et je tiens ma parole. Vous pourrez aller voir Judith Stein également. (Son sourire s'élargit encore.) Vous devriez être content que je les aie mises dans le même camp. Elles se tiendront compagnie.

— Avancez, avancez !

La femme qui criait ainsi était grande, forte et blonde. Elle portait un uniforme vert, une casquette, des bottes, et aurait paru ridicule à un observateur impartial. Cependant, les prisonnières qui franchissaient la grille ne voyaient que le fouet court avec lequel elle tapotait sa jupe.

— Avancez ! cria-t-elle. Halte, vermine ! Halte !

La colonne s'arrêta devant un premier bâtiment sans toit qui ne pouvait être un dortoir, se dit Judith, bien décidée à ne pas se montrer curieuse. Elle avait appris la prudence trente ans auparavant et à ses dépens, lors de sa détention en Sibérie. Dans sa situation, mieux valait être fataliste et vivre dans le seul présent.

Pour l'instant, il n'y avait aucune raison de se plaindre. Elles étaient enfin sorties du wagon à bestiaux et pouvaient respirer l'air doux de cette magnifique journée d'été. Judith se sentait sale et elle avait faim, mais on allait certainement leur donner à manger et, peut-être, pourraient-elles même se laver. Elle observa la gardienne. Cette femme avait un beau visage — du moins aurait-il dû l'être, car elle avait les traits réguliers, des yeux bleu pâle et une belle chevelure blonde. Avec sa haute stature, elle aurait pu être une Borodine. Mais, tandis qu'elle observait les prisonnières, l'expression de son visage, sans manifester d'animosité, était dépourvue de noblesse et d'humanité.

Elle se remit à parler et, pendant quelques instants, la consternation fut générale.

— Déshabillez-vous. Allons ! Enlevez tout ce que vous avez sur vous.

Les femmes de la colonne la regardèrent, puis se tournèrent vers les gardes qui les observaient du haut des tours de guet. Ce n'était pas possible. Ce que demandait cette femme était insensé.

— Etes-vous sourdes? cria-t-elle d'une voix impérieuse. J'ai dit : déshabillez-vous. Nous allons laver toute la crasse que vous avez sur vous. (Elle saisit la femme la plus proche par sa blouse et la secoua.) Enlevez-la.

La femme regarda lentement à droite et à gauche, puis se mit à se déshabiller. Elle déboutonna la blouse, puis fit glisser sa jupe d'un air incrédule. Judith fut soudain terriblement gênée. La vie très protégée qu'elle avait menée depuis tant d'années y était sans doute pour quelque chose, et puis elle avait pris de l'âge, et du poids, et se sentait entourée d'hommes qui la regardaient. Soudain, elle se rendit compte que toutes les autres femmes, obéissant à un instinct grégaire, se déshabillaient aussi vite que possible.

Elle se sentit soudain isolée et eut peur. Son instinct l'avertissait qu'il était dangereux de se distinguer de la foule, de devenir un individu. Jusqu'à présent, aucun garde ne l'avait remarquée, pas même la gardienne blonde, tant elle faisait partie de la foule. Elle arracha ses vêtements en toute hâte, sentit le soleil sur ses épaules, s'attendant à provoquer des rires. Mais il y avait trop de femmes nues pour que ces rires soient dirigés contre elle.

Ensuite on les fit avancer pieds nus. De toute évidence, elles ne retrouveraient jamais leurs affaires. Michelle marchait devant elle et Judith garda les yeux fixés sur ses épaules grassouillettes. Ainsi elle ne pensait à rien et ne risquait pas de faire une crise d'hystérie. Rien de ce qui pouvait lui arriver ne serait aussi terrible que ce qu'elle avait vécu entre les mains des policiers de Roditchev.

Le soleil disparut et, au même moment, elle reçut en plein visage un puissant jet d'eau qui faillit la renverser. Mais l'eau était chaude et délicieuse et désormais les murs les abritaient des regards. Judith se détendit et présenta son dos au jet, heureuse de se débarrasser de toutes les odeurs et de toutes les saletés qui l'imprégnaient. Elle ouvrit la bouche pour étancher sa soif. L'eau n'était sans doute pas potable, mais quelle importance !

Au sortir de la douche, elle se sentit redevenir humaine mais bientôt il leur fallut à nouveau s'aligner toutes nues devant les gardes, cependant que des femmes en uniforme inspectaient la colonne. On les fit avancer et une femme tomba à genoux, provoquant les hurlements d'une gardienne.

Mais la solidarité s'était rétablie. Michelle regarda par-dessus son épaule et sourit à Judith qui lui répondit sans plus d'embarras. Cependant, l'inquiétude demeurait et grandit quand elles s'approchèrent d'un nouveau bâtiment et qu'elles entendirent des sanglots. Michelle tourna encore une fois la tête, mais son sourire avait disparu. On les fit entrer une à une et celles qui se trouvaient dehors pouvaient entendre un cliquetis continuel, suivi d'un ronronnement. Soudain, Judith comprit ce que c'était et elle leva instinctivement la main vers son abondante chevelure parsemée de gris. La porte s'ouvrit et elle fut poussée à l'intérieur. Elle s'avança sur un épais tapis de cheveux de toutes les couleurs. Les coiffeurs s'esclaffèrent en faisant des commentaires sur son corps, puis ils la saisirent et la mirent dans la position requise pour lui couper les cheveux. D'abord les ciseaux, ensuite la tondeuse. A la fin, ils lui rasèrent les poils du pubis, la privant ainsi de toute individualité. Même la vue des autres femmes ne lui était plus d'aucune consolation.

Toutes ses compagnes partageaient le même sentiment de honte. Elles ne se regardaient plus l'une l'autre, elles ne regardaient plus les gardes, et ne regardaient même pas le ciel. Leurs regards fixaient le sol ; elles attendaient qu'on leur donne l'ordre de passer dans la pièce suivante où les attendaient un docteur et un dentiste. L'épreuve suivante était encore plus humiliante car, après examen, on leur attachait autour du cou un carton de couleur, noir, jaune ou rouge : ainsi elles étaient proprement étiquetées.

Après l'examen médical elle se retrouva dans la cour

en présence d'un groupe bien plus important de femmes, toutes rasées et douchées : un autre train sans doute, en provenance de Paris. Les femmes furent divisées en trois groupes. Celles qui portaient les pancartes noires, les vieilles et les malades, se serraient l'une contre l'autre comme conscientes du danger de leur situation. Celles aux cartons rouges étaient jeunes ou d'âge moyen, mais sans grande beauté. Michelle faisait partie de ce groupe. Enfin les pancartes jaunes représentaient les femmes jeunes et belles. S'il était possible d'hésiter sur le sort réservé aux femmes portant un carton noir, le doute n'était pas possible quant aux porteuses de cartons jaunes. Judith frissonna et se dirigea instinctivement vers les cartes rouges, mais elle fut arrêtée par le hurlement d'un garde qui la repoussa avec rudesse. Elle regarda avec consternation sa carte jaune et une bourrade la projeta vers le groupe des femmes jeunes et belles. Celles-ci l'empêchèrent de tomber et, tout aussitôt, elle entendit un cri :

— Tante Judith ? Tante Judith !

Elle tourna la tête et, n'en croyant pas ses yeux, se trouva face à Ruth Borodina. Ruth était morte depuis deux ans. Tout le monde avait accepté cette tragédie, une de plus dans l'histoire des Stein.

Mais c'était bien Ruth. Elle était en bonne santé et elle sourit en jetant les bras autour du cou de sa tante.

— Oh, tante Judith ! Je suis si heureuse de vous voir !

Elle se mordit la lèvre devant l'absurdité de ses paroles, puis poussa un cri en sentant la morsure d'un fouet sur son dos.

— Tournez-vous vers l'avant ! hurla la gardienne. (C'était encore une forte femme avec des cheveux frisés qui dépassaient de sa casquette. Elle esquissa un sourire.) Vous êtes les privilégiées. Vous aurez de la bonne nourriture et même à boire de temps en temps, si vous vous conduisez bien. Alignez-vous. En avant. Sauf vous deux.

Elle fit signe à Judith et à Ruth.

Mon Dieu ! pensa Judith. Ils avaient dû faire une erreur à son sujet. Cinq minutes plus tôt, la perspective de se prostituer la remplissait d'horreur et, à présent, elle le regrettait, car cela lui aurait permis d'être avec Ruth.

La gardienne souriait de toutes ses dents.

— Judith Stein et Ruth Borodina! (Elle consulta son carnet comme pour vérifier qu'elle ne faisait pas d'erreur.) Nos deux privilégiées. Le commandant du camp veut vous voir.

L'estomac de Judith se contracta. En dépit de tous ses efforts, elle avait été remarquée, comme durant toute sa vie. Elle n'était plus une prisonnière anonyme; et cette fois, elle entraînait Ruth avec elle dans le malheur...

8

De son bureau, Ivan Nej examinait attentivement les dix-neuf jeunes gens qui se tenaient devant lui dans un garde-à-vous rigide. Ils étaient son œuvre. Il les avait suivis durant toutes les phases de leur entraînement, et plus encore les filles qui faisaient partie de l'équipe.

A présent il devait s'en séparer, à commencer par Anna Ragosina, et jusqu'à son fils Gregory qui, à l'autre extrémité de la pièce, surveillait son père avec une expression de joie et d'impatience. Le pauvre jeune imbécile! Il allait rejoindre sa mère et sa sœur soit dans une tombe, soit dans un camp de prisonniers et laisserait son père plus seul que jamais! Mais Ivan avait du moins le pouvoir d'empêcher cela.

Il s'éclaircit la voix et l'attention de tous se fit encore plus grande.

— Vous savez que durant ces derniers jours, nos armées ont subi de graves défaites. Bien sûr, l'armée allemande nous a attaqués par surprise! Mais il y a aussi des traîtres dans notre pays et dans notre armée, et ce sont les déviationnistes et les antibolcheviques. A présent, les Allemands avancent et il faudra du temps avant de pouvoir concentrer suffisamment de troupes pour les arrêter. Cela sera fait. N'en doutez pas. L'ennemi sera vaincu. Mais le plus tôt sera le mieux et, pour ce faire, tous les hommes et femmes de l'Union soviétique doivent participer au combat, tuer des Allemands et se faire tuer si besoin est pour la patrie.

Il fit une pause pour observer les visages devant lui. Tous rayonnaient de ferveur patriotique, persuadés d'être envoyés au front. Eh bien, d'une certaine façon, ils ne se trompaient pas !

— Notre tâche consiste à mener cette lutte d'une façon exemplaire. Nos armées ont été vaincues, leurs unités dispersées. Nombre de braves soldats russes ont été tués et bien plus encore sont maintenant prisonniers. Mais le plus grand nombre a été dépassé par la rapidité de l'avance allemande. Ils sont déroutés, privés de chefs et se cachent dans les forêts, dans les collines où les Allemands ne les ont pas encore trouvés. Tous sont derrière les lignes allemandes et celles-ci, comme des élastiques, s'amincissent et deviennent de plus en plus fragiles au fur et à mesure qu'elles s'étendent et que les Allemands pénètrent plus profondément dans notre territoire.

» Il faut retrouver ces hommes et les mobiliser. Non pas les ramener ici — nous avons assez d'hommes — mais les utiliser là où ils se trouvent, derrière les lignes de l'ennemi afin de couper ses lignes de communication. Lorsque ce but sera atteint, leurs armées seront à notre merci. Joseph Vissarionovitch Staline nous a fait l'immense honneur de nous confier cette tâche d'une importance primordiale.

Il fit une nouvelle pause et remarqua que tous le regardaient au lieu de regarder devant eux. La ferveur initiale s'était estompée et ils étaient fascinés, en même temps qu'incertains sur ce qui allait suivre.

Ivan s'avança jusqu'au mur et déroula une immense carte de la Russie occidentale. Il prit un crayon bleu sur son bureau et dessina grossièrement les lignes allemandes d'après les dernières nouvelles qu'il avait reçues. Il entendit une exclamation de surprise derrière lui. Depuis le début de l'invasion une censure sévère avait été imposée et personne ne savait que l'avance allemande avait été si rapide ni qu'elle avait pris de telles proportions.

— Ceci n'est pas, bien entendu, une ligne de fortifications mais délimite un secteur où aucune troupe régulière russe ne combat. Mais cette ligne peut être franchie en bien des endroits par des gens décidés ou par de petits groupes bien entraînés. Je vais vous diviser en six groupes de trois. Chaque groupe aura un chef. Vous aurez pleins pouvoirs pour commander, réquisitionner, détruire, punir. Vous aurez droit de vie et de mort sur les soldats et les civils qui, selon vous, seront nécessaires pour l'accomplissement de vos missions. Chaque groupe sera responsable d'un secteur; vous pouvez vous porter volontaires pour les secteurs de votre choix.

Il se tourna brusquement pour leur faire face.

— Avant que je ne fasse appel aux volontaires, je veux que vous sachiez ceci : vous avez été choisis pour ces missions, car vous êtes nos meilleurs éléments. On vous a appris à tuer, à être efficaces et sans pitié. Je veux que vous utilisiez ces qualités au maximum. On vous a également appris à mourir. Ne vous faites pas d'illusions : votre tâche est une tâche désespérée. Pour vous donner tous pouvoirs, il est nécessaire que je vous donne des ordres signés de ma main. Si vous tombez aux mains des Allemands et qu'ils trouvent ces ordres sur vous, ils vous feront mourir d'une façon lente et très désagréable. Vous devez être prêts à tout subir sans trahir vos camarades ni ceux que vous aurez réussi à contacter. Avez-vous bien compris ?

Ils l'écoutaient attentivement. Toute trace d'exaltation avait disparu, mais ils paraissaient encore plus déterminés qu'auparavant, conscients de l'importance de leur mission.

— Parfait, dit Ivan. Le premier secteur est aussi le plus important et le plus dangereux. C'est celui des marais du Pripet. En deux jours, les Allemands ont repris la partie de la Pologne occupée par notre armée en 1939. Ils ont maintenant scindé leurs forces en deux : l'un des axes est dirigé vers le sud, sur Kiev et la Crimée; l'autre vers le nord, sur Moscou et Leningrad. Pour eux la région du Pripet n'est pas importante et ils l'ont dépassée, laissant derrière eux nombre de soldats russes coupés de leurs chefs. Ces hommes sont armés et capables de se battre à nouveau s'ils sont pris en main. Mais les marais du Pripet sont une véritable enclave à l'intérieur des lignes allemandes. Il vous faudra longtemps pour y parvenir, avec le risque d'être capturés ou bien trahis. Ce sera le dernier secteur à être repris par nos forces lorsque nous contre-attaquerons. Impossible aussi d'y parachuter de l'équipement, vu la supériorité aérienne des Allemands. Celui ou celle qui commandera ce secteur devra se débrouiller par ses propres moyens. (Il les parcourut tous du regard.) C'est là aussi que se trouvent ma femme, ma fille ainsi que les autres membres de l'académie de danse depuis leur évasion spectaculaire. Ils se cachent peut-être dans les marais. C'est donc un secteur auquel je m'intéresse personnellement. Qui veut se porter volontaire ?

Gregory Nej s'avança.

— Moi, camarade commissaire.

Ivan secoua la tête.

— J'ai déjà décidé de votre mission, camarade Nej.

— Mais...

Le visage de Gregory devint tout rouge.

— Je comprends votre anxiété pour votre mère et votre sœur, camarade Nej. Je ressens la même chose. Mais c'est pour cette raison que vous n'êtes pas qualifié pour cette tâche. Celui qui ira dans le secteur du Pripet ne doit y avoir aucune attache personnelle. Pour lui, un seul objectif : la destruction des Allemands. Rentrez dans le rang !

Gregory hésita, jeta un bref coup d'œil à droite et à gauche, puis recula d'un pas. Ses joues étaient encore en feu. Quel prétexte futile ! pensa Anna Ragosina. Il ne veut pas envoyer son fils à une mort certaine, mais il n'hésitera pas à nous y envoyer, moi et les autres. C'est cela, la récompense qu'il m'a promise : une mort certaine !

Se battre aux côtés de Tatiana Nej et de sa fille stupide ! Avec Natacha Brusilova qu'elle avait autrefois arrêtée ! Si elles étaient encore en vie. Et avec John Hayman. Elle en reçut soudain un choc : elle avait oublié qu'il se trouvait à Slutsk avec sa tante. John Hayman, après toutes ces années, serait sous ses ordres et forcé de lui obéir...

De toute manière, Ivan Nej la regardait avec insistance. Elle était son meilleur élément. Elle fit un pas en avant.

— Je suis volontaire pour le secteur du Pripet, camarade commissaire.

Le train avançait lentement à travers la plaine polonaise — devenue, depuis peu, plaine allemande, se dit Paul von Hassel. Cela faisait partie de la terrible aventure dans laquelle lui, ainsi que toute l'Allemagne, était engagé au nom du Führer et de la survie du peuple allemand.

Il était convaincu de cette vérité. Il se souvenait de son enfance durant laquelle son père pleurait de désespoir en voyant ses économies disparaître dans le désastre des années 30. On l'avait retiré de la pension chic où il se trouvait et il avait dû poursuivre ses études à l'école communale. Néanmoins, son père avait réussi à s'en sortir. C'était un homme acharné à son travail et il avait pu rétablir sa fortune. Mais il n'était pas prêt d'oublier. « L'Allemagne a besoin d'une monarchie, disait-il, et d'une main vigoureuse pour la diriger. Si nous n'avons plus le droit d'avoir un empereur, il faut que le président soit autre chose qu'un pantin. Il faut qu'il gouverne. »

Herr von Hassel avait été l'un des premiers partisans des nazis et il avait encouragé son fils à suivre cette voie qui devait rétablir l'Allemagne dans sa grandeur et lui redonner la prospérité. Il l'avait aussi encouragé à viser haut. S'il voulait être soldat, il fallait qu'il fasse partie de l'élite, à savoir la garde prétorienne, les

Waffen SS. Il avait été admis autant pour son physique — à la première revue, on l'avait désigné comme un exemple parfait de la beauté aryenne — que pour ses talents. Il se savait doué et il excellait dans tous les domaines. Son nom avait été rapporté au Führer et celui-ci, durant la revue qui marquait la sortie de l'académie militaire, lui avait adressé quelques paroles et tapoté l'épaule. Il était donc promis à un brillant avenir.

La guerre contre la Russie allait lui fournir l'occasion d'un avancement rapide et, tout comme ses compagnons d'armes, il y était préparé physiquement et moralement. Il souscrivait à la théorie nazie selon laquelle les Russes étant une race inférieure, il était normal de faire de ce pays une colonie allemande.

L'arrivée de la mission Nej durant l'été de 1938 avait tout bouleversé. Du jour au lendemain, lui et tous les Allemands qui ne faisaient pas partie du cercle intime de Hitler avaient été informés que les Russes n'étaient pas si mauvais que cela, que les deux régimes totalitaires (la Russie et l'Allemagne) représentaient la meilleure garantie pour une Europe prospère et que les vrais ennemis étaient les démocraties, à savoir l'Angleterre et la France qui s'opposaient avec obstination à l'expansion germanique. Malgré la soudaineté de cette volte-face, la nouvelle politique avait été acceptée avec soulagement. Paul, aussi brave et patriote que n'importe lequel de ses concitoyens, était rempli d'angoisse à l'idée d'affronter les hordes russes. Les démocraties par ailleurs ne semblaient pas prêtes à se battre. Puis il y avait les Russes eux-mêmes. Les premiers qu'il rencontra furent les membres de la mission Nej. Il n'avait jamais vu des gens aussi charmants. Mme Nej avait tout le charme d'une grande artiste et ses danseuses étaient des femmes ravissantes et intelligentes. Svetlana Nej incarnait pour lui la femme idéale. Si leur bonheur devait attendre la fin des hostilités avec l'Angleterre, eh bien ! il mènerait cette guerre tambour battant et une promotion rapide viendrait combler sa vie professionnelle...

Mais la guerre avait été une déception. Devant les Panzers de la Wehrmacht, aucune armée ne résistait. La seule tâche des Waffen SS avait été de liquider les survivants démoralisés des régiments. Paul avait pitié de ces ennemis. Mais ses camarades des régiments de chars avaient été promus aux grades de commandant et de colonel, quand lui était resté capitaine. Quelle importance, au regard d'une existence entière auprès de Svetlana !

Puis la Wehrmacht s'était tournée vers l'est. Les actions engagées contre la Yougoslavie puis la Grèce ne méritaient pas le nom de guerre, puisque l'ennemi s'enfuyait dès l'arrivée des forces allemandes. Selon certaines rumeurs, il ne s'agissait là que de dégager les Balkans avant d'entamer l'action véritable, celle pour laquelle ils s'étaient préparés toute leur vie. La plupart de ses camarades avaient trouvé ces rumeurs absurdes : l'Angleterre était toujours en guerre et le pacte de non-agression avec la Russie valait encore pour huit ans. Mais pour Paul von Hassel, tout devint soudain lumineux. Tout correspondait exactement avec ce que le Führer avait annoncé depuis le début. La lutte ne serait pas gagnée avec des mots : ceux-ci n'étaient que des armes dont il fallait se servir avec habileté. Mais en fin de compte, la victoire appartiendrait au plus impitoyable. L'accord avec les Russes n'était qu'une simple mesure nécessaire pendant un ou deux ans.

Que devenait dans tout cela Paul von Hassel avec sa fiancée russe ? Torturé par l'indécision, il s'était confié à son colonel qui l'avait rassuré. Svetlana Nej était en réalité une Borodine, une descendante directe d'une des plus anciennes familles princières russes. Elle ne pouvait donc être une bolchevik, même si sa mère était commissaire à la culture, ni être considérée comme appartenant à une race inférieure. Elle se trouvait présentement en Biélorussie, sur le chemin de l'invasion ; il fallait donc essayer de l'en faire sortir sans trahir le secret et, si cela échouait, il fallait faire confiance à l'armée. Aucun soldat allemand ne songerait à nuire à la fille de Tatiana Nej.

Ces paroles l'avaient rassuré. Pourtant sa demande de transfert sur le front avait été refusée. Mais il avait été ravi en apprenant que l'académie avait été capturée *en bloc* et que Mme Nej devait être acheminée vers Berlin. On eût dit que toute la Wehrmacht se liguait pour assurer son bonheur.

Mais cela, c'était avant l'évasion catastrophique. Pour lui, John Hayman était le seul responsable. Comment une femme serait-elle à l'origine d'une telle explosion de violence ! Mais Hayman, un Américain d'origine russe, fils d'un commissaire... il n'avait jamais eu confiance en lui.

Et il avait entraîné Svetlana avec lui... Bien sûr, elle avait dû résister, mais sa mère lui avait sans doute ordonné de les suivre. Quelle folie ! Ils avaient été déclarés hors la loi pour avoir tué des soldats allemands. Il avait dû supplier ses supérieurs pour obtenir ce poste qui lui permettrait peut-être de la sauver... si elle n'était pas déjà morte de faim ou noyée dans ce marais impitoyable où ils s'étaient réfugiés !

Le pire serait qu'elle eût été contrainte de commettre quelque crime impardonnable contre le Reich.

Le train ralentissait. Une secousse le fit sortir de sa rêverie et il regarda le prince Pierre Borodine, assis en face de lui. Ils avaient partagé ce wagon depuis Berlin, avaient mangé, dormi et fait leur toilette ensemble pendant presque vingt-quatre heures et avaient à peine échangé quatre mots. Le prince semblait lui aussi préoccupé.

Depuis leur rencontre, en compagnie de George Hayman, à l'hôtel Albert à Berlin — il y avait de cela deux semaines — le prince avait bien changé. Le prince russe d'alors, arrogant et agressif, déterminé à suivre sa voie, même si c'était la mauvaise, avait fait place à un homme au visage morne, aux épaules voûtées et même ses vêtements semblaient ne plus lui convenir. En deux semaines il avait vieilli de vingt ans.

Il n'était pas difficile de deviner pourquoi. Malgré ses

dires, il ne pouvait s'empêcher de s'inquiéter du sort de sa plus jeune sœur. En outre, il s'engageait enfin sur la voie qu'il avait choisie et allait lever une armée blanche pour combattre les Rouges. Cette fois, avec toute la puissance de la Wehrmacht derrière lui, il avait de grandes chances de réussir. Et pourtant il semblait prendre conscience de la terrible responsabilité qu'il prenait de rallumer une nouvelle guerre civile, quand la première avait été l'une des plus féroces de l'histoire de l'humanité.

Il fallait qu'il se ressaisisse et fasse du bon travail car, malgré la protection de Goebbels qui le considérait comme un outil de propagande parfait, Himmler ne le supporterait plus longtemps.

Paul lui sourit.

— Nous serons bientôt arrivés. N'est-ce pas extraordinaire ? On ne croirait pas qu'une guerre a eu lieu ici. Ce pays est tellement immense. Et puis cette guerre éclair s'est révélée très efficace. Plus la guerre est menée de façon impitoyable, plus elle épargne de vies humaines.

Pierre Borodine ne répondit rien.

— Et quand cette guerre est nécessaire... (peut-être se lançait-il là dans une argumentation dont il lui serait difficile de se sortir !)... C'est bien une guerre nécessaire, prince Pierre ! Vous avez toujours été le premier à le dire.

Pierre Borodine poussa un soupir et regarda par la fenêtre.

— Ils lui ont rasé la tête, dit-il, comme s'il se parlait à lui-même.

Paul fut intrigué. Puis il se souvint d'une femme juive dont ils avaient parlé avec George Hayman. Une vieille amie de la famille, mais une juive et, en outre, la maîtresse d'un diplomate russe. Sans parler d'un passé d'agitatrice communiste.

— Je sais... c'est... indigne. Mais la prison est une chose indigne. Et quand un grand nombre d'êtres humains sont rassemblés dans un petit espace, il y a risque d'une épidémie de poux. Nous rasons aussi la tête de nos soldats, dit-il en s'efforçant de sourire.

Pierre Borodine le regardait toujours fixement et son visage s'était fermé.

— Dès que la guerre sera finie, poursuivit Paul, nous libérerons les éléments subversifs; ce qui ne saurait tarder maintenant, grâce à l'aide que vous allez nous apporter.

— Les éléments subversifs? reprit Pierre comme pour lui. Comment peut-elle être un élément subversif? Elle déteste les bolcheviks autant que moi. Je l'ai élevée ainsi. Elle ne peut être un élément subversif.

Paul fronça les sourcils.

— J'ai bien peur que Fräulein Stein ne puisse renier ses antécédents, prince Pierre! Il est possible qu'elle déteste les bolcheviks, mais il ne fait aucun doute qu'elle soit communiste et c'est en outre une juive.

Le prince Pierre ne semblait plus écouter. Il regardait par la fenêtre. Des maisons apparurent et le train ralentit.

— Ils lui ont rasé la tête, répéta-t-il. Heydrich avait dit qu'ils la traiteraient bien. Et ils l'ont rasée, lui ont pris ses vêtements et la font travailler à l'infirmerie. Une fille comme elle. Mon Dieu! (Sa voix se cassa.) Passer deux ans dans une prison russe et maintenant vivre ceci. (Il se tourna vers Paul.) Les Russes ne l'ont pas rasée, eux. Ils ne l'ont pas maltraitée. Ils l'ont juste enfermée et lui ont donné des livres à lire.

Paul ne pouvait rien répondre. Il ne comprenait pas de quoi le prince parlait. Peut-être devenait-il fou! Quelle responsabilité en effet de devoir recruter une armée au sein d'un peuple gouverné depuis tant d'années par les communistes!

Soudain Pierre Borodine se mit à sourire et Paul se sentit vraiment mal à l'aise.

— C'est moi qu'ils voulaient et ils l'ont prise parce que je n'étais pas là. Ensuite, ne sachant pas quoi en faire, ils l'ont gardée. Ils l'ont gardée deux ans. Pouvez-vous imaginer une chose pareille?

Paul secoua la tête.

— Et savez-vous que malgré cela, elle est heureuse ? Heureuse de se retrouver parmi d'autres êtres humains. Malgré sa tête rasée. Elle est heureuse de pouvoir contempler le soleil de temps à autre. Le croiriez-vous ?

Paul regarda par la fenêtre et fut soulagé quand le train s'arrêta.

Pierre Borodine sembla retrouver tous ses esprits. Il se redressa, boutonna sa veste et fixa Paul.

— Vous oublierez ce que je viens de dire, capitaine von Hassel. Je ne suis pas supposé en parler à quiconque.

— Bien sûr, dit Paul en se levant. Je comprends parfaitement.

— Vraiment ? s'étonna Pierre, légèrement sarcastique.

Ils descendirent sur le quai où le colonel von Bledow les attendait. Paul fut immédiatement rassuré. Bledow était petit, fort et il souriait. Tout son visage était fait pour sourire ou plutôt rire. Il accueillit le prince avec le salut nazi, puis lui serra la main.

— Prince Borodine ! Quel plaisir de vous avoir parmi nous. J'ai mis un bâtiment à votre disposition avec des bureaux, des secrétaires et tout ce dont vous pouvez avoir besoin. S'il vous manque quoi que ce soit, faites-le-moi savoir. (Il rit et tout son corps tressauta.) Une armée russe se battant aux côtés de l'armée allemande ! Je n'arrive pas à y croire, prince Borodine. Mais je suis prêt à tout essayer.

Il laissa le prince Pierre en plan et se tourna vers Paul.

— Et vous êtes sans doute le capitaine von Hassel ? Ah, l'amour ! (Il éclata de rire et fit un geste vers l'horizon.) Regardez par là !

Paul regarda la ligne d'arbres qui se profilait vers le sud. Mais il connaissait déjà le Pripet. Il hocha la tête.

— Avez-vous pris contact avec eux, mon colonel ?

— Non. Ils sont dans les marais et nous sommes ici. Nous ne les avons ni vus ni entendus depuis qu'ils se

221

sont enfuis. Mais je soupçonne les villageois de les ravitailler. Je vais y mettre un terme. Inutile cependant de monter une opération militaire contre un groupe de danseuses... Il faudrait plusieurs régiments pour ratisser les marais. Non, non. Ils peuvent y rester et mourir de faim si cela leur chante. D'un autre côté, si vous pouvez les inciter à en sortir... (Il éclata d'un rire bruyant.) Oh, oui. Si vous pouviez les inciter à en sortir, ce serait parfait, n'est-ce pas ? Essayez, capitaine. Essayez.

— Monsieur Hayman ! (Staline contourna son bureau, les deux bras tendus.) Nous nous rencontrons toujours en période de crise. Mais c'est un plaisir de vous revoir. Le camarade Molotov me dit que vous êtes ici à titre officiel.
— Il se trouve que je suis sur place, Excellence, expliqua George.
— Bien sûr. (Staline l'entraîna vers le divan en cuir et s'assit à ses côtés, tandis que Molotov s'installait en face d'eux dans un fauteuil.) Vous allez au mariage de votre beau-fils. Une affaire terrible. Quand je pense à Tatiana Dimitrievna, héroïne de l'Union soviétique et l'une de nos plus grandes artistes, perdue au milieu de cet enfer...
— Il n'y a aucune nouvelle ?
— Rien. J'ai demandé au commissaire adjoint à la sécurité intérieure de venir pour vous expliquer les mesures qu'il a prises. (Il se tourna vers Molotov.) Il attend dehors. (Molotov se leva et alla ouvrir.) Vous connaissez bien sûr le camarade Nej, monsieur Hayman.
— Oui, je le connais.
George ne lui tendit pas la main. C'était l'homme qu'il méprisait le plus au monde.
— Asseyez-vous. Asseyez-vous, Ivan Nikolaievitch, dit Staline, et dites à M. Hayman quelles mesures vous avez prises pour retrouver Tatiana Dimitrievna.
— Je fais tout mon possible. J'ai envoyé mon meilleur agent, une femme nommée Anna Ragosina, dans le

secteur du Pripet. (Il fit une pause et observa George du coin de l'œil. Ce dernier en effet connaissait Anna qui avait enlevé Ilona Hayman à Berlin.) C'est une mission très dangereuse, monsieur Hayman. Si elle se fait prendre par les Allemands, je tremble à l'idée du sort qu'ils lui réserveront. Mais elle est partie avec deux adjoints et doit prendre contact avec ma femme si possible.

— Et la faire revenir dans nos lignes ?

— Si c'est possible.

George remarqua que ses yeux s'étaient soudain voilés.

— Nous livrons un combat désespéré, monsieur Hayman, intervint Staline. Chaque jour nous apporte la nouvelle d'une catastrophe. Rien ne peut arrêter les Allemands. Savez-vous qu'ils ne sont qu'à quelques centaines de kilomètres de Moscou ?

— Et seulement à cent soixante de Leningrad, renchérit Molotov.

— Le gouvernement va être transféré à Kouïbychev dans l'Oural, poursuivit Staline. Je vous promets que l'on retrouvera votre belle-sœur, votre beau-fils et sa fiancée si c'est humainement possible. Mais pour l'heure, il est impossible de prévoir ce qui se passera demain.

George hocha la tête.

— L'effort que vous faites ici est admirable. J'ai lu votre discours et, si vous permettez, je l'ai trouvé brillant.

— Merci, monsieur Hayman. Nous combattrons jusqu'à la dernière goutte de notre sang. (Il sourit.) En tout cas jusqu'au dernier obus, voire la dernière cartouche, le dernier char et jusqu'à la dernière goutte d'essence que vous pourrez nous donner.

— Vous ne manquerez de rien, assura George. Cependant l'administration des Etats-Unis ne sera pas ravie d'apprendre que vous évacuez Moscou.

Le sourire de Staline disparut.

— Je n'ai aucune intention d'évacuer Moscou, monsieur Hayman.

— Mais si le gouvernement...
— J'envoie les différents services à Kouïbychev parce qu'ils ne sont pas nécessaires ici. Ils ne feraient que nous encombrer. Il est possible que la bataille décisive de cette guerre ait lieu ici même à Moscou; c'est pourquoi j'évacue tous ceux, hommes et femmes, qui n'auront aucun rôle à y jouer. Les enfants sont déjà partis. Mais je ne pars pas, moi. Je commanderai la défense en personne. Et je vous promets, monsieur Hayman, que si les Allemands prennent le Kremlin, ils devront d'abord passer sur mon corps.

Il parlait d'une voix si assurée que George le crut tout à fait et il eut soudain la certitude que les Allemands ne prendraient jamais Moscou.

— Et Leningrad ?

Staline retrouva le sourire.

— Nous défendrons aussi Leningrad, monsieur Hayman. C'est mon plus vieux compagnon, que vous connaissez bien, qui est chargé de sa défense : Michael Nej !

George acquiesça.

— J'aimerais y aller après en avoir terminé ici.

— C'est tout à fait impossible, dit Molotov. Les Allemands se trouvent trop près. Il y a déjà des combats aux alentours.

— J'ai déjà reçu le baptême du feu, camarade Staline, fit remarquer George.

— Pourquoi désirez-vous tant aller à Leningrad, monsieur Hayman ? Est-ce pour revoir votre ami Michael Nikolaievitch ?

— Effectivement, Excellence. Lui et moi sommes de très vieux amis. Nous avons fait connaissance durant la guerre contre les Japonais.

— Cela fait bien longtemps en effet.

— Mais j'aimerais aussi revoir la ville. J'y ai vécu assez longtemps durant la Première Guerre mondiale. Et d'ailleurs, avant de retourner aux Etats-Unis, j'aimerais assister aux combats entre troupes russes et troupes allemandes.

— Pour pouvoir rendre compte à votre gouvernement de la manière dont est utilisée l'aide que vous nous fournissez ?

— Certainement, admit George. Mais je suis aussi journaliste, camarade. Je l'ai été toute ma vie.

— Bien sûr. (Staline sourit.) Un reportage de première main par le propriétaire du journal en personne. Ah, monsieur Hayman, vous flairez la bataille ! Mais vous aurez une autre raison d'aller à Leningrad : Boris Petrov s'y trouve.

— Boris ?

— Ses parents y habitent. Pauvre Petrov, il n'a pas eu une vie heureuse. Eh bien, allez à Leningrad. Mais après avoir fait le nécessaire avec mon état-major.

— Bien entendu.

— Et promettez-moi de ne pas vous faire tuer.

— Je ferai de mon mieux.

— Très bien. (Staline se leva.) Faites-moi l'honneur de venir dîner avec moi. Ce sera tout simple.

— Avec plaisir, dit George.

— Très bien. Nous nous reverrons plus tard.

Les trois hommes sortirent, laissant Staline seul dans son bureau.

— Il est l'heure du déjeuner, dit Molotov en se tournant vers George. Je sais que vous êtes fatigué après votre voyage. Voulez-vous que nous nous mettions au travail demain matin ?

— Entendu, dit George.

— Alors, vous voudrez bien m'excuser. Le camarade Nej veillera à ce que l'on vous raccompagne à votre hôtel.

George se tourna vers Ivan Nej.

— Je n'y manquerai pas. Mais auparavant, dit Ivan, j'ai pensé que vous voudriez peut-être déjeuner avec moi. Nous avons beaucoup de choses à nous dire.

George hésita pendant un très bref instant.

— J'en suis persuadé, dit-il enfin.

Ivan Nej conduisit George au restaurant. Malgré les bombardements journaliers de la Luftwaffe, les rues étaient très animées et les gens lisaient les communiqués affichés sur les murs. La vie continuait à Moscou comme à Berlin. Le restaurant semblait réservé aux hauts dignitaires du parti et aux officiers supérieurs, mais il était bondé et comparable à n'importe quel restaurant de la même catégorie à New York.

— Vous et moi avons été ennemis par le passé, monsieur Hayman, déclara Ivan Nej. (Il n'avait pas prononcé une parole durant le trajet, réfléchissant sans doute à ce qu'il allait dire. George attendit la suite.) C'est bon de savoir que nous sommes maintenant du même bord, n'est-ce pas ?

— Si vous entendez par là que nous sommes tous deux opposés au nazisme et au fascisme sous toutes ses formes, je ne puis qu'être de votre avis.

— Mais vous me considérez toujours comme un monstre, remarqua Ivan en souriant. Je lis les journaux américains, monsieur Hayman, les vôtres en particulier.

— Comment voudriez-vous que je vous considère ? demanda George.

Ivan ne répondit pas immédiatement. Quand ils arrivèrent à leur table, un jeune homme s'y trouvait déjà. Il se mit debout pour accueillir le commissaire et son hôte — pour accueillir son père ! s'avisa George avec surprise. Il ne pouvait être que le fils d'Ivan et de Tatie.

— Mon fils, Gregory Ivanovitch. Voici M. Hayman, Gregory. Vous m'avez déjà entendu parler de lui. Vous avez aussi entendu votre mère en parler, j'imagine.

Gregory serra la main de George. Son visage était triste pour un homme si jeune.

— Vous avez des nouvelles de ma mère, monsieur Hayman ?

— Monsieur Hayman désire en avoir tout autant que nous. Mais, hélas, il n'y en a pas.

— Je devrais être là-bas, dit Gregory. Je...

— Vous êtes bien plus utile ici, l'interrompit Ivan doucement tout en observant George. Gregory travaille avec moi à la Lubianka, expliqua-t-il. Il fait partie de mon équipe spéciale et m'aide maintenant à former de nouvelles recrues. Mais il voudrait partir en mission.

— C'est là que je devrais être, dit Gregory.

— Passons notre commande, dit Ivan. Le caviar est bon cette année, monsieur Hayman, la carpe aussi. Il y a pénurie de viande, car les Allemands ont mis la main sur notre bétail en Ukraine.

— Je prendrai de la carpe, décida George tout en observant son hôte.

Ivan Nej, autrefois cireur de bottes chez les Borodine, passait inaperçu. A présent, malgré son uniforme et l'assurance avec laquelle il donnait ses ordres au serveur, il avait toujours l'air d'un animal affamé. Quand l'inévitable flacon de vodka fut déposé sur la table, il vida son verre d'un trait comme un paysan. Mais il était sûr de lui; n'était-il pas l'exécuteur des hautes œuvres de Staline? George eut l'impression qu'il ne consentirait plus à s'humilier comme autrefois.

Ivan sourit. Il s'était rendu compte que George l'observait et avait même deviné les pensées qui lui traversaient l'esprit.

— J'aimerais que vous me considériez comme un homme qui fait son devoir pour son pays, monsieur Hayman. Je ne veux pas me disputer avec vous. Ce qui est en jeu est bien trop important. (Il se pencha en avant.) Mais sachez que je suis aussi inquiet que vous au sujet de Tatiana Dimitrievna et que j'admire le comportement de votre beau-fils lors de l'évasion de l'académie. En cela, nous avons la même opinion.

— N'a-t-il pas commis une erreur? Les Allemands prétendent que Tatie n'avait rien à craindre d'eux.

— Vous croyez cela? Nous avons appris que plusieurs filles ont été fusillées sur-le-champ simplement parce qu'elles étaient des juives russes.

— Mon Dieu! Mais personne ne m'en a rien dit! Ces nouvelles ont-elles été confirmées?

Ivan haussa les épaules.

— Il est difficile d'obtenir des confirmations. Anna Ragosina, elle, apprendra peut-être quelque chose. Elle a un poste radio à ondes courtes et pourra entrer en contact avec nos troupes.

— Si elle ne se fait pas tuer avant.

— C'est un risque qu'elle doit courir, que nous courons tous en ce moment même, tandis que nous dégustons notre repas. Si quelqu'un peut survivre, c'est bien Anna Petrovna. Mais je n'ai aucun doute quant à la véracité de cette nouvelle. Cela concorde trop avec tous les autres rapports que nous avons reçus. Non, non, monsieur Hayman, le jeune John Hayman a fait ce qu'il fallait. Il a fait la seule chose possible. Mieux vaut mourir les armes à la main que debout contre un mur, les mains liées dans le dos.

Vous en savez quelque chose, pensa George, mais il se tut.

— J'aimerais donc que nous devenions amis — ou du moins compagnons — pour la durée de cette guerre, monsieur Hayman. Nous avons un objectif commun, n'est-ce pas ?

Il tendit sa main.

George hésita, puis serra la main tendue.

— Pour la durée de la guerre, Ivan Nikolaievitch, dit-il.

Ivan sourit et leva son verre.

— Je bois à notre victoire, car nous vaincrons, je vous le promets. A présent, veuillez m'excuser quelques instants.

Gregory regarda son père se diriger vers les toilettes.

— Il pense ce qu'il dit, monsieur Hayman. Je connais les querelles qui vous opposent. Ma mère m'en a parlé.

— Et pourtant vous travaillez pour lui.

L'expression de Gregory se raidit.

— Je travaille pour la Russie, monsieur Hayman. Est-ce un crime ?

George observa son visage qui exprimait toute la noblesse des Borodine, malgré certaine ressemblance avec son père. Il était bien plus le fils de Tatie que celui d'Ivan Nej. Et pourtant, il faisait partie de la police secrète.

Mais peut-être après tout le NKVD lui-même pourra-t-il se civiliser, quand les anciens révolutionnaires, comme Ivan Nej, aux mains couvertes de sang disparaîtront et qu'ils seront remplacés par ces jeunes gens qui n'auront rien connu d'autre que l'Etat soviétique !

Peut-être...

C'était sans doute le seul espoir pour leur pays et pour l'Europe. Voire pour le monde entier.

— Non, Gregory Ivanovitch, ce n'est pas un crime.

La foule était silencieuse. Elle observait, pleine de crainte et de suspicion. Et non sans raison. La place principale de Slutsk était entourée de soldats allemands et, sur les toits des maisons, des nids de mitrailleuses pointaient dans toutes les directions. Sur l'estrade, séparée de la foule par un mur de soldats dont les casques brillaient dans le soleil du matin, le prince de Starogan attendait.

Pierre Borodine se demandait combien d'hommes étaient venus de leur propre gré. Le maire avait lancé un appel et les Allemands avaient fait le tour des maisons, contraignant les hommes valides à venir écouter ce que le prince de Starogan avait à leur dire. Mais combien d'entre eux se souvenaient encore du prince de Starogan ?

Il avait les paumes moites et la gorge sèche. Cette journée était une des plus importantes de sa vie, mais il ne pouvait que penser à la tête rasée de Ruth. En supposant qu'il réussisse à lever cette armée, elle serait commandée par des hommes qui, eux aussi, raseraient la tête d'une jeune fille et l'enfermeraient pour la simple raison qu'elle avait une tare dans son lignage. Sa mère déjà s'était dressée contre lui trente ans auparavant lorsqu'il avait envisagé de prendre Judith Stein pour maîtresse. « C'est une juive ! », s'était-elle écriée dans un mélange de rage et de désespoir. Il l'avait regardée avec colère, lui demandant ce que cela pouvait faire, comparé à sa beauté, son intelligence, sa dignité et sa culture.

Il le croyait alors et il le croyait encore aujourd'hui. Mais, après tout, sa mère avait eu raison. En Russie, en Allemagne et dans tous les pays conquis par les Allemands, le fait d'être juif vous excluait de la société humaine. Rachel, du moins, n'avait pas subi le sort infligé à sa sœur et à sa fille. A Ravensbrück, le commandant du camp lui avait proposé de voir Judith et il avait refusé. Il avait assez souffert à la vue de Ruth.

Et maintenant il devait travailler pour ceux-là mêmes qui appliquaient une politique aussi inhumaine.

Il soupira et s'éclaircit la voix. La foule et l'officier allemand qui se tenait à ses côtés commençaient à s'agiter.

— Compatriotes! cria Pierre. Vous avez entendu parler de moi. Je suis le prince de Starogan. Depuis vingt ans je combats cette plaie du bolchevisme qui submerge notre beau pays. Vous auriez aimé combattre à mes côtés comme vos pères et grands-pères l'ont fait dans cette lutte contre le monstre rouge. Nous avons perdu alors et avons dû attendre une nouvelle occasion. Cette occasion se présente aujourd'hui. Avec l'aide de la puissante Wehrmacht allemande, il est maintenant possible de nous débarrasser du bolchevisme, de détruire l'Etat soviétique, et de rétablir la Russie des tsars, la grandeur de la Russie. Mais nous ne pouvons pas laisser la Wehrmacht faire tout le travail à notre place. Ceci est notre pays et nous devons prendre part à sa libération. C'est ce que j'ai l'intention de faire et je sais que vous serez heureux de me suivre pour chasser le monstre Staline du Kremlin et de la place qu'il a usurpée. Ce jour-là, la Russie retrouvera sa liberté, sa prospérité et sa grandeur. (Il fit une pause et poursuivit.) A présent, je vais vous dire comment nous y parviendrons.

Le colonel von Bledow se détourna de la fenêtre de son bureau qui donnait sur la place et gloussa de satisfaction.

— Le prince parle sans conviction. Remarquez, il est difficile de provoquer de l'enthousiasme chez une telle bande de paysans. Vous savez, capitaine von Hassel, le degré d'intelligence est bien inférieur en Russie à ce qu'il est partout ailleurs en Europe.

Il s'interrompit pour serrer amoureusement l'épaule

de sa secrétaire. Ce n'était pas sans raison, se dit Paul. Elle était légèrement plus grande que son chef et portait des lunettes à monture d'écaille, mais c'était une blonde au corsage généreux et Paul n'avait jamais vu de seins aussi volumineux. Le reste de son corps était à l'avenant et convenait tout à fait au colonel. Mais il y avait des choses plus importantes que cela.

— Pensez-vous qu'ils le suivront, mon colonel ?

Bledow haussa les épaules.

— Cela n'a pas d'importance de toute façon, à en juger par la manière dont ils ont combattu contre nous. En tout cas, je doute que l'on puisse leur faire confiance. Ils iront avec celui qui les nourrira le mieux. Et ils sont constamment terrorisés. Venez. Je vais vous montrer un exemple.

— J'aimerais vraiment commencer ma mission, dit Paul.

— Il sera toujours temps. Cela ne sert à rien de négocier avec des gens si vous ne connaissez pas leur caractère. (Bledow lui sourit.) Je comprends que vous soyez impatient d'entrer en contact avec votre fiancée, mais si elle se trouve là-bas ce soir, elle y sera encore demain.

— Oui, mon colonel. Et c'est avec elle et avec sa mère que je négocierai, pas avec des paysans.

— Cela, vous l'ignorez.

Le colonel von Bledow ouvrit une porte qui donnait sur un couloir et des escaliers. Comme un chien fidèle, la blonde Ilsa le suivit avec son carnet de notes et un crayon. Sous sa robe noire ses hanches se balançaient au rythme de sa marche.

— Pour votre gouverne, écoutez ce que je vais vous dire. On peut imaginer que Mme Nej, sa fille et ses danseuses, ayant été contraintes de suivre ce fou furieux de Hayman ont cherché à venir se mettre sous notre protection, en s'avisant de la gravité de leurs actes. Mais hélas, elles en ont été empêchées, mais pas simplement par Hayman. Nous savons qu'un certain nombre de déserteurs russes s'abritent dans cette forêt. Imaginez la joie de ces hommes affamés,

231

effrayés et désespérés à la vue de trente jeunes et jolies femmes. Vous voyez ce que je veux dire, capitaine von Hassel ? Si cela se révélait exact, alors il serait impossible de leur tenir rigueur de ce qui est arrivé ici, durant la nuit du 24 juin !

Ils arrivèrent au rez-de-chaussée. Devant eux, une porte ouvrait sur la cave et le colonel frappa.

— Vous avez bien entendu raison, admit Paul, comprenant l'astuce de son supérieur.

C'était la solution idéale. Ainsi, John Hayman porterait toute la responsabilité de l'évasion. Mais il résoudrait ce problème lorsque les filles seraient en sécurité. Et il avait la parole de Heydrich.

D'ailleurs, John Hayman, quels qu'aient été ses motifs, *avait* assassiné douze soldats allemands.

— Vous voyez, il est possible que, malgré vos réticences, vous ayez à négocier avec ces paysans, dit von Bledow tandis que la porte s'ouvrait.

Un soldat trapu en manches de chemise les laissa passer et ils descendirent dans la cave où un autre homme en chemise attendait. Le spectacle que découvrit Paul le remplit de dégoût. Maintenu par un jeu de quatre cordes attachées au plafond, un homme était suspendu parallèlement au sol à environ un mètre de hauteur. L'atmosphère de la cave était pleine de relents d'humidité, de sueur et même d'excréments humains. L'homme était tout nu et pendait là comme une carcasse destinée à l'abattoir. Cependant, hormis quelques contusions sur les côtes, il ne semblait pas avoir subi de sévices. Il était conscient car il releva la tête en entendant la porte s'ouvrir.

Paul jeta un rapide coup d'œil à Ilsa.

— Vous ne devriez pas être ici, dit-il.

Elle le regarda, les yeux grands ouverts.

— Bien sûr que si, lança von Bledow en riant. Il faut qu'elle note tout ce qu'il dit. D'ailleurs, cela l'amuse.

La fille suivit son chef, puis alla s'installer à un bureau qui se trouvait dans le coin, son carnet et son crayon posés devant elle, prête à prendre des notes.

Elle observait le prisonnier en clignant des yeux derrière ses lunettes.

— Le système est de mon invention, expliqua Bledow tout en faisant le tour du prisonnier qui le suivait des yeux. C'est très simple. Quatre cordes et quatre poulies au plafond, ce qui permet de placer le prisonnier dans n'importe quelle position. Par exemple, si je veux qu'il soit fouetté...

Il fit claquer ses doigts et l'un des hommes en bras de chemise tira sur deux cordes qui étaient attachées aux poignets de l'homme jusqu'à ce que celui-ci se trouve à la verticale.

— Voilà, dit von Bledow avec un sourire de contentement.

Il frappa l'homme sur le dos avec sa canne. Le corps du prisonnier sursauta et il serra les dents.

— La manœuvre peut être inversée si nous voulons lui faire subir le traitement de l'eau.

Il fit de nouveau claquer ses doigts et ses aides mirent le prisonnier la tête en bas. Un des hommes alla chercher un seau d'eau, puis posa le seau sous la tête de l'homme et la lui plongea dedans. Le corps du prisonnier se tordait et gigotait, mais le sergent SS lui maintenait la tête fermement sous l'eau.

— Vous allez le noyer! cria Paul.

Von Bledow fit claquer ses doigts et le SS retira le seau. L'homme se tordit, haleta et vomit, tandis que l'eau lui coulait du nez et des oreilles.

— Généralement nous ne les laissons pas se noyer, mon cher capitaine von Hassel. (Le colonel sourit.) Les interrogatoires sont un art, pas de la simple brutalité. Les méthodes primitives et brutales sont dépassées. Ma méthode consiste à éviter tout contact entre celui qui conduit l'interrogatoire et le prisonnier. Je vais vous montrer.

— Non, mon colonel, intervint Paul sèchement. Les interrogatoires ne sont pas de mon domaine et je ne désire pas y assister. J'ai une mission à remplir. Si vous voulez m'excuser, je vais m'y préparer.

Un nuage de poussière jaune s'élevait dans l'air calme et entourait la colonne motorisée. Ce n'était pas un détachement important : deux motos, suivies de quatre camions, un véhicule blindé et enfin deux autres motos avec side-car transportaient des soldats avec des mitrailleuses. Tous inspectaient les arbres qui les entouraient avec intérêt mais sans crainte. Des éléments de l'armée russe en déroute se cachaient dans cet immense dédale de forêts et de marécages. Ainsi le général von Rundstedt avait détruit toutes les forces russes au sud des marais du Pripet et le général von Bock avait ratissé le secteur au nord du marais. Mais cette zone de marais était si impénétrable que personne jusqu'à ce jour n'avait osé s'y aventurer. La colonne s'avançait sans crainte sur une des rares routes qui traversaient le Pripet, sachant à quel point le moral des Russes était bas.

Et ils avaient raison, pensa John Hayman qui, à plat ventre derrière des buissons, les observait. Durant ces dernières semaines, de nombreux déserteurs s'étaient réfugiés dans la forêt. Mais ils ne se considéraient pas bien sûr comme des déserteurs. C'étaient des survivants des armées russes qui avaient tenté de s'opposer à l'avancée de la Wehrmacht. Ayant survécu au traumatisme de la guerre éclair, ils n'étaient pas pressés de retourner au combat. Ils le reprendraient le combat, disaient-ils, sitôt que les Russes lanceraient leur contre-offensive et pourraient même jouer un rôle appréciable dans la défaite des armées allemandes. Jusque-là, ils se contentaient de se cacher dans la forêt en évitant de donner aux Allemands le moindre prétexte pour venir les en déloger.

John était persuadé qu'ils avaient raison. Pour lui, il était parfaitement conscient de sa situation. Il avait tué une douzaine d'hommes qui, s'ils n'étaient pas innocents, n'en étaient pas moins des êtres humains. Et cela pour quel résultat ? Pour que les filles tombent aux mains des Russes, lesquels se montraient aussi voraces que les nazis ! Valait-il mieux être violée par un homme de sa nationalité plutôt que par un étranger? Le résultat était le même. Après une telle expérience, les filles pourraient-elles jamais retrouver une vie normale?

Il y avait trois exceptions. Il se retourna sur le dos pour observer les deux femmes qui sous le couvert des arbres s'avançaient vers lui à quatre pattes. Natacha était en tête. Elle portait une robe en haillons qu'elle avait pu se procurer grâce à une femme du village. Ses cheveux auburn étaient à présent plus longs et recouvraient ses épaules. Elle était sa femme maintenant, et d'une manière bien plus profonde que s'ils s'étaient simplement mariés sans vivre toute cette tragédie. Il se demanda à quel point il était nécessaire pour un homme et une femme de partager une telle expérience pour apprendre à se comprendre vraiment. Dans les bras de Natacha, il avait trouvé le bonheur et elle semblait heureuse de partager la plus humide et la plus dure des couches avec lui pourvu qu'elle se trouve dans ses bras. Ainsi donc, cette guerre dévastatrice, qui avait fait de lui un tueur, lui avait apporté le bonheur. Il n'avait d'autre préoccupation que de se procurer de la nourriture, ce qui devenait de plus en plus difficile malgré la bonne volonté des moujiks des villages environnants. En effet, le nombre des réfugiés augmentait de jour en jour et l'hiver approchait à grands pas.

Mais que pensait Svetlana, elle qui avançait en rampant à côté de Natacha? Elle n'avait pas connu la promiscuité générale; Tatiana s'y était opposée formellement. Tante Tatie elle aussi s'était tenue à l'écart et l'aurait sans doute exigé de Natacha s'il n'avait pas été là. Tante Tatie avait beau être la plus égalitaire des Borodine, elle n'en croyait pas moins que certains étaient plus égaux que d'autres.

Mais Svetlana aurait posé un problème, elle qui avait connu une existence très protégée. Cependant, en vraie fille de Tatiana Dimitrievna, elle faisait semblant d'accepter la situation.

— Quelles nouvelles? demanda John.

Natacha secoua la tête.

— Mauvaises. Le père Gabon est venu en personne.

Les Allemands réquisitionnent tout ce qu'ils trouvent. Selon lui, le village ne pourra plus nous ravitailler longtemps. Les vivres vont manquer et les Allemands sont au courant. Ils ont pris Efim Vaganian, le facteur, alors qu'il venait nous ravitailler.

— Qu'ont-ils fait de lui ?

— Personne ne le sait. Il a été conduit au quartier général à Slutsk. Mais selon le père Gabon, c'est très mauvais.

— Le père raconte aussi qu'il n'y aura pas de contre-offensive russe, dit Svetlana. Les Allemands le lui ont affirmé. Ils sont déjà pratiquement à Moscou et à Leningrad et sont sur le point de prendre Kiev. Ils disent que les Russes ont perdu la guerre. D'après le père Gabon, mieux vaudrait se rendre.

— Cela ne tient pas debout ! s'écria Natacha avec colère. Ils commenceraient par pendre Johnnie, votre mère et moi !

— En tout cas, il est certain que c'est de la propagande allemande. Leurs armées ne peuvent pas encore être à Moscou. Même s'ils n'avaient rencontré aucune résistance, ils n'en auraient pas eu matériellement le temps.

Il se tut soudain, s'avisant de l'énormité de ce qu'il disait.

— Il faut que nous partions d'ici, déclara Natacha qui avait regardé la route pendant qu'il parlait. Regardez là-bas !

John se retourna et observa les environs. La petite colonne allemande s'était arrêtée et les soldats descendaient des camions.

— Ils vont venir dans la forêt ! s'écria Svetlana. Le facteur a dû leur dire où ils pouvaient nous trouver.

— Restez tranquilles ! ordonna John.

Puis il observa les Allemands qui déroulèrent un grand drapeau blanc. Un officier descendit avec un mégaphone. John regretta de ne pas avoir une paire de jumelles pour voir son visage.

— Attention ! (L'homme, dans le mégaphone, parlait

un russe hésitant.) Madame Nej. John Hayman. Svetlana Nej. M'entendez-vous ? Ici Paul von Hassel.

Svetlana voulut se relever, mais John lui saisit les poignets.

— Je suis ici pour vous aider, cria Paul. J'ai reçu l'autorisation de venir vous aider. Sortez et rendez-vous avec vos compagnons. Rendez-vous et je vous garantis la vie sauve. Il vous faut sortir d'ici, Svetlana, sinon vous allez mourir dans ces marais. Vous n'avez aucune raison d'y rester. Vos armées sont battues et votre gouvernement se rendra avant un mois. Vous serez alors considérés comme des hors-la-loi. Rendez-vous maintenant, Svetlana chérie, et je pourrai tous vous sauver.

L'écho des dernières paroles résonnèrent quelques instants dans la forêt, puis les soldats replièrent le drapeau blanc, remontèrent dans leurs véhicules et la colonne reprit sa route.

— Paul ! dit Svetlana. (Elle réussit enfin à se mettre à genoux.) C'était Paul. Il faut que je...

John secoua la tête.

— C'est impossible.

— Il est certain que c'était la voix de Paul, dit Natacha.

— Je ne doute pas que ce soit lui.

— Alors...

— Mais c'est sûrement un piège. Vous ne comprenez donc pas ? Comment les Allemands nous feraient-ils grâce après ce que nous avons fait le mois dernier ?

Svetlana se mordit la lèvre.

— Peut-être...

— Oui, dit Svetlana. Je pourrais y aller seule. Laissez-moi essayer. Ils ne me feront aucun mal. Pas en présence de Paul. Et ce n'est pas lui qui essayera de me tromper.

John resta silencieux.

— Cela vaut la peine d'essayer, suggéra Natacha. Même si les Allemands ne viennent pas ici nous chercher et s'ils ne gagnent pas rapidement la guerre, nous mourrons tous au début de l'hiver dans les marais, par manque de nourriture et de vêtements.

— Ils ne vous laisseront pas revenir, dit John.

— Oh si! J'en suis certaine! Laissez-moi essayer, John, je vous en prie!

— Ecoutez!

Ils entendirent le mégaphone au loin. Paul semblait s'arrêter de place en place pour diffuser son message.

John se releva.

— Venez. Nous allons en parler avec tante Tatie.

— Oui, dit Natacha. Tatiana Dimitrievna saura ce qu'il faut faire.

Svetlana se releva, puis tout aussitôt s'immobilisa comme ses compagnons en entendant une branche craquer. Aucun d'eux n'était armé. John trouvait le fusil automatique trop lourd. D'ailleurs il ne lui restait presque plus de munitions et il n'avait guère l'occasion de s'en servir. Ils se tournèrent tous du côté d'où était venu le bruit et se trouvèrent face à trois soldats en uniforme vert, armés jusqu'aux dents avec des mitraillettes, des grenades et des pistolets à leur ceinture. Il fallut plusieurs secondes à John avant de s'apercevoir que deux d'entre eux étaient des femmes.

— Au nom du seigneur...

— John Hayman, dit la femme la plus âgée en s'avançant vers lui.

La mémoire lui revint en contemplant son visage de madone, ses cheveux noirs qui dépassaient de sa casquette et ces yeux intenses qui l'avaient un jour observé tandis qu'il se tenait nu devant elle, les mains liées derrière le dos.

— Anna Ragosina?

Il n'en croyait toujours pas ses yeux.

Anna sourit et regarda les deux femmes.

— Natacha Brusilova? Vous ne vous souvenez pas de moi? Svetlana Nej? Je suis l'adjointe de votre père.

Natacha ne dit rien, car cette femme l'avait elle aussi arrêtée autrefois.

— L'adjointe de mon père? Mais que faites-vous ici?

— Je me bats contre les Allemands, comme vous.

(Son visage se durcit.) J'ai aperçu une petite colonne ennemie sur cette route il y a moins de dix minutes. Il aurait été facile de la détruire. Cependant, pas un coup de feu n'a été tiré. Pouvez-vous m'expliquer cela, monsieur Hayman ?

— D'abord, ces Allemands ont déployé le drapeau blanc, ensuite ils ne sont pas venus pour se battre. Ils veulent négocier avec nous.

— D'ailleurs, enchaîna Natacha, si nous tirons sur les Allemands ils viendront nous déloger d'ici. A présent ils nous laissent tranquilles.

— Négocier avec vous ! répéta Anna Ragosina avec mépris. Vous laisser tranquilles ! N'avez-vous pas remarqué, camarade Brusilova, que nous sommes en guerre ? Nous ne négocions pas avec l'ennemi, nous l'exterminons. Mais certes, nous ne l'exterminerons pas en lui demandant de nous laisser en paix ! Conduisez-moi jusqu'à votre camp. Je veux voir ceux qui sont avec vous. Nous sommes venus ici pour vous apprendre à éliminer les Allemands.

9

Le camion s'arrêta dans un grincement de pneus en faisant voler la poussière et immédiatement il fut entouré par des femmes. Elles avaient des fichus sur la tête, étaient vêtues de pantalons ou de jupes plus ou moins usés. Les plus jeunes pouvaient avoir quinze ans, les plus âgées, cinquante. Chacune d'elles portait soit une pelle soit une pioche et, malgré leurs traits tirés, elles étaient joyeuses et souriaient aux soldats du camion et au civil assis à côté du chauffeur.

— Vous êtes venus vous battre contre les Fritz ? crièrent-elles. Espérons que vous vous débrouillerez mieux que les engourdis qui sont ici !

Puis elles continuèrent leurs commentaires entre elles en riant. Le colonel cligna de l'œil.

— Le moral est bon, n'est-ce pas, monsieur Hayman ?

— Il semble excellent, admit George.

Il avait remarqué cela, tout au long de son pénible voyage depuis Moscou. Ce peuple, littéralement écrasé par une guerre qui menaçait son existence même, trouvait pourtant la force de sourire et de travailler. Et les ouvrages accomplis par ces femmes en témoignaient tout autour de lui. Depuis une heure, le camion avançait à travers un dédale de tranchées rudimentaires et d'obstacles antichars sur lesquels le ciment séchait encore. Le sol autour de Leningrad était retourné sur des kilomètres à la ronde et ressemblait à une fourmilière troublée, au sud et à l'ouest, par le bruit lointain de la canonnade. Même la surface du lac Ladoga était sillonnée de bateaux qui allaient et venaient dans une agitation fiévreuse.

La ville elle-même était encore plus surprenante car, quelques traces de bombardements mises à part, elle demeurait virtuellement intacte.

Il n'était pas venu à Leningrad depuis 1922, date de son embarquement pour les Etats-Unis en compagnie d'Ilona. A cette époque, la ville ne s'était pas encore remise des ravages causés par la révolution. Mais à présent, elle avait retrouvé toute sa beauté et sa prospérité, suspendue comme elle était de tout temps entre ce lac et la Baltique, traversée par la Néva et baignant dans un chaud soleil de fin d'été. A l'intérieur de la cité, l'activité était aussi fiévreuse qu'à l'extérieur ; la population se préparait à se défendre contre les hordes nazies.

Le camion remonta la perspective Nevsky et il reconnut l'endroit d'où Victor Borodine était parti à l'assaut du palais d'Hiver. Quelques minutes après, il s'était entretenu avec Michael Nej, alors sur le point de mener les bolcheviks au combat.

Aujourd'hui, Michael était une fois encore à la tête de son peuple. Le camion s'arrêta devant le palais d'Hiver et l'on fit entrer George. Il fut conduit dans un bureau spacieux au premier étage, rempli de secrétaires. Une ordonnance ouvrit une porte.

— George ? George Hayman ? (Michael s'avança, les bras ouverts.) Est-ce bien vous ? (Il embrassa son ancien rival.) J'avais entendu dire que vous étiez en Russie, mais que faites-vous ici ? L'endroit n'est pas sûr. Il est dangereux de naviguer sur la Baltique, vous savez. Les Allemands en interdisent la traversée, même aux navires américains et suédois.

— Je ne vais nulle part pour le moment, Michael. Je suis venu ici pour observer, si vous m'y autorisez. Staline pense lui aussi que c'est une bonne idée de faire savoir aux Américains comment le Russe moyen ressent la guerre.

Le sourire de Michael s'élargit.

— J'ai bien peur qu'il n'y ait pas d'hommes et de femmes ordinaires dans les rues de Leningrad, George. La guerre nous a pris au dépourvu et, bien sûr, le fait d'avoir contre nous les Finlandais et les Etats baltes n'arrange rien. Venez par ici, nous allons vous montrer où en est la situation. Connaissez-vous le maréchal Vorochilov ?

— Monsieur Hayman. (Le maréchal salua George, puis lui serra la main.) J'ai entendu parler de vous. La situation se présente ainsi : les Finlandais se trouvent ici au nord. Ils occupent tout l'isthme entre le lac et la mer.

George étudia la carte.

— Mais cela n'est qu'à une quarantaine de kilomètres d'ici.

Vorochilov acquiesça.

— Nous sommes à portée de leur artillerie lourde. Mais les Finlandais ne se battent pas avec grand enthousiasme, monsieur Hayman. Ils nous bombardent chaque jour pendant quelques minutes, mais ils prennent soin que la plupart de leurs obus tombent à la mer. Le sud et l'ouest nous donnent plus de soucis. Les Allemands ont avancé très vite au début. Nous les avons quelque peu ralentis, mais ils tiennent cette ligne ici, ici et là.

George se pencha sur la carte.

— S'ils traversent le Luga vous serez coupé du reste de la Russie, du moins par terre.

Vorochilov hocha encore la tête.

— C'est un point stratégique mais nous le défendons avec toutes nos forces disponibles et nous le tiendrons, je vous le garantis, monsieur Hayman. (Il lança un regard à Michael.)

— Le fait est, George, que nous manquons de troupes de première ligne, ici. La plupart des nôtres ont été décimés dans les combats qui ont eu lieu plus au sud. Nous sommes donc obligés d'utiliser les *opolcheniye* — ce que vous appelleriez notre garde nationale — mais ce ne sont pas de vrais soldats et nous ignorons comment ils résisteront à la Wehrmacht. (Il sourit.) Ils sont néanmoins pleins d'enthousiasme. Vous ne trouverez aucun homme valide dans la ville.

George se gratta la tête.

— Qui fait tourner les usines ? Qui nettoie la ville ? Qui entretient la vie de la cité ?

— Les femmes, bien sûr. Et aussi les enfants. J'essaie de faire évacuer autant de femmes et d'enfants que possible, mais cela prend beaucoup de temps.

— Quelle population alors, si j'en juge par le nombre que j'ai vu sur la route durant ces deux derniers jours ?

— Ce sont les mêmes, George. Elles creusent des défenses antichars durant la journée et travaillent dans les usines la nuit. Nous sommes en guerre.

George se sentit gêné devant ce peuple si résolu, dans lequel chaque homme, chaque femme et chaque enfant participait à la lutte.

— Et vous pensez que la situation va d'abord empirer avant de s'améliorer ? remarqua-t-il.

— Elle va beaucoup se dégrader, admit Michael. Mais nous les arrêterons. Le camarade Staline a décrété que les Allemands ne prendraient ni Leningrad, ni Moscou, ni la Crimée. Nous serons ici en première ligne et nous nous défendrons. Mais vous devez être fatigué de votre voyage. Il faut que vous veniez à la maison pour voir Catherine et Nona, lorsqu'elle rentrera. Elle construit des défenses antichars. Cela l'occupe pendant ses vacances d'été, n'est-ce pas ?

— Oui, dit George pensivement.

Pendant ce temps Beth peignait tranquillement dans son studio et Felicity galopait sur les plages de Long Island. Elles auraient pu elles aussi se trouver sur une planète différente.

— J'ai appris que Boris Petrov était ici.

— C'est exact. (Michael le conduisit en bas où une voiture officielle attendait.) C'est un homme malheureux. Avez-vous des nouvelles, George ?

— Rien de bon. Vous êtes au courant au sujet de Tatie ?

Michael hocha la tête.

— Et pour John. Je suis fier, très fier.

— Même s'ils sont tous pris et fusillés ?

— Il mourra comme un homme. J'aimerais une mort semblable si nous devions perdre cette guerre. Mais je pensais à Judith.

— Elle est au camp de concentration de Ravensbrück.

George se cala dans le siège de la voiture tandis que celle-ci quittait le palais d'Hiver.

— Judith ?... Ne pouvait-on rien faire ?

— Je me suis adressé à Pierre mais il ne semblait pas intéressé, et à Goebbels qui l'était encore moins.

Michael regarda par la fenêtre en serrant les poings.

— Il faut vaincre les Allemands, George. Il le faut.

— N'est-ce pas ce que vous allez faire ?

— Je ne sais pas. Je peux vous le dire, maintenant que nous sommes seuls. Parfois j'en doute. Personne ne paraît capable de leur résister. (Il poussa un soupir.) Quand je lis les bulletins qui nous viennent de tout le pays, quand je vois le chaos dans lequel nous avons été précipités en quelques semaines, je suis parfois saisi de désespoir, George.

— Mon nom est Anna Ragosina. (Elle se tenait debout, les mains sur les hanches, entourée d'un cercle de visages.) Et voici Alexandra Gorchakova.

Celle-ci, une fille solidement bâtie, aux cheveux noirs, leur sourit.

— Et voici Tigran Paldinsky.

Le jeune homme, mince et brun, fit un bref signe de tête.

Les soldats les examinaient attentivement. Ils étaient sortis de leurs cachettes dans la forêt en apprenant que deux nouvelles femmes venaient d'arriver. Ils ne s'attendaient pas à trouver des soldats. Eh bien, pensa Anna, je ne m'attendais pas non plus à les voir, eux! Jamais elle n'avait vu une telle assemblée d'épaves. Leurs uniformes n'étaient plus que des haillons, leurs visages étaient envahis par la barbe et une bonne partie d'entre eux allaient nu-pieds. Pas un n'avait une arme.

Les femmes qui les accompagnaient n'étaient guère en meilleur état. Les célèbres danseuses de l'académie Nej portaient des robes en lambeaux qui dissimulaient à peine leurs corps bronzés. Elles n'étaient pas coiffées et leurs ongles étaient sales. Même Tatiana Nej, arrivée la dernière — elle devait être en train de dormir — ressemblait plus à une nymphe vieillissante qu'à l'idole de Moscou et de Leningrad.

Le regard d'Anna s'attarda sur John Hayman. Il ne différait guère des autres. La seule à faire un effort pour paraître présentable était Svetlana Nej. La célèbre Brusilova, elle, se laissait complètement aller. Anna se dit qu'elle ne serait pas une rivale bien dangereuse, encore que John Hayman se montrât très protecteur avec elle. Mais il fallait qu'elle prenne son temps. Elle voulait séduire cet homme et non le commander. Et elle ne pouvait y parvenir qu'en donnant l'exemple, en forçant son admiration.

En tout cas, elle avait du travail en perspective si elle voulait transformer ces vagabonds en combattants, et avant de pouvoir s'occuper de ses propres désirs.

Le plus étonnant, c'est que, en dehors de Svetlana, ils paraissaient tous en bonne santé et parfaitement satisfaits de la façon paresseuse dont ils avaient passé l'été. Et puis, ils étaient nombreux, environ deux cents. Ce serait la première fois qu'elle commanderait autant d'hommes.

— De quelle unité faisiez-vous partie? demanda-t-elle à l'un des gradés, sans doute un sergent. Je fais partie du NKVD, ainsi que mes camarades.

Les hommes et les femmes se rapprochèrent les uns des autres.

— De Moscou? demanda le sergent. Vous êtes venus de Moscou jusqu'aux marais du Pripet?

— A travers les lignes allemandes, camarade, dit Alexandra Gorchakova.

— Mais pourquoi?

Il semblait sincèrement étonné.

— Nous sommes venus vous apprendre à vous battre, déclara Tigran Paldinsky.

Le sergent le regarda d'un air ébahi. Puis il renversa la tête en arrière et éclata de rire.

— Vous voulez nous apprendre à nous battre? (Il regarda les deux femmes, le jeune homme, et rit de nouveau.) Vous?

— C'est une chose que vous ne savez plus faire, poursuivit Anna sans élever la voix.

Le sergent mit ses mains sur ses hanches et se campa en face d'elle.

— Et contre qui allons-nous nous battre, petite fille?

— Contre les ennemis de la patrie : les Allemands.

— Ah! (Il se tourna vers John Hayman.) Que dites-vous de cette fille? demanda-t-il.

— Elle est persuadée de ce qu'elle dit, répondit John.

— Vraiment? Alors, nous allons attaquer les Allemands, petite fille. Dites-nous avec quoi!

— N'avez-vous pas d'armes?

— Nous avons des fusils et quelques munitions, dit Natacha.

— Qui vous a demandé de vous mêler de cela?

demanda le sergent. Des fusils et des munitions ! Nous avons à peine une douzaine de cartouches chacun. Nos fusils sont en train de rouiller et on peut les compter sur les doigts.

— Alors nous vous en procurerons d'autres et des meilleurs, dit Anna.

— Et vous les prendrez où ?

— Aux Allemands, camarade.

Elle prit soudain une décision, mais son visage demeura impassible.

Le sergent lui enfonça son index dans le ventre.

— Ecoutez-moi bien, petite fille. Nous nous sommes battus contre les Allemands pendant que vous et vos petits camarades faisiez joujou en sécurité à Moscou. Nous nous sommes battus contre eux avec des mitrailleuses et de l'artillerie et nous étions des centaines de milliers. Et pourtant nous avons été battus.

Anna hocha la tête.

— Ils vous ont pris par surprise et vous n'étiez pas bien commandés. Maintenant, les choses vont changer. C'est vous qui attaquerez les Allemands par surprise et vous serez bien commandés.

Le sergent regarda autour de lui.

— Qui sera notre général ?

— C'est moi qui suis désormais votre chef, dit Anna.

Le sergent parut perdre l'usage de la parole. Un autre soldat s'avança.

— Vous ne comprenez pas, camarade Ragosina, expliqua-t-il sur un ton très raisonnable. Les Allemands nous ont laissés tranquilles pendant toutes ces semaines. Ils ne vont pas perdre leur temps pour venir nous chercher dans cette forêt. Mais si nous en sortons et les importunons, sûr qu'ils viendront nous dénicher !

— Il sera d'autant plus facile de les attaquer, répliqua Anna. Une fois engagés dans ces marais, ils seront à votre merci.

Ils la regardèrent tous sans réagir.

— Cela n'a pas de sens. (C'était la première fois que Tatie prenait la parole.) Je souhaite vaincre les Allemands autant que quiconque, camarade Ragosina, mais je ne vois pas ce que nous pourrions faire. Lorsque les Russes contre-attaqueront et que les Allemands seront vaincus, alors...

— Il n'y aura pas de contre-attaque. (Anna parlait d'une voix calme et basse.) Pas avant le début de l'année prochaine, si tout va bien. (Elle s'arrêta quelques instants pour leur laisser le temps de bien comprendre ses paroles.) Et une contre-attaque ne parviendra que difficilement jusqu'ici. Les Allemands sont à cent cinquante kilomètres de Leningrad et s'approchent de Moscou. Pour lors ils attaquent la Crimée. Ils sont partout en Russie. Et quand vous dites que nous sommes impuissants, vous vous trompez. Nous pouvons couper leurs lignes de communication. C'est un combat de nains contre un géant, je le reconnais. Mais si le nain peut couper quelques artères du géant, celui-ci finira par saigner à mort. Et vous n'avez pas d'autre choix. Croyez-vous pouvoir rester ici cet hiver sans ravitaillement sérieux ? Vous ! (Elle désigna la fille qui se trouvait la plus près d'elle, Nina Alexandrovna, qui baissa les yeux d'un air gêné.) Vous allez mourir de faim et de froid. Peut-être est-ce ce qui vous attend de toute manière, mais moi je vous apprendrai à survivre même en hiver. Si vous devez mourir, autant que ce soit en éliminant des Allemands.

Les hommes se regardèrent et le sergent comprit qu'ils hésitaient.

— Vous êtes fous d'écouter cette fille ! cria-t-il. Nous sommes fous de tolérer sa présence ici. Elle arrive on ne sait d'où et elle voudrait nous commander. De quel droit ?

— Par ordre de Joseph Vissarionovitch Staline en personne.

Anna sortit l'ordre écrit de sa poche et le sergent l'examina.

— Laissez-moi voir cela, ordonna Tatie, et elle prit le papier. C'est vrai. L'ordre est en règle. (Elle leva la tête.) Vous avez autorité sur *moi* ? C'est une plaisanterie d'Ivan Nikolaievitch.

— La guerre n'est pas une plaisanterie, Tatiana Dimitrievna.

— Nous pouvons négocier, maman, je le sais, assura Svetlana. Paul est ici. Il est à Slutsk, je l'ai vu ce matin. Il a lancé un appel avec un haut-parleur : selon lui, si nous nous rendons, nous serons traités avec mansuétude.

— Je l'ai entendu aussi, dit un des hommes.

— Moi aussi.

— Nous pouvons faire confiance à Paul, maman. Vous le savez.

— Voilà qui paraît raisonnable, dit le sergent. Se rendre : c'est ce que nous avons de mieux à faire. Si vraiment les Allemands sont aux portes de Moscou et de Leningrad, s'ils sont sur le point de conquérir la Crimée, alors la guerre est perdue. Rendons-nous !

— Quiconque tente de négocier avec l'ennemi est un traître. Vous avez mon ordre de mission, Tatiana Dimitrievna. N'ai-je pas reçu le droit de vie ou de mort sur tous les habitants de ce secteur ?

— C'est ce que prétend la lettre.

Le sergent s'esclaffa une nouvelle fois.

— Vous avez le droit de vie ou de mort ? Vous avez toute autorité pour nous commander ? Une petite morveuse comme vous ? Laissez-moi vous dire une chose, Anna Ragosina : c'est moi qui commande ici, avec la camarade Nej. Nous déciderons ce qu'il y a lieu de faire. Staline est à des milliers de kilomètres d'ici et lui n'hésitera pas à se mettre à l'abri. Nous, nous sommes sur le champ de bataille et nous agirons en conséquence. Et je dis que...

Anna Ragosina exécuta la décision qu'elle avait prise. D'un geste rapide, elle fit glisser sa mitraillette de son épaule et l'abattit à bout portant.

Le bruit de la détonation se répercuta à travers les arbres. Personne ne fit un geste ; le sergent s'arc-bouta sous l'impact, puis roula sur le sol. Il était déjà mort et un mince filet de sang se répandit sur l'herbe à côté de lui.

Un mouvement parcourut la troupe des soldats; aussitôt Tigran Paldinsky et Alexandra Gorchakova saisirent leurs mitraillettes.
— Mon Dieu! s'écria Tatie, et elle s'élança vers le cadavre du sergent.

John s'était déjà agenouillé à ses côtés et il leva la tête vers Anna qui n'avait même pas fait couper sa magnifique chevelure noire pour traverser les lignes allemandes. Sa silhouette était mince, ses muscles durs, comme son esprit. Il se souvenait comment, autrefois, elle l'avait menacé de le détruire dans les cellules de la Lubianka. Il ne l'avait pas prise au sérieux alors et s'était même moqué d'elle. Il avait réussi à s'en sortir grâce aux efforts de son père et de George. Mais elle venait d'abattre le sergent avec un sang-froid extraordinaire. Il lui vint à l'esprit que, neuf ans plus tôt, il aurait sans doute dû la prendre plus au sérieux...

Mais cela, c'était le passé. Que fallait-il faire à présent si la guerre allait se prolonger encore pendant au moins un an? Même tante Tatie semblait abasourdie par le pouvoir de décision et l'autorité d'Anna. N'était-ce pas la preuve de cet engourdissement qui les avait tous saisis depuis qu'ils menaient cette vie dans la forêt? Ils avaient tous subi un choc; aucun d'eux jusqu'alors — à l'exception de Tatie — n'avait été témoin d'une telle violence. Aussi restèrent-ils cachés, persuadés qu'il n'y avait rien d'autre à faire que d'attendre le retour des armées russes. Sans doute des témoins impartiaux n'adopteraient-ils pas le même point de vue.

Mais qu'espérer de l'avenir sous le commandement d'Anna Ragosina, si ce n'est l'assurance de nombreuses morts violentes?

Natacha se mit à genoux à côté de lui.
— Croyez-vous qu'elle sera capable de nous mener contre les Allemands?

Il leva la tête. Natacha elle aussi s'était résignée après son explosion d'énergie du début. Mais là, elle paraissait soudain renaître.

— Elle me terrifie, poursuivit Natacha, voyant qu'il ne répondait pas.

Ne voulait-elle pas simplement le rassurer ?

Anna Ragosina reprit la parole.

— Il voulait négocier. J'avais prévenu que je tuerais quiconque chercherait à négocier avec l'ennemi.

— Vous l'avez assassiné ! s'écria Tatie. Vous l'avez assassiné de sang-froid.

— Je l'ai exécuté, Tatiana Dimitrievna, répliqua calmement Anna. C'était mon devoir et je l'ai fait. Maintenant, j'exige que vous fassiez le vôtre. Vous tous, dit-elle en élevant la voix, allez chercher vos armes que je me rende compte de nos moyens. (Elle savait qu'il fallait profiter de l'ascendant qu'elle avait pris sur eux, et transformer la mort du sergent en un acte positif.) Dépêchez-vous. Nous avons beaucoup à faire.

John se leva.

— Sommes-nous autorisés à l'enterrer, *camarade ?*

— Laissez les femmes s'en charger. Vous, Tatiana Dimitrievna, faites creuser une tombe par vos filles. Il ne devrait pas être trop difficile de trouver un sol meuble.

Tatie la regarda sans mot dire.

— Je veux que ce soit fait quand je reviendrai, ajouta Anna.

Puis elle se retourna et disparut sous les arbres avec ses deux compagnons.

Une demi-heure plus tard, John vit réapparaître les trois membres du NKVD.

— Les Allemands sont en train de déjeuner, dit Anna. N'est-ce pas attendrissant ? Ils agissent comme si vous n'existiez pas ! Le camarade Paldinsky va choisir quinze d'entre vous. Allez-y, camarade.

Le jeune homme désigna les quinze recrues en évitant soigneusement de prendre John et Natacha. Puis Anna fit un signe et il disparut avec sa troupe sous les arbres.

— La moitié d'entre vous viendra avec moi, les autres iront avec la camarade Gorchakova. Camarade Hayman, vous viendrez avec moi — et vous aussi, camarade Brusilova. Dépêchez-vous à présent. Vous, camarade Hayman, j'ai appris que vous vous étiez battu comme un brave pour échapper aux Allemands. Il est temps de recommencer. Avez-vous une arme ?

John hésita, puis hocha la tête.

— Allez la chercher. Ramenez tous vos armes. Faites vite. Il faut que nous fassions vite.

— Vous allez attaquer Slutsk ? demanda Natacha.

— Les Allemands sont trop confiants. Cette petite colonne en ce moment dans la forêt, celle qui vous invite à devenir des traîtres : nous allons commencer par eux.

— Vous n'avez pas le droit ! s'écria Svetlana. C'est celle commandée par Paul.

— Paul ?

— Un officier allemand du nom de von Hassel, expliqua Natacha. C'est le fiancé de Svetlana.

Anna se tourna vers Svetlana.

— Vous êtes fiancée à un Allemand ?

— Cela s'est fait avant le début de la guerre, dit Svetlana en rougissant. Mais ce n'est pas un nazi. Il n'est que soldat.

— C'est un homme qui tue des Russes, fit remarquer Anna. Je suis sûre que vous trouverez un gentil fiancé russe. Notre devoir est de tuer des Allemands et cet homme en est un. En outre, c'est un officier.

— Maman, gémit Svetlana.

— Je suis sûre qu'il serait possible de capturer le capitaine von Hassel, suggéra Tatie.

— Nous ne faisons pas de prisonniers. Ecoutez-moi, vous tous ! s'écria-t-elle plus fort afin d'être entendue de tous. Notre mission ne consiste pas seulement à tuer des Allemands. Nous devons les effrayer, détruire leur moral : c'est cela, notre mission. Nous leur ferons regretter le jour où ils ont mis le pied en Russie. Vous, Tatiana Dimitrievna, emmenez cette enfant d'ici.

Tatie hésita, puis elle prit Svetlana par la main et l'entraîna sous les arbres.

— Maintenant, combien de fusils avez-vous ? (Elle en fit rapidement le compte.) Quarante-neuf, dit-elle avec

mépris. Quarante-neuf soldats sur deux cents hommes !
Eh bien, camarades, vous aurez bientôt tous des fusils.
Mais alors il faudra vous en servir. Pour l'instant, nous
nous contenterons de ces quarante-neuf. Vous, camarade Hayman, suivez-moi.
Elle se tourna vers Natacha.
— Je veux venir avec vous, déclara celle-ci.
— Vous ? Vous n'avez pas d'arme et vous ne savez pas vous en servir.
— Alors, donnez-moi une des vôtres. Je sais m'en servir. J'ai déjà tué des hommes.
Anna Ragosina sourit. Elle venait de rallier là son premier partisan.

Les hommes étaient étendus sur l'herbe à reprendre leur souffle et mâcher des brins d'herbe pour tromper leur faim. Anna Ragosina ne leur avait pas même laissé le temps de manger. Et pourtant, son ascendant sur eux était tel qu'ils l'avaient suivie au petit trot pendant presque une demi-heure à travers les marais, haletant, s'écorchant aux branches des buissons, tombant dans des trous d'eau. Enfin elle leur avait laissé le temps de se reposer tandis qu'elle allait en reconnaissance.

John, aussi épuisé que les autres, songeait à cette emprise qu'elle avait sur eux, due bien plutôt à sa personnalité et à son sexe qu'à la façon impitoyable avec laquelle elle avait tué leur ancien chef. Elle était jeune et jolie — même belle pouvait-on dire, avec ses yeux noirs insondables et cette magnifique chevelure qui encadrait son visage de madone.

Elle revint et les conduisit à travers la forêt en prenant garde où elle posait les pieds pour ne pas faire de bruit. John la suivait, flanqué de Natacha. Après quelques centaines de mètres, Anna ralentit et leur fit signe de se coucher. Ils rampèrent sur l'herbe et quelques instants plus tard arrivèrent en vue de la route et du détachement allemand. En effet, les Allemands ne s'inquiétaient pas. Ils avaient fini leur repas et l'un d'eux repliait la table sur laquelle Paul avait mangé. L'imbécile! Mais Anna n'avait-elle pas raison? Ils méprisaient totalement les Russes comme force combattante.

John ne voyait pas de sentinelle, mais il y en avait certainement une car, soudain, il entendit une sommation sur sa gauche, suivie presque aussitôt d'un coup de feu isolé. En un instant les Allemands furent sur pied et firent face. Seul l'un d'eux fut touché, mais légèrement, car il se jeta sous le dernier camion. Les autres se mirent eux aussi à l'abri et ripostèrent par un tir nourri. Paul s'agenouilla à l'extrémité de la colonne de camions, sortit son pistolet et donna des ordres d'une voix remarquablement calme.

— Choisissez votre cible. Feu à volonté. Mettez les mitrailleuses en batterie.

Deux de ses hommes tentèrent de monter sur le véhicule blindé pour servir les mitrailleuses, mais ils furent immédiatement tués. Puis d'autres coups de feu partirent de la droite. Quelqu'un poussa un cri et tomba. Paul ordonna immédiatement à la moitié de ses hommes de faire face dans cette nouvelle direction.

— Maintenant, dit Anna, c'est notre tour.

Elle ne manque certes pas de courage, pensa John en la regardant descendre le talus en courant, la mitraillette à la hanche et tirant par saccades. L'un des Allemands se tourna vers elle, puis s'effondra, la tunique couverte de sang. A côté de John, Natacha vidait le chargeur de son pistolet; puis il s'aperçut qu'il tirait aussi, qu'ils étaient tous en train de tirer, que tout autour d'eux n'était que vacarme et mort. Bientôt les Allemands, écrasés sous le nombre, attaqués de trois côtés à la fois, furent complètement vaincus.

Ils atteignirent la route en courant et en tirant; puis John entendit le claquement à vide de son fusil indiquant qu'il n'avait plus de cartouches. Mais déjà le tir cessait de toutes parts. Les Allemands avaient compris que leur dernier espoir était dans la fuite et l'un des camions démarrait. Il cahota sur la route, car deux de ses pneus étaient à plat, mais il fonça à travers les Russes qui essayèrent vainement de l'arrêter. Un camion et une moto prirent feu. Les autres véhicules étaient renversés et il y avait au moins douze morts. John n'avait jamais vu de morts, car la nuit de son évasion, il faisait trop noir.

Les soldats russes poussèrent des vivats et conduisirent les blessés — environ une demi-douzaine — et trois hommes valides vers Anna. John regarda autour de lui. Alexandra Gorchakova s'approchait, parfaitement calme et indifférente, tout comme le jeune Paldinsky qui s'activait autour des camions avec les hommes de son détachement. Ils récupérèrent des fusils abandonnés, des munitions et différents équipements électriques, puis démontèrent les deux mitrailleuses qui n'avaient pratiquement pas servi durant tout l'affrontement. Au grand soulagement de John, Paul von Hassel restait introuvable.

Natacha s'agenouilla à ses côtés et il crut qu'elle avait été blessée. Il se pencha sur elle, pris d'une soudaine angoisse, mais elle n'était que bouleversée par ce qu'elle venait de faire. Et ce n'est pas encore fini, songea-t-il en voyant Anna s'avancer. Trois des blessés étaient en piteux état.

— Attachez-les! ordonna-t-elle.

Les Russes la regardèrent d'un air ébahi.

— N'ayez crainte, ils vont mourir. Ils perdront tout leur sang avant que quelqu'un puisse venir à leur secours. Ligotez-les.

John se releva et courut jusqu'à Anna.

— Vous ne pouvez pas faire cela.

Elle le regarda droit dans les yeux, puis ordonna :

— Ligotez les autres aussi.

— Ceux-là ne vont pas saigner à mort, fit remarquer un des soldats russes.

— Oh si! promit Anna. Attachez leurs mains derrière leur dos, enlevez leurs pantalons et entravez leurs chevilles. Je vous promets qu'ils vont saigner à mort.

John lui saisit le bras.

— Vous n'avez pas le droit. Ceci est une guerre, pas de la barbarie. Je ne vous laisserai pas faire.

Elle regarda sa main et il la relâcha lentement.

— La guerre est une chose barbare, camarade Hayman. Si vous ne voulez pas regarder, prenez Brusilova et disparaissez !

John la regarda pendant quelques instants mais il ne pouvait rien faire. Dans un tel moment les soldats russes la suivraient en enfer si elle le leur demandait. Il fit demi-tour, rejoignit Natacha et l'aida à se remettre debout.

— Nous allons retourner au campement.

— Non, dit Natacha. Nous sommes engagés dans cette action. Si nous ne voulons pas être rejetés du groupe, il faut rester.

Il se retourna avec désespoir. Les six soldats allemands étaient déjà couchés sur le sol et obéissaient docilement à leurs vainqueurs, trop heureux de se trouver encore en vie. Mais quand les Russes commencèrent à arracher leurs vêtements, l'un d'eux comprit tout à coup ce qui allait leur arriver.

— Non ! non ! cria-t-il. Je vous en supplie. Vous... (Il regarda Anna.) Vous ne pouvez pas faire cela.

John se rendit compte qu'Anna comprenait l'allemand. Il la vit sourire tandis qu'elle s'agenouillait aux côtés du garçon qui n'avait guère plus de dix-huit ans.

— Si vous n'avez pas de chance, vous serez encore vivant lorsque vos camarades reviendront, dit-elle de sa voix calme. Vous leur direz alors que c'est Anna Ragosina qui vous a fait cela.

De l'étui qui pendait à son ceinturon, elle sortit un poignard effilé, coupant comme un rasoir.

— Voilà ce que font les gens avec qui vous vouliez négocier, capitaine von Hassel ! dit le colonel von Bledow. Rien que de les voir, cela me donne envie de vomir.

Les mains sur les hanches, il regardait les hommes morts, rangés l'un à côté de l'autre et couverts de mouches qui emplissaient l'air d'un bourdonnement plus fort que le moteur des camions qui attendaient.

— J'aurais dû rester, murmura Paul. J'aurais dû rester et mourir avec mes hommes.

— Vous auriez donc aimé manger vos propres testi-

255

cules ? demanda Bledow. Oh, couvrez-les. Je ne peux plus supporter ce spectacle. Couvrez-les.

Il se détourna, chassa les mouches qui se posaient sur sa manche, fouilla dans sa poche et alluma un cigare pour combattre l'odeur.

— C'était mon devoir, reprit Paul. J'ai donné l'ordre de se replier et j'ai pensé qu'ils suivraient. Mais j'aurais dû être le dernier à partir.

— Certainement, convint Bledow.

— C'est à cause de ces arbres, continua Paul. Au début nous ne pouvions rien voir et n'entendions que les coups de feu. Puis ils nous ont attaqués par-derrière tandis que nous étions toujours cloués au sol.

— Et vous avez perdu la tête, dit le colonel sans méchanceté. A combien estimez-vous leur nombre ?

Paul haussa les épaules.

— Au moins vingt à donner l'assaut. Mais ils devaient être bien plus nombreux dans le sous-bois. (Il poussa un soupir.) Je me suis conduit d'une façon impardonnable, colonel. Je devrais être limogé.

Le colonel lui donna une tape sur l'épaule.

— Cela arrive à tout le monde de perdre la tête, Hassel, surtout en face de partisans qui n'obéissent à aucune règle ! Mais ce ne sont que des partisans. Des hommes. Peut-être quelques femmes. Mais ce ne sont pas des démons ni des surhommes. Nous les liquiderons, je vous le promets. Et au lieu de vous enfuir piteusement, vous vous couvrirez de gloire. (Il rit.) Mais ne parlons plus de négociations, n'est-ce pas ?

— Je vous assure que ni Mme Nej, ni sa fille, ni personne de l'académie, ni même John Hayman n'y ont pris part. Il est impossible qu'ils aient permis un tel acte de bestialité.

— Oui, convint von Bledow. Je serais tenté de me ranger à votre avis sur ce point. Depuis six semaines nos colonnes utilisent cette route — certaines d'entre elles pas plus importantes que la vôtre — sans jamais avoir eu d'ennuis. Et maintenant, tout à coup, nous nous faisons massacrer. Oui, un élément nouveau est intervenu, c'est certain. Il va falloir que nous nous en occupions.

— Que *pouvons*-nous faire ? demanda Paul en regardant les arbres.

La nuit tombait à présent et les ombres s'allongeaient. Derrière eux, les derniers corps avaient été enveloppés dans des couvertures et placés sur les camions. Autour d'eux, les soldats serraient leurs fusils plus fort en observant les sous-bois d'un air inquiet.

— Et la forêt est trop épaisse, le terrain trop mou pour des véhicules.

— Et elle est trop grande pour être brûlée, dit le colonel avec regret. Ils ne feraient que changer de place. Mais nous les aurons, Hassel. Il n'y a pas de nourriture dans cette forêt. Ils ont survécu aussi longtemps parce qu'ils avaient l'appui de la population locale. Nous les aurons.

— Je n'ai jamais entendu quelque chose d'aussi absurde, déclara le prince Pierre Borodine. (Il se tenait au centre du bureau du colonel von Bledow, au troisième étage de ce qui avait été l'hôtel de ville de Slutsk, et il regardait le colonel SS d'un air furieux.) C'est absurde et obscène. Vous vous abaisseriez au niveau des hommes que vous voulez détruire.

— Vous osez me parler d'obscénité ? Vous n'étiez pas avec moi hier après-midi. Vous n'avez pas vu mes hommes — dépecés vivants. D'après mes médecins, deux d'entre eux au moins ont été étranglés. Pouvez-vous imaginer quelque chose de plus horrible ? Ce ne sont pas des hommes qui se battent dans cette forêt, mais des loups. Et il faut les exterminer, quelles que soient les méthodes à employer pour y parvenir.

— Et vous croyez qu'en fusillant des civils innocents, les hommes vont se précipiter pour s'engager dans mon armée ? J'ai déjà assez de difficultés comme cela à recruter des volontaires !

— C'est exact. Et quelle en est la raison selon vous ? Eh bien, sachez que la plupart des paysans de cette région sympathisent avec les hommes de la forêt. Ils leur fournissent des vivres. Je le sais. Ces loups ne pourraient pas survivre autrement. Et ne me dites pas que vos propres motifs sont au-dessus de tout soupçon : votre sœur se trouve avec eux. Je suis prêt à admettre la théorie du capitaine von Hassel, selon laquelle ni elle ni sa fille n'ont pris part à l'attaque de mes hommes et qu'elles n'ont certainement rien à voir avec leur castration. Mais si elles veulent survivre, elles feraient bien de se rendre car j'ai l'intention de liquider ces démons le plus vite possible.

— Je suis d'accord avec vous pour dire qu'il faut les exterminer, dit Pierre. Et, bien sûr, il faut retrouver Tatiana Dimitrievna et sa fille. Mais je ne peux accepter que vous fassiez une telle pression sur la population civile : vous n'obtiendriez pas le résultat souhaité et cela ne pourrait que rendre ma tâche — et la vôtre — plus difficile.

— Bah ! s'exclama von Bledow, laissez-moi vous dire, prince Borodine, que les prises d'otages ont très bien marché dans les autres territoires occupés.

— Vraiment ? dit Pierre sur un ton sarcastique. Toute résistance a-t-elle donc cessé en France, en Tchécoslovaquie et en Norvège ?

— Elle est maintenue sous contrôle, je puis vous l'assurer.

— C'est absurde, déclara Pierre. Le fait de fusiller des otages n'est qu'une basse vengeance. Cela ne mènera à rien.

— Une vengeance, mais oui, c'est exactement cela. Dites-lui, capitaine von Hassel, ce que vous avez vu.

— C'est inexprimable, prince Pierre. C'est la chose la plus horrible qui se puisse imaginer.

— Je ne prétends pas le contraire. Je dis seulement que je ne peux pas permettre de répliquer œil pour œil.

— Vous ne pouvez pas le permettre ? s'étonna von Bledow.

— Si vous persistez dans ce projet dément, je démissionnerai de mon poste et, qui plus est, j'aviserai Himmler du motif de ma démission.

Le colonel von Bledow le regarda pendant quelques instants, puis se tourna vers la porte. Quelqu'un venait de frapper.

— Entrez! cria-t-il.

Deux soldats entrèrent. Entre eux se tenait un homme vêtu d'une soutane, âgé, les traits fortement marqués et les épaules voûtées. Von Bledow l'observa quelque temps, puis demanda :

— Vous êtes le père Gabon?

— Oui, Excellence.

La voix du prêtre était grave et vibrante.

— Vous êtes le prêtre du village de Schelniky dans le Pripet?

— Oui, Excellence.

Bledow lui agita l'index sous le nez.

— Vous avez fourni du ravitaillement aux déserteurs russes qui se terrent dans la forêt. N'essayez pas de le nier.

— Nous avons fourni du ravitaillement aux troupes allemandes, Excellence. Avec ce qui nous reste, nous avons à peine de quoi nous nourrir nous-mêmes.

— Vous mentez! Votre facteur a tout avoué avant d'être pendu. Je connais la musique, père Gabon. J'ai peut-être été trop indulgent jusqu'ici et dernièrement, ces partisans ont assassiné plusieurs de mes soldats. Ils les ont *assassinés* de sang-froid. Tout cela grâce à votre aide.

— Excellence...

— Vingt et un de mes hommes sont morts à cause de ces partisans. Eh bien, je veux que vous retourniez dans votre village et que vous choisissiez vingt et une de vos ouailles — que ce soient des hommes, des femmes ou des enfants, peu m'importe. Je veux qu'ils soient ici demain matin.

Le prêtre le regarda attentivement.

— Que ferez-vous d'eux?

— Je vais sommer les hommes de la forêt de se rendre et leur donnerai vingt-quatre heures pour le faire. S'ils ne se sont pas rendus dans les vingt-quatre heures, je commencerai à fusiller les otages. Un otage tous les jours pendant les vingt et un jours qui suivront; puis je prendrai vingt et un nouveaux otages et je recommencerai. Alors vous feriez mieux de réfléchir avant de ravitailler ces loups, père Gabon. Et si vous entrez en contact avec eux, faites-leur part de ma décision. Prévenez-les que ce n'est pas une menace gratuite. Dites-leur bien tout cela, père Gabon.

— Vous ne pouvez pas faire cela, Excellence, protesta le prêtre. Les villageois ont accueilli vos soldats comme des amis. Nous vous avons fourni tout le ravitaillement possible. Nous...

— Vous vous êtes liguées avec les ennemis du Reich, vous êtes donc vous aussi des ennemis du Reich. Lorsque j'aurai obtenu la reddition des partisans de la forêt, je cesserai de fusiller vos gens. Cela dépend de vous. Maintenant, sortez.

L'un des soldats saisit le prêtre par le bras et le conduisit hors de la pièce. Ce dernier marchait comme un somnambule.

— A présent, vous, von Hassel, prenez cet avion et lâchez les tracts. Et ne vous faites pas descendre, n'est-ce pas ? Ou bien vous ne serez plus d'aucune utilité pour votre fiancée, même si elle arrive à s'en sortir. (Il se tourna vers Pierre.) Je suis sûr que vous avez du travail, Excellence.

Pierre Borodine le toisa pendant un instant, puis il fit demi-tour et quitta la pièce.

Le vrombissement de l'avion qui volait en cercles au-dessus des arbres éveilla John de sa rêverie. Eh bien, pensa-t-il, il aurait mieux fait de ne pas rêver ! Que dirait Anna Ragosina, si elle découvrait qu'au lieu de surveiller son secteur il songeait à d'autres choses — à Central Park par un après-midi d'été comme celui-ci, ou à des journées paresseuses occupées à jouer aux échecs. C'étaient là des rêveries rassurantes. Penser à ce qui se passait autour de lui impliquait trop d'horreurs, trop de confusion, toutes choses qu'il était résolu à éviter.

Malgré tout, ce qui s'était passé deux jours auparavant n'était que trop réel et tout le reste n'était qu'un rêve agréable. L'homme est un animal prédateur. Toute son histoire le prouve. Les hommes avec qui il vivait dans la forêt depuis plus de six semaines maintenant n'étaient au fond que de simples paysans. Mais, lorsque deux jours auparavant, Anna avait réveillé en eux certains instincts de sauvagerie, ils étaient devenus des hyènes plutôt que des hommes.

Les Allemands ne pouvaient faire autrement que de réagir contre le massacre de leurs camarades; néanmoins toute cette horreur allait resserrer les liens qui unissaient les partisans.

Le craquement d'une branche lui fit tourner la tête, mais il savait que c'était Natacha qui lui apportait son déjeuner — de l'eau, et du pain découvert dans les débris de la colonne allemande. Elle se déplaçait toujours aussi gracieusement; cependant, depuis quelques jours, il avait remarqué une lourdeur troublante dans ses gestes alors qu'auparavant elle semblait toujours flotter. Il lui sourit, tandis qu'elle s'agenouillait à ses côtés.

— J'ai la tête qui tourne et la forêt ne cesse de danser. N'est-ce pas idiot ?

— Si la camarade Ragosina ne peut pas nous procurer de la nourriture en quantité suffisante, tous ses plans seront inutiles.

— La camarade Ragosina. Est-ce que, en 1932, vous avez...

— Dieu merci, il n'y a pas eu assez de temps pour cela. Oh, il vaut mieux ouvrir l'œil.

Sur la pente en contrebas, une vieille femme s'avançait. Du moins pouvait-on croire qu'il s'agissait d'une vieille femme d'après son habillement. Mais la vigueur de ses mouvements la trahissait. Son courage était extraordinaire. John n'osait imaginer ce que les Allemands lui feraient s'ils la capturaient et découvraient que c'était elle qui avait mutilé leurs camarades. Mais sans doute l'accepterait-elle, avec sa mentalité particulière, comme un décret du destin, et subirait-elle tout ce qu'on lui ferait sans un cri, peut-être même en souriant, pour mourir en fin de compte aussi calmement et silencieusement qu'elle avait vécu...

Il se demanda si, au fond de lui-même, il l'admirait.

Arrivée auprès d'eux, elle rejeta son châle. John se redressa.

— Y a-t-il du nouveau ?

— Oui. (Elle regarda vers le ciel où l'avion tournait toujours.) Nous cherchent-ils encore ?

— J'imagine que oui.

— Eh bien, qu'ils cherchent. Nous leur montrerons assez vite où nous sommes. J'ai appris qu'un train de ravitaillement venait ici dans trois jours. Ce sera notre prochain objectif.

— Un train de ravitaillement ? s'écria John. Il sera bien armé et nous n'avons que ces deux mitrailleuses et quelques armes individuelles.

— Cela suffira, quand le train aura déraillé. Nous avons aussi de la gélinite. J'en ai une quantité considérable dans mon sac. Assez pour faire sauter le pont au sud de Slutsk.

— C'est de la folie ! protesta Natacha. Le pont n'est qu'à quelques kilomètres de la ville. La garnison entière sera alertée.

— Cela demandera bien sûr une préparation minutieuse, dit Anna, mais on ne gagne pas une guerre sans prendre de risques. Nous avons deux jours pour nous préparer. Vous aimeriez peut-être m'aider ? Je vais envoyer quelqu'un pour vous relever. (Elle regarda Natacha.) Qu'est-ce que vous avez ?

— Rien, dit Natacha en se relevant lentement.

— Elle ne se sent pas bien, dit John. Sans doute le manque de nourriture.

— Nous trouverons du ravitaillement dans le train, assura Anna en rattrapant Natacha qui avait failli tomber. Vous êtes malade ?

— Non, répliqua Natacha fermement. Ce n'est qu'un simple étourdissement.

— Un étourdissement ? (Anna la regarda attentivement, puis poussa un grognement presque amusé.) Vous êtes enceinte !

— Enceinte ? (Natacha se tourna vers John.) C'est impossible.

— Vous êtes enceinte, répéta Anna fermement. Sans doute était-ce inévitable. De quelle utilité nous serez-vous avec un gros ventre ? Et quand un petit animal criard sera suspendu à votre sein ? Vous devriez être fusillée.

— Si vous touchez à un seul de ses cheveux...

John n'arrivait pas à déterminer si elle parlait sérieusement ou métaphoriquement.

— Oh, je ne ferai aucun mal à Natacha Brusilova, l'interrompit Anna avec mépris. Mais il faudra qu'elle fasse son travail comme tout le monde, bébé ou pas. (Elle leva la tête vers l'avion qui lâchait des tracts.) Encore des négociations !

John courut à travers les arbres pour attraper un des feuillets. Il le parcourut rapidement. C'était écrit en mauvais russe.

— Mon Dieu ! Bledow menace de fusiller un villageois par jour si nous ne nous rendons pas.

— Oui. C'est aussi ce que j'ai appris au village.

— Mais qu'allez-vous faire ?

— Que voulez-vous que je fasse ? Auriez-vous l'intention de vous rendre, John Hayman ?

— Mon Dieu ! s'exclama-t-il. Quel dilemme !

Il regarda Natacha.

— Ce n'est que de l'intimidation, reprit celle-ci. Ils ont besoin des villageois pour leur nourriture. C'est une manœuvre pour nous faire tenir tranquilles.

— Peut-être, admit John. Mais ils ont les atouts en main. Et je dois dire que le projet du train est farfelu.

— Non, dit Anna. Il y a de bonnes chances pour que cela marche et nous sommes ici pour cela — tuer des Allemands et couper leurs lignes de communication.

— Vous ne parlez pas sérieusement ? Si vous attaquez ce train, Bledow mettra sûrement ses menaces à exécution.

— C'est son intention de toute manière. Les gens du village savent très bien qu'il ne plaisante pas et j'imagine qu'ils n'hésiteraient pas à me lyncher. Mais s'ils sont tous fusillés, ils seront du moins morts pour la patrie, même si ce n'est que d'une manière passive. Ils auront joué leur rôle. Comme nous jouons le nôtre. Nous attaquerons ce train !

10

George Hayman Jr. fit crisser les pneus de sa Rolls-Royce en freinant devant la maison de ses parents à Cold Spring Harbor. Il conduit comme son père, se dit Pender, le jardinier, en prenant son râteau d'un air las. Son père non plus ne pouvait résister au plaisir de pousser les voitures neuves.

— Je ne suis pas sûr que l'accélération soit tout à fait au point.

— Je vais vérifier, monsieur George, dit Rowntree, le chauffeur.

George lui donna une tape sur l'épaule.

— Ne faites pas cette tête-là ! Ce n'est pas la fin du monde parce que nous avons une nouvelle voiture. Je crois qu'il était temps, de toute manière.

Il monta les marches quatre à quatre laissant Rowntree et Pender se gratter la tête. George ressemblait beaucoup à son père. Il en avait la stature et les traits, avec les cheveux blonds de sa mère; mais il était d'une nature beaucoup plus exubérante. Depuis trois mois que son père était absent et qu'il dirigeait le journal, celui-ci avait repris une certaine fraîcheur qui lui avait attiré encore plus de lecteurs.

Les serviteurs eux aussi appréciaient sa bonne humeur expansive, malgré le surcroît de travail. Harrison, le maître d'hôtel, lui ouvrit la porte.

— Madame vous attend, monsieur George. Et les jeunes dames sont ici.

— Alors je dois être en retard. Apportez des Martini, Harrison, cela brisera la glace ! (Il entra dans le salon, les bras grands ouverts.) Comment va ma Diana ?

A huit ans la petite fille était une vraie Hayman. Elle s'avança vers son père d'un air sérieux et l'embrassa calmement.

— Il y a une lettre de grand-père.

— De papa? (Harrison remarqua que le jeune homme, tout en continuant à sourire, avait changé d'expression. Il n'oubliait pas que son père accomplissait une mission très dangereuse.) C'est épatant. (Il serra la main de Beth, donna un baiser à sa sœur Felicity et s'assit sur le canapé à côté de sa mère qu'il prit dans ses bras et qu'il embrassa sur les deux joues.) Tout va bien?

— Je ne sais pas. Tout allait bien quand il a écrit cette lettre, mais c'était il y a plus d'un mois. Elle est datée du 30 août. Il a écrit ce mot à la hâte pour qu'il puisse partir par le dernier train. Les Allemands encerclent Luga et, depuis, leur situation s'est aggravée. Les Allemands bombardent la ville sans relâche à une distance de trente kilomètres seulement.

« Les Russes n'ont pas la moindre chance de s'en sortir. Ils sont complètement encerclés sur terre et le lac est sous le feu de l'artillerie allemande. Leurs soldats, pour la plupart des conscrits, ne font pas le poids, mais ils se battent tous, les femmes autant que les hommes, avec un courage extraordinaire. Et comme ils sont encore plus de deux millions, cela promet encore de nombreux combats. C'est aussi la principale préoccupation de Michael — il y a trop de gens et pas assez de vivres. Lorsque nous nous reverrons, j'ai l'impression que vous ne pourrez plus vous moquer de mon ventre! »

Ilona leva la tête et regarda son fils.

— S'il a pu faire partir une lettre, pourquoi n'est-il pas venu lui-même?

— Vous savez comment est votre père. Il poursuit en ces termes :

« Cependant, c'est plus excitant qu'une cure d'amaigrissement. Alors si cela ne vous fait rien, j'aimerais rester ici encore un moment. Cela me rappelle Port-Arthur, mais la tâche sera plus ardue pour les Allemands qu'elle ne l'a été pour les Japonais. Michael fait preuve d'une énergie extraordinaire. Je suppose que cela ne vous surprend pas. Et les gens ici lui font entière confiance. Ils sont vraiment prêts à se battre jusqu'au dernier. Je crois que je suis en train de vivre une aventure exceptionnelle, alors demandez à George de diriger le journal encore quelques semaines. Je ne resterai pas plus longtemps que cela, je vous le promets. Si les Russes ne réussissent pas à faire une percée avant l'hiver, la ville tombera et je serai renvoyé à la maison comme un méchant garnement par les Allemands. Je n'ai toujours pas de nouvelles de John et de Tatie, mais il ne faut pas perdre espoir. Si les Allemands les avaient capturés, ils l'auraient annoncé. Oh, encore un obus qui passe... »

Ilona poussa un soupir.

— J'aimerais qu'il devienne adulte un jour. Il ne semble pas se rendre compte que les correspondants de guerre se font tuer par les bombes comme les autres !

— Il s'en sortira, maman, je le sais.

Beth Hayman s'assit à côté d'Ilona et lui prit la main. George sourit de satisfaction. Au tout début, Ilona avait pour ainsi dire jeté sa belle-fille dehors, mais peu à peu leurs relations s'étaient améliorées. Bien sûr, la petite Diana y était pour quelque chose : elle était la première petite-fille d'Ilona. Mais Beth était une personne si chaleureuse qu'il était impossible de ne pas l'aimer. Ilona, toutefois, n'approuvait toujours pas son goût de peindre les nus.

— Bien sûr qu'il s'en sortira. Ce n'est pas un obus allemand qui va détruire papa. Et j'ai des nouvelles.

— Lesquelles ? Des nouvelles de Johnnie ?

— Peut-être. Cela vient de Suède par l'intermédiaire de Conway, notre correspondant à Berlin. Les Allemands ne laissent pas filtrer de tels renseignements mais le mois dernier, les unités allemandes stationnées à proximité des marais du Pripet auraient subi de sérieuses escarmouches. Plus particulièrement à Slutsk.

— Des attaques ?

— Des attaques de partisans. L'une au moins sur une grande échelle. Ils ont fait sauter un train de ravitaillement et l'ont pillé, tuant plus de cent Allemands.

— Johnnie! s'écria Felicity. Se pourrait-il que ce soit Johnnie ?

— Je ne sais pas. Mais Conway va certainement dire que c'est lui qui est l'auteur de ce coup.

— Mais alors... les Allemands...

— Après ce qu'il a fait au mois de juin, les Allemands le fusilleraient de toute façon, maman, s'ils le capturaient. D'après le message de Conway, les Allemands fusillent des otages pour obtenir la reddition des partisans. Un village entier a été décimé. Cela fait beaucoup de bruit. Et il y a autre chose : Conway dit que le prince Pierre Borodine, qui se trouvait à Minsk pour recruter une armée antisoviétique, a démissionné et qu'il est rentré à Berlin.

— Ah, tant mieux! s'écria Ilona. Je savais qu'il n'était pas vraiment un nazi de cœur. (Elle poussa un soupir.) Mais ce pauvre Johnnie, Tatie et les filles, pris dans une aventure aussi terrible! Et que va-t-il se passer avec l'hiver? Votre père dit que c'est dans un mois maintenant. Comment pourront-ils survivre en hiver?

Le craquement éveilla Svetlana Nej. Pendant un instant elle ne réussit pas à imaginer ce que cela pouvait être et sortit imprudemment la tête du sac de couchage qu'elle partageait avec sa mère, éveillant celle-ci du même coup.

— Que se passe-t-il ?...

Tatie rentra vite sa tête et fut prise d'une quinte de toux. Elle avait commencé à tousser peu après le début des premières pluies, un mois auparavant. L'été chaud de 1941 s'était achevé sous un véritable déluge qui avait duré une semaine; puis il avait plu pendant plusieurs heures tous les jours suivants. Ils comprirent alors pourquoi les marais du Pripet étaient considérés comme un obstacle naturel. Durant la relative sécheresse de l'été, ils en étaient venus à croire qu'il s'agissait d'une forêt ordinaire. Et, tout à coup, en l'espace d'une nuit, le ruisseau qui longeait leur camp avait grossi à un point tel qu'il les avait submergés pendant leur sommeil. Deux hommes et une fille avaient été emportés par le courant avant qu'Anna Ragosina, momentanément dépassée par les événements, ait eu le temps d'organiser l'évacuation.

Mais qu'était-ce que la mort de trois personnes, même si l'une d'entre elles était une vieille amie, quand ils vivaient dans une telle atmosphère de mort ?

La pluie apporta un répit aux combats. Anna les installa dans un endroit surélevé, devenu quasiment une île, entouré d'eau et d'une zone de boue immense dans laquelle il était impossible de s'aventurer, même si l'on réussissait à éviter les trous sans fond. Le pauvre Igor Abramov y avait été englouti, alors qu'il était en patrouille. Il avait coulé si vite que, bien que ses camarades aient fait une corde avec leurs ceinturons, ils n'avaient pu le tirer de là et l'avaient vu disparaître en cherchant désespérément à respirer jusqu'au dernier instant.

Pourtant, Anna restait indomptable. Svetlana la trouvait de plus en plus inhumaine. Sa mère, John et Natacha avaient été bouleversés par le désastre de l'attaque du train, dans laquelle les partisans avaient perdu vingt-six hommes; Anna, pour sa part, avait considéré cela comme un triomphe. Plus de cent Allemands étaient morts et les partisans avaient récupéré d'énormes quantités de vivres, d'armes et de munitions, ainsi que des choses encore plus importantes comme le sac de couchage et la chemise avec laquelle elle dormait.

Le froid ! Avec mille précautions, pendant que sa mère toussait, Svetlana sortit son nez du sac de couchage. Sa mère était malade et ce n'est pas en restant ici sous les arbres dans l'humidité et le froid qu'elle guérirait. Soudain, Svetlana comprit d'où venait le bruit : quelqu'un marchait sur la glace.

C'était arrivé durant la nuit. Hier soir, il avait cessé de pleuvoir, le ciel s'était dégagé et tout le monde avait été plus joyeux. Même Anna avait souri. Celle-ci avait vu la pluie d'un mauvais œil, non parce que cette mer de boue l'empêchait d'attaquer les Allemands mais parce que ces derniers s'étaient retranchés dans les villes où l'on ne pouvait pas les atteindre. Ils n'avaient même pas réparé la voie ferrée.

— Oh, s'il pouvait y avoir un autre train! répétait sans cesse Anna.

Tous l'avaient regardée en songeant aux camarades disparus, mais elle leur avait crié :

— Comment survivrons-nous cet hiver s'il n'y a plus de train?

Certainement avait-elle raison. Personne ne doutait de rien quand il s'agissait d'Anna. Ils savaient tous qu'elle n'hésiterait pas à fusiller ceux qui la laisseraient tomber, mais aussi qu'elle les mènerait à la victoire dès qu'elle aurait choisi un nouvel objectif. Ainsi tous ces hommes et ces femmes étaient-ils complètement sous l'ascendant de sa seule volonté. Lorsque Anna souriait, ils souriaient. Lorsqu'elle fronçait les sourcils, ils tremblaient. Même Tatie tremblait. Ou peut-être tremblait-elle à cause de sa santé qui se détériorait de jour en jour...

Le royaume d'Anna s'élargissait sans cesse. Elle commandait maintenant à plus de trois cents personnes, malgré toutes les pertes qu'ils avaient subies. Quand les Allemands commencèrent leur campagne de représailles, des hommes, des femmes et des enfants abandonnèrent leurs villages pour se réfugier dans les marais. Quatre des villages qui entouraient Slutsk étaient maintenant vides, sans même un chien pour hurler à la mort. Et tout cela pourquoi? C'était terrifiant. Les Allemands, avec leurs haut-parleurs et leurs tracts, répétaient sans cesse la même chose : la guerre était perdue pour les Russes. Leningrad était complètement encerclée et sur le point de se rendre. Des patrouilles nazies combattaient dans les rues mêmes de Moscou et les Panzers envahissaient la Crimée. A Kiev, après avoir encerclé la ville, ils détruisirent tout un corps d'armée russe, tuant des milliers de soldats et faisant d'innombrables prisonniers. Les espoirs étaient minces que les Russes survivent à l'hiver et encore moins qu'ils puissent organiser une contre-attaque. Voilà ce que disaient les Allemands. Pour Anna ce n'était que de la propagande, mais Svetlana, elle, y croyait. Il n'y avait pas signe d'une armée russe venant de l'est, aucun bruit de canon, aucune agitation dans la garnison allemande de Slutsk et pas le moindre avion russe dans le ciel. Anna elle-même ne parvenait pas à établir le contact avec son appareil à ondes courtes.

Alors, quel avenir pouvaient-ils espérer ? Ils étaient devenus des bandits, vivant de pillages et de terreur. Elle-même, Svetlana, était devenue une des leurs, bien que ni elle ni Tatie n'aient jamais pris part à aucune des actions menées par Anna. Elles gardaient le camp, fendaient le bois, lavaient le linge, soignaient les blessés et s'occupaient des filles qui, comme Natacha, Nina Alexandrovna et même cette pauvre Lena Vassilievna, étaient enceintes. On les autorisait à ne pas participer aux coups de main parce que sa mère était considérée comme trop vieille et elle comme peu sûre. Et tout cela à cause de la présence de Paul à Slutsk. Quel enfer était le leur ! Ils auraient dû être mariés à présent, partager le même lit et être heureux ensemble au lieu d'être séparés par la haine, le froid, la pluie et un gouffre qui s'agrandissait tous les jours.

Svetlana aperçut des pieds et leva les yeux. Elle vit Anna se profiler dans le ciel de l'aube. Ce ne pouvait être qu'elle.

— J'ai entendu votre mère tousser. Elle tousse tout le temps.

— Elle est malade. Très malade. Et avec ce froid... camarade Ragosina, elle a besoin de médicaments ou du moins de chaleur.

— Il n'y a pas de médicaments et pas de chaleur non plus. Mais elle peut rester dans son sac de couchage jusqu'à ce qu'elle aille mieux. (Elle secoua le sac contigu et la tête de John émergea.) Il a gelé durant la nuit, camarade Hayman. N'est-ce pas une bonne nouvelle ?

— Pourquoi serait-ce une bonne nouvelle ? demanda

John avec lassitude. (Lui aussi avait mal dormi, car comme Svetlana il avait entendu Natacha crier durant la nuit.)

— Cela signifie que les routes vont redevenir praticables. Les Allemands et nous-mêmes pourrons de nouveau sortir. Levez-vous et habillez-vous. Je veux aller en reconnaissance. Accompagnez-moi si vous voulez.

John hésita, mais Natacha murmura :

— Allez-y. Je vais bien.

— Qu'y a-t-il? demanda Anna avec mépris. N'y a-t-il pas assez de place pour son ventre dans le sac?

— Elle a faim, expliqua John en sortant du sac de couchage et en frissonnant dans l'air glacé du matin.

— Nous avons tous faim, répliqua Anna.

— Elle a besoin de plus que d'autres. Elle nourrit deux personnes.

— Elle aurait dû y penser avant de vous laisser lui faire l'amour. Il y a maintenant sept femmes enceintes dans ce camp. Quelle équipe! Si je commence à leur donner des rations supplémentaires, nous mourrons tous de faim et ce, dans les plus brefs délais. Il nous faut des vivres, monsieur Hayman. Alors vous feriez mieux de venir avec moi en reconnaissance.

Svetlana les regarda descendre la pente, puis elle sortit du sac et enfila ses vêtements déchirés.

— Où allez-vous? demanda Tatie en maîtrisant sa toux. Mon Dieu, comme j'ai mal à la poitrine. Svetlana, n'y a-t-il rien de chaud à boire?

Svetlana sentit les larmes lui monter aux yeux puis lui couler sur la joue. En une nuit, la température avait dû baisser d'au moins dix degrés.

— Non, maman. Il n'y a rien de chaud. Mais je vous promets qu'il y en aura; pour vous et pour Natacha. Et pour nous tous. Je vous le promets.

Paul von Hassel était assis à son bureau et regardait par sa fenêtre les flocons de neige. L'hiver était venu très tôt cette année-là. Cet hiver qui aurait dû être le plus heureux de sa vie! Et maintenant, à moins d'un miracle, ce serait le plus triste.

Mais pour combien de soldats allemands en était-il de même ? Lui au moins se trouvait au sud de la Biélorussie. Que dire des hommes qui étaient aux environs de Leningrad et de Moscou ? On leur avait assuré que les deux villes seraient prises avant le début des grands froids, comme on leur avait promis que le gouvernement russe s'effondrerait, fuirait ou se rendrait avant la fin de l'été. Forts de cette certitude, ils s'étaient lancés à l'assaut sans se préoccuper de l'hiver russe, sans sous-vêtements chauds, sans bottes fourrées ni manteaux appropriés.

Du moins atteindraient-ils leurs objectifs, dussent-ils pour cela geler. Leningrad était complètement encerclée et, selon certaines informations, disposait de très peu de vivres. La victoire ne pouvait être qu'une question de jours dès l'arrivée du froid. Déjà les combats faisaient rage dans les faubourgs de Moscou. Ceux-ci tomberaient avant la fin de l'année malgré la résistance acharnée des Russes et en dépit de nouvelles troupes qu'ils puisaient dans leurs réserves illimitées en hommes.

Les soldats allemands pouvaient donc espérer voir bientôt la victoire leur sourire et, avec la fin de la guerre, ils retourneraient dans leurs foyers, auprès de ceux qu'ils aimaient.

Pour lui c'était différent. Svetlana était là-bas, dehors, dans cette étendue gelée. Elle savait certainement qu'il avait tout fait pour l'aider. Elle, de son côté, voulait sans doute le rejoindre, mais on l'en empêchait. Qui cela ? John ? Selon le journal américain qu'ils avaient reçu, c'est lui qui commandait. Chose incroyable ! Jamais Paul ne s'était autant trompé sur quelqu'un. Ainsi, cet homme tranquille et renfermé s'était transformé en un dangereux maniaque, prenant plaisir à tuer et à mutiler les soldats allemands ! Paul savait maintenant les raisons qui les avaient poussés à s'évader. Il avait recueilli des témoignages sur la manière dont Tatiana Nej avait immédiatement été condamnée à mort et comment Natacha Brusilova avait été publiquement fouettée. Avec ces preuves, il était certain d'obtenir l'acquittement de John, même devant un tribunal militaire. Mais à présent, John Hayman serait condamné pour les tortures qu'il avait fait subir aux soldats allemands.

Cependant Svetlana ne pouvait y avoir pris part. Il en était absolument certain. Elle devait donc être au désespoir.

Si seulement...

On frappa à sa porte et son secrétaire se leva pour aller ouvrir. Contrairement à son supérieur, Paul préférait un secrétaire masculin et celui-ci était un jeune homme sérieux du nom d'Engels.

Le sergent salua.

— Mon capitaine, quelqu'un voudrait vous voir.

— Moi? demanda Paul en cessant de regarder la neige tomber.

— Une femme, mon capitaine. Une paysanne russe. Nous l'avons fouillée et elle ne porte pas d'armes. Si vous voulez que nous la jetions dehors...

Paul fronça les sourcils.

— Une paysanne? Mais d'où vient-elle? De Slutsk?

— Je ne sais pas, mon capitaine. Je ne parle pas suffisamment russe. Elle ne cesse de répéter votre nom et de dire qu'elle a un message pour vous. (Le sergent sourit.) Un peu plus propre, elle serait tout à fait jolie.

— Vous êtes sûr qu'elle a été bien fouillée, sergent? Elle n'a pas de couteau ou de grenades?

Le sourire du sergent s'élargit.

— Elle a été parfaitement fouillée. Je vous l'ai dit, c'est une belle fille sous sa crasse. Ah, et j'oubliais : elle porte une chemise allemande sous ses haillons. Une chemise de l'armée. Comment se l'est-elle procurée?

— Bon, faites-la entrer! dit Paul en s'adossant à sa chaise.

Encore une fille qui venait demander la grâce d'un de ses parents pris dehors après le couvre-feu! Comme s'il était en son pouvoir de faire une exception pour un Russe! L'homme serait fusillé. C'était un travail détestable. Il était soldat, pas policier. Il détestait arrêter les gens et les fusiller après qu'ils avaient subi les interrogatoires de Bledow. Pourtant, il fallait faire comprendre aux Russes... Il secoua la tête pour chasser cette pensée : il résonnait exactement comme le colonel von Bledow. Il regarda la femme qui entrait.

Il n'avait encore jamais vu un tel épouvantail ! Elle semblait avoir trois robes l'une sur l'autre et toutes les trois étaient en haillons. Ses jambes étaient nues et ses pieds enveloppés dans une masse informe de chiffons qui jouaient le rôle de bottes. Un châle cachait ses cheveux et retombait à moitié sur son visage; ses bras nus et ses mollets étaient presque bleus de froid et elle frissonnait sans cesse.

— Eh bien? demanda-t-il. J'apprends que vous portez une chemise allemande. Il va falloir m'expliquer cela avant tout.

La femme le regarda fixement.

— Paul, murmura-t-elle. Oh, mon Dieu, Paul.

Ses jambes fléchirent et elle tomba à genoux devant son bureau.

Paul von Hassel se leva lentement tandis qu'Engels regardait la scène d'un air consterné.

— Svetlana ! (Paul contourna le bureau et vint s'agenouiller à côté d'elle. Il enleva le châle, libérant ainsi la masse des cheveux dorés, raides de crasse, qui lui retombèrent sur les épaules.) Svetlana, mon Dieu, Svetlana ! (Il la prit dans ses bras et la porta devant le feu.) Oh, Svetlana ! (Il l'embrassa sur les yeux, le nez, la bouche et la tint serrée contre lui, tandis qu'elle était parcourue de frissons.) Ma chérie. Et ils vous ont fouillée, *vous.*

Elle secoua la tête contre sa poitrine.

— Ce n'est rien, Paul, maintenant je suis ici avec vous.

— Avec moi, à tout jamais. Oh, ma chérie.

— Paul...

Elle leva la tête.

— Je sais, ma chérie. Nous avons tant de choses à nous dire, il y a tant de choses à faire. Mais d'abord, il faut vous réchauffer et vous habiller. Un bain. Un bon bain, voilà ce qu'il vous faut.

— Vous croyez vraiment que je peux prendre un bain chaud ?

— A l'instant même. Appelez Hans, Engels. Dites-lui de préparer un bain chaud et conduisez Fräulein Nej à ma chambre.

Le jeune homme se mit au garde-à-vous.

— Oui, mon capitaine. Vous avez dit Fräulein Nej ?

— C'est cela. Allez avec Engels, ma chérie. Il s'occupera de vous. Dites-lui simplement ce que vous voulez. Ensuite, Engels, trouvez-lui des vêtements décents, c'est compris ?

— Oui, mon capitaine.

Il ouvrit la porte devant Svetlana.

— Mais... pourquoi ne venez-vous pas ? demanda Svetlana.

Paul l'embrassa sur le front.

— Je viens dans un instant. Mais d'abord, je dois aviser le colonel von Bledow, mon chef, de votre présence ici. Oh, Svetlana, ma chérie ! C'est le plus beau jour de ma vie.

— Il fait froid, vous comprenez, camarade commissaire, expliqua la camarade Vaninka.

C'était une petite femme aux cheveux gris, sans doute pas grosse du tout, pensa George, mais elle avait l'air d'un petit tonneau dans ses trois chandails et tout ce qu'elle devait porter sous sa robe. Elle ne cessait de remuer, frappant dans ses mains et battant la semelle. Mais Boris et lui en faisaient autant.

— Le froid engourdit les mains et les esprits, poursuivit la camarade Vaninka. Mes filles préféreraient se battre plutôt que de rester ici à faire tourner les machines. Vous, les hommes, avez toujours la meilleure part.

Boris Petrov poussa un soupir. Il était aussi chaudement vêtu que tout le monde et avait un gros châle autour du cou. Malgré cela, il frissonnait tout le temps.

— Cependant, camarade Vaninka, la production doit être maintenue. Une diminution de cinq pour cent c'est déjà grave, mais dix pour cent, c'est inacceptable. Nous ne pourrons pas nous battre si nos hommes manquent de munitions. Dites-le à vos filles.

Il s'interrompit pour écouter un sifflement grandissant. Il y en avait eu d'autres durant toute la matinée. Il ne restait plus qu'à attendre et espérer être encore vivant après le passage de l'obus.

George se tenait au bord de la plate-forme sur laquelle était situé le bureau directorial et regardait à l'intérieur de l'usine. Il n'y avait plus d'électricité sur le réseau général et les machines fonctionnaient grâce à un générateur actionné à la force du poignet. Une demi-douzaine de filles se tenaient au fond de l'atelier et se relayaient à cette tâche épuisante. Mais du moins celles-ci avaient chaud. Les autres, des femmes de seize à soixante ans, travaillaient aux machines. Elles étaient assises et frissonnaient de froid ce qui leur faisait faire des erreurs. Elles ne s'arrêtaient même pas lorsqu'un obus passait en sifflant. Et lorsqu'elles auraient fini, elles partiraient pour la banlieue où les hommes se battaient à bout portant avec les Allemands, pour creuser des tranchées et construire des défenses antichars, comme elles le faisaient depuis maintenant six semaines. Il serait minuit quand elles rentreraient chez elles où elles ne trouveraient ni chauffage ni électricité et à peine assez de nourriture pour se maintenir en vie.

Il y eut une explosion sourde et l'usine fut secouée jusque dans ses fondations. Les femmes continuèrent néanmoins leur travail et George suivit Boris qui se dirigeait vers la sortie.

— C'est la chose la plus pénible que j'aie jamais faite, dit Boris. Pousser ces femmes jusqu'à ce qu'elles tombent d'épuisement! Mais il n'y a pas d'autre solution. A moins... (Il poursuivit en anglais.) Je ne peux pas m'empêcher de me demander si ce serait pire sous les Allemands.

— Le sort de certaines serait certainement pire, dit George. Vous pouvez en être sûr.

Surtout vous, pensa George.

Ils sortirent et furent saisis par un froid de moins vingt degrés. Il était midi, le soleil brillait faiblement dans un ciel sans nuages mais ne donnait aucune chaleur.

La ville était recouverte par la neige qui était tombée durant la nuit et qui avait gelé. Il faisait de plus en plus froid au fur et à mesure que la journée s'avançait. Et pourtant, la neige était une bénédiction. Les maisons détruites, les cratères des bombes, les cadavres des morts, tout cela était maintenant recouvert d'un linceul immaculé.

— Où allons-nous maintenant ? demanda George en remuant les doigts dans ses gants fourrés.

— C'était la dernière usine pour ce matin, répondit Boris. Je vais retourner au palais d'Hiver pour faire mon rapport.

Ils s'avancèrent dans la rue et arrivèrent au bord d'un cratère au delà duquel une maison en ruine brûlait. Deux jeunes garçons regardaient l'incendie.

— Y avait-il des gens à l'intérieur ? demanda Boris aux garçons.

— Je ne crois pas, camarade, répondit le plus âgé.

— Peut-être grand-mère Burtseva, dit le plus jeune. Elle habitait au dernier étage.

— Nous ne l'avons pas vue tomber, reprit le plus jeune.

George regarda la maison. Le sommet avait été complètement détruit par l'obus, lequel avait éclaté sur la route. Si la grand-mère Burtseva avait survécu à cela, elle aurait été étouffée par des nuages de fumée noire qui s'élevaient des ruines. Port-Arthur n'avait rien subi de semblable. Ou peut-être étais-je plus jeune ! pensa George. Mais que deviendraient ces jeunes garçons après avoir vécu une enfance pareille ?

Il suivit Boris qui contourna le cratère et ils débouchèrent bientôt sur la perspective Nevsky, déserte à présent, hormis un vieil homme qui s'avançait vers le bord du fleuve. Il cherchait sans doute quelque bois de chauffage ou de la nourriture. George accéléra le pas pour lui signaler qu'une maison brûlait à proximité, dans laquelle il trouverait sans doute quelque chose. Mais comme il arrivait à sa hauteur, l'homme s'effondra soudain sans un geste et son visage s'écrasa dans la neige.

George s'agenouilla à côté de lui et le retourna sur le dos. Il lui frotta désespérément le visage, tenta de le remettre sur pied.

— Mon Dieu! dit-il à Boris qui l'avait rejoint. Il est mort.

— J'en ai l'impression.

— Comme ça. Il marchait, et tout à coup...

— Ce n'est pas un soldat. Pas même un ouvrier. Ce n'est ni un commissaire ni un journaliste américain, ajouta Boris avec un humour féroce. Sa ration devait être de trois cents grammes de pain par jour, George. Juste trois cents grammes de pain, trois livres de sucre et trois cents grammes de matières grasses par mois. Personne ne peut survivre avec cela lorsqu'en plus il gèle.

George reposa lentement la tête de l'homme sur la neige.

— Nous ferions bien d'aller prévenir pour qu'on vienne l'enterrer.

— Prévenir qui, George?

— Nous ne pouvons pas le laisser ici! cria George.

Boris haussa les épaules.

— Il va bientôt se remettre à neiger. Avant demain, il sera enterré sous la neige. Et ce, jusqu'au printemps prochain. (Il voûta les épaules et poursuivit son chemin.) Il faudra faire un grand nettoyage au printemps.

George le rattrapa.

— Vous dites qu'il n'y aura pas de survivants au printemps?

— C'est une possibilité.

— Mais vous n'allez pas vous rendre?

Boris lui fit face.

— Non, George. Nous ne nous rendrons pas.

George poussa un soupir.

— Qu'en est-il de cette route qu'il est question de tracer sur le lac? Encore quelques jours de ce temps et la glace sera capable de supporter le poids d'un véhicule.

— Nous devons essayer, convint Boris. Bien sûr, il faut essayer. Une route à travers le lac. (Il s'arrêta et regarda par-dessus son épaule vers l'endroit où gisait l'homme mort.) Il faut essayer.

George regarda d'un air consterné des larmes qui coulaient le long de ses joues et qui gelaient immédiatement.

— Il faut essayer, répéta Boris. Il est inconcevable que nous nous rendions aux nazis.

— Il faut que les gens aient à manger, dit George en se penchant au-dessus de la table. A quoi bon résister aux Allemands, si vos hommes meurent de faim !

— Cela est préférable à la reddition, dit Michael avec une patience infinie. D'ailleurs, seuls quelques-uns mourront. Les vieux, comme celui que vous avez vu mourir, et les plus jeunes. Les autres survivront, même avec le peu que nous avons, et dès que la route sera ouverte...

— La route, reprit George avec mépris. C'est un rêve, Michael, et vous le savez. Ce qu'il faut, c'est une répartition plus juste de la nourriture. Personne ne peut survivre avec ce que vous donnez aux vieux et aux plus jeunes. Tandis que les autres...

— George, on m'a confié la défense de cette ville pour retenir autant de divisions allemandes que possible, pas pour sauver des vies. Les soldats dans les tranchées reçoivent deux fois plus de nourriture que les filles qui travaillent dans les usines. Les filles qui travaillent reçoivent le double de ceux qui ne font rien, parce qu'elles aussi ont besoin de forces. Autrement, elles ne seraient pas capables de travailler.

George regarda son assiette bien remplie et celle de Catherine.

— Et les commissaires reçoivent deux fois plus que les soldats.

— Oui. C'est ainsi que cela doit se passer, admit Michael sans rancune, car les commissaires doivent penser, prendre les décisions et tout organiser. Sans les commissaires et sans moi à leur tête, il n'y aurait pas de défense du tout. Nos jugements ne doivent pas être faussés par un ventre vide.

— Je trouve que c'est une philosophie bien commode pour un commissaire, répliqua George. Mais elle ne peut pas s'appliquer à un correspondant de guerre.

Michael sourit.

— Si, lorsque c'est l'ami d'un commissaire. A présent, mangez, mon ami. Il n'y en a pas assez pour le gaspiller. Maintenant, il faut que j'aille me reposer.

Il se rendit dans sa chambre et s'étendit sur le lit. Après un moment, Catherine le rejoignit et s'assit à ses côtés.

— Y aura-t-il vraiment une route à travers le lac ? Est-ce possible ?

— Oui. C'est possible et nous en ferons une. Dès qu'il gèlera suffisamment. Et cela ne saurait tarder.

Elle lui prit la main.

— Pourvu que ce soit bientôt.

Elle posa sa tête sur son épaule. Peut-être s'était-elle endormie. C'est ce qu'il y avait de mieux à faire à Leningrad.

Mais cela ne dura pas longtemps. Soudain, elle entendit des pas dans l'escalier. On frappait à la porte. Elle fut immédiatement sur pied et se hâta pour ouvrir.

Michael se leva aussi. Le maréchal Vorochilov entra. Son visage était rouge de l'effort qu'il venait de fournir et d'excitation.

— Camarade, dit-il, mes sapeurs ont sondé la glace. Elle a treize centimètres d'épaisseur. Avec quinze centimètres, elle peut supporter le poids d'un camion chargé. Mes hommes me l'ont garanti.

— Dieu merci, dit Michael. Avez-vous donné l'ordre de commencer la route ?

— Immédiatement. (Il frappa ses mains l'une contre l'autre.) Nous aurons des munitions, camarade, et des troupes fraîches.

— Et des vivres, ajouta Michael. Nous aurons des vivres.

— Pourrons-nous faire évacuer les enfants de la

ville ? Dites que c'est possible, Michael Nikolaievitch ! supplia Catherine.

Elle pensait à Nona, tout en espérant que le bruit n'avait pas réveillé sa fille.

— Oui, cela aussi sera possible, dit Michael. (Il frappa George sur l'épaule.) Voilà une histoire pour vous, George. Vous pourrez raconter comment le destin de Leningrad et peut-être du monde civilisé a dépendu de quinze centimètres d'eau gelée.

Le colonel von Bledow posa son stylo et se carra dans son fauteuil.

— Vous bredouillez, capitaine von Hassel. Reprenez-vous. Ilsa, versez un verre de schnaps au capitaine. Fräulein Nej est-elle ici, dans ce bâtiment ?

Paul se rendit compte qu'il avait besoin de ce verre d'alcool. Dans son excitation, il avait perdu toute cohérence. Il vida le verre et reprit sa respiration.

— C'est cela, mon colonel. Elle se trouve en ce moment dans ma chambre. Elle prend un bain.

— Un bain ?

— Elle était quasiment gelée. Et... elle avait besoin d'un bain.

Von Bledow hocha la tête.

— Vous voulez dire qu'elle est simplement entrée et qu'elle s'est rendue ? (Il se gratta la tête.) C'est incroyable. Je vous félicite, capitaine von Hassel. Je dois avouer que je n'ai jamais cru que vous obtiendriez un résultat avec vos tracts et vos haut-parleurs. Bien sûr, c'est le froid qui l'a poussée à se rendre.

— Je crois qu'elle s'efforçait d'échapper à Hayman, mais elle en a été empêchée par les inondations. Mais à présent que tout est gelé, elle a pu venir nous rejoindre.

— C'est formidable ! s'exclama von Bledow en se levant et en prenant sa casquette. On peut dire que c'est un cadeau de Noël prématuré. Je vais voir cette jeune femme, Hassel.

— Bien sûr, mon colonel. Dès qu'elle sera habillée.

— Je vais la voir maintenant. Venez, Ilsa. Apportez

votre carnet. (Il s'avança vers la porte.) Est-elle décidée à coopérer avec nous ?

— Sinon, pourquoi serait-elle venue ?

— Oui, pourquoi ? Capitaine von Hassel, je vous recommanderai pour votre avancement. Il n'a que trop tardé. Mais vous êtes un génie. Je le mettrai sur mon rapport. (Il monta les marches presque en courant.) Remarquez, j'ai toujours su que nous réussirions un jour. La patience, voilà le secret. (Il ouvrit la porte de l'appartement de Paul, situé à côté du sien au sommet de l'immeuble, et vit Engels, le secrétaire de Paul, ainsi que Hans, l'ordonnance.) Où est Fräulein Nej ?

Engels se mit au garde-à-vous.

— Elle est dans la salle de bains, mon colonel.

Bledow se tourna vers Paul.

— Je ne peux pas entrer là.

Bledow regarda Paul, puis se tourna vers Ilsa.

— Faites-la sortir.

— Dites-lui qu'elle peut prendre ma robe de chambre, dit Paul.

Ilsa ouvrit la porte de la salle de bains.

— Vous, dit-elle, sortez !

— Ce n'est pas une prisonnière, protesta Paul. Elle ne doit pas être traitée comme cela. Elle est venue de son plein gré.

— La manière dont elle sera traitée dépend d'elle, dit le colonel en dévorant Svetlana des yeux, ainsi que tous les occupants de la pièce.

Elle avait lavé ses cheveux qui contrastaient avec la robe de chambre rouge de Paul. Elle était absolument ravissante.

— Est-ce Fräulein Nej ? demanda le colonel.

— Svetlana Nej, mon colonel. Je vous présente le colonel von Bledow, Svetlana. Je suis désolé de vous déranger, mais le colonel voulait absolument vous voir. Il est ravi de votre arrivée.

— Elle est très belle ! s'exclama le colonel comme si Svetlana n'était pas là. Vous ne trouvez pas, Ilsa ?

— Tout à fait, reconnut Ilsa avec une grimace.

— Je commence à comprendre pourquoi vous teniez

tant à la retrouver vivante, capitaine ! Eh bien, asseyez-vous, Fräulein Nej. Renvoyez ces hommes, capitaine. Vous pouvez partir, vous aussi. Je vous appellerai lorsque j'aurai fini d'interroger Fräulein Nej.

— Avec votre permission, je préférerais rester, dit Paul. Fräulein Nej est ma fiancée.

— Oui, dit Bledow. Eh bien, faites sortir vos hommes. (Il attendit que la porte se referme derrière Hans et Engels, puis il s'assit sur le canapé et tapota la place à côté de lui.) Asseyez-vous, Fräulein Nej. Asseyez-vous.

Svetlana jeta un rapide coup d'œil vers Paul qui hocha la tête et s'assit à côté du colonel. Ilsa prit place derrière la petite table avec son carnet. Paul resta debout, à côté de la porte.

— Vous nous avez causé bien du souci, déclara le colonel avec une jovialité croissante. A vous cacher dans cette forêt et à assassiner mes hommes. (Il agita son index.) C'est très mal de votre part, Fräulein.

— Je...

Une nouvelle fois, Svetlana se tourna vers Paul.

— Je suis certain que Svetlana n'a jamais pris part aux attaques contre des soldats allemands, dit Paul.

— Ne vaudrait-il pas mieux qu'elle réponde elle-même ? demanda Bledow tout en continuant à sourire.

— Je... C'était Anna Ragosina, expliqua Svetlana.

— Anna Ragosina ?

— Elle est colonel du NKVD et a été envoyée pour nous commander. C'est elle qui nous a poussés à nous battre. Elle nous a... fait tout faire.

— Anna Ragosina. Prenez note de cela, Ilsa.

— Bien, colonel.

— Et c'est elle qui vous gardait prisonnière, dit Paul.

— Eh bien... je suppose que oui. Je voulais venir vous voir, Paul, dès le premier jour. Mais elle m'en a empêchée et nous a obligés à vous attaquer.

— Vous étiez là ? demanda von Bledow. Le premier jour ?

Svetlana secoua la tête.

— Non. J'ai refusé.

— Brave petite. (Le colonel lui donna une petite tape

sur les genoux.) Brave petite fille. Vous êtes une aubaine pour nous, Svetlana. Vous voulez bien que je vous appelle Svetlana ?

— Bien sûr, j'en suis ravie. Colonel von Bledow, ma mère est très malade. Je crois qu'elle a une pleurésie. Elle n'arrête pas de tousser. Elle va mourir là-bas dehors, avec l'hiver qui s'installe. J'ai pensé que peut-être quelques médicaments...

— Bien sûr, bien sûr : dès qu'elle viendra nous rejoindre. Oui. (Il se pencha en arrière sans quitter Svetlana des yeux.) Mais vous devez comprendre que je dois détruire cette vermine, cette Ragosina et ce Hayman. Ce sont des ennemis du Reich.

Svetlana écarquilla les yeux.

— Ils ne se rendront jamais. Pas maintenant.

— Je m'y attendais. C'est pourquoi je dois les anéantir. Ils ont un camp, n'est-ce pas. Une cachette ?

Svetlana hocha lentement la tête, mais son visage se ferma.

— Bien sûr. Un camp tout à fait inaccessible à une troupe importante ou du moins impossible à prendre par surprise. Mais je pourrais le bombarder, Svetlana. Au rez-de-chaussée, j'ai une carte détaillée des marais du Pripet. Si vous voulez me montrer où cette Anna Ragosina a son camp, alors je pourrai le réduire en cendres. Ne craignez rien, je les inviterai à se rendre d'abord. Je laisserai du moins le temps à votre mère de se rendre. Mais ceux qui refuseront de sortir seront détruits.

— Je ne peux pas vous révéler une chose pareille, dit Svetlana.

Von Bledow fronça les sourcils.

— Et pourquoi donc ? Vous avez admis qu'ils devaient être anéantis.

— Mais John se trouve là-bas. Et Natacha. (Elle regarda Paul.) Natacha est enceinte.

— Ah, dit Bledow. Ils ne passent pas tout leur temps à assassiner mes soldats. (Il rit.) Mais ce John, ce Hayman, il est coupable. Vous venez d'en convenir.

— Je... il n'a fait qu'obéir à Anna. S'ils voulaient tous sortir...

— Mais John *est* coupable, Svetlana, dit Paul. Comment lui pardonner ce qu'il a fait ces derniers mois ?

Le colonel von Bledow soupira et secoua la tête d'un air navré.

— Je ne peux pas trahir Johnnie, dit Svetlana.

— Vous n'êtes pas sage, dit le colonel d'un air amusé. Vous allez me mettre en colère contre vous. (Il se pencha en avant et lui prit le menton.) Savez-vous ce que je fais aux filles qui me mettent en colère ? (Il sourit.) Je les *brûle*. Vous n'aimeriez pas cela, Svetlana.

Svetlana regarda Paul, les yeux grands ouverts.

— Je proteste, mon colonel, dit Paul. Fräulein Nej n'est pas une prisonnière. Nous en sommes convenus.

— *Vous* en êtes convenu. Pour moi, elle est un don du ciel. Si elle coopère avec nous, il ne lui sera fait aucun mal, je vous en donne ma parole d'officier. Mais dans le cas contraire... eh bien, j'ai ordre d'exterminer cette vermine du Pripet par tous les moyens et elle est certainement un moyen, n'est-ce pas ? Voilà ce que nous allons faire, capitaine. Il faut essayer de régler cette affaire le plus vite possible. Vous allez survoler la forêt avec vos tracts. Vous direz à ces partisans que nous tenons maintenant Fräulein Nej et que s'ils ne se rendent pas avant quarante-huit heures, elle sera exécutée de la façon la plus lente et la plus cruelle. Ensuite son corps sera exposé pour qu'ils puissent le voir.

— Colonel von...

— Pendant ce temps-là, j'essaierai de persuader cette ravissante Fräulein de m'indiquer l'emplacement du camp. Taisez-vous et écoutez-moi, Hassel. Je suis très généreux et me contenterai d'une de ces deux solutions. Si les partisans se rendent, je libérerai la Fräulein. Si elle m'indique l'emplacement du camp, je le ferai aussi. Je ne peux guère faire mieux.

Paul le regarda fixement, puis se tourna vers Svetlana.

— Je ne peux pas les trahir, Paul, pas Johnnie et

Natacha. Ils ont sauvé la vie à maman. Ne le laissez pas me faire de mal, Paul.

Elle avait peur, était en état de choc, mais, tout comme Tatie, elle ne parvenait pas à croire que quelque chose de terrible pût lui arriver.

Paul se mit au garde-à-vous.

— Je ne peux pas permettre une chose pareille, mon colonel. Svetlana est ma fiancée et la fille d'une des plus célèbres danseuses du monde. Je ne peux pas le permettre.

Le colonel von Bledow l'observa pendant un instant, puis il se leva et alla ouvrir la porte.

— Sergent Brinkman! cria-t-il.

— Présent, mon colonel! répondit le sergent en accourant.

— Vous mettrez le capitaine von Hassel aux arrêts pour insubordination. S'il vous résiste, fusillez-le. (Il se tourna vers Svetlana en souriant.) Maintenant, Fräulein Nej, vous allez venir avec moi.

Svetlana se retrouva debout sans savoir comment. Le visage de Paul était tordu par l'incertitude, l'anxiété, la colère et la peur, mais il exprimait en même temps toute la rigidité d'un soldat de carrière à qui l'on vient d'annoncer qu'il est aux arrêts.

Elle vit le sergent s'avancer vers lui.

— Votre pistolet, mon capitaine.

Paul sembla s'éveiller d'un rêve. Il déboucla l'étui de son arme. Elle aurait voulu lui crier de les tuer tous, elle qui n'avait jamais désiré la mort de personne. Elle savait maintenant qu'elle avait commis une erreur et qu'Anna Ragosina avait raison depuis le début. Leur seule chance de salut était de retourner dans la forêt où elle et Paul pourraient survivre.

Mais il n'en serait pas ainsi. Elle vit Paul sortir son pistolet et le tendre au sergent.

— Paul...

Il tourna la tête vers elle, puis détourna son regard. Il semblait complètement en état de choc.

— Dites-leur où se trouve le camp, Svetlana. Je vous en supplie.

Sur ces mots, il disparut. Elle entendit ses pas s'éloigner dans le couloir.

— Bon conseil, dit le colonel von Bledow. Je vous avouerai cependant que je serais déçu si vous le faisiez. Le croiriez-vous ? J'aimerais faire plus ample connaissance avec vous. Allons, venez.

Le cerveau de Svetlana sembla se vider. Elle n'était consciente que d'une chose : il fallait qu'elle se concentre sur de petites choses.

— Mes vêtements...

Le colonel von Bledow eut un petit rire heureux.

— Vous n'en aurez pas besoin, Svetlana. Les vêtements ne pourraient que nous gêner. Mais, dit-il avec une soudaine générosité, vous pouvez garder la robe de chambre, tout du moins pour le moment. Je suis sûr que Hassel ne vous en voudra pas. Venez.

Machinalement elle se mit en marche, suivie du colonel et de la femme qu'il appelait Ilsa. Les escaliers étaient étroits et raides : si elle se jetait la tête la première en bas, elle se briserait probablement la nuque. Mais cette impulsion d'accomplir l'irrémédiable disparut aussi vite qu'elle était venue. Ils n'allaient pas vraiment lui faire mal, elle en était sûre.

D'ailleurs, il était déjà trop tard. L'étage du dessous se remplit d'hommes qui la regardaient descendre. La nouvelle de l'arrestation du capitaine von Hassel et de sa fiancée s'était déjà répandue et tous voulaient la voir.

Peut-être même la toucher. Elle s'avança vers eux en serrant plus fort la robe de chambre contre elle. Mais ils ne la touchèrent pas. Elle était la propriété de l'homme qui marchait derrière elle, de celui qui allait la torturer. Tout à coup, elle prit conscience de ce fait qui oblitéra toutes ses autres pensées. Elle fut saisie de peur, de dégoût, et sentit son estomac se contracter.

Ils pénétrèrent dans un bureau et le colonel lui indiqua une chaise.

— Asseyez-vous. Je pense que vous en avez besoin, n'est-ce pas ?

Svetlana se laissa tomber sur la chaise et se rendit compte qu'elle haletait.

Le colonel von Bledow lui tourna le dos et déplia une immense carte qu'il étala sur son bureau.

— Nous y voici. Les marais du Pripet. Examinez soigneusement cette carte, Svetlana. (Il lui tendit un crayon bleu.) Tout ce que vous avez à faire c'est d'entourer le camp d'un cercle. Ensuite, savez-vous ce que je ferai pour vous ? Je donnerai l'ordre de libérer Paul von Hassel et je vous laisserai partir tous deux en Allemagne.

Svetlana regarda fixement la carte. Tout ce qu'on lui demandait c'était de trahir Johnnie, Natacha et sa mère. Mais celle-ci n'allait-elle pas mourir de toute façon ? Ils mourraient tous. Mais elle sauverait sa vie. Une idée jaillit dans son esprit : elle n'avait qu'à encercler une partie de la forêt ! Même après avoir envoyé ses bombardiers, le colonel ne pourrait jamais savoir s'il avait atteint le camp ou non. Si des attaques contre ses hommes se poursuivaient, cela signifierait simplement qu'Anna Ragosina avait eu de la chance et était absente du camp au moment du bombardement.

Elle prit fiévreusement le crayon, s'étonnant de n'y avoir pas pensé plus tôt, et choisit un secteur éloigné d'une quinzaine de kilomètres. Derrière elle, le colonel avait posé sa main sur sa nuque et lui caressait le cou.

— Hmm...! dit-il. C'est plus loin que je ne pensais. Enfin, c'est agréable de vous voir aussi bien disposée.

Ses doigts se resserrèrent soudain sur la gorge de Svetlana qui suffoqua.

— Vous aviez promis, haleta-t-elle.

La main desserra son étreinte et elle se recroquevilla sur la chaise.

— Bien sûr. Mais il nous faut une certitude. Suivez-moi, Svetlana.

Cette fois, il marcha en tête tandis qu'Ilsa suivait derrière elle. Il avait promis. Il ne pouvait pas savoir qu'elle l'avait trompé. C'était impossible.

La porte de la cave s'ouvrit et elle eut un mouvement de recul devant l'odeur qui l'assaillit et à la vue des deux hommes qui s'y trouvaient. Il était impossible de reculer maintenant. Ilsa la poussa dans le dos.

— Voici une jolie fille pour vous, lança Bledow en riant. Vous ne trouvez pas, Johannes ?

— Elle est belle, reconnut l'un des hommes en observant Svetlana qui s'avançait.

— Vous allez pouvoir l'admirer. Enlevez cette robe de chambre, Svetlana.

— Non, dit-elle en la serrant plus fort contre elle.

Bledow éclata de rire.

— Allons, enlevez-la. Vous êtes restée trois mois dans la forêt en compagnie de centaines d'hommes. Cela ne doit pas vous gêner beaucoup.

— Je ne me suis jamais déshabillée devant un homme.

— Vraiment ? Et nous qui pensions que tous les Russes étaient des paysans salaces. Je vous présente mes excuses, Fräulein. (Il s'approcha d'elle et lui prit le menton dans la main.) Mais il va falloir l'enlever de toute façon, vous savez. Vous ne voulez pas qu'on l'arrache ? C'est la robe de chambre favorite de Hassel.

Svetlana hésita et se tourna vers Ilsa, espérant trouver un soutien. Mais celle-ci s'était installée dans un coin derrière une table et l'observait de ses yeux de louve.

— Je proteste, dit-elle. Je...

Bledow fit claquer ses doigts et les deux hommes se jetèrent sur elle avec une rapidité et une violence qu'elle n'aurait pas crues possibles. Ils lui arrachèrent la robe de chambre et la projetèrent sur le sol avec une telle force qu'elle en eut le souffle coupé. Tandis qu'elle essayait de retrouver sa respiration, ils lui attachèrent les poignets et les chevilles à des cordes qui pendaient du plafond. Puis elle se sentit tractée et se retrouva suspendue à la verticale, sans pouvoir toutefois poser les pieds sur le sol. La douleur dans les poignets était atroce.

Bledow se tenait juste devant elle et il souriait.

— Le secteur que vous avez entouré sur la carte a un nom. Vous devez le connaître. Dites-le-moi.

Elle essaya de réfléchir. Il la mettait à l'épreuve : si elle lui disait le nom qu'elle avait encerclé, il la croirait. Mais elle n'avait pas regardé. Et elle n'arrivait pas à penser avec les cordes qui lui sciaient les poignets.

— Cela s'appelle l'Isle de Pierre, n'est-ce pas ? demanda Bledow.

Elle hocha la tête sans réfléchir.

— Oui.

Elle entendit le sifflement de la canne avant de sentir le coup. Son corps s'arc-bouta et elle poussa un hurlement de douleur et d'indignation. Mais l'homme derrière elle continua à la frapper et, pendant quelques minutes, elle perdit conscience de tout sauf de la douleur. Lorsque cela s'arrêta, aussi soudainement que cela avait commencé, elle était épuisée. Ses yeux étaient embués de larmes et elle ne voyait Bledow et sa secrétaire qu'à travers un brouillard.

— Ce n'est pas bien du tout. Vous êtes très méchante, ma petite fille. Et les petites filles méchantes se font punir. Maintenant, si vous ne me dites pas la vérité, je vais vraiment vous faire mal. Alors, dites-moi, où est-ce ?

Elle ne parvenait plus à penser. Son cerveau était vide. Elle ne pouvait même pas inventer et ne pouvait que penser à la douleur. Comment pouvait-il la faire souffrir plus encore ? Elle sentit qu'on la faisait redescendre. Elle regarda le plafond et comprit qu'elle était à présent parallèle au sol, les bras et les jambes écartés, à la merci de ce monstre souriant. Il avait pris une serviette et l'essuyait avec douceur, massant ses seins avec une expression de tendresse. Elle comprit qu'il allait la violer. Elle avait su que ce moment arriverait et elle essaya de contrôler sa respiration. Elle vit Ilsa s'approcher avec une sorte de boîte. Malgré la douleur et l'humiliation, elle se sentit intriguée. Elle tourna la tête pour voir ce que faisait Bledow, vit les pinces crocodile et poussa un petit cri de douleur lorsqu'il lui saisit la pointe d'un sein et l'étira au maximum. Les petites dents s'incrustèrent dans sa chair et elle crut qu'il allait la mutiler d'une façon particulièrement odieuse. Elle poussa un gémissement de douleur et sentit qu'il faisait la même chose à l'autre sein. Puis elle le vit s'éloigner de deux pas, toujours en souriant, et prendre la boîte dans ses mains. Du centre de celle-ci émergeait une manivelle comme celle d'un téléphone et un fil reliait la boîte aux pinces qui lui mordaient les seins.

Bledow sourit.

— Maintenant, je vais vous faire mal. Savez-vous, ma petite Svetlana, que mes hommes ont fait un pari avec moi. Selon eux, sitôt que je tournerai cette manivelle et que le courant électrique passera à travers vos jolis petits seins, vous sauterez jusqu'au plafond. Croyez-vous qu'ils aient raison ?

Elle ouvrit la bouche mais pas un son n'en sortit. Elle ne pouvait rien dire, rien faire.

Toujours souriant, le colonel tourna la manivelle.

— Il faut que j'aille la rejoindre. Vous ne pouvez pas m'en empêcher. C'est ma fille.

Jamais encore John n'avait vu Tatie prise d'une telle panique. Elle était à genoux sur le sol glacé et suppliait Anna entre deux quintes de toux. Elle tenait entre ses mains un tract.

— C'est impossible, dit Anna. Elle nous a trahis. Ces tracts ne sont qu'une ruse des Allemands. Il faut évacuer le camp aussi vite que possible et aller autre part. Alexandra Igorovna, faites le nécessaire. Les bombardiers peuvent venir d'une minute à l'autre.

— Je ne peux croire que Svetlana nous ait trahis, protesta John.

— Bien sûr que non ! renchérit Natacha. Elle est allée voir si elle pouvait négocier, faire un marché.

— N'est-ce pas une trahison ? demanda Anna. Je vous dis ceci, camarades : si jamais elle revient, je l'exécuterai comme traître de mes propres mains.

— Alors tuez-moi tout de suite, gémit Tatie. C'est moi qui l'ai envoyée.

— Vous? s'écria Anna en fronçant les sourcils.
— Oui. Je ne peux plus supporter de vivre ici comme un animal. Et cette toux va me faire mourir. Nous allons tous mourir. Alors je l'ai envoyée dire à Paul que j'allais me rendre. C'est moi qui l'ai envoyée.

Anna esquissa un sourire.

— Je ne vous crois pas, Tatiana Dimitrievna. Et vous n'allez pas mourir. Remettez-la dans son sac de couchage et enveloppez-la bien. Alexandra Gorchakova, confectionnez-lui un brancard. Vous n'allez pas mourir, répéta-t-elle. (Elle tourna la tête vers un homme qui arrivait en courant et en glissant sur la glace.) Qu'y a-t-il ?

— C'est la fille, je crois : Svetlana Ivanovna.

Anna hésita un instant, puis partit à travers la forêt. Sans un mot, les autres partisans la suivirent. Natacha aida Tatie à se relever et elle aussi partit en courant, toussant et haletant. John courut derrière eux, le cœur battant. Nous courons vers notre mort, pensa-t-il. Si c'est un piège... C'était la première fois qu'il voyait Anna Ragosina en proie à une faiblesse. Car elle courait en tête, inconsciente du danger, ne cherchant pas à se dissimuler, voulant seulement savoir ce qui était arrivé à Svetlana. Mais ce ne pouvait pas être un piège. Les Allemands ignoraient l'emplacement du camp et avaient simplement déposé le corps de Svetlana sur une des routes qui traversaient la forêt, sachant très bien que les partisans ne tarderaient pas à la trouver et qu'à sa vue ils seraient saisis d'horreur. Soudain, John s'aperçut qu'il avait tout de suite compris qu'elle était morte.

Anna avait dû avoir des pensées similaires, car elle s'arrêta et saisit sa mitraillette.

— C'est peut-être un piège, dit-elle.
— Non, dit l'homme qui avait fait la découverte. Ils sont seulement passés à toute vitesse en camion et l'ont jetée sur la route. Ils ne se sont pas arrêtés. Il n'y avait personne d'autre aux alentours, Anna Petrovna.

Anna le regarda pendant quelques instants, puis hocha la tête.

— Nous allons malgré tout prendre des précautions.

Elle donna des ordres pour faire couvrir la route, puis s'avança. Johnnie suivait immédiatement derrière. Elle était contente qu'il soit là. Durant ces dernières semaines, ils étaient presque devenus amis.

Pour sa part, John ne pouvait que haïr tout ce qu'elle représentait, mais il l'admirait pour son courage, son abnégation et la maîtrise totale qu'elle avait sur elle-même.

Et aujourd'hui il l'aimait encore plus en constatant qu'elle pouvait être aussi émue que les autres par ce qui était arrivé à Svetlana.

Ils s'agenouillèrent dans les buissons et observèrent le corps nu qui brillait sur la route. Anna sortit ses jumelles et les braqua pendant quelques instants sur le corps.

— Couvrez-moi, dit-elle en remettant les jumelles dans leur étui. Et si Tatiana Dimitrievna arrive, ne la laissez pas descendre.

Elle se leva et se laissa glisser en bas du talus, atterrit sur ses pieds et s'avança vers le cadavre. Elle s'agenouilla à côté du corps et le retourna sur le dos. John ne voyait pas vraiment mais il sentit son cœur se soulever et un sentiment de colère l'envahit. Svetlana avait été si vivante, si adorable... et si amoureuse.

Il entendit Tatie tousser et se retourna. Elle arrivait suivie de Natacha qui trébuchait derrière elle.

— Baissez-vous.

Tatie resta debout, contemplant sa fille et Anna.

— Aidez-moi à descendre, dit-elle.

John se leva et lui prit le bras.

— Non.

— Johnnie...

— Non, répéta-t-il, et il vit qu'Anna Ragosina se redressait et revenait vers eux.

— Il faut que j'aille la voir, cria Tatie.

— Laissez-la là-bas, dit Anna.

— La laisser ? Vous êtes folle ? Vous êtes obscène, ignoble...

— Il ne faut pas que vous la voyiez, camarade Nej, dit Anna, et elle grimpa sur le talus.

Elle venait de vieillir de dix ans en quelques secondes. Peut-être comprenait-elle à quoi elle ressemblerait si les SS mettaient la main sur elle !

Tatie lui saisit le bras.

— Que lui ont-ils fait ?

— Ils l'ont tuée. Vous ne comprenez pas ? Ils l'ont tuée ! cria Anna, saisie d'une soudaine fureur. Ils l'ont abattue comme une bête et ne lui ont rien épargné. Rien, vous comprenez !

Tatie la regardait d'un air hébété.

— Ma Svetlana, murmura-t-elle.

— Mais, vu ce qu'ils lui ont fait, elle ne nous a pas trahis. Et d'ailleurs nous aurions déjà eu la visite des bombardiers. Elle est morte comme une héroïne. Comme la fille de Tatiana Nej. (Elle mit un bras autour des épaules de Tatie.) Vous m'aiderez peut-être maintenant à tuer des Allemands, Tatiana Dimitrievna.

La neige s'envolait sous les roues du véhicule lancé à toute vitesse. Par endroits, la glace était brisée car les Allemands eux aussi étaient présents ; leurs avions tournaient autour du lac et déchargeaient leurs bombes sur sa surface gelée.

Mais rien n'arrêtera plus les Russes, se dit George qui regardait à travers ses jumelles. Ils avaient construit cette route sous les bombardements et maintenant ils l'utilisaient. Aussi loin que l'on pouvait voir, des camions roulaient à toute vitesse sur la glace et, déjà, les premiers étaient en sécurité.

Les vivats s'élevèrent de la foule quand le premier camion quitta la glace et aborda en dérapant la rampe qui conduisait à la terre ferme. Plus de cinquante personnes se précipitèrent et le poussèrent afin de libérer le passage pour ceux qui suivaient. Catherine Nej poussa un cri de joie et se jeta au cou de George. Jamais encore il n'avait observé une telle exubérance chez quelqu'un d'ordinaire si réservé.

Durant ces longs mois, il avait appris à la respecter,

elle et tous les défenseurs de Leningrad. Le nombre de victimes qu'avait fait le siège durant ces trois derniers mois défiait tous les calculs. Et personne ne savait combien il y aurait de morts avant que les Russes puissent dégager la ville. Mais à présent que les camions avaient réussi à forcer le passage il était certain que la ville tiendrait bon.

Il entendit quelqu'un crier son nom et se retourna. Boris Petrov arrivait en courant vers eux.

— Michael, vous avez réussi! La route est ouverte! La ville tiendra!

Le visage de Michael rayonnait de joie. George ne l'avait jamais vu aussi animé.

— Nous tiendrons, George, dit-il en s'approchant d'eux. Nous tiendrons et nous vaincrons. Nous venons de recevoir un message radio.

— Une contre-attaque?

— Une contre-attaque, oui. Mais il y a mieux encore. Avant hier, les Japonais ont attaqué la flotte américaine à Pearl Harbor!

George n'en croyait pas ses oreilles.

— Les Japonais proclament que c'est une grande victoire, dit Boris. Ils ont coulé plusieurs navires de guerre. Mais cela n'a pas d'importance. Cela signifie que vous êtes en guerre, George. Hier, le gouvernement des Etats-Unis a déclaré la guerre non seulement au Japon, mais aussi à l'Allemagne nazie.

— Mon Dieu! murmura George.

Catherine lui serra le bras.

— Qu'allez-vous faire?

— Mais... Il faut que je rentre en Amérique.

Il regarda Michael.

— Bien sûr. Vous retournerez sur le continent avec ces camions dès ce soir. Nous vous ferons rapatrier dès que ce sera humainement possible. (Michael rit et prit Catherine et George dans ses bras.) Mais vous reviendrez. Vous reviendrez car personne ne peut tenir contre les Etats-Unis, la Grande-Bretagne et la Russie réunis. Vous reviendrez, George, pour célébrer notre victoire.

11

George Hayman, debout sur le pont du transatlantique, leva les yeux vers les gratte-ciel de Manhattan. C'était la vue la plus rassurante du monde : le symbole de la richesse et de la puissance d'une nation qui allait gagner la guerre pour la liberté et la démocratie. Il n'avait aucun doute là-dessus.

Son seul regret était que cette puissance ait attendu si longtemps quand son intervention était si nécessaire.

Deux télégrammes se trouvaient dans sa poche. Bien difficile de décider lequel des deux était le plus terrible ! Le premier annonçait la mort de David Cassidy à Pearl Harbor. C'était une catastrophe pour sa famille, mais une mort digne. Le deuxième annonçait l'exécution de Svetlana Nej par les nazis, avec toute l'horreur que cela impliquait. Mais si Svetlana avait été capturée, qu'étaient devenus John, Tatie et Natacha ? Sans doute n'avaient-ils pas été capturés, sinon les nazis n'auraient pas manqué de s'en glorifier. Mais John aurait-il permis que Svetlana soit capturée sans se faire tuer d'abord ?

C'était terrifiant de penser que, si Roosevelt l'avait écouté deux ans auparavant, toute cette immense tragédie aurait pu être évitée.

Le bateau se rangea à quai et l'on abaissa les passerelles, mais avant qu'aucun marin n'ait pu descendre, celles-ci furent envahies par une véritable meute de reporters qui bousculèrent les barrières séparant les deuxième classe des première et se ruèrent vers la silhouette solitaire debout contre le bastingage.

— Parlez-nous de la Russie, monsieur Hayman.
— Que devient Leningrad ?
— Est-il vrai que votre beau-fils est à la tête d'un groupe de partisans derrière les lignes allemandes ?
— Que pensez-vous de Pearl Harbor, monsieur Hayman ?
— Que vont faire les Japonais maintenant ?

— Pensez-vous que nous puissions tenir Corregidor ?
— Pouvez-vous nous décrire le maréchal Staline ?
George aperçut son fils derrière les journalistes.
— Allons, messieurs. Vous savez que j'ai beaucoup à faire maintenant que je suis de retour. Venez me voir à l'immeuble du *People* demain matin et je vous raconterai tout. Et... (il leva la main) il n'y aura pas un mot dans mes journaux avant cette conférence de presse.
— Dites-nous au moins comment vous êtes revenu de Russie, monsieur Hayman. Cela a dû être une véritable odyssée.
George poussa un soupir.
— Sans doute. Je suis passé par Moscou, Samarcande, New Delhi et Bombay où j'ai pris un bateau pour Le Cap; puis de là jusqu'à New York en passant par Porto Rico.
— Que va-t-il se passer maintenant, monsieur Hayman ? Vous savez que Singapour est tombé ? Les Japs deviennent fous. Ils disent que même Corregidor ne peut pas tenir longtemps. Croyez-vous que nous soyons en difficulté ?
— Rien d'alarmant dans tout cela. Les Allemands n'ont pas assez de ressources : ils n'ont pas gagné la guerre avant Noël, eh bien ! ils ne la gagneront jamais. Quant aux Japs, ils nous ont pris par surprise, c'est tout.
— Cela fait du bien d'entendre un optimiste, ça nous change ! déclara un des journalistes.
— Et au sujet de Staline, monsieur Hayman...
— C'est assez, dit George. Je vous verrai demain comme promis. (Il se fraya un chemin au travers du groupe pour serrer la main de son fils.) Où est votre mère ?
— Dans la voiture. Elle n'a pas voulu venir (George junior écarta les journalistes, aidé par un groupe de marins envoyés à la rescousse, et il escorta son père jusqu'à la passerelle.) Mais elle est heureuse que vous soyez de retour. Moi aussi, ajouta-t-il en rougissant.
— Vous avez fait du bon travail d'après ce que j'ai appris, dit George en descendant la passerelle. Je crois

297

que vous êtes mûr pour prendre la vice-présidence et peut-être même la présidence. Je commence à me faire vieux.

— Vous vous sentirez mieux après une bonne nuit de repos. En tout cas, pas de vice-présidence. Pas pour l'instant. Je veux de l'action.

George s'arrêta pour regarder son fils.

— Vous ne parlez pas sérieusement ?
— Mais si. Nous sommes en guerre.

George atteignit la voiture, toujours entouré par la foule. Il plongea littéralement à l'intérieur et se retrouva à côté d'Ilona qu'il prit dans ses bras.

— Oh, George ! murmura-t-elle contre son oreille. Je suis si soulagée que vous soyez de retour sain et sauf. Depuis deux mois, je ne rêve plus que de sous-marins.

— Nous n'en avons pas rencontré un seul. (Il l'embrassa sur le nez.) Il est vrai que nous nous sommes dépêchés.

— Mais George, les nouvelles...
— Plutôt mauvaises. Mais cela va changer, j'en suis certain.

L'autre portière se referma sur George junior et la voiture démarra.

— Quel plaisir de vous revoir, monsieur Hayman, dit Rowntree.
— C'est bon d'être de retour.
— Cela a dû être très dur à Leningrad, dit George junior.
— Assez...
— Le président Roosevelt veut vous voir dès que possible, annonça Ilona. Il veut avoir une longue conversation avec vous.
— J'irai. Comment va Felicity ?

Ilona poussa un soupir.

— Elle ne parle pas, ne mange pas. Elle reste assise toute la journée dans sa chambre. George... C'est la *manière* dont cela s'est passé. Apparemment, le bateau s'est retourné et David était pris dessous. Ils ont entendu des hommes taper sur la coque pendant des heures et même des jours et ils n'arrivaient pas à les secourir. Pouvez-vous imaginer une chose pareille ?

George pensa au vieil homme qui marchait dans les rues de Leningrad et qui s'était effondré.

— Oui, dit-il. J'imagine.
— Et maintenant, celui-ci qui veut partir !
— Maman, c'est la guerre.
— Vous serez mobilisé sans doute, mais votre nom n'est pas encore sorti. Pourquoi anticiper ?
— Qu'en pense Beth ? demanda George.
— Elle n'est pas enthousiaste. Mais elle sait que c'est mon devoir.
— Pourquoi ? s'écria Ilona. Au nom de quoi ? Cette guerre vient juste de commencer pour nous et elle dure déjà depuis trop longtemps. Felicity est complètement effondrée et croit que sa vie est ruinée. John a disparu et Tatie aussi. Et Svetlana... pauvre Svetlana. (Des larmes envahirent ses yeux et roulèrent sur ses joues.) Et quand je pense à vous, George, à Leningrad...
— N'oubliez pas Judith, reprit George. Elle avait raison au sujet de ces camps de concentration. Vous vous souvenez de ce soir de 1938, quand je l'ai rencontrée avec Boris ? Elle avait raison et moi tort. Peut-être aurais-je pu faire quelque chose, si j'en avais parlé avec plus de conviction dans le journal. Mais ne serait-ce qu'à cause d'eux tous, il faut que nous gagnions cette guerre le plus vite possible. Ce qui signifie qu'il ne faut pas attendre d'être conscrit. Vous avez ma bénédiction, George.

La cloche sonna et Ruth Borodina donna une tape sur l'épaule de l'homme.

— Il est temps que vous partiez !

Mais il préférait ne pas bouger, à moitié étendu sur elle. Il l'embrassait dans le cou et caressait le duvet qui lui recouvrait la nuque. Il était très jeune, encore plus jeune qu'elle et il avait très peur. C'était sa dernière permission avant son départ pour le front russe, lui avait-il répété plusieurs fois en se déshabillant. Quel contraste avec les hommes qui étaient venus ici l'été dernier ! Ceux-là étaient impatients de participer à l'invasion. Mais au cours de l'hiver, l'enthousiasme s'était évanoui. Pas officiellement, bien sûr ! Les armées allemandes avaient beau être enlisées dans la neige et la glace, par des températures si basses qu'il était impossible de démarrer les moteurs des chars ou des camions à moins de maintenir des feux allumés dessous toute la nuit, la presse nazie n'en clamait pas moins que, dès le printemps, l'offensive reprendrait et que la déroute des Russes serait totale.

Mais les bulletins victorieux des journaux laissaient l'homme de la rue de plus en plus sceptique. Les plus vieux en effet se rappelaient le revirement qu'avait provoqué l'entrée en guerre des Etats-Unis lors de la Grande Guerre. La presse ne cessait de répéter que les Américains avaient été écrasés par les Japonais et qu'il leur faudrait des années avant que leur puissance industrielle ne soit en mesure d'intervenir en Europe. Mais beaucoup de gens se rappelaient qu'on leur avait chanté la même chanson en 1917.

Et puis il y avait le nombre sans cesse croissant de blessés revenant du front est. Ruth les connaissait bien car certains d'entre eux, considérés comme pouvant guérir, allaient à la « clinique » pour se reposer avant d'être renvoyés sur le front.

Ces hommes avaient le regard voilé par des visions d'horreur. Ils parlaient de l'effet paralysant de l'hiver russe, de camarades que l'on avait retrouvés gelés après quelques heures de garde, d'autres qui étaient devenus aveugles pour avoir trop longtemps surveillé les espaces sans fin couverts de neige. Ils parlaient aussi à voix basse de la colère du peuple qu'ils avaient conquis et de la brutalité vicieuse des attaques de partisans.

Ces hommes en comprenaient la raison.

— C'est un cercle vicieux, disaient-ils, étendus sur le dos et regardant le plafond. Nous les exécutons et ils nous assassinent. Mais en plus, il y a les femmes : elles rient pendant que nous nous faisons tailler en pièces...

Ces hommes-là étaient psychologiquement effondrés et ne feraient plus jamais de bons soldats.

Le garçon qui se trouvait à côté d'elle en ce moment avait certainement parlé avec un ami, un frère ou son père de retour du front russe. Même sa sueur sentait la peur. Mais il ne fallait pas qu'elle se laisse aller à de la pitié pour un Allemand. Plus vite il irait en Russie se faire tuer, plus vite la guerre serait finie.

Elle lui tapa de nouveau sur l'épaule, mais avec douceur. C'était là son grand problème. Elle avait pitié, même de ces hommes ! Autrefois elle croyait que ces deux années passées dans l'isolement le plus complet sous la garde d'Anna Ragosina étaient la chose la plus cruelle au monde. A présent elle savait que cette cellule, dans les profondeurs de la Lubianka, n'était que l'antichambre de l'enfer. Mais si le camp de concentration était l'enfer, que dire alors du bordel militaire dépendant du camp ? L'horreur de se faire marquer au fer rouge sur le bras, de sentir l'odeur de sa propre chair brûlée, cela n'était rien encore, au regard de cette destruction de soi, de devoir céder son corps plusieurs fois par jour à des hommes qu'elle détestait et qu'elle craignait, tout en ayant pitié d'eux.

Mais sans l'expérience vécue avec Anna, elle aurait été incapable de survivre dans cet endroit et serait devenue folle depuis longtemps. La haine qui rongeait l'esprit d'Anna n'était en rien comparable à l'ignominie de ce camp; depuis l'immoralité des gardes, la lubricité des soldats, jusqu'à la peur et la haine des détenus. Et ces expériences se fondaient dans une grisaille de souffrance sourde, avec toutefois quelques sommets de dépravation qu'elle ne pourrait jamais oublier. Ainsi, un jour, on les avait contraintes, Judith et elle, à faire l'amour avec un homme plongé dans l'eau glacée et ce jusqu'à sa mort. Un médecin du camp prétendait pouvoir sauver les pilotes de la Luftwaffe qui se faisaient descendre dans la mer du Nord en leur appliquant une telle stimulation animale. La théorie n'avait pas été prouvée : l'homme était mort. De retour aux baraquements, Judith lui avait déclaré, en la regardant de ses yeux pensifs mais déterminés :

— Ces gens sont fous! C'est le monde à l'envers. Nous sommes les seuls êtres sains dans cet asile de déments.

Anna du moins n'était pas folle. Simplement, en raison de sa vie et de l'entraînement qu'elle avait subi, elle s'était terriblement endurcie. C'était une femme presque admirable comparée aux gardiens des camps de concentration, de véritables monstres, ivres de la puissance que leur avait conférée leur Führer.

Et le plus terrifiant, c'était la pensée de ce qu'elle deviendrait après la guerre. Il lui faudrait recommencer à vivre et cette pensée la faisait souffrir car, où qu'elle aille et quoi qu'elle fasse, elle serait toujours Ruth Borodine, la fille qui avait passé des années dans un camp comme putain militaire. Pour elle, il n'y aurait plus jamais de vie normale possible. Ainsi peut-être était-il préférable qu'elle reste dans cet endroit où les sentiments n'existaient pas et où le seul vrai problème consistait à survivre.

Il fallait que le garçon s'en aille. Elle risquait d'être punie si elle lui permettait de rester trop longtemps et d'ailleurs c'était le dernier de la journée. Maintenant, elle pouvait aller manger et se reposer.

— Il faut partir, répéta-t-elle.

Il poussa un soupir et se releva.

— A mon retour, je tâcherai de vous revoir.

Il lui caressa les cheveux et laissa sa main s'égarer jusqu'à la poitrine de Ruth. Elle ne protesta pas : ils voulaient tous une dernière caresse.

— Oui.

— Si je reviens!

Elle vit que les larmes lui piquaient les yeux.

— Oui, répéta Ruth.

Il attendit, espérant un mot d'encouragement; puis il poussa un nouveau soupir, s'habilla et sortit.

Elle put se revêtir. Soudain elle se souvint qu'aujourd'hui était un jour faste. Le temps de repos de tante Judith coïncidait avec le sien. S'il y avait une personne au monde avec laquelle elle pouvait se sentir heureuse, c'était bien tante Judith !

Anna Ragosina posa un genou à terre et braqua ses jumelles sur le village abandonné de Schelniky. John Hayman s'agenouilla derrière elle et attendit, en observant les alentours. Ils étaient seuls dans la forêt. C'est Anna qui en avait décidé ainsi et cela s'était reproduit de plus en plus souvent depuis Noël. Où qu'elle aille, elle emmenait John Hayman avec elle. Quand il lui demandait la raison de son choix, elle lui répondait, avec un sourire :
— Mais je vous fais confiance. Vous êtes un bon tireur.

Anna Ragosina ! Elle avait dominé leurs vies, et de plus en plus depuis l'exécution de Svetlana — durant ces terribles semaines, rendues encore plus pénibles par le froid qui ne cessait de s'aggraver et qui, déjà, avait coûté la vie à plusieurs partisans. Natacha et lui avaient craint, autant pour la santé physique que morale de Tatie. Les vivres s'amenuisaient et la faim poussait les partisans à la discorde, plus qu'à attaquer les Allemands qui se tenaient retranchés bien au chaud dans leurs cantonnements. Bien souvent ses deux compagnons, Alexandra Gorchakova et Tigran Paldinsky, avaient paru succomber à l'épuisement, mais Anna, elle, restait le chef, leur insufflant son énergie démoniaque, les faisant rire parfois avec des plaisanteries cruelles, réprimant la moindre tentative de rébellion d'un regard de ses yeux insondables et de son doigt qui, aussitôt, se posait sur la détente de sa mitraillette. John se disait parfois qu'elle était l'esprit incarné de la résistance russe, à supposer qu'il y en ait une car, à en croire les tracts allemands, ils menaient un combat désespéré qui se terminerait par leur mort, soit par le froid, soit par la famine ou encore lors de l'assaut final de la Wehrmacht, le moment venu.

Il la trouvait fascinante. Elle n'avait pas la grâce de Natacha, mais un charme qui lui était propre, dû à sa finesse et à son assurance. A son avis, même un homme comme George Hayman ne possédait pas une telle confiance instinctive en ses moyens, une telle assurance, et personne au monde ne pouvait égaler sa détermination et ses capacités.

Elle lui tendit ses jumelles par-dessus son épaule.

— Observez la place, dit-elle.

Il régla les jumelles sur les maisons désertes, sur le ruisseau gelé qui serpentait vers les arbres, puis les braqua sur la potence improvisée et le corps qui se balançait lentement, encore revêtu de sa soutane de prêtre.

— Le père Gabon !

— Oui, dit-elle. Il ne restait que lui ! Mais regardez la maison derrière lui.

John leva légèrement les jumelles et observa les hommes en tenue de travail qui entraient et sortaient du bâtiment qui avait été la mairie. Ceux qui avaient les mains vides entraient et croisaient ceux qui sortaient avec des chargements de bois sur leurs épaules. Il vit qu'ils remplissaient les camions garés le long de la rue.

— Ils démolissent la mairie !

— Pour récupérer du bois de chauffage. Mais ils n'auront pas fini aujourd'hui. Il va faire nuit dans une demi-heure et il y a encore une centaine de maisons dans le village. Les Allemands sont les gens les plus méthodiques du monde. S'ils ont décidé de démolir Schelniky pour récupérer du bois, ils iront jusqu'au bout. Mais cela leur prendra plusieurs jours, peut-être même une semaine...

— Je pense que vous avez raison, mais il n'y a rien qui puisse nous intéresser.

— Il y a des Allemands.

John observa avec encore plus d'attention maintenant qu'il savait ce qu'il devait chercher. Il vit deux mitrailleuses sur la place et deux véhicules blindés garés dans une rue adjacente.

— Ils sont bien protégés.

— Mais ces mitrailleuses ne resteront pas là toute la

nuit, John. Si nous sommes en position avant leur retour demain matin, je crois que nous pourrons les liquider tous.

— Ce serait une véritable bataille. Mais quel intérêt ? Pour deux mitrailleuses, quelques fusils de plus et des munitions ? Nos pertes seraient trop élevées.

Elle lui arracha presque les jumelles.

— Il se trouve que c'est une chose nécessaire.

Il soutint son regard courroucé.

— Il se trouve que vous n'avez tué personne depuis des semaines et que cela vous manque.

— Oui. Aucun de nous n'a tué un Allemand depuis trois semaines. Nous n'avons rien fait d'autre que de frissonner dans nos sacs de couchage, de mourir de froid et de penser au corps de Svetlana, couché sur la route. Une armée est faite pour se battre. Si elle ne se bat pas, elle se rouille, comme ses armes. Ce sera notre revanche pour l'assassinat de Svetlana. (Elle fit un geste de la main vers le village.) Et pour celui du père Gabon. Venez, nous allons établir nos plans.

Elle se retourna et se mit à ramper à travers les buissons gelés. De dos, c'était une masse informe, avec les rabats de son bonnet de fourrure sur ses oreilles, la mitraillette en travers du dos, les grenades qui pendaient de son ceinturon bouclé sur son manteau bordé de fourrure, ses pantalons et ses bottes fourrées. Comme ses deux adjoints, elle était arrivée tout équipée pour l'hiver. Les autres pouvaient souffrir du froid, mais pas Anna Ragosina. Et elle n'offrait pas de partager ses vêtements. John comprenait son raisonnement : elle était leur cerveau et ne pouvait se permettre d'être diminuée par le froid.

Mais elle n'en profitait pas du moins pour s'attribuer des rations plus substantielles. Souvent, au contraire, elle prenait moins que sa part. Mais c'est que la nourriture ne l'intéressait pas. Elle lui faisait penser à un vampire qui avait besoin de sang pour se sustenter.

Anna glissa sur une plaque gelée et tomba lourdement sur le ventre. Il la prit par les épaules et la redressa. Il se rendit compte qu'elle avait heurté la glace avec son menton où une petite blessure se teintait de rouge; et il était comme surpris de la voir saigner.

Les yeux d'Anna restèrent fermés et, lorsqu'elle les rouvrit, ils papillotèrent paresseusement avant de se refermer à nouveau. Il fut pris de panique. Avant son arrivée, il avait parcouru cette forêt en tous sens et sans crainte. Depuis qu'elle était là, il lui avait paru impossible de faire quoi que ce soit ou d'aller quelque part sans Anna. Et maintenant, elle était sans connaissance !

— Anna ? Anna ? supplia-t-il. Réveillez-vous ! (Il la retourna dans ses bras et la serra contre lui, son visage contre le sien. Il sentait sa respiration sur sa joue.) Anna ?

Il ne savait que faire. Il était hors de question de la porter : elle était trop lourdement équipée et il n'était pas question d'abandonner la moindre chose. C'eût été, aux yeux d'Anna, une faute impardonnable.

Mais il ne voulait pas la laisser non plus, pas même pour aller chercher de l'aide. Avec ses yeux fermés et son visage détendu, elle avait plus que jamais l'air d'une madone.

— Anna ! Pour l'amour du ciel, réveillez-vous !

Elle ouvrit les yeux et le surprit. Il sentit ses joues s'enflammer.

— Ne seriez-vous pas heureux de me voir morte, John Hayman ? Vous pourriez retrouver votre vie de proscrits au milieu de la forêt. Comme vous le répétiez souvent, si vous n'attaquez pas les Allemands, pourquoi viendraient-ils vous troubler !...

Il la regarda sans savoir si elle avait joué la comédie depuis le début.

Anna sourit, se retourna dans ses bras et, avant qu'il ne puisse l'en empêcher, elle jeta ses bras autour de son cou.

— Non, je ne crois pas que vous aimeriez que je meure, John Hayman. Je crois au contraire que vous le regretteriez.

Puis elle l'embrassa sur la bouche.

Ils avançaient lentement, dans la lueur qui précède l'aube, maladroitement, glissant sur la glace. Leurs doigts engourdis avaient du mal à retenir leurs armes et leur respiration formait un véritable brouillard autour d'eux. Malgré les remontrances sévères d'Anna, il y avait belle lurette qu'ils avaient usé toutes les piles des lampes de poche récupérées dans le train, mais c'était mieux ainsi. John s'attendait à tout moment à voir surgir une sentinelle, mais non, rien !

Anna plaça les hommes dans les maisons qui entouraient la place et dans celles longeant la rue, là où les véhicules blindés s'étaient garés le jour précédent. Elle faisait confiance au manque d'imagination de ses ennemis.

Une embuscade fut établie dans la mairie. Les Allemands, avec leur sens de l'organisation, avaient commencé à déménager les étages supérieurs; le rez-de-chaussée ainsi que le premier étage étaient encore intacts.

— Je prendrai le commandement ici, déclara Anna. Vous, John, irez dans la maison de l'autre côté de la rue. Et n'oubliez pas, c'est moi qui tirerai le premier coup de feu. Personne ne doit faire le moindre bruit. Si quelqu'un désobéit, il sera considéré comme traître et il connaîtra le sort réservé aux traîtres. (Elle regarda tour à tour chacun de ses chefs de section.) Ne l'oubliez pas. A présent, à vos postes !

Tigran Paldinsky se dirigea vers la gauche, Alexandra Gorchakova vers la droite. John traversa la place, incapable de détacher ses regards du corps du prêtre transformé en un véritable bloc de glace. Il rejoignit rapidement la maison qui lui était assignée et qui abritait autrefois le bazar du village.

Au rez-de-chaussée, un grand comptoir, avec des rayonnages, tous vides maintenant. Là, il avait posté six hommes. A l'étage, dans les chambres et le salon qui donnaient sur la place, il avait installé ses mitrailleurs.

— Personne ne doit tirer avant le premier coup de

feu, leur rappela-t-il. A ce moment-là, bondissez jusqu'aux fenêtres et tirez sur tous les Allemands que vous apercevrez.

Ils hochèrent la tête. Avec leurs visages barbus et leurs vêtements en loques, ils ressemblaient à des loups. Mais il les avait vus à l'action, et il savait qu'ils *étaient* des loups. Cette journée serait aussi horrible que les autres.

Mais que lui apporterait-elle, à lui, John Hayman ?

Il redescendit et se dissimula derrière le comptoir en compagnie des six hommes. C'était la position la plus périlleuse, celle qu'Anna aurait choisie. Il ne pouvait pas faire moins. L'avait-elle donc conquis si facilement ? Ayant appris à la connaître, il savait la patience avec laquelle elle préparait ses plans et ne pouvait douter plus longtemps de ses intentions à son égard. Et pourtant, jusqu'à hier, elle n'avait pas esquissé le moindre geste. Elle ne pouvait douter de son amour pour Natacha qu'il considérait déjà comme sa femme, mais elle savait aussi qu'un homme jeune et en bonne santé ne manquerait pas d'éprouver un jour ou l'autre du désir. Et à présent, la grossesse de Natacha était trop avancée pour qu'ils continuent à partager le même sac de couchage.

Hier, la patience d'Anna avait porté ses fruits. Pendant quelques instants, il l'avait tenue dans ses bras et avait eu du mal à s'en séparer. Il l'avait vraiment désirée et, tandis qu'elle l'embrassait sur la bouche, il avait tenté de la caresser au travers de ses vêtements épais. Elle avait ri, l'avait encore embrassé et avait donné une légère pression sur le devant de son pantalon.

— Demain, après la bataille, nous fêterons la victoire ensemble, John Hayman !

Natacha avait-elle deviné ? Impossible de le dire. Elle vivait, comme les autres filles enceintes, dans un état dépressif permanent, consciente de son handicap, alors qu'il était de plus en plus difficile de rester simplement en vie. Elle avait conscience de l'énormité qu'elle commettait en donnant la vie à un enfant dans cet enfer.

Soudain il entendit le bruit du moteur des camions

allemands. Ils arrivaient de bonne heure pour profiter au maximum des quelques heures de clarté.

Il jeta un coup d'œil vers ses hommes. Ils agrippaient leurs fusils plus fermement. Le bruit se rapprocha. Il n'osa pas se lever mais avança la tête à l'extrémité du comptoir. Il apercevait, par la porte entrebâillée, les bottes du père Gabon. Il craignit soudain de n'avoir pas laissé la porte ouverte exactement comme elle l'était la veille. Puis tout à coup, un camion apparut dans son champ de vision. Des Allemands en descendirent. Ils ne portaient pas de fusils. Ils se sentaient en sécurité, sans doute en raison de l'inactivité des partisans depuis Noël et de la protection que leur assuraient les véhicules blindés. Après le premier camion, il en vit un autre dont descendirent une vingtaine de soldats qui avaient l'air assez gais et échangeaient des plaisanteries tout en se faisant houspiller par leur sergent. Ils se dirigèrent vers l'entrée de la mairie. Anna attendrait bien sûr qu'ils soient à portée de fusil avant d'ouvrir le feu.

Un officier apparut soudain dans le champ de vision de John, marchant droit vers lui. John dut faire un effort de volonté pour rester immobile. L'homme avançait toujours, d'un air nonchalant. John se colla contre le comptoir jusqu'à ce que l'Allemand disparaisse de sa vue. Ses hommes l'observaient, conscients d'un danger imminent. Mais Anna les avait prévenus qu'elle exécuterait quiconque tirerait avant elle, et personne ne doutait qu'elle tiendrait parole.

La porte grinça et John entendit les bottes de l'officier résonner sur le plancher de bois. Il s'arrêta presque de respirer. Il semblait incroyable que l'homme n'ait pas conscience de la présence de sept hommes, même s'il ne pouvait pas les voir. Il allait sûrement...

Un coup de feu retentit, qui surprit même ceux qui l'attendaient. John se leva d'un bond et ses hommes l'imitèrent. L'officier s'était retourné en entendant le bruit et se détachait dans l'encadrement de la porte, leur tournant le dos. Il avait la bouche ouverte et les premiers mots d'une question lui sortaient de la gorge.

Sept balles l'atteignirent en même temps et, avant qu'il ne s'écroule sur le sol glacé, son long manteau se couvrit de sang.

— Aux fenêtres! cria John, tandis que la mitrailleuse au-dessus de sa tête se mettait à aboyer, noyée bientôt par le vacarme de tous les fusils et de toutes les autres armes.

John s'accroupit dans l'encadrement de la porte et braqua son arme vers les hommes qui sortaient en courant de la mairie. Beaucoup d'entre eux étaient déjà blessés et ils s'écroulèrent sous les balles venant de toutes parts. John tirait sans arrêt, ne prenant que le temps de recharger son arme. Un des camions prit feu et explosa, mettant le feu à celui d'à côté. Une flamme immense s'éleva vers le ciel. Un chauffeur traversa la place en courant, les vêtements en feu, avant de s'écrouler atteint d'une balle dans le ventre. Le père Gabon disparut dans la fumée tandis que son cadavre s'enflammait, lui aussi. Des balles miaulaient sur la façade du magasin et l'un des hommes qui se tenait à la fenêtre s'écroula sans un mot, atteint à la gorge. En tombant, son fusil heurta l'épaule de John.

Mais la bataille était déjà terminée. La place n'était plus qu'un charnier et les dernières explosions venaient des rues adjacentes où des grenades explosaient. John se leva lentement. Sa gorge était sèche et il ne sentait que l'odeur de la poudre. Il faisait trop froid pour sentir celle de la mort. Il se demanda si, au dégel, la Russie se couvrirait de la puanteur de tous ces cadavres qui gisaient sans sépulture sous la neige.

Les partisans émergeaient peu à peu de leurs cachettes. Ils avaient vaincu une fois de plus sous le commandement d'Anna Ragosina. Ils poussèrent des hourras et se mirent à la recherche des Allemands survivants. Anna fut l'une des dernières à apparaître. Ses joues étaient roses d'excitation mais elle reprit bien vite la situation en main.

— Dépouillez ces cadavres, ordonna-t-elle. Il y a des vêtements chauds et des bottes à récupérer. Ramassez toutes les armes et les munitions. (Elle resta les mains sur les hanches à observer les camions qui brûlaient.) C'est dommage. Ils devaient avoir leurs rations pour midi. Mais ceux des véhicules blindés doivent avoir les leurs. Allez vite les chercher. Dépêchez-vous. On a dû entendre cette fusillade jusqu'à Slutsk. Vous, faites-moi une liste de nos pertes et emportez les blessés. Vite, vite !

Elle s'avança vers John.
— Je veux savoir qui a tiré ce premier coup de feu.
— Ce n'est pas vous ?
— Non. (Elle se tourna vers Paldinsky et Gorchakova qui s'approchaient.) Je veux savoir qui a tiré ce premier coup de feu, contrairement à mes ordres formels.

Alexandra Gorchakova se mit au garde-à-vous.
— C'est moi, Anna Petrovna.
— Vous ?

Anna paraissait incrédule.
— Mon arme a glissé. J'ai essayé de la rattraper pour qu'elle ne heurte pas le sol et le coup est parti.
— Nous avons eu de la chance. C'est arrivé juste au bon moment, dit John.

Alexandra Gorchakova continuait à fixer Anna : elle semblait à peine respirer.
— Vous êtes en état d'arrestation, Alexandra Igorovna. Déposez vos armes.

Alexandra hésita, puis tendit à Paldinsky son fusil, son pistolet et la grenade qui lui restait. Son visage avait perdu toute expression.
— Et maintenant, ôtez vos vêtements, ordonna Anna.
— Vous ne parlez pas sérieusement, dit John.
— Ce sont de bons vêtements, répliqua Anna sévèrement. Ils ont été confectionnés spécialement pour le froid. L'une des filles du camp et peut-être même votre Natacha sera heureuse de les avoir.

Alexandra avait enlevé sa veste et se mit immédiatement à frissonner.
— Mais elle va geler ! s'écria John.
— C'est une façon rapide de mourir.

John jeta un regard désespéré vers la fille qui s'était assise dans la neige pour enlever ses bottes.

— Vous ne pouvez pas faire cela! s'écria-t-il, conscient soudain qu'ils étaient entourés par un nombre croissant de partisans. Quelle différence cela fait-il si elle a tiré avant que l'ordre ne soit donné? Vous avez réussi malgré tout et avez tué des quantités d'Allemands. (Il fit un signe vers la douzaine d'hommes tremblants que l'on amenait vers eux — tout ce qui restait des plusieurs centaines de soldats venus au village avec les camions.) Vous avez encore les prisonniers pour assouvir vos instincts de meurtre.

— Vous êtes bien près de l'insubordination, répliqua Anna sur un ton parfaitement calme. N'oubliez pas, camarade Hayman, que si je jugeais nécessaire de vous exécuter, j'en ferais autant avec la camarade Brusilova. Elle est improductive et ne doit la vie qu'au fait d'être votre compagne. Ne l'oubliez pas.

John la fixa et elle soutint son regard quelques instants avant de se tourner vers Paldinsky.

— Prenez une douzaine d'hommes et cassez la glace sur la rivière.

Paldinsky hocha la tête et fit signe à ses hommes. Il ne regarda même pas Alexandra qui était toute nue maintenant et dont la peau bleuissait déjà. Elle essayait désespérément de ne pas frissonner, consciente d'être la cible de tous les regards.

Anna fit un geste vers la rivière où Paldinsky et ses hommes s'attaquaient déjà à la glace avec leurs baïonnettes et la crosse de leurs fusils.

— En avant. Si vous vous arrêtez, je vous loge une balle dans le crâne, Alexandra Igorovna. Mais vous êtes une bonne combattante et une bonne camarade, n'est-ce pas? Vous m'éviterez de gaspiller une cartouche.

Alexandra hésita, comme si elle avait voulu dire quelque chose, puis elle fit volte-face et descendit la rue en titubant.

— Vous, dit Anna en s'adressant aux Allemands dans leur langue, suivez l'exemple de la camarade Gorchakova et tâchez de mourir comme des hommes. Enlevez vos vêtements.

Ils la fixèrent et parurent se serrer encore plus les uns contre les autres. Ils savaient tous ce qui était arrivé aux soldats capturés par les partisans.

— Déshabillez-vous, répéta Anna, ou c'est moi qui vous tuerai, lentement. Mais si vous obéissez, vous pourrez vous en aller.

Ils se regardèrent entre eux. Mieux valait mourir de froid que d'être massacrés de façon ignoble, semblaient-ils penser. John se sentit soudain écœuré. Il avait su que cette journée finirait ainsi. Mais chaque fois, c'était pire que la fois précédente.

Les Allemands arrachèrent leurs vêtements et les jetèrent sur le sol.

— Les bottes aussi, dit Anna. Vous pouvez garder vos casques. Maintenant, attachez-les, ordonna-t-elle en russe.

Les partisans encordèrent les hommes qui commençaient déjà à frissonner et à bleuir de froid.

— En avant, vers la rivière, commanda Anna. Suivez la camarade Gorchakova.

Les hommes de Paldinsky avaient réussi à creuser un trou de deux mètres carrés dans la glace et ils formaient une haie de chaque côté par laquelle Alexandra Gorchakova dut passer. Elle hésita, calculant les chances qu'elle avait de fuir, mais elle se rendit compte qu'elle serait facilement reprise et qu'elle risquait alors une mort encore plus atroce. Elle prit sa respiration et entra dans l'eau qui lui arrivait jusqu'aux genoux. Puis elle atteignit la glace de l'autre côté et essaya de se hisser dessus. Elle glissa, tomba sur le visage et se redressa encore en essayant d'avancer à quatre pattes. John vit avec horreur ses jambes qui commençaient à geler. Elle se tourna et essaya vainement de frotter la glace de ses jambes, se retourna encore et s'effondra sur le côté, incapable de faire un geste de plus.

— Pour l'amour de Dieu, achevez-la ! s'écria John.

— Elle est déjà morte ou du moins inconsciente. Faites avancer les prisonniers.

Les Allemands furent poussés dans l'eau tandis que les Russes poussaient des vivats. La glace qui se reformait déjà céda et ils s'enfoncèrent dans un jaillissement d'eau. Comprenant ce qui leur arrivait, ils tentèrent de s'agripper au rebord de la glace mais en vain, car ils étaient maintenus par la corde.

— Ils vont mourir dans quelques secondes, dit Anna. Mais il n'y a pas assez de profondeur pour qu'ils coulent, et quand les secours arriveront, ils seront encore là, transformés en statues de glace. Cela fera réfléchir les autres. Dépêchez-vous maintenant, cria-t-elle. Ramassez ces vêtements, il faut que nous partions. Elle les houspilla jusqu'à ce qu'ils eussent disparu dans la forêt. A la fin elle resta seule avec John dans le village.

— Ce qui est arrivé à Gorchakova est déplorable, dit-elle. C'était une brave fille, mais négligente. Je le lui avais dit et répété lors de son entraînement, mais cela n'a servi à rien. (Elle lui prit la main.) C'est la vie, n'est-ce pas, John Hayman? A présent, dépêchons-nous. (Elle lui sourit.) Mais ne retournons pas au camp. Je connais un endroit où nous pourrons être tranquilles. Il fera froid, mais c'est à l'abri de la neige et nous nous réchaufferons, n'est-ce pas? Après tout, nous venons de gagner notre plus grande victoire et je vous ai promis votre récompense.

John Hayman la regarda et retira sa main.

— Vous feriez mieux de gaspiller votre précieuse cartouche, Anna Petrovna, parce qu'autrement, un jour, je vous ferai pendre...

Il fit volte-face et s'en fut sur la trace des partisans.

— Heil Hitler! (L'adjudant fit le salut nazi.) Prisonnier, mettez-vous au garde-à-vous.

Paul von Hassel joignit les talons. Après six mois de cellule, il allait enfin connaître son sort. Mais cela avait-il de l'importance?

Il fut surpris de constater que l'officier qui pénétrait dans la cellule n'était pas Heydrich. L'Obergruppenführer avait conduit personnellement son jugement juste avant Noël et l'avait déclaré coupable d'insubordination. L'homme qui venait d'entrer était aussi grand que Heydrich mais bien plus large et bâti plus lourdement. Ses cheveux coupés court suggéraient qu'il avait été officier dans l'armée régulière.

— Eh bien, Hassel ! Qu'avez-vous à dire pour votre défense ?

— Je n'ai rien à dire, mon général.

— Vraiment ? Vous devriez. Vous avez eu le temps de voir où se trouvait votre véritable devoir. Mettez-vous au repos et asseyez-vous. Vous pouvez sortir, Rennseler.

L'adjudant salua et sortit en refermant la porte derrière lui. Le général s'assit, croisa les jambes et sortit un étui de cigarettes en or qu'il tendit à Paul. Celui-ci hésita, puis prit une cigarette.

— Il est temps que vous preniez conscience de vos torts, commença le général.

— Fräulein Nej était ma fiancée, mon général. Nous nous aimions, nous allions nous marier. Je n'aurais pas pu agir autrement et je ne pourrai jamais pardonner sa mort ni la manière dont elle a été tuée.

— Fräulein Nej faisait partie des partisans, Hassel.

— Je ne pourrai jamais croire une chose pareille, mon général. Jamais. C'était une innocente, prise dans des événements qui échappaient à son contrôle.

— C'est une question qui reste en suspens. Elle savait en tout cas où se trouvaient les partisans et il était de son devoir, si elle voulait vraiment devenir la femme d'un officier allemand, de nous aider à éliminer cette vermine. Ils sont devenus une véritable menace dans les marais du Pripet. Leur témérité est tout à fait remarquable et c'est ce Hayman qui est à leur tête. Durant les mois qui viennent de s'écouler, ils ont tué près de cinq cents soldats allemands et ce, de la façon la plus sauvage. Peut-on vraiment pardonner une telle chose, Hassel ? Et vous savez, cela se propage. Vous ne m'avez pas demandé des nouvelles de l'Obergruppenführer Heydrich ?

— Je présume qu'il voudra me voir le moment venu, mon général.

— Vous voir ? L'Obergruppenführer Heydrich ne verra plus jamais personne.

Paul leva la tête brusquement.

— Il est mort, Hassel. Tué par des partisans tchèques. Oh, ils vont payer. La mort de Richard Heydrich ne sera jamais oubliée, ni par les Tchèques ni par les Allemands. Mais tant qu'il y aura au monde de tels fous qui méprisent leur vie et celle de leur famille, il ne fera pas bon vivre sur cette terre. Et le fait est, capitaine von Hassel, que vous êtes coupable de connivence avec ces gens-là. Si, en effet, Fräulein Nej n'avait pas compté sur votre aide pour la sortir de ce mauvais pas, elle aurait dit au colonel von Bledow tout ce qu'il voulait savoir pour se débarrasser de cette vermine du Pripet.

Paul ne trouvait rien à dire. Il n'arrivait pas à croire à la mort de Heydrich. Il l'avait connu depuis son engagement dans les Waffen SS et l'avait toujours admiré pour sa loyauté, son élégance, son assurance. C'était pour lui un modèle. Mais ces six derniers mois, il s'était mis à le haïr, lui et tout ce qu'il représentait, car c'était Heydrich qui avait ratifié les décisions prises par von Bledow à Slutsk. Et maintenant il était frappé à son tour.

— Cela donne à réfléchir, n'est-ce pas ?

— Oui, mon général.

— J'étais sûr que vous mettriez à profit ces quelques mois. Le Reich a besoin de jeunes hommes comme vous, Hassel. Ne vous y trompez pas : nous sommes engagés dans le plus grave conflit de notre histoire. Un conflit dont nous sortirons vainqueurs, bien entendu. Mais les Russes et les Anglais semblent déterminés à se battre jusqu'au dernier. Et quand nous les aurons liquidés, il faudra peut-être que nous aidions les Japonais à donner une leçon aux Américains. Cette guerre risque donc de durer encore quelques années. Aussi nous avons besoin de jeunes gens doués et vous en faites partie. Vous serez donc heureux d'apprendre que le Führer a signé un ordre vous rétablissant dans votre grade. Une affectation vous sera donnée le moment venu mais, pour le moment, vous avez quinze jours de congé. Vous pouvez rendre visite à votre mère, *capitaine* von Hassel, et porter à nouveau cet uniforme avec orgueil. N'est-ce pas merveilleux ?

Paul le regarda sans mot dire.

— Je savais que vous le prendriez ainsi, dit le général en se levant. Il faut que je parte maintenant. N'oubliez pas, soyez fier de porter cet uniforme.

Il fit le salut nazi et quitta la pièce.

Paul le suivit lentement, heureux que le bâtiment soit vide à cette heure-ci et qu'aucun de ses camarades ne soit présent. Les sentinelles et les plantons avaient été tenus de le saluer même durant sa détention.

Le soleil brillait avec l'énergie d'un soleil printanier. C'était la première fois en six mois qu'il sortait sans escorte. Il passa la grille de la caserne et rendit le salut à la sentinelle presque avec satisfaction. Puis il prit un tramway qui le conduisit au centre ville. Un repas à l'hôtel Albert : il avait rêvé de cela durant six mois !

Ensuite, il prendrait le train pour Wiesbaden pour aller voir sa mère. Elle avait été effondrée en apprenant sa disgrâce et serait ravie de le revoir et d'apprendre qu'il était enfin revenu en faveur et avait retrouvé son grade.

Mais il retournerait sur le front russe. Tous ces derniers mois il s'était efforcé de ne pas penser à Svetlana. Elle avait été tout pour lui, mais en fin de compte elle avait choisi son pays plutôt qu'une vie entière de bonheur avec lui. S'il n'avait pas raisonné ainsi, il serait devenu fou.

Et pourtant c'était elle l'héroïne et lui le scélérat. S'il retournait en Russie, il lui faudrait obéir aux ordres, c'est-à-dire torturer d'autres jeunes filles à mort, pendre des prêtres et des maires qui ne songeaient qu'à protéger leurs administrés, exécuter des otages innocents... Avec le risque d'être capturé par les partisans et massacré comme une bête à l'abattoir !

Il descendit du tramway et s'avança dans l'Unter den Linden. Le général avait expliqué que la guerre durerait encore des années — des années de massacre et de terreur dont lui et tous les Allemands étaient les seuls responsables. Car c'étaient eux qui avaient déclaré la guerre aux Anglais, aux Français, aux Polonais et à tous les peuples d'Europe. Ils avaient violé les frontières et asservi les populations, poussés par les ambitions démoniaques de leur Führer.

Il se demanda si d'autres Allemands pensaient comme lui et osaient s'avouer de telles pensées. Mais que pouvaient-ils faire ? Comment arrêter ce monstre assoiffé de sang ?

Jamais il ne s'était senti aussi impuissant ni aussi désespéré d'avoir survécu à Svetlana. Le monde semblait voué au désastre. Soudain il n'eut plus du tout envie de déjeuner à l'hôtel Albert.

Il s'arrêta et fit demi-tour quand il s'entendit interpeller.

— Paul von Hassel ? Mon Dieu, mais c'est bien vous ! Venez vous asseoir. Je suis sûr que nous avons beaucoup de choses à nous dire.

C'était le prince de Starogan.

12

Au sommet des marches, Pierre Borodine s'arrêta et se retourna vers le jeune homme.

— Vous êtes conscient que c'est votre dernière chance de virer de bord ?

Paul n'apercevait que sa silhouette qui se détachait devant lui, car le vestibule était sombre. Ainsi le prince de Starogan en était réduit à habiter ce quartier pauvre de Berlin. Mais c'était sans doute préférable à un camp de concentration; le prince avait de la chance. Sans doute Himmler le considérait-il comme un fou inoffensif qui pouvait encore être utile. Lorsque la guerre serait gagnée sur le front est, les Allemands auraient besoin d'un homme de paille pour réconcilier le peuple russe avec ses nouveaux maîtres. Le renégat Vlassov, qui avait remplacé le prince dans l'organisation d'une armée russe prête à se battre aux côtés des nazis, n'avait pas la stature internationale de Pierre Borodine.

Mais Himmler changerait certainement d'attitude s'il découvrait que le prince était coupable de complot contre le régime. Quant à ceux qui accepteraient de l'aider... si de plus ils faisaient partie des SS... D'ailleurs toute cette idée était parfaitement absurde. Mieux que quiconque, Paul connaissait l'emprise totale de la machine nazie sur la vie de l'Allemagne. C'était pure folie de la part d'une poignée de civils, aidés de quelques militaires, de vouloir défier une telle puissance !

Et pourtant il était ici en partie à cause de la fascination qu'exerçait sur lui le personnage du prince. Il l'avait observé à Slutsk où il avait été déçu par son insignifiance. Et pourtant il le retrouvait aujourd'hui, plein de dynamisme et de détermination pour suivre sa nouvelle voie, avec toute la ferveur qui était la sienne.

Ses motifs étaient encore personnels malgré son prétendu désintéressement. Sans doute voulait-il venger la mort de sa nièce et obtenir la libération de son amie juive, détenue à Ravensbrück. Les motifs de Paul étaient-ils moins désintéressés, moins personnels ?

Il comprit qu'il allait rester. Il fallait qu'il tourne le dos à tout ce qui était arrivé. Oublier Svetlana et ses rêves, oublier toutes les notions de l'honneur et de la grandeur de l'Allemagne pour devenir un vrai nazi, entièrement et sans restriction, comme il aurait dû l'être depuis longtemps.

Mais ce ne serait pas vivre comme un être humain. Il sourit dans la pénombre.

— Maintenant que je suis ici, prince Pierre, ne seriez-vous pas obligé de me tuer immédiatement si je changeais d'avis ?

— Si je ne pensais pas pouvoir vous faire confiance, Hassel, je ne vous aurais jamais parlé de tout cela. Ce que j'ignore, c'est votre détermination. Nous courons un très grand danger et nos chances de réussite sont infimes.

— Je ne vous trahirai pas, Excellence. Je vous ai donné ma parole.

Pierre hocha la tête et ouvrit la porte. Sept personnes étaient réunies dans la pièce éclairée à la bougie : cinq hommes et deux femmes. A la vue de l'uniforme allemand de Paul, ils se levèrent tous d'un seul mouvement, l'un d'eux brandit un pistolet et l'une des femmes réprima un cri.

— Rangez cette arme, dit Pierre Borodine en fermant la porte. Le capitaine von Hassel est un des nôtres.

Ils le regardèrent tous bouche bée, incapables de le croire.

— Ma nièce, exécutée en Biélorussie par les SS, poursuivit Pierre calmement, était la fiancée du capitaine von Hassel. Il s'est opposé à la sentence et a été lui-même arrêté; il a passé six mois en cellule et vient d'être rétabli dans son grade et libéré. Vous admettrez que c'est une recrue inestimable pour notre cause.

— Libéré et rétabli dans ses fonctions ? Je trouve cela difficile à croire, protesta l'un des hommes, s'il est vrai qu'il se soit opposé à la sentence !

Pierre leur sourit.

— Le capitaine von Hassel est un des protégés de Hitler.

Ils continuèrent à le regarder sans mot dire.

— Mais le Führer n'est plus son Dieu, je puis vous l'assurer. Asseyez-vous, je vous en prie. Il n'y a pas lieu de vous inquiéter. Je fais confiance à ce jeune homme et il vous fait confiance : sinon, il ne serait pas venu.

— A moins qu'il n'en ait reçu l'ordre de Himmler ! grogna quelqu'un.

— Dans ce cas, nous sommes tous déjà morts, fit remarquer Pierre en les regardant rejoindre leurs places. Mais comment croyez-vous que nous puissions progresser vers notre but ? En restant assis à discuter dans cette pièce ? Nous sommes engagés dans une entreprise grandiose et dangereuse. Il faut donc prendre des risques : Paul est un risque calculé et il y en aura d'autres. Car tout ce que nous pourrions dire ou faire n'aurait aucune chance de succès sans le concours de l'armée. L'armée est le pivot de tout. Et voici notre première recrue. Je pense que c'est un grand jour. A présent, Paul, je voudrais vous présenter les autres membres du groupe.

Il en connaissait plusieurs, du moins par leur nom : Karl Goerdeler, Fabian von Schlabrendorff, sa femme, et aussi la petite-fille de Bismarck. Les autres lui étaient inconnus. C'étaient des intellectuels, des hommes qui avaient appris à penser, et non à obéir aveuglément aux ordres. Mais il faudrait qu'ils apprennent quand le moment serait venu d'agir.

— A présent, dit Pierre, vous voudriez peut-être dire quelque chose, capitaine von Hassel.

— Je suis ici pour m'instruire, déclara Paul, pour comprendre. (Il regarda les visages tournés vers lui.) Le prince Pierre m'a fait comprendre que vous... que nous désirons un changement de gouvernement, un changement de direction pour l'Allemagne, la fin de cette guerre absurde qui a dressé contre nous tout le monde civilisé, et la fin de la barbarie qui règne chez nous. Je suis pour toutes ces choses et je vous soutiendrai jusqu'au bout. Mais, ainsi que l'a dit le prince, c'est une entreprise très ambitieuse et pleine de dangers. Nous ne l'accomplirons pas avec des mots.

— C'est le soldat qui parle, expliqua Pierre Borodine. Mais n'oubliez pas que moi aussi j'ai été soldat et que je suis prêt à le redevenir. Je crois que vous conviendrez tous que ce régime nous a trahis. Les nazis sont encore pires que les bolcheviks. Pour eux, libérer une nation signifie la réduire en cendres. Comment pourrais-je un jour gouverner la Russie si je m'associe à l'extermination de mes futurs citoyens qui n'ont commis d'autre crime que de se défendre ? Nous avons tous le même but.

» Nous n'avons pas non plus le choix des méthodes, poursuivit Pierre. Un coup d'Etat me paraît inévitable. Celui-ci ne sera possible que si nous nous assurons le concours de certains éléments essentiels de l'armée et de leurs chefs. Ceux-ci devront être contactés avec la plus extrême prudence et cela prendra du temps. Avez-vous des commentaires à faire, Paul ?

— La tâche sera extrêmement difficile. Vous avez raison, nombre d'Allemands sont épouvantés par ce qui se passe et cela même au sein de la Wehrmacht. Mais de là à trahir son serment, c'est une autre affaire. Chaque soldat a prêté serment de fidélité au Führer. Le fait que Hitler soit arrêté ne les dégagera pas de leur serment.

— Il faut donc, dit Pierre, faire disparaître l'objet de leur serment. Hitler ne doit pas être arrêté, mais éliminé. La mort de Hitler est la clef de voûte sur laquelle repose le succès de notre entreprise.

Natacha Brusilova, étendue sur l'herbe chaude, se tordait de douleur. Tatiana Dimitrievna avait retiré le sac de couchage et elle était exposée au soleil, au vent et, ce qui était bien pire, à tous les regards. Elle gémissait et levait les yeux vers Nina Alexandrovna, enceinte elle aussi, mais qui n'arriverait à terme que dans quelques semaines. Natacha était la première fille du camp à accoucher dans la forêt.

La chaleur était intense, ce qui ajoutait à son inconfort. C'était une splendide journée de mai et les pluies de printemps avaient cessé la semaine précédente. Le niveau des ruisseaux avait baissé et une croûte commençait à se former sur les marais qui abondaient dans la forêt. C'était véritablement le renouveau. Les fleurs de printemps faisaient leur apparition au pied des arbres géants, les oiseaux chantaient dans les feuillages et le ciel était bleu. On ne pouvait choisir meilleur moment de l'année pour donner naissance à un enfant.

Mais pouvait-il y avoir une période favorable pour donner naissance à un enfant dans la forêt, lorsqu'on vivait comme des animaux traqués ? Elle eut un nouveau spasme et poussa un cri de douleur. Tatiana Dimitrievna lui caressait le ventre, les flancs, et la suppliait de se détendre, lui promettant que tout irait bien.

Une main se referma sur la sienne. Une main forte et hâlée : la main de son époux. Son époux devant Dieu, s'il ne l'était pas encore devant les hommes. De tous les partisans, seul John Hayman égalait en réputation Anna Ragosina. Ils avaient tous deux acquis un renom immortel dans ce conflit étrange et brutal, ici, dans les marais du Pripet. John avait tenté, sans grand succès, de les civiliser. Mais son courage et ses capacités lui avaient gagné le respect de tous et forcé même celui d'Anna Ragosina.

Natacha se demanda si elle était jalouse d'Anna. Tous ces derniers mois, elle était sans défense, un poids pour tous. Anna, en revanche, ne cessait de gagner du prestige; elle organisait des expéditions, faisait sauter les ponts et les voies de chemin de fer, attaquait les postes allemands isolés. John l'accompagnait toujours; parfois même ils s'absentaient des jours entiers. Comment et où dormaient-ils ? C'était une chose qu'elle préférait ignorer. Cela ne servait à rien d'être jalouse et il était trop dangereux de forcer John à choisir entre elles. Elle savait qu'il l'aimait et, en dépit des circonstances, ce qui comptait pour elle était de porter son enfant.

L'instant crucial arriva enfin.

— Là, là, disait Tatie. Poussez, Natacha, poussez!

Les doigts de John se refermèrent sur les siens, tandis que les contractions convulsaient tout son corps. Elle ouvrit les yeux et vit que le cercle s'était resserré autour d'elle. Tous étaient absorbés par ce qu'ils voyaient. Une leçon gratuite d'anatomie, pensa Natacha, et elle referma les yeux en poussant un nouveau cri de douleur.

Soudain elle entendit du bruit, un ronronnement intense comme celui d'une nuée de frelons et d'autres bruits encore, des cris et des hurlements. Puis le sol se souleva, quelque chose lui tomba sur le visage. Au même instant elle entendit l'exclamation de plaisir de Tatie, puis une tape et un faible cri de colère en réponse à cette façon grossière d'être accueilli dans ce monde.

Elle se sentit saisie dans des bras et soulevée de terre. Elle ouvrit les yeux et aperçut les bombardiers qui couvraient le ciel à basse altitude, et, à trente mètres d'elle, un énorme cratère jonché de cadavres. John courait en la tenant dans ses bras pour se mettre à l'abri dans les profondeurs de la forêt.

— Mon bébé! cria-t-elle.
— Tante Tatie s'en occupe. Tout ira bien. (Il tomba à genoux à l'ombre d'un buisson et sourit à Natacha.) Tout ira bien. Tatie s'occupe de *lui*.
— Mon fils. (Elle posa la tête contre son épaule, et il y eut une nouvelle explosion à proximité.) Johnnie...
— Cela devait arriver. Ils ne pouvaient nous laisser ainsi éternellement, mon amour.
— Mais Johnnie...

Elle le vit soudain redresser la tête et regarder devant eux.

— Elle ira bien maintenant, camarade Hayman, dit Anna Ragosina. Elle est la mère de votre enfant. Maintenant, laissez-la et venez avec moi. Là où il y a des bombardiers, il y a aussi des soldats. Ils veulent nous anéantir cette fois-ci!

Elle rampait dans le sous-bois devant lui. Combien de fois ne l'avait-il pas suivie de la sorte? Mais en été, il était plus difficile d'oublier qu'elle était femme. Elle n'était plus engoncée dans ses vêtements de fourrure et il distinguait parfaitement les contours de son corps.

Elle s'arrêta, s'adossa à un arbre et observa le terrain devant elle avec ses jumelles. Elle lui fit signe de s'approcher et lui tendit les jumelles. Il put observer un détachement de blindés qui manœuvraient dans ce qui cet hiver était un marais. L'infanterie suivait, accompagnée de side-cars transportant des mitrailleuses.

— Ils ne plaisantent pas.
— Cela devait arriver. Ils attendaient seulement que le temps soit favorable.

Elle s'était allongée sur le dos, le visage détendu.
— Et vous êtes heureuse que le moment soit venu!
— Dès qu'ils s'enfonceront dans cette forêt, quel que soit le nombre de morts parmi nous, nous en tuerons

cinq fois plus. Nous attendions tous ce moment où ils viendraient nous chercher. Mes plans sont prêts pour les accueillir.

— Quels plans ? Nous sommes quatre cents. Quelle différence si nous tuons ou non deux mille Allemands avant de mourir ?

— Une différence énorme. Nous ne tuerons peut-être que deux mille Allemands mais une division entière est immobilisée ici, uniquement pour détruire quatre cents partisans. C'est déjà une victoire en soi.

— Et vous ne vous souciez pas plus de mourir que de vivre.

— Oh si, John Hayman. Peut-être pas autant que vous, car je n'ai pas de fils et personne ne m'attend. Mais je veux vivre. En doutez-vous ?

— Pas un seul instant, Anna Petrovna. Tout le monde veut vivre. Mais si nous voulons tuer le plus possible d'Allemands, nous ferions bien de commencer tout de suite.

Elle secoua la tête.

— Nous avons tout notre temps. (Elle fit un geste vers les bombardiers qui tournaient encore au-dessus de leurs têtes.) Ils n'avanceront pas tant que leur aviation n'en aura pas fini. Et vous savez ce que vous avez à faire.

— Je sais comment je dois mourir.

— Alors autant vivre pendant que c'est encore possible. Faites-moi l'amour, John Hayman !

Jamais de sa vie il n'avait reçu une invitation aussi directe. Elle déboutonna sa blouse jusqu'à la taille. Ses seins étaient plus volumineux qu'il ne l'avait supposé et leurs pointes se dressaient, témoins de son désir.

— Pourquoi me détestez-vous ? demanda-t-elle. (Voyant qu'il ne répondait pas, elle poursuivit.) A cause de ce que je suis ? Parce que je suis membre du NKVD, que j'ai torturé et tué ? Cela fait partie de mon travail, John Hayman. Je suis ce que je suis, ce pourquoi on m'a entraînée. Mais vous, vous pourriez me changer. Tout ce qui me manque, c'est de l'amour.

Quelle conversation absurde, quand le monde autour de nous est sur le point de s'écrouler! pensa John.

— Il faut que vous soyez capable d'aimer en premier.

Elle lui prit la main et la posa sur son sein.

— N'êtes-vous pas capable de me donner de l'amour, John Hayman?

Elle était le démon incarné. Un monstre vicieux qui avait condamné sa compagne à mort et l'avait fait mourir d'une façon inhumaine. C'était une femme qu'il fallait éviter, craindre et haïr.

Mais aussi une femme admirable qu'il fallait respecter et suivre jusqu'aux portes de l'enfer...

Elle sourit paresseusement.

— Cela fait trois ans que je n'ai pas eu d'homme et je n'en ai jamais voulu d'autre que vous.

— Et vous obtenez toujours ce que vous désirez, Anna, dit-il, rongé de remords et de colère.

— N'est-ce pas toujours possible avec de la patience et de la détermination?

— Et la certitude de ce que l'on veut!

— Sans cela, le succès est impossible.

— Alors, vous savez ce que je veux, moi.

— Bien entendu. Vous voulez Natacha Feodorovna, votre fils, une maison avec un beau jardin, de beaux meubles et une voiture. Vous désirez les bonnes choses de la vie car votre nom est John Hayman et que vous pensez y avoir droit.

Il poussa un soupir.

— Alors...

— Oh, ne pleurez pas sur mon sort, dit-elle. Je ne suis qu'une créature, John Hayman, et ne peux être que ce que la vie a fait de moi. Je ne cherche pas le bonheur, car je sais qu'il m'est interdit. Je ne peux chercher que le plaisir. Mais les monstres aussi peuvent avoir des sentiments et désirer le bonheur, même s'ils savent qu'il ne dure qu'un moment, et non toute l'éternité.

Il ne pouvait que la regarder sans répondre.

Soudain, la terre cessa de trembler et le ronronnement des bombardiers s'éloigna.

— Ecoutez ! dit-elle.

John se releva.

— L'assaut va commencer.

— Ils sont encore à plus d'un kilomètre. Nous avons assez de temps.

— Vous aimeriez que nous mourions dans les bras l'un de l'autre, dit John.

Elle secoua la tête.

— J'y ai pensé, il y a quelques instants. Je me suis dit, il est temps de mourir, Anna Petrovna. J'ai pensé que nous chargerions cette vermine nazie ensemble, en tuant le plus grand nombre possible jusqu'à notre dernier souffle et que nos âmes prendraient leur vol pour l'éternité.

— Et maintenant, vous avez changé d'avis ?

— J'ai supprimé de nombreuses vies, répondit-elle. Aujourd'hui, j'aimerais en sauver une. La vôtre, celles de Natacha et de votre fils. (Elle fit une grimace.) Ce sera la première fois que je faillirai à mon devoir, mais je n'oublie pas pour autant qu'il faut tuer des Allemands. (Elle s'agenouilla à côté de l'arbre et dirigea ses jumelles vers les blindés qui s'approchaient.) Passez-moi votre fusil !

Il fit ce qu'elle lui demandait et vint à ses côtés. Il avait envie de la toucher mais le moment était passé. Anna leva son arme et prit sa ligne de mire. John s'empara des jumelles.

Les chars venaient en tête. Ils traversèrent la route avant de s'engager sous les arbres. Les tourelles étaient ouvertes et les chefs de char inspectaient eux aussi la forêt avec leurs jumelles. La scène lui rappelait l'avance allemande sur la ferme de Tatie l'année précédente. Cette fois les choses étaient différentes. Mais que se serait-il passé si Anna Ragosina avait été chargée de la défense de l'académie ?

Derrière les chars, l'infanterie s'avançait lentement, mais avec confiance et détermination. Ils étaient ici pour détruire la vermine qu'ils avaient laissé proliférer trop longtemps.

La détonation du fusil d'Anna résonna et, au même instant, le chef du char de tête jeta les bras en l'air et s'écroula en arrière, maintenu par ses jambes prises dans la tourelle. Sa casquette tomba, découvrant ses cheveux blonds. Sa tunique se tacha de rouge et son visage devint inexpressif.

— Couchez-vous! cria Anna, le poussant de l'épaule pour le faire tomber.

Les balles sifflèrent au-dessus de leurs têtes et des obus éclatèrent à proximité. John s'aperçut que la bouche d'Anna était contre son oreille, mais il lui fallut quelques secondes pour comprendre ce qu'elle disait.

— Partez d'ici! cria-t-elle. Rejoignez Natacha, Tatiana et l'enfant, et enfoncez-vous dans la forêt.

— Et mes hommes?

— Je vous relève de votre commandement, aujourd'hui même! Paldinsky peut se débrouiller. Maintenant, partez.

Il hésita et elle l'embrassa sur le front.

— Ne me désobéissez pas, camarade. Je ne le tolérerais pas, même de votre part.

Il partit en rampant aussi vite que possible et, regardant par-dessus son épaule, il la vit aller dans l'autre direction. Il se sentit soulagé car, pendant un moment, il avait craint qu'elle ne soit tentée par un glorieux suicide. L'instant d'après, elle était hors de vue et John atteignit une dépression où il put se mettre debout. Il se mit à courir, poursuivi par le sifflement des balles au-dessus de sa tête et par le bruit des explosions qui se rapprochait.

— Johnnie!

Tatie apparut soudain devant lui, les mains sur les hanches.

— Où est Natacha?

— Là-bas, avec votre fils. Johnnie, que faites-vous ici?

— Il faut s'enfoncer profondément dans la forêt. (Il

lui saisit la main et l'entraîna avec lui.) Natacha! cria-t-il.

La tête de Natacha apparut dans une crevasse où elle se dissimulait avec son enfant. Il l'aida à se relever.

— Oh, Johnnie, Dieu soit loué, vous êtes de retour. Mais...

— Nous ne nous battons pas. Ce sont les ordres d'Anna. Nous devons disparaître dans la forêt.

— Dieu merci. Donnez-moi le bébé, dit Tatie.

— Mais, Tatiana Dimitrievna...

— Je m'y connais mieux que vous. Occupez-vous de vous-même.

— Mais il a faim! dit Natacha en entendant le bébé se mettre à pleurer.

— Vous n'avez pas encore de lait. Il faudra qu'il se débrouille comme il peut. Allons! Venez!

Dans l'excitation de la naissance et de la bataille, Tatie était enfin sortie de l'inertie où l'avait plongée la mort de sa fille. Soudain, elle redevenait elle-même, la Tatie de toujours, énergique et autoritaire. La naissance de l'enfant de Natacha lui avait redonné le goût de lutter pour son petit-neveu.

Elle partit en tête, suivie de John et de Natacha. De tous côtés, les filles les rejoignaient tandis que derrière eux, le stacatto des mitrailleuses suggérait que Paldinsky et Anna avaient pris contact avec l'ennemi.

— Suivez-moi! cria John aux femmes.

La scène de l'année passée se répétait; mais aujourd'hui ils étaient une centaine, armés, et ils fuyaient toujours devant la menace des uniformes noirs. Peut-être devraient-ils fuir ainsi toute leur vie!

Une soudaine volée de balles le surprit, le laissant incapable de comprendre l'horreur de ce qui arrivait. Lena Vassilievna, enceinte comme Natacha quelques heures plus tôt, était couchée sur le dos. Sa tête venait d'être emportée et d'autres filles étaient étendues, les bras et les jambes écartés comme pour un sinistre ballet de mort.

— A terre! cria-t-il en saisissant son fusil et en tirant à son tour sans savoir exactement où s'étaient embusqués les Allemands. Natacha, étendue à ses côtés, regardait à droite et à gauche. Tatie avait disparu.

— Mon bébé! hurla-t-elle. Mon bébé!

Les rafales de mitrailleuses sectionnaient les branches au-dessus de leurs têtes et faisaient voler l'écorce des arbres. A leur gauche, ils entendirent des cris. Une nouvelle rafale et les cris redoublèrent. Les buissons devant eux remuèrent, puis des hommes aux uniformes gris se dressèrent, leurs baïonnettes brillant dans l'ombre du sous-bois.

— Mon bébé! gémit Natacha. Mon bébé!

John se tenait parfaitement immobile. Le moindre mouvement signifiait la mort. Mais quelle importance? Il vit les Allemands se précipiter à découvert; soudain, une fille jaillit d'un buisson à vingt mètres de là, regarda les Allemands et leur jeta son pistolet vide. Mais un Allemand se précipita vers elle, baïonnette en avant, et la fille tomba à genoux, transpercée par la baïonnette. Elle poussa un hurlement et s'effondra tandis que l'Allemand mettait un pied sur son ventre et retirait son arme pour l'enfoncer à nouveau. Puis l'Allemand s'effondra à son tour. John regarda son fusil et découvrit avec horreur qu'il venait de tirer dans un accès de rage.

Comme si son coup de feu avait déclenché quelque mécanisme infernal, la forêt explosa soudain de toutes parts. Plusieurs Allemands tombèrent, d'autres essayèrent de fuir. Mais ils étaient pris à revers et les arbres tremblaient comme sous l'attaque d'un essaim mortel d'abeilles qui volaient en tous sens. John tirait sans réfléchir, chargeait et déchargeait son fusil sans interruption, cependant que Natacha se cramponnait à ses jambes en pleurant. Tout à coup, des pieds apparurent à côté de lui. Il leva la tête et découvrit Anna, la figure noircie, ses cheveux de jais répandus en désordre sur ses épaules.

— Décrochez. Faites vite. Il peut y avoir d'autres groupes qui contournent nos flancs. Dans les marais, camarades. Dans les marais.

— Mon bébé! gémit Natacha. Mon bébé!

330

Anna regarda John d'un air interrogateur.
— Il était avec Tatie. Tante Tatie, hurla-t-il.
Elle ne pouvait pas être très loin. L'une de ces baïonnettes avait pu transpercer cette chair blanche et tuer le bébé du même coup. Il eut envie de vomir.

Des buissons s'agitèrent et Tatie apparut. Elle avait ouvert son corsage pour permettre à l'enfant de sucer son sein.
— Alexei! s'écria Natacha, et elle se précipita vers l'enfant.

Anna Ragosina sourit à John.
— Il a un nom. Il est né dans la bataille, votre fils. Il ira loin. Maintenant, hâtons-nous.
— Mais... les Allemands...
— Oh, ils avancent toujours. Mais ils s'arrêteront. Ils considèrent ceci comme une victoire. Ils l'écriront dans leurs journaux. Ils ont tué plusieurs des nôtres, mais nous en avons tué encore plus. Et, tandis qu'ils célébreront leur victoire, nous serons toujours ici, John Hayman. Nous resterons ici, jusqu'au jour où ils partiront définitivement...

13

— Vous pouvez entrer, capitaine Hayman! dit l'adjudant.

George Hayman Jr. se leva, entra dans la pièce et se mit au garde-à-vous. Il y avait quatre hommes dans le bureau. Il en reconnut deux : le général Eisenhower, assis derrière l'immense bureau, et le maréchal Montgomery, tiré comme toujours à quatre épingles, debout à côté de lui. Ils venaient d'étudier un rapport posé devant Eisenhower. A son entrée, ils levèrent la tête.
— Le capitaine Hayman, chef du service de renseignement, annonça l'adjudant.
— C'est vous qui avez écrit ce rapport? demanda Eisenhower.

— Oui, mon général.
— En vous fondant sur vos contacts avec des agents ennemis ? demanda Montgomery.
— Oui, monsieur le maréchal.
— Vous êtes bien jeune pour occuper un tel poste.
— J'avais des contacts, expliqua George Jr. Les journaux de mon père avaient de nombreux correspondants en Europe avant la guerre. Plusieurs d'entre eux sont toujours en place et aucun d'eux n'est nazi. J'ai donc reçu l'ordre de les contacter et de transmettre leurs rapports.
— Et vous croyez à ce qui est écrit là ?
George regardait toujours droit devant lui.
— Il est hors de doute qu'un complot se prépare contre le régime hitlérien et contre le Führer en personne.
— Mais les conspirateurs veulent l'assurance que nous traiterons l'Allemagne en ennemi honorable et que nous nous joindrons à eux pour combattre les Soviétiques, dit Eisenhower. Vous savez que, même si je le voulais, il m'est impossible de leur donner de telles garanties. Leur seule chance est de renverser Hitler. Cela ne les rend pas moins coupables de l'avoir suivi ces onze dernières années !
— Oui, mon général.
— Alors, ce rapport n'a aucun sens. Je ne peux ni ne veux marchander avec des officiers de la Wehrmacht, sinon pour accepter leur reddition sans condition.
— Oui, mon général. Je crois qu'ils en sont conscients.
Eisenhower fronça les sourcils.
— Expliquez-vous.
— Ils désirent bien sûr une telle solution, mais ils savent qu'ils ont peu de chances de succès. Le complot se poursuivra néanmoins mais sous réserve que les Alliés fassent quelque chose pour le justifier. Les conspirateurs doivent se justifier vis-à-vis de la population allemande, montrer que la situation est désespérée, que la guerre est perdue et que seul un gouvernement

antinazi a une chance d'obtenir une paix honorable. Cette occasion ne s'est pas encore présentée.

— Vous ne trouvez pas qu'à Stalingrad les Allemands sont dans une situation désespérée? demanda Montgomery. Ou en Italie?

— L'Italie est au delà des Alpes, la Russie au delà de l'Ukraine. La forteresse nazie de l'Europe, limitée par les marais du Pripet, les Carpates, les Alpes, les Pyrénées et l'Atlantique, est toujours inviolée et le peuple allemand la croit trop forte pour être envahie. Lorsque le deuxième front sera établi, monsieur le maréchal...

— Vous pensez qu'un débarquement en France pourrait déclencher ce complot, capitaine?

— Oui, mon général.

Eisenhower hocha la tête et leva les yeux vers le calendrier de son bureau. Il indiquait le 3 mai 1944.

— Eh bien, capitaine, espérons que vous avez raison. Nous verrons le moment venu. Je vous remercie.

Le téléphone sonna et Paul von Hassel décrocha l'appareil.

— Un appel du prince Borodine pour vous, colonel von Hassel, dit la standardiste. En provenance de Brandebourg.

Le prince avait quitté Berlin depuis plus d'un an. Selon lui, il contrôlait plus aisément la conspiration à cinquante kilomètres de Berlin et il était en outre plus en sécurité. Personne ne s'y était opposé. Les nazis semblaient avoir oublié l'existence de ce protégé encombrant — ou peut-être, pensait Paul, ne donnent-ils du mou à la corde que pour mieux le pendre! Lui et ses complices!

— Oui! dit-il en essayant de se souvenir de toutes les phrases codées qu'il était censé savoir par cœur.

C'était comme dans les jeux d'enfants et à peu près aussi éloigné de la réalité.

— Bonjour, Paul, il fait très beau ce matin, vu le temps qu'il faisait hier.

Paul se redressa. Par cette dernière phrase, Pierre

Borodine lui demandait d'être très attentif. Ce n'était d'ailleurs pas la première fois.

— Oui !

— Parce que, poursuivit Pierre, j'ai finalement réglé le compte de ce rat dans ma salle de bains. Je savais que vous seriez content de l'apprendre, vu le nombre de fois où cela vous a importuné.

Paul écarta le récepteur de son oreille et s'aperçut que sa secrétaire l'observait. Mais c'était incroyable ! Après si longtemps...

— Comment pouvez-vous en être certain ? demanda-t-il en s'efforçant de parler d'une voix calme.

— Stauffenberg m'a aidé, répondit Pierre. Vous savez qu'il voulait essayer. Je suis trop vieux pour me traîner à quatre pattes pour chasser les rongeurs. Mais Stauffenberg a tout fait et il m'assure que l'animal est mort.

— Quand ?

— Eh bien, il y a environ quatre heures ! Vous comprenez...

— *Quatre heures !* s'écria Paul.

— Oui. J'ai eu quelques problèmes pour obtenir la communication et j'ai dû attendre que Stauffenberg me dise en personne qu'il était certain d'avoir réussi. Eh bien, je ne vais pas vous retenir plus longtemps. Je sais que vous avez beaucoup à faire et plus tôt ce sera fait, mieux cela vaudra, n'est-ce pas ? Appelez-moi ici dans trois heures et dites-moi comment ça va. Au revoir, Paul.

Il y eut un déclic et Paul reposa le récepteur. Pendant quelques instants, son cerveau se vida. Il ne pensait pas que cela pourrait se réaliser un jour. Pas après deux ans d'attente. Deux années durant lesquelles ils avaient patiemment constitué le groupe qui prendrait les affaires en main en cas de réussite. Cela avait pris bien plus longtemps qu'aucun d'eux ne l'avait supposé et quand ils eurent réuni tout le monde, cela leur parut irréel. Ils avaient finalement obtenu le concours du maréchal Beck qui, avant d'être limogé par Hitler, avait été le commandant en chef de la Wehrmacht et qui était, après le Führer, le seul homme auquel les soldats de l'armée allemande obéiraient sans poser de questions. Grâce à Beck, ils étaient entrés en contact avec plusieurs officiers de haut rang et avaient obtenu leur adhésion. Mais la condition préalable avait toujours été la même : aucun soldat ne bougerait le petit doigt tant que Hitler vivrait et l'assassinat de celui-ci devenait de jour en jour plus difficile. En effet, la situation militaire s'était aggravée et, depuis, le Führer passait la plupart de son temps au quartier général de la Prusse-Orientale à Rastenburg, entouré de ses partisans les plus fidèles.

Les désastres subis par la Wehrmacht depuis 1942 influencèrent beaucoup la préparation de leur plan. Il y eut la bataille d'El-Alamein, le débarquement américain en Afrique du Nord, l'invasion catastrophique et l'effondrement de l'Italie et, par-dessus tout, la tragédie de Stalingrad où von Paulus s'était fait anéantir avec la sixième armée. De là était partie une lente mais irrésistible contre-attaque de l'armée rouge qui écrasait tous ceux qui tentaient de s'opposer à son avance.

Le coup final s'était produit deux semaines auparavant, avec le débarquement en Normandie des Anglais et des Américains. Pour l'instant, la Wehrmacht avait réussi à les contenir et il restait encore une possibilité de les rejeter à la mer. Mais ce débarquement en lui-même montrait assez quel était l'affaiblissement de l'Allemagne et sa débâcle était proche. Et s'ils étaient rejetés, ne débarqueraient-ils pas bientôt ailleurs ? Comment alors la Wehrmacht pourrait-elle combattre sur trois fronts tout en gardant le contrôle sur les pays conquis du continent ?

Impossible, surtout si des régiments comme le sien, parmi les meilleurs combattants d'Europe, restaient en garnison à Prague. Peut-être après tout était-ce nécessaire ! Les Tchèques se montraient tout aussi récalcitrants que les Russes. Paul refusait de s'occuper des arrestations et des exécutions, mais il lui fallait néanmoins signer les ordres. Après tout, il accomplissait la même besogne que le colonel von Bledow !

Ces derniers mois avaient été une période de doute. Manifestement, le nazisme était une erreur et la nation, comme lui-même, en supporteraient les lourdes conséquences. Ceux qui avaient exécuté Svetlana Nej et tant d'autres méritaient la corde. Mais surtout Hitler, lui qui était à l'origine de tant de massacres et de misère. Mais les tentatives d'attentat échouaient, la situation de l'Allemagne se détériorait, et les doutes allaient croissant. Pierre Borodine avait déclaré qu'ils ne capituleraient pas, que la Wehrmacht était décidée à poursuivre son avance si les Alliés refusaient de négocier. Mais ce n'étaient que des paroles.

Le complot traînait en longueur et Paul s'était porté volontaire pour accomplir l'assassinat; mais Pierre avait refusé. Avec son grade, il n'était pas certain d'avoir accès à l'endroit où se trouvait le Führer. Finalement ils choisirent Stauffenberg.

— C'est l'homme qu'il nous faut, déclara Pierre. Il est d'une bravoure légendaire et c'est un homme décidé. De plus, il est officier du haut état-major.

Il était difficile de ne pas avoir une confiance absolue en quelqu'un comme Stauffenberg. Mais un homme qui avait sauté sur une mine en Afrique, perdant un œil, un bras et deux doigts de la main qui lui restait, cet homme-là serait-il capable de réussir ?

Apparemment, c'était le cas. Mais Paul von Hassel restait assis à son bureau à rêver, alors qu'il y avait tant à faire. La Wehrmacht représentait encore une force formidable, une force avec laquelle les Alliés seraient heureux de faire la paix quand elle se serait débarrassée de son chef démoniaque.

Il bondit sur ses pieds.

— Je viens de recevoir une information selon laquelle les partisans tchèques vont tenter de s'emparer de Prague, grâce à des complicités parmi nos propres troupes. Appelez-moi le capitaine Roedeler et donnez des ordres pour que le bataillon soit prêt à faire mouvement dans quinze minutes. Il faut que nous nous rendions maîtres de la station radio et du quartier général. Placez la ville sous loi martiale et attendez les ordres. Dépêchez-vous, Fräulein. Le destin de l'Allemagne est entre nos mains.

Le général Schmitt regarda le canon du revolver de Paul. Il sortit lentement le sien et le posa sur son bureau.
— Vous finirez au bout d'une corde, Hassel, déclara-t-il d'une voix atone. Vous êtes fou à lier.
— J'espère que vous vous montrerez raisonnable, mon général, et que vous vous joindrez à nous. Cette ville est entièrement aux mains de mes hommes.
— Et vous croyez qu'ils vous obéiront encore quand ils apprendront ce que vous faites ? (Le général s'enfonça dans son fauteuil, se tourna vers la fenêtre et laissa sa main retomber le long de son bureau.)
— Si vous tentez d'appuyer sur un de ces boutons, je serai contraint de vous abattre, vous et la personne qui répondra à votre appel. Mes hommes contrôlent également ce bâtiment. Mais pourquoi ne téléphonez-vous pas à Berlin, mon général ? Demandez le maréchal Beck.

Schmitt fronça les sourcils.
— Le maréchal Beck ? Il est à la retraite.
— Il est sorti de sa retraite pour prendre la tête du gouvernement et de la Wehrmacht, maintenant que le Führer est mort.

Schmitt le regarda quelques instants, puis décrocha le téléphone.
— Et n'oubliez pas, mon général, pas de mauvais tour, dit Paul en s'asseyant sur le coin du bureau.

Schmitt ne répondit rien et donna les instructions nécessaires ; puis il attendit en pianotant des doigts sur le bureau.
— *Si* le Führer est mort, cela nous obligera à revoir toute la situation...

Paul se mit à respirer plus librement. S'il pouvait rallier Schmitt à sa cause, ainsi que toutes les divisions stationnées en Tchécoslovaquie sous son commandement...
— Oui, dit Schmitt dans l'appareil. Herr Feldmar-

schall? (Il écouta pendant un moment et se remit à froncer les sourcils.) Je ne comprends pas. Il est en état d'arrestation?

Paul se remit debout, la gorge serrée.

Schmitt le regardait tout en parlant.

— On m'a informé, Herr General, dit-il en pesant ses mots, qu'un attentat avait été commis sur la personne du Führer et que le maréchal Beck avait été rappelé. C'est faux? Le Führer est vivant? Vous lui avez parlé au téléphone? (Il regarda Paul.) Herr Goebbels contrôle la situation? Je vois. Et le maréchal doit être fusillé? Oui, je comprends. Stauffenberg? Oui, oui, je comprends. Non, il ne se passe rien ici, je vous assure. Je vais prendre les mesures nécessaires. Je serai peut-être obligé de faire fusiller une ou deux personnes ici aussi, bien sûr... carte blanche? Merci, mon général. Vous pouvez compter sur moi.

Il reposa l'appareil aussi lentement qu'il l'avait décroché.

— Vous bluffez, dit Paul.

Mais il savait que c'était vrai. Comment Schmitt aurait-il pu citer le nom de Stauffenberg si on ne le lui avait pas révélé au téléphone.

Schmitt haussa les épaules.

— Je vous suggère d'appeler vous-même. Mais je vous recommande de remettre votre revolver dans son étui. Bien sûr, vous pouvez me tuer maintenant, mais vous serez pris et remis entre les mains de la Gestapo. Eux ne seront pas pressés de vous fusiller, colonel. Je vais vous dire ce que je vais faire parce que je vous connais depuis de nombreuses années et que je vous ai apprécié autrefois. Je vais me lever et quitter cette pièce. Vous garderez votre revolver et je ne reviendrai que dans un quart d'heure. Vous avez ma parole d'homme et d'officier. (Il repoussa sa chaise et se leva.) Croyez-moi, c'est la meilleure solution.

Paul le regarda un moment, puis il se pencha en avant et lui assena un coup avec la crosse de son revolver. Schmitt, surpris, s'écroula sans un mot. Paul eut le temps de le rattraper et de l'asseoir dans son fauteuil avant qu'il ne tombe. Puis il le ligota au fauteuil et le bâillonna. Enfin de l'action! se dit-il, mais son estomac se contractait. Pierre Borodine avait été si catégorique. Schmitt avait bluffé. Mais pas Berlin. Pour une raison quelconque, les choses avaient mal tourné à Berlin; Beck et Stauffenberg étaient en prison, sur le point d'être fusillés. Mais dans ce cas, et même si Hitler était mort, c'était la fin de la conspiration.

Avec Goebbels au pouvoir ce serait encore pire qu'avec Hitler.

Il se rendit compte qu'il haletait. Il ne savait que faire ni où aller. Il voulait fuir, mais où? Il se trouvait au centre de l'Europe occupée par les nazis et toutes les frontières donnant sur la Suisse seraient fermées avant qu'il ne puisse y parvenir.

Il se mordilla la lèvre. Pierre Borodine! C'était lui, l'âme de cette conspiration. Il devait savoir ce qui était arrivé et ce qu'il fallait faire.

Il prit le téléphone et demanda le numéro.

— Les lignes viennent d'être coupées par un bombardement, colonel. Mais il y a une communication de Berlin pour le général Schmitt.

— Le général Schmitt ne veut pas être dérangé jusqu'à nouvel ordre et sous aucun prétexte.

Paul reposa le récepteur. Quelle malchance! Cependant, Pierre Borodine restait le seul espoir de tous les conspirateurs. Lui seul pouvait sauver quelque chose de cette catastrophe. Quoi qu'il en soit, Paul ne pouvait pas rester là à attendre d'être arrêté.

Il n'y avait que trois cents kilomètres de Prague à Brandebourg.

Il roulait à cent à l'heure, la main sur l'avertisseur dès qu'il rencontrait un véhicule. Il était en uniforme et conduisait une voiture officielle, c'est pourquoi les véhicules qu'il rencontrait — tous militaires — lui cédaient immédiatement le passage.

Qu'était-il en train de faire? Il fuyait! Paul en reçut un choc. Il n'avait jamais douté de son courage, mais il fuyait, encore une fois. Comme il avait fui devant les partisans, et comme il s'était laissé emmener loin de Svetlana.

C'est un terrible choc pour un soldat de découvrir qu'il est peut-être un lâche. La voiture ralentit pendant quelques instants. Mais à présent cela n'avait aucun sens de changer d'avis et d'essayer de mourir en héros. A cette heure, le commandant Helsingen, qui le remplaçait à Prague, était déjà rentré dans le bureau du général, ne serait-ce que par curiosité. Prague était donc perdue, car Helsingen ne faisait pas partie du complot et il obéirait aux ordres. C'est ce qui avait dû se passer dans toute l'Allemagne, dans toute l'Europe. Mais peut-être, à Berlin, la situation pouvait-elle être reprise en main. Pierre Borodine saurait comment s'y prendre, car lui seul connaissait la liste complète des conspirateurs et savait à qui faire appel. Le bruit avait couru que Rommel, Model et même Rundstedt pourraient être impliqués. Si l'un d'eux, ou mieux encore tous les trois s'opposaient à Hitler, le complot pouvait être sauvé.

C'était une question de temps. Chaque minute sonnait le glas d'une espérance et sans doute aussi celui d'un conspirateur. Il lui restait du moins la possibilité du suicide : son revolver était toujours dans son étui. Mais il attendrait d'avoir parlé avec Pierre Borodine et ne s'y résoudrait que dans le cas où ils viendraient le chercher, l'arme à la main. Il fut soudain rempli d'une exaltation désespérée : ne lui restait-il pas cette ultime possibilité de la fuite dans la mort !

La voiture s'engagea dans les rues de Brandebourg, sillonnées par des voitures de police et de pompiers dont les sirènes hurlaient. Des maisons brûlaient et des civils aidaient les pompiers à déblayer les ruines. D'autres restaient serrés les uns contre les autres, hébétés, assommés par cette pluie de fer et de feu que venaient de déverser sur eux les forteresses volantes américaines. Tous cependant se rangeaient pour faire place au colonel SS.

Il les remarqua à peine. Il avait vaguement conscience d'avoir faim mais il savait qu'il n'y avait aucun espoir de trouver quelque chose à manger. Il arrêta la voiture dans une rue adjacente, s'attendant à chaque instant à voir apparaître la Gestapo. Mais il n'y avait personne dans la rue. Il grimpa les marches quatre à quatre, et, au dernier étage, se mit à marteler la porte.

— Qui est là ?

Dieu merci, pensa-t-il.

— Paul von Hassel !

— Paul ? Vous êtes seul ?

— Oui. Pour l'amour du ciel, dépêchez-vous, prince Pierre !

La porte s'ouvrit et Pierre le regarda fixement. Il était évident qu'il savait ce qui s'était passé : cela se voyait à son regard. Mais il ne semblait pas particulièrement effrayé.

— Pourquoi n'êtes-vous pas à Prague ?

— Ne comprenez-vous pas ? répliqua Paul d'un ton sec. Goebbels contrôle la situation à Berlin. Que s'est-il passé ?

— Le croiriez-vous ? Ces imbéciles n'ont pas réussi à se rendre maîtres de la radio, et ils se sont disputés. Hitler n'était pas mort du tout.

— Comment cela ? Si Stauffenberg a déposé la bombe dans la salle de conférences...

— Je n'en ai aucune idée, confessa Pierre. C'est à croire que cet homme est protégé par quelque génie malfaisant. (Il rentra dans la pièce et tisonna le feu — fait étrange, par une si belle journée de juillet.)

— Qu'allez-vous faire ? demanda Paul en refermant la porte derrière lui.

— Faire ? Il n'y a rien à faire. Je suis désolé pour Stauffenberg, Beck et pour les autres à Berlin. Il faut espérer qu'ils sauront se taire.

— Allez-vous rester *sans rien faire* ?

Pierre tourna la tête.

— Que *puis-je* faire, sinon recommencer ? Si cela est possible.

— Vous allez rester ici et attendre que l'on vous arrête et que la Gestapo vous torture ?

— Je prendrai du poison avant d'être arrêté, dit

Pierre. Mais il y a encore de l'espoir. Si personne ne parle...

— Bien sûr qu'ils parleront, cria Paul. La Gestapo les torturera à un point tel qu'ils ne sauront plus ce qu'ils disent. Et moi? Le général Schmitt a certainement déjà signé un ordre pour mon arrestation.

— Alors vous feriez mieux d'essayer de vous échapper.

— Vous ne partez pas avec moi?

— Je ne veux pas fuir.

— Allons, dit Paul. Vous avez fui devant les bolcheviks en 1918, parce qu'il n'y avait rien d'autre à faire. Ainsi vous avez pu continuer la lutte. Ecoutez-moi. J'ai une voiture en bas et il nous reste quelques heures. J'ai mon uniforme et plusieurs laissez-passer. J'ai réfléchi à la question. Si nous arrivons ce soir à Warnemünde, près de Rostock, avant que la flottille des pêcheurs ne prenne la mer... J'ai un vieil ami là-bas, un patron de pêche du nom de Jürgen. Lorsque j'étais enfant, je sortais en mer avec lui. Il nous aidera. Il a une femme suédoise. Ils nous emmèneront en Suède, j'en suis certain.

— Traverser la Baltique? C'est absurde.

— C'est un risque à courir, insista Paul. Notre seul espoir. Si nous sommes coulés, nous mourrons noyés. C'est mieux que de se faire torturer par la Gestapo. En tout cas, moi, je vais essayer.

Pierre hésita. Il réfléchissait.

— Vous passerez non loin de Ravensbrück!

Paul fronça les sourcils.

— C'est de la folie. Chaque instant compte. D'ailleurs...

— Vous avez plusieurs laissez-passer. Vous êtes toujours Paul von Hassel et moi le prince de Starogan. Le dernier endroit où ils iront nous chercher, c'est bien dans un camp de concentration. (Il traversa la pièce et prit le bras de Paul.) Nous allons mourir, Paul, vous le savez. Nous n'avons aucune chance de nous en sortir.

— Et vous voulez emmener cette juive avec vous en enfer?

— Judith ? Ah, oui. Mais c'est ma fille que je veux. Ruth aussi est à Ravensbrück.

Paul resta bouche bée.

— Votre *fille* ? Mais...

— Elle a disparu il y a cinq ans. Oh, oui. C'est une longue histoire. Mais les nazis l'ont internée à Ravensbrück, il y a trois ans, et lui ont rasé la tête. Il faut que nous la sortions de là, Paul. Si nous mourons, autant que ce soit là-bas que dans la Baltique. Il faut essayer.

Ce fut au tour de Paul d'hésiter.

— Et Judith. Ils l'ont traitée comme une bête !

Paul soupira.

— Vous prétendez qu'elles seraient plus heureuses si elles étaient mortes ?

— Plutôt que de faire semblant de vivre à Ravensbrück ? Certainement. Paul, conduisez-moi jusqu'au camp, ensuite je vous aiderai à vous rendre à Warnemünde.

La voiture s'arrêta en faisant crisser les pneus. La sentinelle salua et contrôla les laissez-passer. Cela parut interminable à Paul. Il jeta un regard sur les bâtiments et sur l'inscription à l'entrée du camp. Jamais il n'était entré dans un camp de concentration. Le camp était entouré de fils de fer barbelés et surveillé par des miradors équipés de mitrailleuses. Une odeur de désinfectant flottait dans l'air calme de l'après-midi. En dehors de cela, rien.

La sentinelle lui rendit ses papiers et salua.

— La maison du commandant est sur la droite, mon colonel !

Paul démarra lentement. Il fallait faire preuve d'une assurance absolue et refuser d'admettre l'éventualité d'une arrestation. Pierre était resté au village, car il était déjà venu ici et l'on pouvait le reconnaître. Mieux valait que Paul tente l'enlèvement tout seul. Cependant le prince Pierre ignorait qu'il avait mis sa vie et celle de sa fille entre les mains d'un lâche !

Ou le prince Pierre lui jouait-il un tour ? Il fut pris d'un soupçon. Non, il n'abandonnerait pas sa propre fille et d'ailleurs, sans la voiture, il ne pouvait aller nulle part.

Il arrêta sa voiture devant un bâtiment portant le drapeau à la croix gammée qui pendait paresseusement à son mât. Il entendit un bruit semblable au roucoulement d'un millier de tourterelles. Cela lui rappela une visite qu'il avait faite dans un pensionnat de jeunes filles. Ici aussi, c'était un univers féminin. Deux jeunes femmes en uniforme descendirent les marches et lui ouvrirent la portière. Elles se mirent au garde-à-vous.

— Le commandant du camp ?

— Elle est dans son bureau, mon colonel. Vous attend-elle ?

— Non, mais c'est très urgent.

La jeune femme hocha la tête, le précéda et frappa à une porte. Les secrétaires le regardaient d'un air étonné.

— Eh bien ? demanda le commandant, une forte blonde qui avait dû être belle.

Son visage exprimait présentement une impatience arrogante.

— Paul von Hassel.

Elle vit son grade et salua.

— Vous avez deux femmes dans ce camp : Judith Stein et Ruth Borodine.

La blonde fronça les sourcils.

— C'est exact.

— Elles doivent m'accompagner à Berlin.

— Vous voudriez que je libère deux femmes de ce camp sans en avoir reçu l'ordre ?

— C'est une affaire très urgente. Il vaut mieux que vous sachiez de quoi il s'agit. Un attentat a été commis sur la personne du Führer ainsi qu'une tentative de coup d'Etat à Berlin. Oh, ne vous inquiétez pas, la tentative a échoué. Mais il est certain que le prince Borodine de Starogan est impliqué dans cette affaire. Il est en fuite pour le moment. Herr Goebbels veut faire subir un interrogatoire à sa fille et à sa belle-sœur à Berlin.

— Un interrogatoire ?

Le commandant le regardait, visiblement dépassée par les événements.

— Immédiatement, dit Paul. J'ai reçu l'ordre de réquisitionner deux de vos gardiennes pour m'accompagner.

Il était essentiel de la convaincre.

— Cela doit pouvoir s'arranger, dit le commandant. Mais tout ceci est très irrégulier.

— Il faut que les gardiennes soient armées, recommanda Paul. Les deux prisonnières pourraient tenter un geste désespéré.

— Oui, dit le commandant. Allez chercher les deux femmes, ordonna-t-elle à une subordonnée. Vous, Helga et Inge irez à Berlin. Préparez vos affaires.

— Et faites vite, c'est essentiel, ajouta Paul.

La facilité avec laquelle tout se déroulait était déconcertante. Bien sûr, les véritables difficultés ne commenceraient que plus tard. Il fallait qu'il se souvienne que ces deux jolies filles étaient des gardes-chiourme et qu'elles passaient leur temps à torturer des femmes innocentes, qu'elles étaient de la même race que la secrétaire du colonel von Bledow qui souriait en voyant torturer Svetlana à mort. Mais le sort des deux fugitives ne manquait pas de l'inquiéter.

Judith Stein était assise à l'arrière de la voiture, entre les deux gardiennes. Il avait estimé que, vu son âge et son expérience, il était moins probable qu'elle fasse une crise d'hystérie lorsqu'il abattrait les deux gardiennes. Son regard était aussi morne que celui de la fille du prince. Bien sûr, elle devait croire qu'il l'emmenait dans une chambre de torture de la Gestapo. Elle n'avait pas souffert autant qu'il l'aurait cru. Les deux femmes avaient l'air en bonne santé, bien nourries et propres. Mais elles avaient passé ces trois dernières années dans le bordel du camp, ce qui pouvait expliquer leur atonie.

Il avait appris, par les gardiennes et le commandant du camp, qu'elles étaient les deux femmes les plus recherchées par les soldats. C'était compréhensible :

Judith Stein était encore remarquablement belle malgré ses cheveux rasés et la fille de Pierre était ravissante.

Il espérait qu'elles se tiendraient tranquilles, le moment venu. Il fallait que tout soit fini avant le village où les attendait le prince. Il rangea la voiture sur le bas-côté et serra le frein à main.

— Que se passe-t-il ? demanda Helga.

Paul se retourna sur son siège, l'arme à la main. Il fallait simplement penser à Svetlana. Mais ce n'était pas aussi facile qu'il l'avait espéré. Il vit le regard horrifié d'Helga et hésita une seconde de trop. Il appuya sur la détente; la tunique de la fille se tacha de rouge, elle sursauta, puis s'effondra au fond de la voiture. Au même instant il ressentit une violente douleur dans le bras et comprit que son hésitation avait donné le temps à l'autre femme de dégainer son arme.

La deuxième balle qu'elle tira n'atteignit pas son but car, sous l'impact de la première, il avait été projeté contre la portière qui s'était ouverte et il était tombé sur la route. Il n'y eut pas d'autre coup de feu mais une série de grognements. Il leva les yeux et vit Judith Stein qui tenait l'autre Luger.

— Est-elle ?...

— Elle est inconsciente. (Judith s'agenouilla près de lui.) Vous êtes sérieusement blessé.

— Il faut l'achever. (Il poussa un soupir. Il avait du mal à se concentrer.) Son uniforme...

Judith le regarda quelques instants, puis hocha la tête.

— Pansez sa blessure, dit-elle à Ruth. Servez-vous des vêtements de la femme.

Paul n'arrivait plus à redresser la tête et il la laissa retomber en arrière en fermant les yeux. Il sentit des doigts sur son épaule. Il ouvrit les yeux et vit Ruth Borodina, le visage impassible, qui s'affairait au-dessus de lui. Il entendit un nouveau coup de feu et vit Judith contourner la voiture.

— Vous avez... ?

— Dans la tête, dit-elle. Il n'y a pas de sang sur l'uniforme. Voulez-vous que je conduise ?

Elle paraissait deviner ses pensées et n'eut pas besoin de poser d'autres questions. Elle se pencha pour inspecter le travail de sa nièce.

— La balle est-elle sortie ?

Ruth hocha la tête et Paul se rendit compte qu'elle n'avait pas encore prononcé une parole. Peut-être était-elle muette ?

Judith disparut à nouveau, il n'aurait su dire combien de temps. Lorsqu'elle réapparut, elle portait l'uniforme d'Inge, sauf la casquette. Elle se pencha dans la voiture et mit celle d'Helga avant de traîner celle-ci jusqu'au fossé où elle la fit rouler.

Paul prit sa respiration.

— Il faut que vous nous conduisiez au village. Le prince Pierre s'y trouve. Dépêchez-vous.

— Pierre ? (L'expression de Judith changea ; il n'aurait su dire ce qu'elle exprimait. Puis elle hocha la tête.) Et vous ?

— J'espère que vous allez me prendre avec vous.

— Ne serait-ce que pour que vous vous expliquiez, dit-elle sans sourire. (A elles deux, elles le hissèrent dans la voiture.) Ruth, il faut vous changer. Faites-le pendant que je conduis. Il doit y avoir ce qu'il faut dans une de ces valises.

Ruth fit simplement un signe de tête.

Judith hésita, mais Ruth était déjà montée à l'arrière. Paul était assis devant et s'efforçait de contrôler sa respiration et les frissons qui lui parcouraient tout le corps. Il luttait contre la douleur qui menaçait de lui faire perdre connaissance. Judith s'installa derrière le volant.

— Vous êtes salement touché, dit-elle.

— Démarrez, Fräulein Stein, pour l'amour de Dieu !

Tandis qu'elle reprenait la route, il regarda dans le rétroviseur et aperçut deux cadavres, l'un tout blanc, et l'autre, un tas informe de couleur kaki. Au moins la mort de Svetlana est vengée, pensa-t-il.

— Mon Dieu ! dit Pierre Borodine. Est-il mort ?
— Je ne pense pas. Je vais conduire si vous me dites où aller.
— Il y a un petit port qui s'appelle Warnemünde. C'est à l'embouchure de la Rostock, à environ quatre-vingts kilomètres d'ici vers le nord. (Il monta à l'arrière.) Judith... Ruth...

Judith le vit prendre sa fille dans ses bras. Elle n'arrivait pas à croire qu'elle était dans cette voiture, installée derrière le volant, traversant lentement les petites localités dont les habitants la regardaient respectueusement. Elle refusait de croire qu'elle venait de loger une balle dans la tête d'Inge. Combien de temps avait-elle rêvé d'être en mesure de le faire ? Depuis le premier instant, trois ans auparavant, lors de son arrivée à Ravensbrück, quand cette même Inge lui avait donné l'ordre de se mettre toute nue.

— Elle ne dit rien, gémit Pierre. Que lui est-il arrivé, Judith ?
— Je crois qu'elle est trop surprise. Nous le sommes toutes deux. Cet homme...
— Un de mes amis.
— Un officier SS ?
— Lui et moi avons œuvré pour la chute du gouvernement.
— Le gouvernement ? Mais...
— Le complot a échoué. A présent, nous sommes recherchés. Mais il nous reste une chance, si nous parvenons jusqu'à Warnemünde. Hassel connaît bien l'endroit. Il faudra le réveiller quand nous y arriverons.

Judith aspira l'air dans ses poumons. Ce n'était donc pas un rêve. Mais ils allaient être pris d'un moment à l'autre. Elle avait du moins une arme, ce qui lui permettrait de mourir d'une façon décente.

— Ruth, Ruth ma chérie. Vous espériez bien que je vous ferais sortir un jour de ce camp, n'est-ce pas ?

Enfin, Ruth ouvrit la bouche.
— Oui, papa, je n'en ai jamais douté.

— Ce n'était pas trop dur, n'est-ce pas ? Vous n'avez pas trop souffert ? Vos cheveux repousseront...

— Non, papa, ce n'était pas trop dur.

— Vous étiez dans un hôpital ? Dans une clinique ? Ils vous ont appris une profession, n'est-ce pas ?

— On appelait clinique le bordel rattaché au camp, papa.

— Le... bordel ?

— Oui, père. J'ai passé ces trois dernières années comme putain dans un bordel.

— Comme...

Pierre disparut du champ de vision de Judith dans le rétroviseur.

— Oui, mais nous avions de la chance, poursuivit Ruth comme si elle expliquait quelque chose à un enfant. Nous étions bien nourries et n'étions battues que rarement. Il fallait que nous restions attirantes pour les soldats. Nous avions de la chance, papa.

Oh oui, pensa Judith en surveillant la route devant elle. Son cœur faillit s'arrêter lorsqu'ils croisèrent un escadron de chars qui se dirigeaient vers Berlin; mais les soldats se contentèrent de saluer l'officier SS qui semblait dormir sur le siège avant. Oui, nous avions de la chance.

C'était la pure vérité. Elles n'avaient pas eu à subir les mêmes sévices que les autres. Mais Ruth... Ruth était vierge et avait crié de douleur et de désespoir le premier jour. Elle avait montré par la suite un courage que Judith ne s'attendait pas à trouver chez une si jeune fille. Elle souriait et prétendait être heureuse. Elle disait : ici, au moins, il y a d'autres femmes. En Russie, j'étais seule.

— Oh, Ruth! (Pierre reprit sa fille dans ses bras.) Ma chérie! Nous allons réussir et je vous rendrai heureuse. Je le jure.

Paul von Hassel s'agita et releva la tête.

— Où sommes-nous ?

Sa voix était voilée.

— Nous avons dépassé Rostock, colonel, et sommes à quatre kilomètres de Warnemünde.

— Allez droit vers le port. (Il regarda sa montre.) Espérons que nous n'arriverons pas trop tard.

La voiture s'engagea dans des rues désertes et dut ralentir en traversant le centre de la petite ville. Ils arrivèrent sans encombre aux abords du port où la flottille de pêche s'apprêtait à prendre le large. Les moteurs ronronnaient, on larguait les amarres en échangeant des plaisanteries. Judith ralentit et longea le quai. Son cœur battait à se rompre : ils étaient tous à un moment crucial de leurs existences.

— Là! s'écria tout à coup Paul. Le numéro cent soixante-douze. Il est encore à quai. Arrêtez-vous là.

Un matelot avait déjà largué l'amarre de poupe et celui de la proue n'attendait que l'ordre du capitaine pour larguer la sienne.

La voiture s'arrêta et Paul s'élança, les bras repliés sur sa poitrine à cause de la douleur.

— Hans! hurla-t-il. Hans Jürgen!

Une pipe apparut à la vitre de la cabine de pilotage.

— Herr von Hassel? Cela fait quatre ans...

— Quatre ans, oui, Hans. J'aimerais monter à bord avec mes amis.

— Maintenez cette amarre! cria-t-il. Bien sûr, Herr von Hassel. Mais seulement pour cinq minutes. Il y a les poissons, n'est-ce pas?

Paul franchit la passerelle et Judith aida Ruth à traverser. Des passants s'arrêtaient pour regarder. Avec ses cheveux coupés ras et les vêtements d'Inge, Ruth avait un aspect bizarre. La cabine était ouverte et ils entrèrent. Paul était déjà dans le poste de pilotage.

— Larguez les amarres! cria le capitaine après quelques instants.

— Ruth, supplia Pierre. Nous sommes à bord, en sécurité. Nous allons nous échapper.

Judith se leva et se dirigea vers le poste de pilotage d'où sortait Paul von Hassel. Son visage était d'une pâleur mortelle et il titubait, exténué. Mais il souriait.

— Hans et ses hommes y arriveront.

Judith poussa un soupir.

— Ils trouveront la voiture, colonel, et enverront des

bateaux et des avions à notre recherche. Nous n'arriverons pas en Suède avant demain matin.

— Nous y serons. La météo annonce du brouillard. Ils ne nous trouveront pas. Nous réussirons.

Ses jambes se dérobèrent sous lui. Il tenta de sourire, puis s'effondra de tout son long.

Le grondement du moteur s'amplifia et ils prirent de la vitesse. Ils étaient hors du port, libres.

Et leur sauveur était en train de mourir.

— Il y a des couchettes en bas.

Une femme venait de faire son apparition et se présenta. C'était Mme Jürgen. Par-dessus son épaule, Judith voyait les lumières du port s'estomper dans la nuit.

— Aidez-moi, dit-elle.

Elles réussirent à descendre Paul et à l'installer sur une couchette. Frau Jürgen lui enleva ses bottes et Judith s'occupa de sa blessure. Il avait perdu beaucoup de sang. Frau Jürgen apporta de l'eau chaude et des bandages. Judith le pansa, puis l'installa sous une couverture. Il tremblait et claquait des dents.

— Son pouls est très faible, dit Frau Jürgen. C'est le choc et la perte de sang. C'est un vieil ami, Fräulein. Ce serait une perte terrible s'il venait à mourir.

— Terrible pour nous tous, assura Judith. Il vient de nous sauver la vie. N'y a-t-il pas moyen de le réchauffer ?

— Il y a d'autres couvertures et je vais préparer une boisson chaude. Si nous arrivons à le réchauffer pour qu'il puisse la boire.

Elle leva la tête et vit apparaître Ruth Borodina.

— Je vais le réchauffer, dit Ruth. Je sais comment il faut s'y prendre. Laissez-moi seule, je vais le réchauffer.

14

Un grondement menaçant et interminable couvrait tout le ciel et se rapprochait de plus en plus. Souvent, la nuit, les partisans pouvaient voir les lueurs du barrage d'artillerie illuminer le faîte des arbres. Mais les hôtes du ciel avaient changé. On ne voyait presque plus d'avions allemands. Par contre, les avions russes faisaient du rase-mottes et parachutaient vivres, munitions et médicaments dans la forêt. Et des ordres. Ils recevaient maintenant des indications précises sur les attaques, les ponts à détruire, les installations ferroviaires à faire sauter. Parfois il ne s'agissait que de créer la confusion pour déranger les plans des Allemands.

Les ordres arrivaient au nom du général Ivan Nej. Anna ne paraissait pas s'en formaliser. Elle vivait depuis si longtemps à l'ombre qu'elle semblait contente d'y rester. Et d'ailleurs, cet « Ivan Nej », ce commandant de partisans si populaire, était clairement un acte politique. C'était un émigré, revenu se battre pour la mère patrie, pour l'Union soviétique, établissant ainsi un lien entre la Russie soviétique et les Etats-Unis d'Amérique.

John suspectait la présence du véritable Ivan Nej derrière tout cela. Grâce aux nouvelles que les avions leur faisaient parvenir, il avait appris que son père était à Leningrad et qu'il était très occupé. Mais c'était bon de savoir que le père et le fils œuvraient tous deux pour la même cause avec autant de succès.

Même oncle Pierre avait eu sa part de publicité. Cependant les journaux étaient moins bienveillants à son égard. Rien ne pouvait racheter les crimes du traître Pierre Borodine de Starogan, un homme qui tout au long de sa vie s'était opposé au bolchevisme, avait travaillé pour les Allemands et avait tenté de lever une armée en Ukraine pour combattre contre son propre pays. Mais, à en croire la *Pravda*, même chez un scélérat de cet acabit, le sang russe avait fini par parler. Car oncle Pierre était à l'origine d'un complot contre Hitler qui, une semaine auparavant, s'était soldé par un attentat manqué. Il était maintenant recherché par la Gestapo et serait sans aucun doute pendu par les Allemands. Mais du moins mourrait-il comme un vrai Russe!

Quel monde inextricable! John, couché sur le dos, observait les derniers avions qui partaient rejoindre les lignes russes. Ses hommes parcouraient la forêt à la recherche des parachutes et les femmes faisaient la cuisine. Personne ne prenait plus de précautions pour se cacher. Depuis l'échec de leur tentative pour liquider les partisans deux ans auparavant, les Allemands avaient essayé de les contenir en construisant des blockhaus autour de la forêt. Comme si cela était suffisant pour arrêter Anna Ragosina!

Et à présent, après trois ans, cette guerre était sur le point de se terminer pour lui, pour Anna et pour les autres. Mais le plus incroyable, c'est que John Hayman ne désirait plus qu'elle prenne fin.

Il se dressa sur un coude et observa le petit Johnnie qui jouait dans la boue. Natacha avait insisté pour que l'on utilise l'équivalent américain de son nom. C'était un enfant solitaire malgré la présence d'autres bébés dans le camp. Aucune des femmes enceintes n'avait survécu à l'attaque allemande et les enfants nés depuis étaient donc beaucoup plus jeunes. Pourtant il était heureux et était l'idole de tout le groupe, tant des hommes que des femmes. Il arrivait même parfois à Anna de le prendre dans ses bras lorsqu'elle fêtait une victoire et qu'elle avait bu trop de vodka.

Mais qu'allait-il faire d'un enfant né au milieu d'un bombardement et qui n'avait jamais vu l'intérieur d'une maison ni dormi dans un lit? Une telle enfance ne resterait-elle pas gravée en lui tout le reste de sa vie?

Et que deviendrait sa mère, songea John en la voyant s'avancer vers lui avec une tasse de café? Natacha était la beauté, la grâce et l'assurance réunies. Elle rayonnait de bonheur. Comme tous, elle était devenue une créature de la forêt et dansait même parfois, à la grande joie des partisans. Mais parviendrait-elle jamais à s'acclimater aux restrictions d'une vie d'appartement, aux embouteillages de la circulation, aux réceptions ?

Et tante Tatie ? Tatie était magnifique. C'était elle la responsable du camp, comme Anna et lui commandaient les combats. Tatie était l'âme de la forêt, qu'elle parcourait en tous sens l'été, n'ayant guère plus qu'une chemise trouée sur le dos, ses cheveux dorés lui tombant jusqu'aux hanches, son corps magnifique tanné par le soleil et le vent. Parfois le soir, quand ils étaient assemblés et chantaient, on devinait au fond de ses yeux la tragédie de la mort de Svetlana. C'était d'ailleurs plus que cela : c'était la destruction de l'académie, de l'œuvre de toute sa vie. Des trente danseuses assemblées par cette terrible matinée de juin trois ans auparavant, il n'en restait plus que cinq. Elle les avait remplacées en prenant la responsabilité de plusieurs centaines de personnes, mais, la paix revenue, que deviendrait-elle ?

Et John Hayman ? Pourrait-il jamais redevenir directeur sportif du journal de son père et relater les exploits des autres ?

Il vit Anna Ragosina s'avancer vers lui à travers la forêt d'un pas vif comme toujours et le visage en feu. Elle portait sa radio car, ces dernières semaines, elle avait réussi à établir un contact avec l'armée et, à en juger par son excitation, elle venait lui annoncer une nouvelle victoire russe. C'était elle sans doute qui posait le plus grand problème. Car il avait découvert en elle plus qu'il ne l'aurait cru. Malgré sa personnalité violente et vicieuse, elle était un être humain, avec des sentiments, des désirs, et capable d'amour. Elle craignait d'être rejetée, mais plus par lui. Elle éprouvait toujours pour John une attirance sexuelle et ne pouvait douter de la sienne. Mais elle avait accepté sa loyauté envers Natacha. Peut-être n'en estimait-elle que plus leur amitié — car ils étaient enfin devenus amis. Malgré sa sauvagerie dans les batailles, Anna était plus humaine qu'elle ne l'avait jamais été et cela en grande partie grâce à lui. Que signifiait donc pour elle la fin de la guerre : se retrouver colonel du NKVD, avec pour suprême arbitre de son destin un homme comme Ivan Nej ?

Natacha et elle s'agenouillèrent à ses côtés. Les deux femmes étaient devenues amies, aussi incroyable que cela puisse paraître.

— C'est la fin ! dit-elle, la voix vibrante d'émotion.

John se redressa.

— Que voulez-vous dire ?

— Je viens de capter le message sur les ondes courtes. Nos armées sont sur le point de déclencher l'offensive sur Minsk. Ils veulent que les partisans attaquent les arrières de l'ennemi. Notre objectif est Slutsk.

Ils furent en position dès l'aube, ayant passé la nuit à effectuer la marche d'approche. Ils avaient contourné les blockhaus allemands et traversé la rivière sur leurs canots pneumatiques. C'était de la routine maintenant, mais il leur avait fallu emmener beaucoup d'équipement. Fini le temps où ils n'étaient qu'une poignée d'hommes et de femmes avec des fusils, quelques mitraillettes et des pains de gélinite. A présent ils étaient plusieurs centaines, un bataillon d'infanterie irrégulière avec tout l'appui logistique nécessaire et même plusieurs terrifiants *katiouchas* — ces mortiers qui, durant cette guerre, avaient probablement plus fait pour saper le moral de l'ennemi que toutes les autres armes.

— Nous arrivons juste à temps, murmura Anna. Ils se préparent à partir.

Ils étaient accroupis à l'abri d'un boqueteau à moins de cinquante mètres des premières maisons en ruine qui marquaient les abords de la ville et ils observaient l'activité fébrile des Allemands. La route principale qui partait de Slutsk était encombrée de camions que l'on chargeait de matériel. Des groupes de civils regardaient, incapables d'en croire leurs yeux. Quelques femmes même suppliaient les Allemands de les emmener, sachant très bien le destin qui leur serait réservé si elles étaient accusées d'avoir entretenu des rapports avec l'occupant.

— Il y a des non-combattants, fit remarquer John.
— Et des Allemands, répliqua Anna. Je vais donner l'ordre d'ouvrir le feu.

Il poussa un soupir, mais elle avait raison. On ne retrouverait pas d'autre occasion de surprendre les Allemands et d'obtenir une victoire. Il hocha la tête. Elle se retourna, une lampe à la main. Derrière eux, la force d'assaut attendait et, plus loin, au fond d'une dénivellation près de la rivière, étaient cachés les mortiers et les mitrailleuses lourdes dans l'éventualité d'une retraite. Jamais encore il n'avait raisonné ainsi. Dans le passé, la retraite avait toujours été une phase inévitable. Jusqu'à ce jour, jamais encore il n'avait conduit un assaut contre une ville où stationnait toute une garnison ennemie. La roue avait enfin tourné.

La torche d'Anna s'alluma et les *katiouchas* se mirent en action. Bientôt les premiers obus explosèrent au milieu des camions avec une précision démoniaque. Des morceaux de ferraille, des pneus et des membres humains volèrent en l'air. Le feu prit aux réservoirs et se propagea d'un véhicule à l'autre, tandis que les obus continuaient à pleuvoir, transformant la route en un véritable enfer.

John sauta sur ses pieds et leva le bras. Le moment était venu. Il courut en avant, la mitraillette à la main, sachant qu'Anna et le reste des partisans le suivaient. Pendant plusieurs secondes, tandis qu'il courait vers les flammes qui, à présent, atteignaient les maisons, il ne vit rien, n'entendit rien, hormis l'explosion des obus de mortier qui pilonnaient maintenant la ville elle-même. Bientôt, il perçut des hurlements et les premiers coups de feu. Il tira une rafale, trouva une ouverture inespérée entre deux camions, s'y précipita et se retrouva face à trois Allemands qui avaient été projetés sur le sol par les explosions et qui venaient seulement de se relever et cherchaient leurs armes. Il s'en débarrassa d'une rafale de mitraillette, bondit par-dessus les cadavres et se retrouva devant un groupe de femmes russes à genoux, les mains tendues dans un geste de supplication.

— Dans les caves! cria-t-il. A l'abri!

De tous côtés maintenant des rafales de mitraillette couvraient le bruit plus sourd des fusils allemands. Les défenseurs de Slutsk ne s'attendaient certes pas à une attaque et encore moins à un assaut d'une telle envergure. Les attaques contre les convois ou les postes isolés étaient une chose. Mais un assaut en règle dépassait leurs prévisions.

John suivit la rue en courant et parvint à la place. Il mit un genou à terre, à la fois pour reprendre son souffle et pour observer. Il regarda par-dessus son épaule et aperçut une cinquantaine de ses hommes qui le suivaient. Nulle trace d'Anna.

Sur la place, devant la mairie, plusieurs cars attendaient d'être chargés. La brise matinale faisait voler les feuilles des caisses entassées sur le trottoir. Le drapeau à croix gammée flottait toujours sur le bâtiment; nul doute qu'il serait défendu. Des fusillades faisaient rage un peu partout. Le bombardement des mortiers avait cessé et les Allemands avaient eu le temps de se ressaisir. Il devenait urgent de prendre la mairie.

— Couvrez-nous! cria-t-il à ses hommes. (Il ne pouvait attendre l'arrivée des armes lourdes.) Vous deux, prenez vos grenades et suivez-moi.

Il prit sa respiration et bondit en avant. Un feu d'enfer éclata tout autour de lui. Les Allemands se mettaient de la partie et ils avaient au moins une mitrailleuse dans la mairie. Des morceaux de pavés volaient. John se jeta en avant et roula sur lui-même pour se mettre à l'abri d'un abreuvoir en pierre. Au même instant, une volée de balles vint frapper le rebord de l'abreuvoir. Une explosion formidable le secoua. Un de ses hommes venait d'être atteint par l'explosion d'une grenade.

— Les véhicules d'abord.

Il dégoupilla la première de ses grenades et la lança. Elle tomba trop court mais roula et s'arrêta juste devant la deuxième voiture. Trois autres grenades atteignirent leur but et explosèrent presque simultanément. L'une des voitures prit feu immédiatement, une autre explosa, faisant voler des débris dans tous les sens. John bondit sur ses pieds et courut vers l'entrée du bâtiment. L'explosion le projeta contre le trottoir. Il se remit debout, agita le bras et se précipita vers les marches extérieures. Il entendit ses hommes pousser des hourras en chargeant. Un soldat allemand apparut au sommet des marches et s'écroula immédiatement, atteint de plusieurs balles. Mais ils étaient en nombre suffisant pour tenir. Une volée de balles s'abattit des fenêtres et il entendit l'aboiement rageur de la mitrailleuse. Il se retrouva étendu sur le sol, et vit avec consternation du sang couler le long de sa jambe droite. Il n'y avait personne autour de lui. Ses hommes avaient été fauchés par la mitrailleuse ou s'étaient mis à l'abri. Curieusement, il ne ressentait aucune douleur.

Il regarda au-dessus de lui. Pour le moment, il était à l'abri et hors de vue des fenêtres, car il était tombé derrière la balustrade en pierre qui encadrait les marches. C'est ce qui lui avait sauvé la vie. Mais s'il voulait relancer l'attaque, il lui fallait s'exposer à la mort. Cela semblait absurde tout à coup, et pourtant sans influence sur la situation. Le John Hayman qui voulait vivre, qui rêvait d'emmener Natacha et son fils en Amérique était une créature sans vie, comme détachée de lui. Le blessé qui gisait là sur le sol était un soldat qui savait que son devoir était d'escalader ces marches pour entraîner ses hommes derrière lui.

La fusillade s'était calmée et les Allemands attendaient l'assaut final. Lentement, John se mit à genoux et prêta l'oreille à un grondement grandissant. C'étaient des chars. Allemands ou Russes ? Le bruit venait de l'est mais cela ne signifiait rien. D'ailleurs, s'il devait mourir, quelle importance ? Tout à coup, il entendit des rafales de mitraillette venant de l'arrière du bâtiment. Il poussa un hurlement, se jeta vers les marches et courut en vidant son chargeur. Il enfonça la porte d'un coup d'épaule, tira une longue rafale, entra en courant dans le vestibule et vit que ses hommes le suivaient. Il se tourna et se trouva face à Anna Ragosina suivie d'une douzaine d'hommes.

— Ils s'enfuient! cria-t-elle. Ils ont entendu nos chars..

— Les nôtres? Vous êtes sûre?

Elle rit et donna une tape sur la radio qu'elle portait sur le dos.

— Nos chars. Mais il y a encore des Allemands ici. Je n'ai pas vu Bledow. Il nous le faut. Vous (elle désigna deux de ses hommes) fouillez les caves. Je me charge des étages.

John la suivit en courant, le cœur battant, le souffle court. Trois partisans les accompagnaient. La victoire leur appartenait. Les chars russes! Mais si cela était, n'était-il pas temps de mettre fin à cette sauvagerie? Quels que soient ses crimes, le colonel von Bledow était maintenant prisonnier de guerre. Même Anna devait comprendre cela.

— Là! dit-elle, en désignant une porte.

Un des hommes fit un signe et courut vers l'endroit indiqué, couvert par les deux autres.

— Je le veux vivant.

Le partisan enfonça la porte et tous se précipitèrent dans la pièce, l'arme au poing. Anna les écarta et s'arrêta devant un corps affalé sur le bureau. Un mince filet de sang coulait sur le buvard et le pistolet de Bledow était tombé à terre.

— Il avait du bon sens, dit John.

— Du bon sens! (Anna cracha par terre et se tourna vers une fille qui, dans un coin de la pièce, haletait de peur. Elle aussi tenait un pistolet, mais il pendait de sa main.) Mais vous, vous n'en avez pas! dit-elle en allemand.

Ilsa ouvrit la bouche, puis la referma.

— Vous êtes sa secrétaire?

Elle hocha la tête.

— J'ai entendu parler de vous. Vous êtes présente à tous les interrogatoires.

Ilsa eut un haut-le-corps.

— Laissez tomber cette arme.

Le pistolet tomba par terre avec un bruit sourd.

— Vous auriez dû vous en servir, dit Anna d'une voix caressante en s'approchant d'elle. Vous allez regretter de ne pas l'avoir fait.

Elle tendit la main, arracha les lunettes de la fille et les jeta sur le sol.

— Emmenez-la en bas ! intervint John. C'est une prisonnière de guerre. Ne l'oubliez pas.

Les hommes s'avancèrent.

— Non ! dit Anna. Nous allons nous en occuper ici et maintenant.

— C'est une prisonnière de guerre, répéta John. Nous pouvons faire des prisonniers maintenant. La guerre est finie pour nous.

— C'est une truie nazie. Elle serait pendue de toute façon. Mais nous lui épargnerons cela.

Ilsa, qui ne connaissait que des bribes de russe, les regardait tour à tour. Ses halètements étaient horribles à entendre.

— J'ai dit...

— Vous n'avez rien dit du tout. C'est moi qui commande ici. Vous n'êtes qu'un fantoche. Sans moi, vous n'auriez pas même pris la mairie et vous seriez mort, camarade Hayman. Allez faire soigner vos blessures et laissez-nous faire notre travail. (Elle fit claquer ses doigts.) Déshabillez-la.

Ilsa poussa un gémissement de désespoir. John saisit l'épaule d'Anna.

— Pour l'amour du ciel, cria-t-il, c'est fini maintenant. Ne comprenez-vous donc pas ? Il est temps de cesser de haïr et de réapprendre à vivre ensemble. Mais ce n'est pas en mutilant de jeunes femmes...

Le coup le prit au dépourvu et fut donné avec une telle force et une telle rage qu'il se retrouva sur le sol avant même de ressentir la douleur. Anna Ragosina se tenait au-dessus de lui, les yeux injectés de sang.

— La haine ! hurla-t-elle. Que savez-vous de la haine, John Hayman ? La haine est la seule chose qui me reste ! Jamais je ne cesserai de haïr ! Je vous hais tous ! Je vous hais ! Je vous hais !...

Ses doigts étaient serrés sur la détente et, durant une fraction de seconde, il crut qu'il allait mourir. Puis elle se détourna, mit sa mitraillette en bandoulière et dégaina son poignard.

— Au secours ! hurla Ilsa en se débattant. (Mais elle était maintenue contre le mur par deux partisans.) Mon Dieu, miséricorde !

Anna tendit la main vers le corsage de la fille et John parvint à se mettre à genoux. Il tenait déjà son arme et il tira une balle, une seule balle, qui vint frapper le corsage blanc et qui mit fin à toute peur et à toute haine.

Mais il n'avait pas tué Anna Ragosina. Il avait tué Ilsa.

Le signal fut donné et la musique entonna une marche militaire. Les six héros, quatre hommes et deux femmes, s'avancèrent de front : c'étaient les partisans des marais du Pripet.

Quelle sensation étrange de se trouver aux côtés de cinq Russes et de porter cet uniforme bizarre, confectionné en toute hâte pour lui ! Il avait passé la semaine précédente à apprendre le pas du défilé, mais il n'avait pas l'air aussi martial que les autres. Sa jambe le faisait encore souffrir s'il l'étendait trop.

Durant le voyage jusqu'à Moscou, Anna Ragosina ne lui avait pas adressé une seule fois la parole, pas plus d'ailleurs que toute la semaine précédente. Pour John Hayman, elle était retombée dans ses anciens travers et Anna Ragosina pensait la même chose de lui. Mais aux yeux d'Anna, il avait commis le crime impardonnable de remettre ses ordres en question devant les autres membres du groupe. Seul le grade supérieur qui lui avait été attribué lui avait sauvé la vie. Il se souvenait de son regard lorsqu'elle s'était tournée vers lui après qu'il eut abattu Ilsa. Peut-être s'en voulait-elle de ne pas l'avoir tué sur-le-champ !

Mais à présent, ils étaient tous deux des héros de

l'Union soviétique. Ils se dirigèrent vers la tribune des officiels, laquelle à l'autre extrémité de la place Rouge s'embrasait sous les rayons du soleil qui atteignaient maintenant les dômes de la cathédrale Saint Basil. Les applaudissements de la foule noyèrent jusqu'aux sons éclatants des fanfares. Il reconnut des visages. Celui de Staline en premier, bien entendu, qu'il n'avait vu qu'en photo. A ses côtés, son propre père. Et puis Ivan Nej, avec tante Tatie, à nouveau rayonnante. Il y avait aussi Clive Bullen en uniforme de colonel de l'armée anglaise et Natacha, avec le petit Johnnie dans ses bras. Il ne manquait que sa mère et George, mais ils seraient sur le quai à leur arrivée à New York avec Natacha et son fils.

New York! Cela semblait à des années-lumière de Moscou, avec ses ruines, ses tombes, et tous les uniformes. Tout cela, et le dévouement de tout un peuple n'étaient que le prolongement logique du sang, du froid et de la colère qu'il avait connus dans les marais. Mais il se souvenait de New York au printemps de 1941. Là-bas aussi il devait y avoir du changement !

Ils s'arrêtèrent et le maréchal Staline passa lentement devant eux. John aperçut la célèbre moustache à la hauteur d'Anna.

— Camarade Ragosina, dit Staline, j'ai entendu parler de vous. Nous avons besoin de femmes comme vous pour diriger notre peuple.

— Je vous remercie, camarade.

Staline épingla une médaille sur sa tunique.

— Et il y a beaucoup à faire ! Beaucoup !

— Je suis prête, camarade, répondit Anna.

Il hocha la tête, la prit par les épaules et l'embrassa sur les deux joues; puis il recula d'un pas et lui rendit son salut.

— Camarade Hayman. Ou devrais-je dire monsieur Hayman ? J'ai appris que vous avez exprimé le vœu de retourner aux Etats-Unis.

John s'attendait à cette remarque.

— C'est ma patrie, camarade, et c'est là qu'habite ma mère.

Staline fronça les sourcils.

— La Russie est votre patrie, monsieur Hayman. Elle pourrait être celle de votre mère si elle le désirait. (Puis il sourit.) Mais peut-être choisirez-vous la Russie plus tard. A présent, si vous désirez retourner aux Etats-Unis, allez-y! Votre combat a été long, mais couronné de succès, Ivan Mikhailovitch! Souvenez-vous de nous, quand vous serez de l'autre côté de l'Atlantique.

Il épingla la médaille, lui donna l'accolade et recula pour saluer. La musique entama une nouvelle marche. Il fallut faire demi-tour et retraverser la place. Les bottes résonnaient sur les pavés, et tous avaient conscience, sous les acclamations de ce peuple non moins héroïque, que la tuerie était finie.

La musique s'arrêta et ils furent immédiatement entourés de leurs familles et de leurs amis.. Tous, excepté John et Anna. Quelques étrangers leur serrèrent la main, mais sans chaleur. La famille de John Hayman se trouvait à l'autre extrémité de la place avec les officiels. Il n'avait qu'à se retourner et marcher vers les dômes éblouissants.

Mais Anna Ragosina n'avait personne. Personne à Moscou ni dans toute la Russie!

Il effleura son épaule et elle se retourna. Pendant quelques instants ils se regardèrent, puis John lui tendit la main.

— Nous avons lutté ensemble, c'est vous qui m'avez appris à me battre. Et nous avons vécu de bons moments ensemble, Anna Petrovna. Je vous salue et je ne vous oublierai pas.

— Moi non plus, John Hayman.

Elle se retourna sans lui serrer la main et se perdit bientôt dans la foule.

Un coup de sonnette, lorsqu'on est fugitif et recherché par la plus puissante organisation du monde, vous donne des frissons dans le dos. Cela *avait été* l'organisation la plus puissante du monde et elle était encore capable de se venger. Judith essuya ses mains à son tablier et fit face à la porte. Etait-ce encore possible, au bout de dix mois ?

— Qui est-ce, Judith ? cria Pierre dans le salon dont la vue donnait sur le petit port.

Le printemps venait tout juste de commencer à Stockholm. A cette époque de l'année, la ville redoublait de beauté. C'était aussi la ville la plus sûre d'Europe, et peut-être même du monde.

— Je vais voir, répondit-elle en faisant glisser le verrou de sûreté.

Elle se retrouva devant un homme trapu, en pardessus et chapeau. Pendant quelques instants, elle ne le reconnut pas.

— Judith ! dit Boris. Mon Dieu, Judith !

Elle ouvrit la bouche, mais ne put proférer une parole.

— Vous ne me faites pas entrer ? J'ai des nouvelles sensationnelles à vous apprendre.

Judith retira lentement la chaîne et ouvrit la porte.

— Comment m'avez-vous retrouvée ?

— En vous cherchant ! (Il la prit par les épaules et la serra contre lui. Elle ne résista pas, mais n'ouvrit pas la bouche pour l'embrasser.) Cela m'a pris du temps, mais votre prince a écrit des articles pour les journaux suédois. Cela m'a facilité la tâche.

— Il nous fallait bien vivre ! dit Judith.

— Bien sûr ! Judith...

— Judith ? appela Pierre encore une fois. Qui est-ce ?

— Personne, répondit-elle. Un garçon de courses. (Elle poussa Boris sur le palier et referma la porte derrière elle.) Il déteste toujours autant tout ce qui de près ou de loin a un rapport quelconque avec le communisme.

— Et vous avez vécu avec lui pendant dix mois !

Elle soutint son regard.

— J'ai tenu son intérieur pendant dix mois et me suis occupée de sa fille et du pauvre garçon qui nous a aidées à sortir de Ravensbrück. C'est grâce au prince Pierre que nous avons pu nous échapper, mais il ne songe sans doute même pas à faire l'amour avec moi,

Boris. Pas après ces trois années que j'ai passées dans un camp.

Il la serra encore contre lui.

— Si vous saviez...

— Je sais.

Il poussa un soupir.

— Ma chère, chère Judith. C'est fini, maintenant. Toute cette tragédie est terminée, mon amour. Je vous ai retrouvée et vous n'avez plus rien à craindre. (Il l'embrassa sur le bout du nez.) J'ai appris la nouvelle à la radio en arrivant à Stockholm ce matin : Hitler est mort. C'est fini, Judith.

Elle se rembrunit.

— Il faut que j'avertisse Pierre.

— Et ensuite ? Vous n'avez pas l'air très heureux.

Elle haussa les épaules.

— Il me faut du temps. C'est difficile.

— Vous aurez tout votre temps, Judith. *Nous* aurons le temps.

Elle hésita, puis se dégagea et remonta sa manche gauche.

— Je sais. Judith...

— J'ai passé mon temps là-bas dans le bordel du camp.

— Croyez-vous que cela ait de l'importance pour moi ? Ou pour vous ? Vous êtes Judith Stein et vous ne vous laissez pas écraser par des choses pareilles. Et je vous aime.

— Non, dit-elle avec véhémence. Je ne me laisse pas écraser par des choses pareilles mais je ne les oublie pas non plus et je ne puis les pardonner. J'ai passé trop de temps à fuir mes responsabilités et à me détourner de ma véritable voie. Je suis juive et, durant ces six dernières années, mon peuple a subi la plus grande persécution de l'histoire. Je fais partie de ce peuple, Boris, et je dois l'assumer. Vous me dites que Hitler est mort. Je vous crois. Les derniers vestiges du nazisme sont sur le point d'être balayés. Cependant cela ne peut ni ne doit être une fin pour le peuple juif, mais un commencement! Il faut à présent créer quelque chose, sinon toute cette tragédie aura été inutile.

Sa voix s'adoucit et elle lui caressa le visage.

— Je vous aime, Boris, cela, je le sais à présent. J'ai survécu à Ravensbrück, car je pensais à vous. Mais que voulez-vous que je fasse? Que je vous épouse, que je retourne en Russie et fasse partie de la société soviétique? Croyez-vous vraiment que je puisse faire une chose pareille? Je ne déteste plus les bolcheviks comme autrefois, certes. J'ai appris qu'il y avait des choses bien pires que le bolchevisme. (Elle sourit.) Je crois que je leur ai pardonné d'avoir assassiné mon père et ma mère. Mais c'est une société stérile, Boris, une société fondée sur la contrainte, tout comme la société nazie. Vous méprisez les Américains parce qu'ils ne se préoccupent que de l'argent, mais quelles sont vos préoccupations? Quel est votre but?

— Peut-être de réaliser en Russie une société idéale!

— Croyez-vous que cela puisse arriver un jour? N'est-ce pas une dictature socialiste?

— Cela n'arrivera jamais, Judith, si personne n'essaie. Ce n'est pas en tournant le dos que nous y parviendrons. Et la Russie n'a jamais été aussi mûre pour un changement. Cela n'arrivera peut-être pas sous Staline et la vieille garde. Mais une nouvelle génération arrive. Des gens qui ont lutté pour la Russie et qui ont vu leurs frères et leurs sœurs mourir pour elle. Vous faites partie de ces gens-là, Judith. Parce que vous êtes russe autant que juive. Et, en Russie, des millions de juifs attendent qu'on les aide et qu'on les dirige.

La porte s'ouvrit et Pierre Borodine apparut.

— Judith? Que se passe-t-il?

— Pierre, je viens d'apprendre une nouvelle merveilleuse : Hitler est mort! Les Allemands capitulent sur tous les fronts. La guerre est finie.

Pierre regardait par-dessus l'épaule de Judith.

— Vous? Vous ici?

Boris hocha la tête.

— Si j'ai pu vous trouver, Excellence, d'autres le

peuvent aussi. Il serait peut-être prudent de déménager.

— Déménager ? s'écria Judith. Mais vous avez dit que...

— Oh, vous n'avez plus rien à craindre des SS. Mais le prince Pierre est sur la liste des criminels de guerre.

— C'est impossible !

— Il a commencé le recrutement d'une armée antisoviétique en Biélorussie. Il était à Slutsk lorsqu'on y a commis des atrocités.

— Il a démissionné à cause de ces atrocités ! s'écria Judith. Ensuite, il a pris part au complot contre Hitler. C'est pour cela que nous sommes ici, Boris.

— Il faudra le prouver. Je ne pense pas que vous serez arrêté, Excellence. Je voulais seulement vous prévenir.

Pierre le toisa d'un air hautain.

— M'avertir ? Vous ? Un criminel de guerre ? Comme vous venez de l'admettre, cela ne tient pas debout, Petrov. Vos bandits bolcheviques ne peuvent rien contre moi, ici, en Suède. Mais je vais vous confier quelque chose : je puis, moi, leur nuire, et j'en ai bien l'intention. Ce conflit avec les nazis n'a été qu'un interlude. Cela n'aura aucune influence sur le cours général de l'histoire. Et ce cours général veut que tout homme d'honneur lutte pour faire disparaître le régime soviétique. J'ai l'intention de reprendre la lutte et vous pouvez le dire à vos maîtres du Kremlin !

Il fit demi-tour et rentra dans l'appartement. Judith courut derrière lui.

— Pierre, vous ne pouvez pas penser cela sérieusement. La guerre est finie. Boris veut que je retourne en Russie avec lui pour l'aider à reconstruire le pays, pour transformer le bolchevisme en quelque chose de mieux que le tsarisme n'a jamais été.

— Vous avez assez de bon sens pour ne pas croire une chose aussi absurde, Judith.

— J'ai assez de bon sens pour avoir de l'espoir.

— Vous ne retournerez jamais en Russie, Judith. Pas vous.

— Je resterai avec vous, Pierre, si vous renoncez à cette absurde vengeance personnelle.

— Je suis le prince de Starogan. D'autres ont pu se détourner de leur devoir, mais pas moi. J'ai fait le serment de m'opposer au bolchevisme par tous les moyens jusqu'à sa disparition de la surface de la terre. Je ne transige pas avec l'honneur.

Elle fit un pas en arrière.

— Et, ajouta Pierre, vous négligeriez votre devoir en m'abandonnant maintenant.

Elle secoua la tête.

— Je ne vous ai jamais abandonné, prince Pierre. Par contre vous, vous l'avez fait plusieurs fois. Je crois que vous êtes fou.

Il sourit.

— C'est le dernier refuge de ceux qui ne comprennent pas. (Il s'avança vers la fenêtre.) Regardez là-bas ! N'avez-vous pas un devoir envers eux ?

Judith regarda vers la place où deux jeunes gens, assis sur un banc, se tenaient par la main. Paul n'avait pas retrouvé ses forces et portait encore un pansement sur sa terrible blessure à l'épaule. Mais il était en convalescence et il retrouverait la santé. Et Ruth ? Après toutes ses craintes de ne plus jamais la voir sourire, Judith découvrit qu'elle avait trouvé en l'homme qu'elle avait sauvé une nouvelle raison de vivre. L'aimerait-elle ? Le pourrait-elle après l'expérience qu'elle avait vécue ? Et un tel homme ? Mais il avait risqué sa vie pour sauver les leurs et avait failli en mourir. Paul avait ainsi extirpé les derniers vestiges de nazisme de son âme, du moins Ruth le croyait-elle. Il avait expié. Quant à savoir si leur amour deviendrait un jour physique, seul le temps pourrait le dire. Mais ne possédaient-ils pas quelque chose de plus précieux à présent ?

Je n'ai jamais rien vécu de semblable, pensa Judith.

— Eux ne m'abandonneront jamais, reprit Pierre. Pas Ruth. Ni Paul von Hassel.

Judith poussa un soupir.

C'était la vérité.

— Non, dit-elle. Ils ne vous abandonneront jamais et je prie Dieu que vous ne les abandonniez pas non plus.

Sur ces mots, elle fit demi-tour et quitta l'appartement aux côtés de Boris.

15

— Ainsi, vous désirez me faire vos adieux. (Joseph Vissarionovitch Staline tenait les deux mains de Tatie et l'attira vers lui pour l'embrasser.) C'est une grande décision que vous avez prise.

— Mon œuvre ici est achevée. Mes filles sont mortes, l'académie est détruite. Je ne pourrai plus recommencer. N'ai-je pas droit à un peu de bonheur pour ma vieillesse ?

— N'avez-vous jamais été heureuse en Russie ?

— Bien sûr, Joseph Vissarionovitch, mais mon cœur est ailleurs.

— En Angleterre. (Staline serra la main de Clive Bullen.) Vous avez de la chance, colonel Bullen. Vous quittez la Russie en emmenant notre plus grande étoile. Mais j'espère que vous lui permettrez de revenir nous voir de temps à autre, lorsque la guerre sera définitivement terminée.

— J'irai même jusqu'à l'accompagner, si vous m'y autorisez !

— J'en serai ravi, dit Staline chaleureusement.

Tatie s'en fut à l'autre extrémité de la salle où venait d'avoir lieu son banquet d'adieux, vers l'endroit où se trouvaient Michael, Catherine et Nona. Elles souriaient aux invités chamarrés de médailles et de bijoux. Michael lui aussi arborait l'ordre de Lénine. La défense de Leningrad l'avait rendu immortel dans l'histoire de la Russie soviétique. Et, quoi qu'il puisse penser de sa décision, il ne la critiquerait pas. Ils étaient amis depuis toujours et le resteraient.

Gregory se tenait près de la porte, revêtu de l'uniforme de capitaine du NKVD. Tatie se força à lui sourire.

— Pouvez-vous me pardonner ?
— Un homme doit tout pardonner à sa mère. D'ailleurs, ce que vous faites a l'approbation du maréchal Staline.
— C'est la vôtre que je désire.

Son visage resta figé.

— Ceci est notre pays, mère. Svetlana est morte pour lui. Notre sang a fécondé cette terre. Je ne peux comprendre que vous désiriez le quitter.

Tatie poussa un soupir et regarda Clive par-dessus son épaule. Celui-ci faisait ses adieux à Catherine et à Michael.

— Et vous refusez de reconnaître le pouvoir de l'amour. Peut-être ne l'avez-vous jamais connu ?
— Non, mère.

Tatie hésita, puis lui prit le visage entre ses mains et l'embrassa sur les lèvres, selon la coutume russe.

— Alors un jour vous apprendrez, vous comprendrez et vous me pardonnerez. Ce jour-là, peut-être viendrez-vous me rendre visite, mon fils chéri !

Elle le serra une dernière fois contre elle, puis Clive la rejoignit et il fut temps de partir.

Staline quitta la salle du banquet par l'autre sortie, rejoignit son bureau, alluma la lumière et se tourna vers un homme recroquevillé sur une chaise.

— Peut-être auriez-vous dû assister au banquet ?
— Un homme n'assiste pas au banquet que donne sa femme pour célébrer son divorce, répliqua Ivan.
— C'est moi qui ai donné ce banquet, Ivan Nikolaievitch. (Ivan leva la tête.) Et vous pensez que je vous ai trahi ? Je ne trahis pas mes amis fidèles, Ivan Nikolaievitch. Mais parfois la raison d'Etat peut donner cette impression.
— Pourtant, elle est partie. Elle part demain matin.
— Oui, elle part demain matin. Je veux qu'elle parte avec tous les honneurs, Ivan. Je veux que vous la fassiez escorter, elle et son amant, jusqu'à l'aéroport.

Ivan leva lentement la tête.

— Nous avons parlé de ceci il y a déjà longtemps, Ivan Nikolaievitch. Nous avons compris depuis fort longtemps que Tatiana Dimitrievna, malgré les services qu'elle a pu nous rendre, deviendrait un jour inutile. Aujourd'hui, elle veut nous quitter pour aller vivre à l'Ouest. Qui peut douter qu'une femme comme elle, sitôt oubliés tous les bienfaits dont elle a été l'objet ici, pourra en quelques discours détruire tout ce qu'elle a accompli de positif en vingt ans ? D'ailleurs, ne serait-ce pas triste de voir cette beauté, cette grâce se dégrader petit à petit avec la vieillesse ?

— Oui, dit Ivan, le visage soudain animé. Comme j'ai attendu cet instant, Joseph Vissarionovitch ! J'en ai rêvé nuit après nuit. Je vais les arrêter tous les deux sur-le-champ. Je vais...

— Ivan ! Ivan ! l'interrompit Staline tristement. N'ai-je pas été assez clair ? Il est impossible d'arrêter un officier de l'armée britannique. Les Anglais sont nos alliés et j'ai donné publiquement l'autorisation à Tatiana Dimitrievna d'émigrer. Non, non. Il faut que ce soit un accident.

— Un accident ? (L'enthousiasme d'Ivan s'évanouit.)

— Un accident, répéta Staline avec fermeté. Vous vous en chargerez. Il ne faut pas commettre d'erreur. Pour le monde entier, il doit s'agir d'un accident. Il faudra vous arranger pour avoir tous les témoins nécessaires.

— Un accident, murmura Ivan.

— Cela vous donnera de quoi rêver ce soir, dit Staline d'un air rayonnant. Mais assurez-vous que ce soit fait proprement.

— Oui, dit Ivan. Du moins saura-t-elle, au dernier moment, que ce ne peut être que moi le responsable.

— Peut-être. Mais n'oubliez pas : ne commettez pas la moindre erreur.

Ivan se leva.

— Je vous remercie, Joseph Vissarionovitch.

Il quitta la pièce.

Staline resta immobile pendant quelques instants, puis appuya sur un bouton.

— Trouvez-moi le colonel Ragosina. Il se peut qu'elle soit en route pour la Crimée. Trouvez-la et faites-la revenir ici avec la plus grande discrétion. Utilisez un avion si nécessaire. Je veux qu'elle soit ici demain matin à l'aube.

— Quel effet cela vous fait-il de quitter la Russie, madame Nej ?
— Dites-nous ce que vous attendez de votre vie en Angleterre ?
— Quels sont vos projets de mariage ?

Les journalistes se pressaient autour de Tatie, à sa sortie de l'hôtel, avec Clive Bullen à ses côtés. Tatie leur sourit.

— On m'a dit que nous prenions le même avion, dit-elle.
— La plupart d'entre nous, répondit le correspondant de *l'American People*. Nous n'avons été prévenus qu'hier soir.
— Eh bien, attendez d'être dans l'avion. J'y donnerai une conférence de presse. Comment pourrais-je vous dire quel effet cela fait de quitter la Russie avant que je ne sois partie ?

Ces dernières paroles provoquèrent une tempête de rires et Tatie en profita pour sortir de l'hôtel. Brusquement, elle se trouva nez à nez avec son ancien mari.

— Eh bien, Ivan Nikolaievitch ! Ne me dites pas que Joseph Vissarionovitch a changé d'avis et veut que je reste en Russie.
— Joseph Staline ne change jamais d'avis, dit Ivan. Je suis venu vous dire adieu.
— *Vous* êtes venu me faire vos adieux ! s'exclama Tatie, incrédule.
— J'espère que vous serez très heureuse, là où vous allez avec le colonel Bullen.
— J'en ai l'intention.
— Je n'en doute pas. Vous ne voulez pas embrasser votre mari avant de partir, puisque c'est pour toujours ?

Tatie hésita, puis elle se pencha et l'embrassa sur la joue.

— Vous m'avez sauvé la vie une fois, petit homme. Je vous en suis toujours restée reconnaissante. Dommage que vous soyez une telle vermine, nous aurions pu être heureux ensemble. Mais vous l'êtes sans doute avec votre Ragosina.

— Je l'ai fait partir. Je ne la reverrai jamais.

Tatie leva les sourcils.

— Eh bien... mais vous en trouverez une autre ! Venez, Clive, nous avons un avion à prendre.

Elle fit un signe à la foule venue dire adieu à sa danseuse étoile favorite et prit place dans la voiture officielle. Clive serra sa main dans la sienne.

— Pas de regrets ?

— Si, bien sûr, mon chéri ! Je quitte ma patrie : comme le disait Gregory, le sang de ma fille est répandu sur cette terre. Je quitte les miens. Je quitte ma gloire. Tout cela à cause de vous. (Elle l'embrassa sur la joue et sourit à travers ses larmes.) Il n'y a que ce dernier point que je ne regrette pas.

Clive regarda par la vitre arrière la voiture des journalistes qui les suivaient.

— Vous ne perdrez jamais votre renommée.

— Bah ! dit-elle. Après ma conférence de presse dans l'avion, ils m'oublieront complètement. Je disparaîtrai. Je serai Mme Clive Bullen.

Elle poussa un soupir et reposa sa tête sur son épaule. La voiture sortit de la ville en direction de l'aéroport. Il n'était pas encore 7 heures du matin et les rues étaient désertes. La voiture prit de la vitesse. A la sortie d'un village, Clive ne vit plus la voiture des journalistes.

— Nos amis ne nous suivent plus. (Il se pencha en avant et frappa à la vitre qui les séparait du chauffeur. Celui-ci l'ouvrit et tourna la tête.) Nous avons perdu la voiture qui nous suivait, dit Clive. Ils ont dû s'arrêter ou peut-être ont-ils eu un accident.

Le chauffeur haussa les épaules.

— Ne croyez-vous pas que nous devrions aller voir ?

— J'ai ordre de ne m'arrêter sous aucun prétexte, répondit le chauffeur, et il referma la vitre.

— Ce sont certainement les ordres d'Ivan, dit Tatie. Il ne peut pas s'empêcher d'agir en policier en toutes circonstances. Il a sans doute peur que je me fasse enlever.

— En tout cas, j'aimerais que ce chauffeur cesse de se prendre pour un pilote de course, dit Clive tandis que la voiture prenait un nouveau virage sur les chapeaux de roues. (Brusquement elle freina au beau milieu de la chaussée dans une courte ligne droite avant le virage suivant.) Que diable... (Il vit le chauffeur ouvrir sa portière, se jeter à terre et rouler jusqu'au caniveau, déchirant ses vêtements et se couvrant de boue et d'égratignures.) Il est devenu fou!

— Clive! (Tatie se redressa et agrippa sa main. Elle regardait devant elle un énorme camion qui fonçait sur eux à toute vitesse.) Clive! cria-t-elle. Clive!

Il voulut ouvrir sa portière, mais elle était fermée par quelque mécanisme extérieur. L'autre portière aussi, et une vitre solide les séparait du siège avant.

— C'est Ivan!

— Ivan! murmura-t-elle, en se serrant contre lui juste avant l'impact.

L'homme était essoufflé, sa casquette toute de travers.

— C'était terrible, camarade commissaire! dit-il en haletant. Terrible!

— Qu'essayez-vous de me dire? demanda Ivan. Tatiana Dimitrievna est-elle morte?

— Un accident terrible, bégaya l'homme. En plein milieu de la route. Le chauffeur a vu le camion arriver et a sauté. Il a été transporté à l'hôpital en état de choc.

— Vraiment? Pourquoi Tatiana Dimitrievna et le colonel Bullen n'ont-ils pas sauté?

— On suppose que les portières étaient fermées à clef. Le camion n'a pas pu s'arrêter et a percuté la voiture de plein fouet.

— Mon Dieu! s'exclama Ivan. Y a-t-il des témoins?

— Oh oui, camarade commissaire. Le chauffeur du camion... il était tout seul et lui aussi a été transporté à l'hôpital. Il y avait aussi une voiture de journalistes qui suivaient Mme Nej. Ils ont été retardés par une crevaison, mais ils sont arrivés quelques minutes après l'accident.

— Je suis horrifié, dit Ivan. Comment de telles choses peuvent-elles se produire ? Tatiana Dimitrievna... Vous ferez transférer les deux chauffeurs dans un de nos hôpitaux, Igor Simonovitch. Il ne manquera pas de gens pour croire qu'ils sont coupables, simplement parce qu'ils ont survécu. Veillez à leur transfert immédiat.

— Bien sûr, camarade commissaire. Et Mme Nej ?

— Il faut que j'aille à la morgue. Il faut... Ivan enleva ses lunettes et essuya les verres. L'homme sortit et referma la porte derrière lui.

Ivan replaça ses lunettes sur son nez. Le plus étrange, c'est qu'il avait réellement envie de pleurer. Il la haïssait, mais il l'aimait aussi.

La porte s'ouvrit à nouveau et il se retourna en fronçant les sourcils.

— Vous ? Je vous ai envoyée en Crimée.

— J'ai été rappelée, camarade commissaire.

Anna Ragosina enleva sa casquette et la suspendit au porte manteau près de la porte.

— Vous...

— J'ai un mandat d'arrestation contre vous.

— Un mandat d'arrestation ?

Il semblait incapable de comprendre.

Anna s'assit dans son fauteuil derrière le bureau.

— J'ai aussi une confession que j'ai fait taper pour vous. Si vous la signez, camarade Nej, vous serez envoyé dans un camp de travail jusqu'à la fin de vos jours. Si vous refusez, je serai contrainte de vous faire enfermer en cellule et de vous interroger jusqu'à l'obtention de votre signature. Ensuite, vous serez fusillé. Vous avez le choix.

Elle jeta le document sur le bureau et s'enfonça dans le fauteuil.

Ivan la regarda, comme fasciné. Elle était d'une beauté extraordinaire. Les trois années passées dans les marais du Pripet n'avaient en rien altéré son teint. Mais certainement avait-elle perdu l'esprit !

— Vous êtes folle ! dit-il. Tout à fait folle ! (Il ouvrit la porte et vit quatre gardes armés qui attendaient.) Emmenez cette femme en bas et donnez-lui une correction pour qu'elle retrouve ses esprits !

Les gardes regardèrent vers Anna Ragosina.

— Pourquoi ne vous montrez-vous pas raisonnable ? demanda gentiment Anna. Signez la confession ! Un camp de travail, ce n'est pas si mal. J'y ai passé cinq ans, vous vous en souvenez ? C'est vous qui m'y avez envoyée. Ils vous raseront les cheveux et vous battront de temps à autre. Ils vous donneront des bains glacés au milieu de l'hiver et vous feront mourir de faim. Mais ce n'est pas si terrible. Le plus terrible, ce sera les gens que vous y rencontrerez. Des gens que vous y avez envoyés. Ce sera le plus terrible. Mais j'ai survécu et je suis certaine que vous survivrez, vous aussi. Signez la confession. (Elle lui sourit.) C'est mieux que d'être torturé, puis fusillé, camarade, car c'est moi qui m'en chargerai personnellement.

— Folle ! répéta Ivan. Complètement folle ! Ne restez pas comme ça ! cria-t-il aux gardes. Arrêtez-la !

Anna posa une autre feuille de papier sur le bureau.

— Vous voulez peut-être jeter un coup d'œil sur le mandat. Il est signé de la main de Joseph Staline.

Beth Hayman ouvrit la porte de la chambre en entendant frapper et fut gentiment mais fermement repoussée, lorsqu'elle tenta de la refermer.

— Johnnie ! s'écria Ilona. Vous ne pouvez pas entrer ici. Cela porte malheur !

— Nous avons épuisé notre mauvaise chance ! déclara John en refermant la porte derrière lui et en regardant Natacha.

Elle était vêtue tout de blanc et venait de fixer son voile. Ilona et Beth rayonnaient, l'une dans une robe bleu roi, l'autre en bleu pâle, mais elles n'étaient pas aussi éblouissantes que la mariée.

— Eh bien... (Ilona prit la main de Beth.) Les invités arrivent déjà, sans doute. Vous n'avez pas plus de cinq minutes, Johnnie.

La porte se referma derrière elles. Natacha se tourna vers son futur mari. Elle aurait voulu retarder la noce et Ilona avait dû la persuader que Tatie ne l'aurait pas voulu.

— Tout ira bien? demanda John.

Elle hocha la tête. Ses yeux brillaient.

— Je veux dire tout. La vie ici, pas seulement le mariage.

Elle se tourna vers la fenêtre et regarda vers Central Park.

— Oui.
— Je voudrais en être sûr.

Ses épaules s'affaissèrent.

— C'est si différent de ce que j'attendais. Vous connaissez la Russie! Vous pouvez comprendre.

— Bien sûr. Mais est-ce mieux ou pire?

Elle se tourna et sourit malgré ses larmes.

— Vous pensez que je devrais dire que rien n'est pire que la Russie soviétique. Bien sûr, vous avez raison.

— Oui, mais il y a un « mais ».

Elle poussa un soupir et s'assit.

— Je ne connais pas l'Amérique. Je n'ai vu que New York et un petit coin de Long Island. Je ne sais que ce que vous m'en avez dit, et ce que Tatiana Dimitrievna... (elle hésita et il lui serra la main) m'en a raconté. Je vois que c'est un grand pays et que vous êtes un grand peuple. Et pourtant, avec toutes vos ressources, vous n'avez que peu de mérite. Vous ressemblez à un homme né dans un verger et qui n'aurait jamais eu qu'à se baisser pour ramasser les fruits. Il n'y a pas beaucoup de vergers en Russie. Mais je suis absurde, ou bien ai-je raison de craindre pour un peuple trop comblé par la fortune?

Comme souvent, il fut étonné de la profondeur de ses réflexions et de ses sentiments. Il s'assit à ses côtés.

— N'avons-nous pas montré de quoi nous étions capables, ces quatre dernières années ?

— Vos soldats sont les meilleurs du monde, John. Mais l'Amérique n'a jamais été envahie, comme l'Ukraine ou la Biélorussie.

— C'est une remarque judicieuse, avoua-t-il pensivement.

Elle le serra contre elle.

— Mais je suis heureuse de devenir l'une des vôtres et qu'Alex grandisse ici.

Il l'embrassa sur le bout du nez.

— Et de devenir Mme John Hayman ?

— Je le suis déjà depuis plusieurs années. La cérémonie d'aujourd'hui n'y changera rien.

— Eh bien, mesdames et messieurs, s'écria George Hayman, vive les jeunes mariés !

La foule, qui était restée silencieuse pendant son discours, se mit à applaudir bruyamment et tout le monde se précipita pour serrer la main de John et embrasser la belle mariée. George contourna la table et retrouva Ilona.

— Oh, George ! dit-elle. Je ne sais que dire. Si seulement Tatie...

Elle avait les larmes aux yeux. George ne se souvenait pas de l'avoir vue pleurer.

Il l'embrassa sur le front, puis ne put se retenir plus longtemps.

— Je ne voulais pas vous en parler avant, mais une nouvelle nous est parvenue hier.

— Quoi, George ? Ce n'était pas un accident ?

— Nous ne le saurons jamais. Mais Ivan Nej a été traduit devant une cour spéciale pour activités antisoviétiques. Il a été condamné et envoyé dans un camp de travail.

— Ivan ? Mais il était le bras droit de Staline.

— Apparemment, il ne l'est plus.

— Et vous croyez qu'il peut y avoir un lien avec la mort de Tatie ?
— Comme vous l'avez dit, il était le bras droit de Staline jusqu'à ce moment-là.
— Ivan ! J'étais certaine qu'il était mêlé à cela. Cela lui ressemblerait bien. Oh, Staline aurait dû le faire pendre. Il aurait dû...
— Du calme, l'interrompit George. D'abord, je pense qu'un camp de travail sera bien pire pour lui que la corde. Mais réfléchissez à ceci, mon amour : Ivan a-t-il fait une seule chose depuis la mort de Lénine sans l'accord de Staline ?

Elle le regarda, les yeux grands ouverts.
— Mon Dieu !
— Exactement. Cela donne à réfléchir. (Il regarda de l'autre côté de la pièce où se trouvait la nourrice avec le petit Johnnie.) Grâce à Dieu, ils sont sortis, eux.

Ils furent séparés par la foule qui venait féliciter les parents de l'heureux couple. Il se laissa entraîner vers le balcon et sortit pour allumer un cigare et regarder les lumières qui brillaient au delà de Central Park. Il entendit un bruit derrière son dos et n'eut pas à tourner la tête pour savoir qui c'était.

— Elle se change ?
— Oui, répondit John.
— Nous aurons une conversation à votre retour.
— Je préférerais vous parler maintenant. George, au sujet de la direction sportive...
— Je sais, l'interrompit George.
— Eh bien, je ne crois pas que je sois fait pour ce travail. (Il sourit.) Je vais être obligé de me trouver un autre emploi.
— Pas de précipitation ! dit George. Je vais racheter les droits de vos mémoires ; les mémoires du général John Hayman, commandant des partisans. Etes-vous d'accord pour dix mille dollars ?
— George...
— Ce n'est pas de la charité. Je gagnerai dix fois plus en les faisant paraître sous forme de feuilleton dans le *People*.

— Si vous croyez que j'en suis capable...

— Si je ne le pensais pas, je ne vous l'aurais pas suggéré. Vous avez une histoire à raconter, John. Une histoire que je suis impatient de lire.

— Si je l'ose.

— Je veux que vous racontiez tout, absolument tout, John. Après, peut-être, réussirez-vous à oublier ce cauchemar...

— Oublier? George, si vous saviez...

— J'ai assisté à la guerre précédente, lui rappela George. Et en Russie, la guerre civile peut être encore pire que le nazisme. Ecrivez ce livre.

— Et ensuite?

— Ensuite, vous oublierez la Russie et vous recommencerez à vivre.

— Croyez-vous que nous y retournerons un jour?

George fit tomber sa cendre et la regarda disparaître lentement en contrebas, dans la Cinquième Avenue.

— Bien sûr, en ce moment nous avons l'air de nous aimer tous comme des frères. Mais il ne faut pas trop compter là-dessus. Les Soviétiques, pas plus que les Américains, n'ont l'intention de changer leur idéologie. Alors, comment savoir si nous resterons amis, ou si nous deviendrons ennemis... (Il sourit et mit son bras autour des épaules de son beau-fils.) Cela dépend du camarade Staline!

Après *Amour et Honneur, Guerre et Passion, Rêves et Destin, Espoir et Gloire,* la saga des Borodine se poursuivra avec *Rage et Désir,* à paraître aux Éditions J'AI LU.

J'ai Lu Cinéma

Une centaine de romans J'ai Lu ont fait l'objet d'adaptations pour le cinéma ou la télévision. En voici une sélection.
Demandez à votre libraire le catalogue semestriel gratuit.

ANDREVON Jean-Pierre
Cauchemar... cauchemars! (1281)**
Répétitive et différente, l'horrible réalité, pire que le plus terrifiant des cauchemars. Inédit.

ARSENIEV Vladimir
Dersou Ouzala (928**)**
Un nouvel art de vivre à travers la steppe sibérienne.

BENCHLEY Peter
Dans les grands fonds (833*)**
Pourquoi veut-on empêcher David et Gail de visiter une épave sombrée en 1943?
L'île sanglante (1201*)**
Un cauchemar situé dans le fameux Triangle des Bermudes.

BLIER Bertrand
Les valseuses (543**)**
Plutôt crever que se passer de filles et de bagnoles.
Beau père (1333)**
Il reste seul avec une belle-fille de 14 ans, amoureuse de lui.

BRANDNER Gary
La féline (1353**)**
On connaît les loups-garous mais une femme peut-elle se transformer en léopard?

CAIDIN Martin
Nimitz, retour vers l'enfer (1128*)**
Le super porte-avions Nimitz glisse dans une faille du temps. De 1980, il se retrouve à la veille de Pearl Harbor.

CHAYEFSKY Paddy
Au delà du réel (1232*)**
Une terrifiante plongée dans la mémoire génétique de l'humanité. Illustré.

CLARKE Arthur C.
2001 - L'odyssée de l'espace (349)**
Ce voyage fantastique aux confins du cosmos a suscité un film célèbre.

CONCHON, NOLI et CHANEL
La Banquière (1154*)**
Devenue vedette de la Finance, le Pouvoir et l'Argent vont chercher à l'abattre.

COOK Robin
Sphinx (1219**)**
La malédiction des pharaons menace la vie et l'amour d'Erica. Illustré.

CORMAN Avery
Kramer contre Kramer (1044*)**
Abandonné par sa femme, un homme reste seul avec son tout petit garçon.

COVER, SEMPLE Jr et ALLIN
Flash Gordon (1195*)**
L'épopée immortelle de Flash Gordon sur la planète Mongo. Inédit.

DOCTOROW E.L.
Ragtime (825*)**
Un tableau endiablé et féroce de la réalité américaine du début du siècle.

OSTER Alan Dean
...ien (1115★★★)
...vec la créature de l'Extérieur, c'est la mort
...i pénètre dans l'astronef.
...e trou noir (1129★★★)
...n maelström d'énergie les entraînerait au
...elà de l'univers connu.
...e choc des Titans (1210★★★★)
...n combat titanesque où s'affrontent les
...eux de l'Olympe. Inédit, illustré.
...utland... loin de la terre (1220★★)
...r l'astéroïde Io, les crises de folie meur-
...ère et les suicides sont quotidiens. Inédit,
...lustré.

ROSSBACH Robert
...orgia (1395★★★)
...iatre amis, la vie, l'amour, l'Amérique des
...nées 60.

ANN Ernest K.
...assada (1303★★★★)
...héroïque résistance des Hébreux face aux
...gions romaines.

ALEY Alex
...acines (2 t. 968★★★★ et 969★★★★)
...triomphe mondial de la littérature et de la
.../ fait revivre le drame des esclaves noirs en
...nérique.

HERWOOD Christopher
...dieu à Berlin (1213★★★)
...livre a inspiré le célèbre film Cabaret.

ONES John G.
...nityville II (1343★★★)
...horreur semblait avoir enfin quitté la mai-
...n maudite; et pourtant... Inédit.

ING Stephen
...ining (1197★★★★)
...lutte hallucinante d'un enfant médium
...ntre les forces maléfiques.

RAINTREE Lee
Dallas (1324★★★★)
Dallas, l'histoire de la famille Ewing, au Texas, célèbre au petit écran.
Les maîtres de Dallas (1387★★★★)
Amours, passions, déchaînements, tout le petit monde du feuilleton "Dallas".

RODDENBERRY Gene
Star Trek (1071★★)
Un vaisseau terrien seul face à l'envahisseur venu des étoiles.

SAUTET Claude
Un mauvais fils (1147★★★)
Emouvante quête d'amour pour un jeune drogué repenti. Inédit, illustré.

SEARLS Hank
Les dents de la mer - 2e partie (963★★★)
Le mâle tué, sa gigantesque femelle vient rôder à Amity.

SEGAL Erich
Love Story (412★)
Le roman qui a changé l'image de l'amour.
Oliver's story (1059★★)
Jenny est morte mais Oliver doit réapprendre à vivre.

SPIELBERG Steven
Rencontres du troisième type (947★★)
Le premier contact avec des visiteurs venus des étoiles.

STRIEBER Whitley
Wolfen (1315★★★★)
Des êtres mi-hommes mi-loups guettent leurs proies dans rues de New York. Inédit, illustré.

YARBRO Chelsea Quinn
Réincarnations (1159★★★)
La raison chancelle lorsque les morts se mettent à marcher. Inédit, illustré.

Achevé d'imprimer sur les presses de l'imprimerie Brodard et Taupin
7, Bd Romain-Rolland, Montrouge. Usine de La Flèche,
le 14 février 1983
1988-5 Dépôt Légal février 1983. ISBN : 2 - 277 - 21425 - 6
Imprimé en France

Editions J'ai Lu
31, rue de Tournon, 75006 Paris

diffusion
France et étranger : Flammarion, Paris
Suisse : Office du Livre, Fribourg

diffusion exclusive
Canada : Éditions Flammarion Ltée, Montréal